Kristen Simmons
Artikel 5

CW01623829

PIPER

Zu diesem Buch

Wer nach Einbruch der Dämmerung sein Haus verlässt, Bücher liest oder uneheliche Kinder zeugt, wird im Amerika der Zukunft hart bestraft. Denn die Moralmiliz versklavt mit ihren totalitären Gesetzen die Bürger der Vereinigten Staaten. Die 17-jährige Ember hat deshalb ein Leben in Deckung gewählt – doch trotz aller Schutzmaßnahmen wird plötzlich ihre Mutter verhaftet. Sie hat gegen Artikel 5 der Moralstatuten verstoßen, weil sie nicht mit Embers Vater verheiratet war. In einer Besserungsanstalt für Mädchen wehrt sich Ember gegen Hass, Gewalt und fanatische Moralisten. Und sie muss ihre Mutter retten – doch dazu braucht sie ausgerechnet die Hilfe des Soldaten, der sie verhaftet hat ... und der Embers große Liebe war.
»Ein fesselnder Überlebenskampf! Simmons hat ein dunkles Porträt Amerikas gezeichnet. Ich konnte dieses Buch kaum aus der Hand legen.«
Kendare Blake

Kristen Simmons lebt in Tampa, Florida. Sie studierte Psychologie und Sozialarbeit an der University of Nevada und arbeitet heute als Psychotherapeutin mit Traumapatienten und Missbrauchsopfern. Weil sie süchtig nach Schokolade ist, betätigt sie sich zum Ausgleich als Jazzercise-Lehrerin. »Artikel 5« ist Kristen Simmons erster Roman.
Mehr unter: www.kristensimmonsbooks.com

Kristen Simmons

ARTIKEL 5

Roman

Aus dem Amerikanischen
von Frauke Meier

Piper München Zürich

Entdecke die Welt der Piper Fantasy:

Piper-Fantasy.de

Von Kristen Simmons liegen bei Piper und ivi vor:
Artikel 5
Gesetz der Rache

Das Zitat auf Seite 274 stammt aus Mary W. Shelleys »Frankenstein oder Der neue Prometheus«, © 1970/1993 Carl Hanser Verlag, Übersetzung von Friedrich Polakovics.

FSC
www.fsc.org
MIX
Papier aus verantwortungsvollen Quellen
FSC® C083411

Ungekürzte Taschenbuchausgabe
November 2014

Titel der amerikanischen Originalausgabe: »Article 5«, Tor Teen, New York 2012

Umschlaggestaltung: ZERO Werbeagentur, München
Umschlagabbildung: Fabrice Lerouge / Onoky / Corbis
Satz: psb, Berlin
Papier: Pamo Super von Arctic Paper Mochenwangen GmbH, Deutschland
Druck und Bindung: CPI books GmbH, Leck
Printed in Germany ISBN 978-3-492-28002-0

FÜR JASON

Danke für heute

KAPITEL 1

Beth und Ryan hielten einander an den Händen, was durchaus reichte, um eine offizielle Vorladung wegen eines Sittlichkeitsvergehens zu riskieren, aber ich sagte nichts dazu. Die Einhaltung der Ausgangssperre würde erst in zwei Stunden kontrolliert werden, und Augenblicke wie dieser waren wie ein Stück gestohlener Freiheit.

»Nicht so schnell, Ember«, rief Ryan.

Stattdessen zog ich das Tempo an, entfernte mich von der Meute.

»Lass sie in Ruhe«, hörte ich Beth flüstern. Mein Gesicht fühlte sich plötzlich ganz heiß an, als mir bewusst wurde, welchen Eindruck ich vermittelte: nicht den einer pflichtbewussten Freundin, die sich um ihre eigenen Angelegenheiten kümmerte, sondern den eines verbitterten dritten Rads, das den Anblick glücklicher Paare nicht ertragen konnte. Was gar nicht stimmte. Meistens.

Verlegen passte ich mich Beth' Tempo an.

Für ein Mädchen war meine beste Freundin ziemlich groß. Ein Durcheinander dunkler Sommersprossen verteilte sich um ihre Nase, und der dichte Schopf kringeliger, roter Haare war an kühlen Tagen wie diesem einfach unbezwingbar. Sie tauschte Ryans Arm gegen meinen – woraufhin ich mich, wenn ich ehrlich bin, doch ein bisschen sicherer fühlte –, und wir tanzten, ohne ein Wort zu wechseln, auf Zehenspitzen um die mächtigen Risse im Gehweg herum, genau, wie wir es schon seit der vierten Klasse getan hatten.

Als der Betonbelag von Kies abgelöst wurde, raffte ich meinen zu langen, khakifarbenen Rock auf der Vorderseite, damit der Saum nicht durch den Staub gezogen wurde. Ich hasste diesen Rock. Das passende, knöpfbare Oberteil war derart steif und kastenförmig, darin sah sogar die vollbusige Beth so flach aus wie ein Bügelbrett. Schuluniformen gehörten zu Präsident Scarboros neuem Moralstatut – einem der vielen, die nach dem Krieg in Kraft getreten waren – und sollten ein geschlechtsorientiertes Erscheinungsbild gewährleisten. Mir war nicht klar, auf welches Geschlecht sie mit diesem Outfit abzielten. Weiblich war es jedenfalls nicht.

Aus purer Gewohnheit hielten wir an der Tankstelle an der Ecke inne. Obwohl dies die einzige noch geöffnete Tankstelle im ganzen Land war, schien das Gelände wie leergefegt. Nur die wenigsten Leute konnten sich heute noch ein Auto leisten.

Wir gingen nie hinein. Dort mussten Snacks und Schokoriegel in den Regalen liegen, deren Preis zehnmal so hoch war als noch vor einem Jahr, und wir hatten schlicht kein Geld. Wir blieben dort, wo wir willkommen waren – draußen. Und knapp einen Meter entfernt von Hunderten winziger Gesichter, die auf einer Tafel hinter getöntem Glas gefangen waren. Über den Porträts stand zu lesen:

VERMISST! SACHDIENLICHE HINWEISE
IM FALL EINER SICHTUNG SIND UMGEHEND
AN DAS FEDERAL BUREAU OF REFORMATION
ZU RICHTEN!

Schweigend musterten wir die Fotos der fortgelaufenen Pflegekinder und entflohenen Kriminellen auf der Suche nach einem bekannten Gesicht und hielten vor allem nach einer Person Ausschau: Katelyn Meadows. Ein Mädchen mit kastanienbraunem Haar und einem munteren Lächeln, das im vergangenen Jahr in meiner Geschichtsklasse an der Junior High gewesen war. Mrs Matthews hatte ihr gerade gesagt, dass sie die beste Zwischenprüfung der ganzen Klasse hingelegt hatte, als die Soldaten aufgetaucht waren und sie vor Gericht gezerrt hatten. »Verstoß gegen Artikel 1«, hatten sie gesagt. Verweigerung der Nationalreligion. Nicht, dass man sie dabei erwischt hätte, den Teufel anzubeten; sie hatte lediglich wegen des Pessach den Unterricht verpasst, was der Schulbehörde als unerlaubte Abwesenheit gemeldet worden war.

Das war das letzte Mal, dass irgendjemand sie gesehen hatte.

In der Woche darauf war Mrs Matthews gezwungen worden, die Bill of Rights aus dem Lehrplan zu streichen. Jegliche Erörterung des Themas war verboten, und die Soldaten, die vor der Tür und am Rekrutierungstisch postiert waren, sorgten dafür, dass das Verbot eingehalten wurde.

Zwei Monate nach Katelyns Verhandlung war ihre Familie weggezogen. Ihre Telefonnummer wurde gelöscht. Es war, als hätte sie nie existiert.

Katelyn und ich waren nicht befreundet gewesen, und es ging nicht darum, dass ich sie besonders gern gehabt hätte. Meiner Meinung nach war sie in Ordnung. Wir haben uns gegrüßt, viel mehr war da nicht. Aber seit ihrem plötzlichen Verschwinden brodelte etwas Finsteres in mir. Ich war wachsamer geworden. Befolgte die Statuten so gut ich nur konnte. Ich wollte in der Klasse nicht mehr vorn sitzen, und ich ging seither nicht mehr allein von der Schule nach Hause.

Mich durften sie nicht holen. Ich musste auf meine Mutter aufpassen.

Ich war fertig mit meiner Suche. Keine Katelyn Meadows. Nicht in dieser Woche.

»Hast du das von Mary Wie-heißt-sie-noch gehört?«, fragte Beth, als wir unseren Weg zu mir nach Hause fortsetzten. »Ich glaube, sie ist in der Zehnten.«

»Mal überlegen, Mary Wie-heißt-sie-noch«, sagte Ryan nachdenklich und schob seine Brille auf seiner schmalen Nase hoch. In seiner Uniformjacke wirkte er streberhaft, wogegen die anderen Jungs in der Schule immer so aussahen, als hätten ihre Mütter sie für Ostersonntag herausgeputzt.

»Nein, was ist mit ihr?« Ein kalter Schauer jagte mir über die Haut.

»Das Gleiche wie mit Katelyn. Die Moralmiliz hat sie abgeholt, um sie vor Gericht zu stellen, und jetzt hat sie seit einer Woche niemand mehr gesehen.« Beth sprach leise, so wie immer, wenn sie fürchtete, jemand könnte lauschen.

Mir wurde übel. Moralmiliz war nicht der offizielle Name, aber er passte. Eigentlich gehörten die uniformierten Soldaten zum Federal Bureau of Reformation – dem Teil des Militärs, den der Präsident nach dem Ende des Krieges vor drei Jahren gegründet hatte. Ihre Aufgabe war es, die Befolgung der Moralstatuten durchzusetzen, um das Chaos zu unterbinden, das während der fünf Jahre geherrscht hatte, in denen Amerika gnadenlos attackiert worden war. Die Konsequenzen waren hart: Jeder Verstoß gegen die Statuten führte zu einer Vorladung und im schlimmsten Fall zu einer Verhandlung vor dem FBR-Gremium. Leute, denen der Prozess gemacht wurde – so wie Katelyn –, kamen üblicherweise nicht zurück.

Dazu kursierten die verschiedensten Theorien. Gefängnis. Deportation. Vor ein paar Monaten hatte ich miterlebt, wie ein verrückter Obdachloser etwas über Massenexekutionen plapperte, ehe man ihn weggekarrt hatte. Doch die Realität war auch ungeachtet der Gerüchte trostlos. Mit jedem neuen Statut wurde die MM mächtiger und selbstgerechter. Daher der Spottname.

»Einen aus der Neunten haben sie aus dem Sportunterricht geholt«, sagte Ryan in ruhigem Ton. »Ich habe gehört, sie haben ihm nicht mal erlaubt, seine Uniform wieder anzuziehen.«

Erst Katelyn Meadows, nun Mary Irgendwas und ein Junge. Und Mary und den Jungen hatte es innerhalb der letzten zwei Wochen erwischt. Ich erinnerte mich noch an die Zeit, in der die Schule ein sicherer Ort gewesen war – der einzige Platz, an dem wir nicht an den Krieg denken mussten. Heute schwänzte niemand mehr die Schule. Es gab keinen Zank und keine Prügeleien. Sogar die Hausaufgaben wurden pünktlich abgegeben. Alle hatten Angst, ihre Lehrer könnten sie der MM melden.

Als wir unsere leere Einfahrt betraten, schaute ich mich zum Nachbarhaus um. Ein kastenförmiger Bau, dessen weiße Außenverkleidung unter dem Einfluss von Staub und Regen fleckig geworden war. Die Sträucher im Garten waren verwildert und wuchsen über den Betonstufen zusammen. Lange, zarte Spinnengewebe hingen vom Dachüberstand herab. Es sah aus wie ein Spukhaus, und in gewisser Weise war es das auch.

Das war *sein* Haus gewesen.

Das Haus des Jungen, den ich liebte.

Mit Bedacht wandte ich den Blick ab und stieg die Stufen zu unserer vorderen Veranda hoch, um meine Freunde hineinzulassen.

Meine Mutter saß auf der Couch. Sie hatte mindestens vier Spangen zu viel im Haar und trug ein Shirt, das sie aus meinem Schrank geklaut hatte, aber das machte mir nichts aus. Die Wahrheit war, dass ich für Klamotten nicht viel übrig hatte. In einer Spendensammelstelle in einem Haufen getragener Kleidungsstücke herumzuwühlen, hatte nicht dazu beigetragen, mein Interesse am Shopping zu kultivieren.

Was mir jedoch etwas ausmachte, war, dass sie ein Taschenbuch mit einem halb nackten Piraten auf dem Einband las. Das Zeug war heutzutage illegal. Wahrscheinlich hatte sie es von jemandem, der wie sie freiwillig in der Suppenküche aushalf. Die Einrichtung war gerammelt voll mit arbeitslosen Frauen, die ihre passiv-aggressive Schmuggelware unter der Nase der Moralmiliz verbreiteten.

»Hi, Baby. Hi, Leute«, sagte meine Mutter, regte sich darüber hinaus aber kaum. Sie blickte nicht einmal auf, bis sie die Seite zu Ende gelesen hatte. Dann klemmte sie ein Lesezeichen zwischen die Seiten und stand auf. Ich hielt die Klappe wegen des Buchs, obwohl ich ihr vermutlich hätte sagen sollen, dass sie dieses Zeug nicht mit nach Hause bringen durfte. Aber die heimliche Lektüre machte ihr offensichtlich Freude, und es war immer noch besser, als wenn sie auf der Veranda las – was sie bisweilen tat, wenn sie besonders rebellisch gestimmt war.

»Hi, Mom.«

Sie küsste mich geräuschvoll auf die Wange und umarmte meine Freunde, beide auf einmal, ehe sie uns unseren Hausaufgaben überließ.

Wir holten unsere großen, schweren Bücher hervor und fingen an, die mechanische Welt der Elementarmathematik zu entziffern. Das war eine furchtbare Arbeit – ich verabscheute Mathe –, aber Beth und ich hatten einen Durchhaltepakt geschlossen. Es gab Gerüchte, die besagten, dass Mädchen im nächsten Jahr keine Möglichkeit mehr hätten, Mathe zu belegen, also durchlitten wir unser Los in stiller Rebellion.

Meine Mutter, die angesichts meiner Miene mitfühlend lächelte, tätschelte meinen Kopf und bot uns an, heiße Schokolade zu machen. Nach ein paar frustrierenden Minuten folgte ich ihr in die Küche. Sie hatte vergessen, ihren Ficus zu gießen, der nun jämmerlich die Blätter hängen ließ. Ich füllte in der Spüle ein Glas mit Wasser und schüttete es in den Topf.

»Schlimmer Tag?«, fragte sie und löffelte Kakaopulver aus einer blauen Dose mit dem Bild eines Sonnenaufgangs auf der Vorderseite in vier Becher. Die Lebensmittelmarke Horizons gehörte der Regierung und war alles, was unsere Zuteilungen hergaben.

Ich lehnte mich an den Küchentisch und scharrte mit dem Absatz auf dem Boden. Noch immer dachte ich über die beiden neuen Entführten und die Schmuggelware nach. Und über das leere Haus nebenan.

»Mir geht's gut«, log ich. Ich wollte meine Mutter nicht ängstigen, indem ich ihr von Mary Irgendwas erzählte, und ich wollte sie auch nicht wegen des Buchs ermahnen. Sie konnte es nicht ausstehen, wenn ich sie mit den Regeln nervte. Manchmal war sie eben doch ein wenig dünnhäutig.

»Wie war die Arbeit?«, fragte ich, um das Thema zu wechseln. Die Suppenküche bezahlte sie nicht, trotzdem nannten wir es Arbeit, das half ihr, sich besser zu fühlen.

Meine kaum zu übersehende Vermeidungsstrategie war ihr natürlich aufgefallen, aber sie ging darüber hinweg und fing an, mir eine lange Geschichte über Misty Irgendwas zu erzählen, die Kelly Irgendwas' Freund aus der Highschool gedatet hatte, und … Ich machte mir nicht die Mühe, ihrem Redeschwall zu folgen. Ich nickte nur, und bald lächelte ich. Ihre Begeisterung war ansteckend. Als der Wasserkessel zu pfeifen begann, fühlte ich mich schon viel besser.

Sie griff gerade nach den Bechern, als jemand an die Haustür klopfte. In der Annahme, dass es vermutlich Mrs Crowley von gegenüber war, die wie an jedem anderen Tag meine Mutter besuchen wollte, ging ich hin, um zu öffnen.

»Ember, warte …« Die Furcht in Beth' Stimme veranlasste mich, innezuhalten und mich zum Wohnzimmer umzudrehen. Sie kniete auf der Couch, eine Hand am Vorhang, und jegliche Farbe war aus ihrem sowieso schon recht blassen Gesicht gewichen.

Aber es war zu spät. Meine Mom war an mir vorbeigegangen und hatte die Tür schon entriegelt und geöffnet.

Zwei Soldaten der Moralmiliz standen auf den Stufen.

Sie waren in voller Uniform gekommen: marineblaue Splitterschutzweste mit großen Holzknöpfen, passende Hose, die sich über den glänzenden Stiefeln bauschte. Das bekannteste Hoheitszeichen im ganzen Land, die amerikanische Flagge, die über einem Kreuz flatterte, prangte auf ihren Brusttaschen, gleich über den Buchstaben FBR. Jeder von ihnen hatte einen schwarzen Schlagstock, der zur Standardausrüstung zählte, ein Funkgerät und eine Schusswaffe am Gürtel.

Einer der Soldaten hatte kurzes, braunes Haar, das an den Schläfen bereits grau wurde, und Fältchen an den Mundwinkeln, die ihn viel zu alt erscheinen ließen. Sein hagerer

Kollege zupfte ungeduldig an seinem hellbraunen Schnurrbart.

Enttäuscht ließ ich die Schultern hängen. Irgendwo in meinem Hinterkopf hatte ich gehofft, *er* wäre einer von ihnen, ein flüchtiger Augenblick der Schwäche, die mich stets beim Anblick einer Uniform befiel und für die ich mich am liebsten selbst getreten hätte.

»Ms Lori Whittman?«, fragte der ältere Soldat, ohne ihr in die Augen zu sehen.

»Ja«, antwortete meine Mutter zögerlich.

»Ich brauche Ihren Ausweis.« Er machte sich nicht die Mühe, sich vorzustellen, aber auf seinem Namensschild stand BATEMAN. Der andere hieß CONNER.

»Gibt es ein Problem?« Ein Hauch von Verachtung war in Moms Ton, und ich hoffte, dass sie ihn nicht wahrnehmen würden. Beth trat hinter mich, und ich fühlte, dass Ryan neben ihr war.

»Zeigen Sie mir einfach Ihren Ausweis, Ma'am«, sagte Bateman gereizt.

Meine Mutter kehrte in den Raum zurück, ohne die beiden hereinzubitten. Ich verstellte ihnen den Weg und gab mir Mühe, nicht so klein auszusehen, wie ich mich fühlte. Ich durfte nicht zulassen, dass sie unser Haus durchsuchten; wir hatten zu viel Schmuggelware hier, um einer Vorladung zu entgehen. Wir hatten nicht mit einer Inspektion gerechnet, schließlich hatte erst letzten Monat eine stattgefunden, und deshalb lag alles offen herum.

Ich neigte den Kopf kaum merklich in Beth' Richtung; sie schlich zurück zur Couch und schob den Liebesroman, den meine Mutter gelesen hatte, unter die Kissen. In meinem Kopf rasten die Gedanken weiter zu anderen Dingen aus Moms Besitz: weitere *unangemessene* Romane, alte Zeitschriften aus der Zeit vor dem Krieg, ein Maniküre-Set. Außerdem hatte ich gehört, mein Lieblingsbuch, Mary Shelleys *Frankenstein*, hätte es inzwischen auch auf die Liste geschafft. Es lag ganz oben auf meinem Nachttisch.

Ein Feuer entzündete sich in meinem Brustkorb wie die Flamme eines Streichholzes. Und dann konnte ich mein Herz an meinen Rippen schlagen hören. Ich erschrak. Es war lange her, seit ich dieses Gefühl das letzte Mal so bewusst wahrgenommen hatte.

Bateman versuchte, an mir vorbeizublicken, aber ich versperrte ihm die Sicht. Abschätzig zog er eine Braue hoch. Während des letzten Jahres hatte sich die Präsenz der MM in Louisville – und in allen übrigen US-Städten – verzehnfacht. Anscheinend hatten sie nicht genug zu tun; Bürger zu schikanieren genoss offenbar besonders hohe Priorität. Ich unterdrückte meinen Groll, obwohl mein Blut zu kochen anfing, und bemühte mich um Fassung. Es war nicht gerade klug, der MM gegenüber unhöflich aufzutreten.

Auf der Straße standen zwei Wagen, ein blauer Van und ein kleineres Auto, das aussah wie ein alter Streifenwagen. Auf den Seiten beider Fahrzeuge prangte das FBR-Emblem. Das Motto darunter musste ich nicht lesen, um zu wissen, was es besagte: *Ein Heiles Land, Eine Heile Familie.* Diese Worte versetzten mir stets einen kleinen Stich – denn sie vermittelten ein Gefühl der Unzulänglichkeit, als wäre meine kleine Zwei-Personen-Familie nicht heil *genug*.

Jemand saß auf dem Fahrersitz des Vans, und ein anderer Soldat stand auf dem Bürgersteig vor unserem Haus. Während ich hinausschaute, wurde die hintere Tür des Vans geöffnet, und zwei weitere Soldaten hüpften hinaus auf die Straße.

Irgendetwas stimmte hier nicht.

Das waren eindeutig viel zu viele Soldaten, um uns eine Geldstrafe wegen eines Verstoßes gegen ein Statut aufzuerlegen.

Meine Mutter kehrte zur Tür zurück und wühlte dabei in ihrer Handtasche. Ihr Gesicht war gerötet. Ich baute mich Schulter an Schulter zu ihr auf und zwang mich, ruhig zu atmen.

Endlich fand sie ihre Brieftasche und zog den Ausweis hervor. Bateman kontrollierte ihn rasch, ehe er ihn in seine Hemdtasche steckte. Conner hielt ein Stück Papier hoch, das mir zuvor nicht aufgefallen war, zog die Schutzfolie ab und klatschte es an unsere Haustür.

Die Moralstatuten.

»Hey«, hörte ich mich sagen. »Was tun Sie …«

»Lori Whittman, Sie stehen wegen Verstoßes gegen die überarbeitete Fassung von Paragraph 2, Artikel 5, Teil A der Moralstatuten betreffs der Zeugung außerehelicher Kinder unter Arrest.«

»Arrest?« Moms Stimme stockte. »Was meinen Sie damit?«

Im Geiste ging ich hastig die Gerüchte durch, die mir über Leute zu Ohren gekommen waren, die wegen eines Verstoßes gegen die Statuten ins Gefängnis gesteckt wurden – und ich erkannte mit einem Gefühl puren Grauens, dass es sich dabei gar nicht um Gerüchte gehandelt hatte. Dies war die unendliche Wiederaufführung der Katelyn-Meadows-Geschichte.

»Artikel 5?«, platzte Ryan hinter uns heraus. »Inwiefern ist der auf die beiden anwendbar?«

»Die aktuelle Version wurde am vierundzwanzigsten Februar überarbeitet. Sie schließt alle Kinder unter achtzehn Jahren ein.«

»Am vierundzwanzigsten Februar? Aber das war erst am Montag!«, protestierte Beth in scharfem Ton.

Conner streckte den Arm über unsere Schwelle aus, packte meine Mutter an der Schulter und versuchte, sie zu sich zu zerren. Instinktiv wickelte ich beide Hände um seinen Unterarm.

»Loslassen, Miss«, blaffte er nur. Zum ersten Mal sah er mich an, und mir fiel auf, wie seltsam seine Augen waren, so als würden sie meine Anwesenheit gar nicht erfassen. Ich lockerte meinen Griff, ließ seinen Arm aber nicht los.

»Was meinen Sie mit ›Arrest‹?« Meine Mutter versuchte immer noch, das Geschehen zu verarbeiten.

»Das ist wohl ziemlich offensichtlich, Ms Whittman.« Batemans Ton klang herablassend. »Sie haben sich der Nichteinhaltung der Moralstatuten schuldig gemacht und werden nun von einem Senior Officer des Federal Bureau of Reformation verurteilt.«

Ich kämpfte gegen Conners festen Griff um Moms Schulter. Er zog uns beide hinaus ins Freie. Ich bat ihn aufzuhören, aber er beachtete mich gar nicht. Dann packte Bateman die andere Schulter meiner Mutter und zerrte sie die Stufen hinunter. Conner ließ für einen Moment ihren Arm los, um mich zur Seite zu stoßen, woraufhin ich mit einem Aufschrei stürzte. Das Gras war kalt und feucht, durchnässte meinen Rock an der Hüfte, aber in meinem Gesicht und meinem Hals brannte das Blut. Beth hastete zu mir.

»Was ist hier los?«, rief eine Stimme.

Ich blickte auf und sah Mrs Crowley, unsere Nachbarin, die eine Jogginghose trug und sich in einen Schal gewickelt hatte. »Lori! Ist alles in Ordnung, Lori? Ember!«

Ich sprang auf. Meine Augen schossen zu dem Soldaten,

der auf der Straße gewartet hatte. Er hatte einen athletischen Körperbau und gegeltes, blondes Haar mit einem säuberlichen Seitenscheitel. Seine Zunge glitt hinter geschürzten Lippen über seine Zähne, ein Anblick, der mich daran erinnerte, wie Sand verrutschte, wenn eine Schlange unter ihm dahinkroch.

Er kam direkt auf mich zu.

Nein! Mein Atem kratzte in meiner Kehle, und ich kämpfte gegen das dringende Bedürfnis, einfach wegzulaufen.

»Fassen Sie mich nicht an!«, kreischte meine Mutter.

»Ms Whittman, machen Sie es nicht schlimmer als unbedingt nötig«, entgegnete Bateman, und mein Magen verkrampfte sich angesichts der Teilnahmslosigkeit, die aus seinem Ton sprach.

»Verschwinden Sie zum Teufel noch mal von meinem Grundstück!«, forderte meine Mutter. Zorn klang durch ihre Furcht hervor. »Wir sind keine Tiere, wir sind Menschen! Wir haben Rechte! Sie sind alt genug, um sich daran zu erinnern …«

»Mom!«, schnitt ich ihr das Wort ab. Sie würde es nur noch schlimmer machen. »Officer, das muss ein Irrtum sein.« Meine Stimme schien von weit her zu kommen.

»Das ist kein Irrtum, Ms Miller. Ihre Akten wurden bereits auf Zuwiderhandlungen überprüft«, sagte Morris, der Soldat, der vor mir stand. Seine grünen Augen funkelten. Er kam mir langsam zu nahe.

In einem Sekundenbruchteil schossen seine eisenharten Fäuste vor und umfingen meine beiden Handgelenke. Ich bockte, zog die Arme zurück bei dem Versuch, ihn abzuschütteln. Er war stärker und zerrte mich dicht an sich heran, sodass unsere Körper aufeinanderprallten. Mir wurde die Luft aus den Lungen gepresst.

Für eine Sekunde sah ich den Ansatz eines spöttischen Lächelns in seinem Gesicht. Seine Hände, die meine Unterarme umklammerten wie Schraubstöcke, glitten hinter meinen Rücken und zogen mich noch fester an ihn heran. Ich wurde von Kopf bis Fuß steif.

Eine Warnung schrillte in meinem Kopf. Ich versuchte, mich zu befreien, aber das schien ihn nur noch mehr anzuheizen. Der Kerl *genoss*, was er tat. Sein Griff war so hart, dass meine Hände vor Taubheit zu kribbeln anfingen.

Irgendwo an der Straße wurde geräuschvoll eine Autotür zugeschlagen.

»Aufhören!«, presste ich hervor.

»Loslassen!«, brüllte ihn Beth an.

Conner und Bateman zerrten meine Mutter fort. Morris' Hände umfingen immer noch meine Handgelenke. Ich hörte nichts mehr außer dem Klingeln in meinen Ohren.

Und dann sah ich ihn.

Sein Haar war schwarz und glänzte in den letzten Resten des Sonnenlichts. Kurz war es jetzt, so sauber geschnitten wie das der anderen Soldaten, und seine Augen, scharf wie die eines Wolfs, wirkten so dunkel, dass ich die Pupillen kaum erkennen konnte. JENNINGS stand in perfekten, goldenen Lettern in Brusthöhe auf seiner gebügelten Uniform. Nie zuvor in meinem Leben hatte ich ihn so ernst erlebt. Er war kaum wiederzuerkennen.

Mein Herz schlug hastig, furchtsam, aber es schlug. Nur weil er hier war. Mein Körper hatte ihn gespürt, ehe mein Geist ihn erkannt hatte.

»Chase?«, fragte ich.

Ich dachte an so viele Dinge gleichzeitig. Trotz allem wollte ich zu ihm laufen, wollte, dass er mich in den Armen hielt wie in der Nacht, bevor er gegangen war. Doch gleich darauf kehrte der Schmerz, den mir seine Abwesenheit bereitet hatte, zurück, und die Realität brannte in meinem Inneren.

Er hatte *das* mir vorgezogen.

Ich klammerte mich an die Hoffnung, dass er Mom und mir nun helfen würde. Doch Chase sagte nichts. Sein Unterkiefer wölbte sich vor, als würde er mit den Zähnen knirschen, aber davon abgesehen offenbarte sein Gesicht keinerlei Gefühl, keinen Hinweis darauf, dass gerade sechs Meter von ihm entfernt das Haus stand, in dem er aufgewachsen war. Er stand zwischen dem Van und der Stelle, an der Morris mich immer noch festhielt, und mir kam der Gedanke, dass er der Fahrer war.

»Vergiss nicht, warum du hier bist«, blaffte Bateman ihn an.

»Chase«, rief ich ihm zu, »sag ihnen, dass sie sich irren.« Ich sah ihm direkt ins Gesicht.

Er blickte mich nicht an. Er rührte sich nicht.

»Das reicht. Zurück in den Van, Jennings!«, befahl Bateman.

»Chase!«, schrie ich erneut und fühlte, wie sich mein Gesicht vor Bestürzung verzerrte. Würde er mich wirklich ignorieren?

»Sprich nicht mit ihm«, herrschte mich Bateman an. »Würde bitte irgendjemand irgendetwas mit diesem Mädchen machen?«

Mein Entsetzen nahm zu und blendete die Welt um mich herum aus. Chases Gegenwart wirkte nicht mehr beruhigend auf mich, so wie sie es früher getan hatte. Der Mund, der einst gelächelt und sich weich auf meine Lippen gedrückt hatte, bildete eine harte, grimmige Linie. Da war keine Wärme mehr in diesem Menschen. Das war nicht der

Chase, an den ich mich erinnerte. Das war nicht mein Chase.

Und dennoch konnte ich den Blick nicht von seinem Gesicht lösen, und ich krümmte mich unter dem Schmerz in meiner Brust.

Morris zerrte mich brutal hoch, und mein Instinkt lebte auf. Ich zuckte zurück, riss mich aus seinem Griff los und wickelte die Arme um die Schultern meiner Mutter. Jemand zog mich zurück. Mom drohte mir zu entgleiten. Sie wollten mich einfach von ihr wegziehen.

»NEIN!«, schrie ich.

»Lass sie los!«, hörte ich einen Soldaten bellen. »Oder wir nehmen dich auch mit, Rotschopf.«

Beth' Fäuste, die sich in meine Schuluniform gekrallt hatten, wurden von meinen Kleidern gelöst. Durch tränennasse Augen sah ich, dass Ryan sie festhielt, das Gesicht vor Schuldgefühlen ganz verzerrt. Beth weinte, streckte die Hände nach mir aus, aber ich wollte meine Mutter nicht loslassen.

»Okay, okay«, hörte ich meine Mutter sagen. Sie sprach enorm schnell. »Bitte, Officer, *bitte*. Sie müssen mich nicht mitnehmen. Wir können uns doch gleich hier unterhalten.«

Ein Schluchzen stieg in meiner Kehle auf. Ich konnte die Gefügigkeit in ihrem Tonfall nicht ertragen. Sie fürchtete sich. Die Soldaten versuchten erneut, uns voneinander zu trennen, und ich wusste ganz tief im Inneren, dass ich das nicht zulassen durfte.

»Seien Sie sanft zu den beiden, bitte! *Bitte!*«, bettelte Mrs Crowley.

Mit einem kraftvollen Ruck trennte Morris mich von meiner Mutter. Wütend schlug ich nach seinem Gesicht.

Meine Fingernägel erwischten die Haut an seinem Hals, und er fluchte lauthals.

Ich sah die Welt nur noch durch einen scharlachroten Schleier. Ich wollte, dass er mich angriff, damit ich erneut nach ihm schlagen konnte.

Seine grünen Augen glänzten vor Zorn, und er zog knurrend den Schlagstock aus dem Gürtel und schwang ihn wie der Blitz über seinem Kopf.

Schützend hielt ich mir die Arme vor das Gesicht.

»AUFHÖREN!« Nun klang die Stimme meiner Mutter äußerst aggressiv. Und laut genug, dass ich sie über dem Kreischen des Adrenalins in meinen Ohren hören konnte.

Jemand schubste mich, und ich wurde brutal zu Boden geschleudert. Das Haar fiel über mein Gesicht. Ich spürte ein Stechen in meiner Brust, das mir den Atem raubte. Mühsam stemmte ich mich auf die Knie.

»Jennings!«, hörte ich Bateman brüllen. »Dein Vorgesetzter wird das erfahren!«

Chase stand vor mir und verstellte mir die Sicht.

»Tut ihm nicht weh!«, keuchte ich. Morris hielt seine Waffe immer noch schlagbereit, aber nun war Chase sein Ziel.

»Den brauchst du nicht.« Chase sprach sehr leise. Und Morris ließ den Schlagstock sinken.

»Du hast gesagt, du kriegst das hin«, zischte er und musterte Chase finster.

Hatte Chase diesem Soldaten – *Morris* – von mir erzählt? Waren sie Freunde? Wie konnte er mit jemandem wie dem befreundet sein?

Chase stand regungslos da und sagte keinen Ton.

»Wegtreten, Jennings«, kommandierte Bateman.

Mühsam rappelte ich mich auf und musterte den Anführer mit finsterer Miene. »Wer zum Teufel glauben Sie, dass Sie sind?«

»Pass auf, was du sagst«, blaffte Bateman. »Du hast bereits einen Soldaten geschlagen. Wie viel tiefer soll das Loch, das du dir gräbst, noch werden?«

Ich konnte meine Mutter aufgeregt reden hören, immer wieder von krampfhaftem Schluchzen unterbrochen. Als sie wieder anfingen, sie in Richtung Van zu zerren, stürzte ich voran und klammerte mich an Chases Uniform. Die Verzweiflung erdrückte mich beinahe. Sie würden sie mir wegnehmen.

»Chase, bitte«, bettelte ich. »Bitte sag ihnen, dass das ein Irrtum sein muss. Wir sind anständige Leute. Du kennst uns. Du kennst *mich.*«

Er schüttelte mich ab, als hätte ein widerliches Etwas ihn berührt. Das schmerzte mehr, als es irgendetwas anderes in diesem Moment vermocht hätte. Schockiert starrte ich ihn an.

Die Niederlage war verheerend.

Meine Arme wurden hinter meinen Rücken gezerrt und dort unentrinnbar in Morris' starkem Griff festgehalten. Mir war es gleich. Ich konnte sie nicht einmal spüren.

Chase entfernte sich von mir. Bateman und Conner scheuchten meine Mutter zu dem Van. Über die Schulter blickte sie sich um und sah mich mit angstvollen Augen an.

»Alles in Ordnung, Baby«, rief sie und bemühte sich um einen zuversichtlichen Tonfall. »Ich finde heraus, wer dafür verantwortlich ist, und dann werde ich mich lange und eingehend mit ihm unterhalten.«

Bei der Vorstellung drehte sich mir der Magen um.

»Sie trägt nicht einmal Schuhe«, brüllte ich den Soldaten hinterher.

Es gab nichts mehr zu sagen, während sie meine Mutter in den Van verfrachteten. Und als sie im Inneren verschwand, spürte ich, wie etwas in mir zerriss, etwas freigesetzt wurde, das sich anfühlte wie Säure in meiner Brust. Es versengte mein Inneres, zwang mich, schneller zu atmen, brachte meine Kehle zum Brennen und meine Lunge zum Krampfen.

»Los, vorwärts. Zum Wagen«, befahl Morris.

»Was? Nein!«, schrie Beth. »Sie dürfen Ember nicht auch noch mitnehmen.«

»Was soll das?«, verlangte Ryan zu erfahren.

»Ms Miller wird gemäß Artikel 5 der Moralstatuten in das Gewahrsam der Regierung überstellt. Sie kommt in die Resozialisierung.«

Plötzlich war ich das alles furchtbar leid. Meine Gedanken ergaben keinen Sinn mehr. Verschwommene Linien durchzogen mein Blickfeld, aber ich konnte sie nicht wegblinzeln. Ich schnappte nach Luft, aber sie reichte mir nicht.

»Kämpf nicht gegen mich, Ember«, wies Chase mich mit ruhiger Stimme an. Mir brach das Herz, als ich ihn meinen Namen sagen hörte.

»Warum tust du das?« Meine Stimme klang fern und schwach. Er antwortete nicht, aber ich hatte auch nicht mit einer Antwort gerechnet.

Sie führten mich zu dem Wagen, der hinter dem Van stand. Chase öffnete die hintere Tür und schob mich unsanft auf die Rückbank. Ich kippte auf die Seite und fühlte, wie meine Tränen auf den Lederbezug tropften.

Dann war Chase weg. Und obwohl mein Herz wieder ruhiger schlug, blieb der Schmerz in meiner Brust. Er raubte mir den Atem und verschlang mich in einem Stück, und dann stürzte ich in tiefe Finsternis.

KAPITEL 2

»Mom, ich bin zu Hause!« Ich trat mir die Ballerinas an der Haustür von den Füßen und ging durch den Korridor direkt zur Küche, wo ich sie lachen hörte.

»Ember, da bist du ja! Schau, wer wieder da ist!« Meine Mutter stand am Herd und strahlte, als hätte sie mir gerade ein tolles neues Spielzeug besorgt.

Chase Jennings saß in meiner Küche.

Chase Jennings, mit dem ich jeden Tag gespielt hatte, mit dem Fahrrad um die Wette gefahren war und in den ich verknallt war, seit ich wusste, was verknallt sein bedeutet.

Chase Jennings, der auf eine kantige Art attraktiv geworden war; groß und muskelbepackt und so viel gefährlicher als der hagere Vierzehnjährige, an den ich mich erinnerte. Er lehnte sich lässig auf seinem Stuhl zurück, die Hände in den Taschen seiner Jeans, und unter einer alten Baseballkappe lugte ein Wirrwarr schwarzer Haare hervor.

Ich starrte ihn an, schaute dann hastig weg und fühlte, wie mir die Röte ins Gesicht stieg.

»Äh … hi.«

»Hey, Ember«, sagte er ganz locker. »Bist erwachsen geworden.«

Blinzelnd schlug ich die Augen auf, als der FBR-Streifenwagen holpernd zum Stehen kam. Mit schwerem, benebeltem Kopf setzte ich mich ganz langsam auf und strich mir das Haar aus dem Gesicht.

Wo war ich?

Es war Nacht geworden, und die Dunkelheit verstärkte meine Orientierungslosigkeit. Ich rieb mir die Augen. Durch die dicke, gläserne Trennscheibe hinter den Vordersitzen erhaschte ich einen Blick auf das Profil des blonden Soldaten. *Morris.* Sein Namensschild war mir in Erinnerung geblieben. Ich schaute durch die Windschutzscheibe hinaus. Die Trennscheibe verzerrte die Sicht. In einem Anfall von Panik erkannte ich, dass ich nach einem Van suchte. Einem Van, der nicht mehr vor uns war.

Dann fiel mir alles wieder ein.

Die MM. Die Festnahme. *Chase.*

Wo war meine Mutter? Ich hätte aufpassen müssen! Ich schlug an die Trennscheibe, aber Morris und der Fahrer zeigten nicht die kleinste Regung. Die Scheibe war schalldicht. Von Furcht ergriffen verschränkte ich die Arme vor der Brust, lehnte mich auf dem lederbezogenen Sitz zurück und bemühte mich um Haltung.

Ohne einen Wagen oder einen Fernseher waren wir in unserer Nachbarschaft recht isoliert gewesen. Das FBR hatte die örtliche Zeitung wegen Ressourcenknappheit dichtgemacht und den Zugang zum Internet gesperrt, um eine Rebellion zu verhindern, also konnten wir uns nicht einmal Bilder davon ansehen, wie sich unsere Stadt verändert hatte. Wir wussten, dass Louisville im Krieg vergleichsweise gut davongekommen war. Keine ausgebombten Gebäude. Keine evakuierten Gebiete. Aber auch wenn die Stadt nicht kriegsgeschädigt aussah, war sie doch nicht mehr so wie früher.

Wir passierten das erleuchtete Tagungszentrum, das nun als Vertriebszentrum für Horizons herhalten musste. Dann den Flughafen, den man, als der kommerzielle Luftverkehr untersagt worden war, zu einer FBR-Waffenfabrik umfunktioniert hatte. Als Fort Knox und Fort Campbell in FBR-Stationen umgewandelt wurden, hatte ein starker Zustrom an Soldaten eingesetzt. Nun parkten reihenweise blaue Streifenwagen auf dem Parkplatz des alten Ausstellungsgeländes.

Außer uns fuhr kein Wagen auf dem Freeway. Zu wissen, dass ich mit der MM unterwegs war, während *nur* die MM unterwegs sein konnte, umgeben von den Flaggen und Kreuzen und den Sonnenaufgangslogos, ging mir durch Mark und Bein. Ich kam mir vor wie Dorothy in einem verdrehten *Zauberer von Oz*.

Eine Ausfahrt führte uns in die Innenstadt von Louisville, und am Ende der Kurve rollten wir über eine verlassene Kreuzung mit Stoppschildern an allen Zuwegen. Der Fahrer steuerte auf ein monströses, verklinkertes Hochhaus zu, dessen Erdgeschoss sich ausbreitete wie die Tentakel eines Tintenfisches. Seine gelben Augen – Fenster, erleuchtet mithilfe von Generatoren – lugten in alle Richtungen hinaus. Wir waren am städtischen Krankenhaus.

Den Van konnte ich nirgends entdecken. Wo hatten sie meine Mutter hingebracht?

Chase Jennings. Ich versuchte zu schlucken, aber sein Name fühlte sich auf meiner Zunge an wie kochendes Wasser, zu heiß, ihn hinunterzuwürgen.

Wie konnte er nur? Ich hatte ihm vertraut. Ich hatte sogar geglaubt, ich würde ihn lieben, und nicht nur das, nein, auch dass er mir ein ebenso aufrichtiges Interesse entgegenbrachte.

Er hatte sich verändert. Total.

Der Fahrer parkte den Streifenwagen nahe am Gebäude auf einem finsteren Parkplatz. Einen Moment später öffnete Morris die Hintertür und zerrte mich am Unterarm raus. Die drei roten Linien, die meine Fingernägel auf seiner Haut hinterlassen hatten, hoben sich leuchtend am sonst weißen Hals ab.

Das Summen der Generatoren erfüllte die Nacht, ein krasser Kontrast zu dem schalldichten Innenraum des Streifenwagens. Morris führte mich zu dem Gebäude, wo ich in den schimmernden Glasschiebetüren unter dem Notaufnahmeschild mein Spiegelbild erblickte. Blasses Gesicht. Verquollene Augen. Mein kastenförmiges Uniformhemd hing auf einer Seite herunter, wo Beth es in die Länge gezogen hatte bei dem Versuch, mich zu retten, und mein Zopf hing müde herunter.

Wir gingen nicht hinein.

»Ich habe mir dich immer blond vorgestellt«, sagte Morris. Sein Ton klang nichtssagend, und doch schien sich eine Spur der Enttäuschung darin zu verbergen. Wieder machte ich mir Gedanken, was Chase ihm wohl erzählt haben mochte.

»Ist meine Mutter hier?«, fragte ich.

»Halt die Klappe.«

Er durfte also reden, ich aber nicht? Ich musterte ihn finster, konzentrierte mich auf die Stelle, an der meine Fingernägel bereits Blut gefordert hatten. Zu wissen, dass ich mich wehren konnte, gab mir ein bisschen mehr Mut. Der Kerl riss mich die Einfahrt entlang, wo das Scheinwerferlicht einen blauen Schulbus flutete, der einen bedrohlichen Schatten auf den Parkplatz warf. Mehrere Mädchen standen dort in einer Reihe, zu beiden Seiten eingekeilt von Wachmännern.

Als wir näher kamen, schauderte ich. Der Soldat hatte irgendwann das Wort *Resozialisierung* benutzt, aber ich wusste nicht, was das beinhaltete oder wo sich die Einrichtung – falls es überhaupt eine Einrichtung gab – befand. Ich stellte mir eines dieser gewaltigen Übergangspflegeheime vor, die während des Krieges erbaut wurden, oder, noch schlimmer, die staatliche Besserungsanstalt. Aber dort konnten sie mich doch unmöglich hinbringen; ich selbst hatte ja gar nichts angestellt. Geboren zu werden war kein Verbrechen, auch wenn die mich behandelten wie eine Kriminelle.

Aber was, wenn sie meine Mutter ins Gefängnis warfen?

Ich dachte an die verschwundenen Kinder aus meiner Schule. Katelyn Meadows und Mary Irgendwas und dieser Neuntklässler, den ich nicht kannte. Man hatte sie wegen Verstößen gegen irgendwelche Artikel vor Gericht gezerrt, wegen harmloser Vergehen wie verpasstem Schulunterricht aufgrund eines nicht gebilligten religiösen Festes. Sie hatten niemanden umgebracht oder so etwas. Und trotzdem war Katelyn nicht zurückgekommen, und Mary und der Junge waren inzwischen seit einer oder zwei Wochen verschwunden.

Ich versuchte, mich zu erinnern, was Beth über Katelyn gesagt hatte, aber ich zitterte so sehr, mein Gehirn schien regelrecht zu klappern. *Ihre Telefonnummer wurde abgemeldet. Sie steht nicht auf der Vermisstentafel. Ihre Familie ist nach dem Prozess weggezogen.*

Weggezogen, dachte ich. Oder man hatte sie alle in einen Bus gesteckt und verschwinden lassen.

Ich reihte mich hinter einem stämmigen Mädchen mit einem kurzen, blonden Bob ein. Sie weinte so sehr, dass sie kaum noch Luft bekam. Eine andere hatte die Arme um den Bauch geschlungen und wiegte sich auf den Füßen. Sie alle schienen höchstens so alt wie ich zu sein. Ein dunkelhaariges Mädchen konnte nicht älter als zehn Jahre sein.

Morris lockerte seinen Griff um meinen gequetschten Arm, als wir uns zwei Wachmännern näherten. Einer hatte ein blaues Auge. Der andere ging eine Namensliste auf einem Klemmbrett durch.

»Ember Miller«, meldete Morris. »Wie viele noch bis zur Abfahrt, Jones?«

Meine Knie wurden weich. Wieder fragte ich mich, wohin sie uns bringen würden. Sehr weit weg, sonst hätte ich in der Schule oder durch den Klatsch in der Suppenküche davon hören müssen. Mir wurde bewusst, dass *niemand* außer diesen Soldaten unseren Bestimmungsort kannte. Nicht einmal meine Mutter. Beth würde uns suchen, aber sie riskierte eine Vorladung oder Schlimmeres, wenn sie den Männern von der MM zu viele Fragen stellte.

Ich hatte das fürchterliche Gefühl, dass ich kurz davor war zu verschwinden. Dass ich die nächste Katelyn Meadows werden würde.

»Noch drei. Funkmeldung ist gerade reingekommen. Wir dürften in weniger als einer Stunde unterwegs sein«, berichtete der Soldat.

»Gott sei Dank«, sagte Morris. »Diese kleinen Biester sind bösartig.«

Der Soldat mit dem blauen Auge grunzte. »Als würde ich das nicht wissen.«

»Wenn Sie uns eine Geldbuße aufbrummen wollen, dann bezahle ich sie«, platzte ich heraus.

Tatsächlich hatten wir gar kein Geld. Wir hatten bereits den größten Teil unserer staatlichen Unterstützung für diesen Monat aufgebraucht, aber das mussten die ja nicht wissen.

Notfalls konnte ich etwas von unserer Habe verpfänden. Das hatte ich schon früher getan.

»Wer hat denn was von einer Geldbuße gesagt?«, fragte Morris.

»Was wollen Sie dann? Ich besorge es. Sagen Sie mir nur, wo meine Mutter ist.«

»Einen Soldaten zu bestechen stellt einen Verstoß dar«, warnte er mich und feixte dabei, als wäre das alles nur ein Spiel.

Irgendeine Möglichkeit musste es geben. Ich durfte nicht in diesen Bus steigen.

Er sah, wie mein Blick an ihm vorbeihuschte, und erkannte meinen Fluchtversuch schon, ehe ich den ersten Schritt getan hatte. Wie der Blitz schloss sich sein derber Griff um meine Taille.

»Nein!« Ich kämpfte verzweifelt, aber er war so viel stärker und hatte meine Arme fest gegen meinen Körper gepresst. Der Kerl kicherte – ein Laut, der mich mit Schrecken erfüllte – und schob mich gewaltsam und mit der Unterstützung der beiden Soldaten die Stufen hinauf.

Jetzt ist es so weit, erkannte ich mit morbider Klarheit. Ich werde verschwinden.

Der Soldat mit dem blauen Auge stieg hinter mir die Stufen hinauf und schlug sich mit seinem Schlagstock auf die Handfläche.

»Setzen«, befahl er.

Ich hatte keine andere Wahl, als zu tun, was er sagte.

Nie zuvor hatte ich mich so schwer gefühlt. Ich schleppte mich über die lange Gummimatte zu einem freien Platz in der Mitte und brach auf der Bank zusammen. Das Schluchzen der Mädchen um mich herum drang nur vage in mein Bewusstsein. Taubheit kroch über mein Rückgrat, lähmte meine Furcht und meine Sorgen. Ich fühlte nichts mehr.

Das Mädchen neben mir hatte lange, wellige schwarze Haare und mokkabraune Haut. Sie schaute kurz zu mir herüber, ehe sie fortfuhr, auf ihren Fingernägeln herumzukauen, wütend, nicht furchtsam. Sie hatte die Beine auf Kniehöhe gekreuzt und trug ein enges T-Shirt und eine Pyjamahose.

»Schuhe vergessen?« Sie zeigte auf meine Füße. Meine Socken waren voller Schlamm und Grasflecken. Mir war das noch gar nicht aufgefallen.

»Warum haben sie dich geholt?«, fragte sie, ohne den Blick von ihrer Hand zu lösen.

Ich sagte nichts.

»*Hallo?*«, sagte sie. »Ember, nicht wahr? Ich rede mit dir.«

»Sorry. Woher weißt du …« Ich betrachtete ihr Gesicht und erinnerte mich vage.

»Ich war letztes Jahr an der Western. Rosa Montoya? Wir hatten zusammen Englisch. Danke, dass du dich an mich erinnerst.«

»Hatten wir?« Eine Falte bildete sich an meiner Nasenwurzel. Normalerweise konnte ich Gesichter besser zuordnen.

Sie verdrehte die Augen. »Mach dir keine Gedanken. Ich war nur ein paar Monate dort. Zwischen den Vermittlungen, weißt du?«

»Vermittlungen?«

»Gruppenunterkünfte. Pflegeunterbringung, *Princesa*. Also, warum haben sie dich geholt?« Sie sprach betont langsam. Inzwischen konnte ich sie wieder einordnen. Sie hatte weit hinten im Klassenzimmer gesessen, an ihren Nägeln herumgekaut und gelangweilt ausgesehen, ganz so wie jetzt auch. Sie war mitten im Halbjahr aufgetaucht und noch vor den Abschlussprüfungen wieder gegangen. Wir hatten nie ein Wort miteinander gewechselt.

Ich fragte mich, ob noch andere Mädchen aus meiner Schule in diesem Bus waren, aber als ich mich umblickte, konnte ich kein vertrautes Gesicht ausmachen.

»Artikel 5, hat der Soldat gesagt«, antwortete ich.

»Oh. Man schleift dich in die Reso, weil deine Mom 'ne Dorfmatratze ist.«

»Eine … was?«

Weiter hinten wurde das Schluchzen eines Mädchens lauter. Jemand brüllte sie an, sie solle still sein.

»Dorfmatratze. Eine, über die schon jeder drübergerutscht ist«, erklärte sie sarkastisch. Dann verdrehte sie die Augen. »Ja. Nun guck nicht so unschuldig. Die Soldaten werden ihre Freude dran haben. Pass auf, *Princesa*, falls es dir hilft, ich wünschte, ich hätte meinen Dad nie kennengelernt. Kannst dich als Glückskind betrachten.«

Es passte mir nicht, dass sie einfach davon ausging, ich würde meinen Vater nicht kennen. Obwohl sie damit richtiglag. Die meisten Kerle, die sich von der freigeistigen Haltung meiner Mutter angezogen fühlten, verpissten sich genau deswegen auch schnell wieder.

Die meisten, aber nicht alle. Ihr letzter – und schlimmster – Freund, Roy, hatte sich eingebildet, er könnte sie unter Kontrolle halten, aber dazu war selbst er nicht imstande gewesen.

Ich war froh, dass Rosa und ich früher in der Schule nichts miteinander zu tun gehabt hatten, und ich wünschte beinahe, es wäre auch jetzt noch so, aber sie schien eine Vorstellung davon zu haben, was mit uns passieren würde.

Der Bus schlingerte fort von dem Platz vor der Notaufnahme, und als er das tat, war mir, als wollte mich ein physischer Schmerz zerreißen, so als würden meine Glieder in verschiedene Richtungen gezogen. Meine Mutter und ich waren immer zusammen gewesen, hatten alles gemeinsam durchgestanden. Und jetzt hatte ich sie verloren und wusste nicht, was sie sagen oder *tun* würde, nur um wieder nach Hause zu dürfen.

Ärger schob sich vor meinen Kummer. Ärger über mich selbst. Ich hatte nicht hart genug gekämpft. Nicht gut genug mitgespielt. Ich hatte sie ziehen lassen.

Der Bus kroch auf den Highway. Müll stapelte sich vor einer Reihe liegen gebliebener Fahrzeuge auf der Spur für langsame Verkehrsteilnehmer. Ich erkannte die alten Häuser und die bemalten Silos vor der alten Universität von Louisville. Das Rote Kreuz hatte den Campus in ein Notlager für Leute umgewandelt, die im Krieg aus ihrer Heimat vertrieben worden waren. In einigen der höher gelegenen Schlafsaalfenster konnten wir trotz der späten Stunde noch Kerzenschein sehen.

»Wo bringen die uns hin?«, fragte ich Rosa.

»Das verraten sie nicht«, entgegnete sie und lächelte, und ich sah, dass zwischen ihren Vorderzähnen eine Lücke klaffte. »Ich habe den Soldaten dahinten schon gefragt. Den mit dem Veilchen.«

Es fiel mir nicht schwer, mir vorzustellen, wie dieses Mädchen jemandem die Faust ins Gesicht rammte. Ich dachte an Morris und die Kratzer an seinem Hals, und es kam mir surreal vor, dass ich dafür verantwortlich war. Einen Soldaten anzugreifen – das war *Wahnsinn*.

»Wird meine Mutter auch dort sein?«

Das Mädchen schaute mich an, als wäre ich der letzte Idiot.

»Von dem Traum kannst du dich verabschieden, *Chica*«, sagte sie. »Artikel 5 bedeutet, dass sie nicht einmal mehr deine Mutter *ist*. Du bist jetzt Regierungseigentum.«

Ich kniff die Augen zu, wollte ihre Worte einfach ignorieren, doch sie hallten in meinem Kopf nach.

Sie irrt sich, sagte ich mir. Und wir haben uns auch geirrt. Ich zwang mich zu der Vorstellung, Katelyn Meadows würde gerade die Auffahrt zu ihrem zweistöckigen Zuhause hinaufgehen, irgendwo in … Indiana. Oder Tennessee. Sie war nur umgezogen, weil ihr Dad versetzt worden war. Es war schnell gegangen. Arbeit war dieser Tage Mangelware. Darum hatten ihre Freunde nichts davon erfahren. Wahrscheinlich schrieb sie jetzt in einer neuen Schule Bestnoten in Geschichte. Glaub es, dachte ich regelrecht verzweifelt; es könnte so passiert sein. Aber meine Phantasie war zu farbenfroh, um in die Realität zu passen. Es war eine Lüge, und ich wusste es.

Meine Gedanken wanderten zu Chase, und sogleich empfand ich ein so grausames Brennen, dass ich beinahe aufgekeucht hätte. *Wie konnte er nur?* Ich legte die Wange an das kalte Fenster, während die Landschaft draußen so schwarz wurde wie die Nacht.

»Wahrheit oder Pflicht?«

Ich lächelte angesichts der Frage. Als Kinder hatten wir dieses Spiel tausendmal gespielt. Die Pflicht hatte uns stets in Schwierigkeiten gebracht.

»Wahrheit«, sagte ich und sog die Welt in mich auf, in die er mich gebracht hatte. Die Wälder in ihren flammenden Farben, Bäume, die sich in alle Abstufungen von Rot und Gelb kleideten. Die Sonne, die mir warm ins Gesicht schien, und das Zwitschern der Vögel. Das alles war so anders als der Asphalt und der Lärm in der Stadt. Der perfekte Ort für Geheimnisse.

»Hast du je jemanden besonders gemocht, den du so nicht hättest mögen dürfen?«

»Beispielsweise jemanden, der eine Freundin hat?«, fragte ich und huschte um einen Baum herum, der uns den Weg versperrte.

»Ja. Oder einen Freund.«

Seine Frage traf mich unvorbereitet, und ich stolperte.

»Ja«, sagte ich, bemüht, nicht zu viel in sein Lächeln hineinzulesen. »Wahrheit oder Pflicht?«

»Wahrheit.« Er griff nach meiner Hand, und ich gab mir Mühe, nicht steif und unbeholfen zu wirken, aber ich war es doch, denn dies war Chase; wir waren zusammen groß geworden, na und? Ich würde ihn vielleicht mein ganzes Leben lang lieben, aber er würde nie in dieser Weise an mich denken, weil ... na ja ... weil wir Freunde waren.

Oh.

»Magst du ... PB&J?« Sandwiches mit Erdnussbutter und Marmelade. »Hast du nämlich früher, und darum habe ich welche zum Essen eingepackt«, beendete ich den Satz lahm.

»Ja. Wahrheit?« Sein Daumen glitt über die Innenseite meines Handgelenks, und mein ganzer Körper reagierte wie unter Schock. Ich war erschrocken darüber, wie sehr es mir gefiel, wie sehr ich mich nach mehr sehnte.

»Klar.«

»Fändest du es komisch, wenn ich dich küssen würde?«

Wir waren stehen geblieben, doch das war mir gar nicht aufgefallen, bis er nun sein Gewicht verlagerte und ich das Laub laut unter seinen Füßen knirschen hörte. Er lachte und räusperte sich. Ich konnte ihn nicht ansehen. Mir war, als wäre ich aus Glas, als könnte er einfach in mich hineinschauen und die Wahrheit sehen: dass ich mir schon mein halbes Leben lang wünschte, ihn zu küssen. Dass ich nie einen Jungen getroffen hatte, der gegen ihn hätte bestehen können.

Er beugte sich zu mir herab, so nahe, dass ich fühlte, wie sich die Luft zwischen uns erwärmte.

»Soll ich?«, flüsterte er mir ins Ohr.

Ich nickte, und mein Puls raste.

Ganz sanft hob er mein Gesicht an. Als seine Lippen sich auf meine legten, bewegte sich in meinem Inneren alles viel langsamer und schmolz einfach dahin. Die Anspannung in meiner Kehle löste sich, das nervöse Prickeln in meiner Brust ließ nach. Alles verblasste, alles außer ihm.

Etwas veränderte sich zwischen uns, ein Funke aus Licht, aus Hitze. Seine Lippen öffneten meine, neckten mich erst, ehe sie mich kosteten. Eine seiner Hände zog mich an ihn, die andere glitt unter mein Haar, legte sich fest unter das Band um meinen gelockerten Pferdeschwanz. Meine Finger sehnten sich nach seiner Haut, fanden sein Gesicht, folgten den starken Linien seines Halses.

Plötzlich wich er zurück. Er atmete stockend, und seine Augen bohrten sich in meine. Seine Arme aber hielten mich immer noch umfasst, und ich war froh darüber, weil meine Beine sich so schwach anfühlten.

»Wahrheit?«, flüsterte ich.

Er lächelte, und mein Herz flog davon. »Wahrheit.«

»Alles aufwachen!«

Ich wurde ruckartig wach, als die Stimme des Mannes durch den langgezogenen Innenraum des Busses hallte.

Der grelle Lichtschein des Morgens fiel durch die Fenster herein, und ich schirmte mein Gesicht – das noch von dem vorangegangenen Heulkrampf verquollen war – vor seinem fröhlichen Spötteln ab. Ich wusste nicht recht, ob ich geschlafen oder nur immer wieder das Bewusstsein verloren hatte. Seit wir Louisville verlassen hatten, hatte ich jedenfalls mindestens hundertmal aufs Neue zugesehen, wie Chase meine Mutter mitgenommen hatte.

Rosa und ich hatten uns noch ein wenig unterhalten – sie stand wegen Artikel 3 unter Anklage, weil ihre Cousine sie in ihrer Steuererklärung als Unterhaltsberechtigte aufgeführt hatte, was nicht so ganz in die Ein-Mann-plus-eine-Frau-ergibt-ein-Kind-Gleichung passte – aber seit West Virginia hatten wir geschwiegen. Wie cool sie auch sein mochte, auch Rosa war geschockt. Wir waren weit weg von zu Hause.

Zischend wurde der Bus langsamer und hielt vor einem großen Ziegelgemäuer. Verankert in dem von sterbendem Gras bedeckten Boden neben der Auffahrt war ein grünes Metallschild mit leuchtend weißen Lettern zu sehen:

BESSERUNGS- UND RESOZIALISIERUNGS-
ANSTALT FÜR MÄDCHEN.

Nervös sah ich mich um, hoffte, dass es noch ein weiteres Gebäude gab, in dem meine Mutter untergebracht sein könnte. Dass man sie vielleicht auch zur Resozialisierung gebracht hatte. Dann wäre sie wenigstens in meiner Nähe, und wir könnten den Schlamassel gemeinsam durchstehen. Aber meine düstere Intuition lag ganz richtig. Da war kein zweiter Bus, der unserem gefolgt wäre.

Eine nach der anderen erhoben wir uns von unseren Sitzplätzen. Mein Rücken und mein Hals schmerzten nach vielen Stunden in der gleichen Haltung. Als wir ausstiegen, flankierten uns Soldaten mit Schlagstöcken in den Händen. Ich kam mir vor wie bei einem Spießrutenlauf. Rosa warf dem Mann mit dem blauen Auge eine Kusshand zu, worauf dieser rot anlief.

Außerhalb des Busses bekam ich einen besseren Überblick. Wir standen vor einem alten Gebäude von der Sorte, wie man sie häufig in Geschichtsbüchern zu sehen bekam, auch wenn sie dort von Männern mit Rüschenhemden und Lockenperücken umgeben waren. Es war aus roten Ziegeln erbaut, von denen einige inzwischen zu einem Grauton verblasst waren, der den Eindruck erweckte, die flache Wand wäre voller Löcher. Die hohe Eingangstür war frisch weiß gestrichen und wurde von mächtigen Säulen eingerahmt, die ein dreieckiges Vordach stützten. Meine Augen wanderten sechs Stockwerke nach oben, bis ich gegen die junge Morgensonne anblinzeln musste. Eine Kupferglocke hing untätig in einem Turm auf dem Dach.

Auf der anderen Straßenseite hinter mir war ein kleebewachsener Hügel, von dem aus eine lange Flucht Stufen hinunter zu einem offenen Pavillon und einem moderneren, verglasten Gebäude führte. Eine andere Treppe verschwand weiter unten am Hügel. Alles in allem sah es aus wie der Campus eines der Colleges, die während des Krieges geschlossen worden waren.

Als ich mich wieder dem Hauptgebäude zuwandte, hatte sich am Kopf der Treppe eine Frau materialisiert. Neben den Soldaten wirkte sie winzig, aber zugleich noch strenger. Die Schultern unter dem weißen Haar waren weit zurückgebogen. Ihr ganzes Gesicht schien in sich selbst zu versinken, wodurch ihre Augen übertrieben groß wirkten und ihr Mund, solange die Lippen geschlossen waren, zahnlos.

Sie trug eine weiße, bis oben hin zugeknöpfte Bluse und einen blauen Faltenrock, schmal genug, dass sich ihre Beckenknochen durch den Stoff abzeichneten. Ein babyblaues Tuch war mit einem Seemannsknoten an ihrem Hals befestigt. Die MM schienen darauf zu warten, dass sie sich ein Bild der Lage machte und Anweisungen erteilte, was mir sonderbar vorkam. In der Kommandostruktur des FBR war ich nie über weibliche Vorgesetzte gestolpert. Als die Frau die Reihe der Mädchen mit stechendem Blick musterte, brodelten all die Dinge, die ich nicht wusste, all die Ungewissheit in mir hoch. Zu Hause mochte es nicht perfekt gewesen sein, aber dort hatte ich zumindest gewusst, womit ich zu rechnen hatte – jedenfalls bis gestern. Nun fühlte sich gar nichts mehr vertraut an. Nirgends schien es noch Sicherheit zu geben. Ich ließ die Schultern hängen und umfasste eine Hand mit der anderen, um das Zittern zu unterdrücken.

»Toll«, sagte Rosa kaum hörbar. *»Schwestern.«*

»Ist das eine Nonne?«, flüsterte ich verblüfft.

»Schlimmer. Hast du mal von den Heilsschwestern gehört?« Als ich den Kopf schüttelte, beugte sie sich zu mir herüber. »Das ist die MM-Version der Frauenbewegung.«

Ich hätte gern mehr gehört – wenn die Heilsschwestern den Feminismus konterkarieren sollten, was hatte dann eine Frau in leitender Position zu suchen? –, aber in diesem Moment ruckte ihr Kopf zu dem Soldaten neben ihr herum.

»Bringen Sie sie rein.«

Wir wurden in die große Eingangshalle des Hauses geführt. Hier war der Boden gefliest, die Wände pfirsichfarben wie in einem Kinderzimmer. Jenseits einer Treppe auf der linken Seite zog sich ein von Türen gesäumter Korridor bis zum hinteren Ende des Gebäudes.

Nacheinander wurden wir zu einem rechteckigen Klapptisch geführt, an dem wir von zwei Damen mit Aktenordnern in Empfang genommen wurden, die die gleiche weiß-blaue Uniform trugen. Nachdem Rosa sich mit übertriebenem Latina-Akzent vorgestellt hatte, trat ich vor.

»Name?«, fragte mich eine Dame mit Zahnspange, ohne aufzublicken.

»Ember Miller.«

»Ember Miller. Ja, da habe ich sie. Noch ein Artikel 5, Ms Brock.«

Die zierliche, aber bedrohlich wirkende Frau hinter ihr setzte ein unechtes Willkommenslächeln auf.

Artikel 5. Dieses Etikett schmerzte wie eine Nadel unter meinem Fingernagel, wann immer es erwähnt wurde. Ich fühlte, wie mir die Hitze ins Gesicht stieg.

»Nennt mich doch einfach Hester Prynne«, murmelte ich.

»Sprich deutlich, Liebes. Was war das?«, fragte Ms Brock.

»Nichts«, antwortete ich.

»Wenn das, was du gesagt hast, nichts war, dann hättest du besser geschwiegen.«

Ich blickte auf und konnte nicht vermeiden, dass sich meine Verwunderung in meinen Zügen niederschlug.

»Außerdem ist sie siebzehn. Im Juli ist sie raus.«

Mein Herz setzte einen Schlag aus.

Die können mich doch unmöglich hier festhalten, bis ich achtzehn bin. Ich hatte mit ein paar Tagen gerechnet oder vielleicht so lange, bis wir das nötige Geld für die Kaution zusammenhatten, aber der achtzehnte Juli war noch fünf Monate entfernt! Ich hatte nichts getan, und meine Mutter, deren einziges Verbrechen vielleicht Verantwortungslosigkeit sein mochte, brauchte mich. Ich musste sie finden und nach Hause bringen.

Katelyn Meadows ist nie wieder heimgekehrt, sagte eine leise, verängstigte Stimme in meinem Kopf. Plötzlich kam mir eine Geldbuße viel zu einfach vor. Als Strafe unrealistisch. Warum sollten die erst Geld dafür vergeuden, mich hierherzuschleifen, wenn sie nur abkassieren wollten? Meine Kehle war wie zugeschnürt.

»Ms Miller, meinen Akten zufolge haben Sie gestern einen Angehörigen des Federal Bureau of Reformation angegriffen«, sagte Ms Brock. Automatisch schaute ich mich nach Rosa um. Sie hatte einem Soldaten ein Veilchen verpasst; warum war sie dann nicht in Schwierigkeiten?

»Sie haben meine Mutter mitgenommen!«, wollte ich mich verteidigen, doch mein Mund klappte schnell zu unter ihrem wütenden Blick.

»Sie werden sich mir gegenüber respektvoll verhalten und mich mit Ms Brock ansprechen, haben Sie verstanden?«

»Äh … na klar. Ja.«

»Ja, Ms Brock«, korrigierte sie.

»Ja, Ms Brock.« Meine Haut fühlte sich enorm heiß an, und ich begriff, was Rosa gemeint hatte; Ms Brock war beinahe noch schlimmer als die Soldaten.

Sie seufzte voller Duldsamkeit. »Ms Miller, ich kann Ihnen die Zeit hier sehr schwer oder sehr leicht machen. Das ist die letzte Warnung.«

Ihre Worte verstärkten meine Scham noch.

»Sie haben Glück«, informierte mich Ms Brock. »Sie werden sich ein Zimmer mit unserer studentischen Hilfskraft teilen. Sie ist schon seit drei Jahren bei uns und kann Ihnen all Ihre Fragen beantworten.«

Drei Jahre? Ich hatte vor drei Tagen noch nicht geahnt, dass es Orte wie diesen gab, umso weniger, dass es sie schon seit drei Jahren gab. Was konnte sie so Schreckliches getan haben, dass man sie hier so lange festgehalten hatte?

»Ab zu Ihrer Kohorte, und vergessen Sie nicht, was ich gesagt habe.« Ms Brock deutete mit einer welken Hand in die Richtung, in der Rosa und einige andere Mädchen meines Alters standen. Dabei funkelten ihre Augen so skeptisch, als wäre mein Geburtstag für die Frage, wann und wie ich diese Einrichtung verließ, kaum von Bedeutung.

Unterwegs wurde ich vor einer Wand von einer stämmigen Frau mit schwermütigem Gesicht aufgehalten, die mich vor einem blauen Hintergrund fotografierte. Ich lächelte nicht. Die harte Realität meiner Lage wurde mir allmählich bewusst und erfüllte mich mit Grauen.

Schwestern. Kohorten. Ms Brocks überlegenes Grinsen. Das würde kein kurzes Vergnügen werden.

Helle Flecken vom Blitzlicht der Kamera verschleierten immer noch mein Blickfeld, als ich mich zu den anderen gesellte.

»Schätze, die Spinner werden versuchen, uns hier festzuhalten, bis wir achtzehn sind«, flüsterte ich Rosa zu.

»Ich bleibe nicht bis achtzehn hier«, sagte sie sehr überzeugend. Als ich zu ihr herumwirbelte, zeigte sie mir grinsend die Lücke zwischen ihren Zähnen. »Entspann dich. In solchen Gruppenunterkünften wie der hier sagen die das immer, aber wenn du genug Mist baust, werfen sie dich vorher raus.«

»Wie geht das?«, fragte ich.

Sie klappte den Mund zu einer Antwort auf, doch da wurden wir von zwei Soldaten unterbrochen, die zum Haupteingang hereinkamen und ein Mädchen in einem Krankenhauskittel eskortierten. Sie führten sie an dem Empfangstisch vorbei und durch einen Korridor auf der rechten Seite. Dabei hielten sie sie an den Ellbogen, als könnte sie ohne ihre Unterstützung zusammenbrechen. Die wenigen Sekunden, in denen ich sie sehen konnte, reichten, um mir eine Gänsehaut über den Leib zu jagen. Ihr Blick fixierte den Boden, das wirre schwarze Haar bildete einen scharfen Kontrast zu ihrem blassen Gesicht und den müden Augen. Sie sah aus wie eine Geisteskranke unter einer Überdosis an Medikamenten, nur schlimmer. Sie sah *leer* aus.

»Was meinst du, was mit ihr passiert ist?«, erkundigte ich mich verstört bei Rosa.

»Vielleicht ist sie krank«, spekulierte sie wenig überzeugend. Offensichtlich sann sie über ihre Theorie mit der vorzeitigen Entlassung nach. Dann zuckte sie mit den Schultern, und ich wünschte, ich könnte das Erlebnis ebenso einfach abschütteln, aber ich konnte den Eindruck nicht loswerden, den das Mädchen auf mich gemacht hatte. Sie hatte physisch krank ausgesehen, aber irgendetwas sagte mir, dass ihre Symptome nicht von einem Virus herrührten. Was hatte sie getan? Was hatten *die* ihr angetan?

Ich wollte nachhaken, aber da wurden wir schon in einen Gemeinschaftsraum geführt, möbliert mit grünen Sofas mit niedrigen Lehnen, die nach Mottenkugeln rochen. Acht von uns gehörten in meine Altersklasse. Acht neue Siebzehnjährige. Auf der anderen Seite drängten sich noch etliche andere Mädchen zusammen, wahrscheinlich Sechzehnjährige oder Fünfzehnjährige. Wenigstens zwei von ihnen kannte ich von der Western. Ich war ziemlich sicher, dass eine von ihnen Jacquie hieß, aber sie wich meinem Blick aus, als ich in ihre Richtung schaute.

Auch einige Heimbewohnerinnen hatten sich inzwischen eingefunden, und sie alle trugen ein gespenstisches, roboterhaftes Lächeln auf den Lippen. Gekleidet waren sie wie Klone. Unauffällige flache Schuhe zu langen blauen Röcken und passenden, langärmeligen T-Shirts, ein total langweiliges Outfit, sogar für eine Modenull wie mich.

»Achtung, Achtung, meine Damen!«, rief Ms Brock. Stille senkte sich über den Raum. »Willkommen. Ich bin Ms Brock, die Direktorin der Besserungs- und Resozialisierungsanstalt für Mädchen in West Virginia.«

Unbehaglich verlagerte ich mein Gewicht. Ms Brock drehte sich um, und es kam mir vor, als würde sie mich direkt anstarren.

»Paragraph 2, Artikel 7 gebietet, dass Sie zu Damen heranwachsen, daher werden Sie bis zu Ihrem achtzehnten Geburtstag erzogen, bis Sie nichts weniger sind als wahre Musterbeispiele der Moral und der Keuschheit.«

Bei dem Wort *Keuschheit* schnaubte Rosa verächtlich, worauf Ms Brock sie mit einem überaus giftigen Blick bedachte.

»Die Welt hat sich verändert, meine Lieben«, fuhr sie zähneknirschend fort, »und Sie haben das Glück, an dieser Veränderung teilhaben zu dürfen. Von heute an ist es meine größte Hoffnung, dass Sie aufgeschlossen und genügsam voranschreiten. Dass Sie den Ruf der Heilsschwestern ehren und mit einer wahren Mission in die finstere Welt zurückkehren: der Mission, Licht zu verbreiten.

Die Aufsichtspersonen in den Korridoren werden euch zu euren Schlafräumen führen.«

Tief, aber stockend atmete ich ein. Nein, ich konnte unmöglich fünf Monate hier zubringen. Ich würde nicht zu einem Licht verbreitenden Boten des Wahnsinns werden. Ich durfte nicht enden wie dieses leere Mädchen, das die Soldaten mehr oder weniger den Flur hinuntergeschleift hatten. Ich musste hier raus, und ich musste meine Mutter finden.

Die Masse der Androiden teilte sich, worauf ein Mädchen mit strahlendem Gesicht und blonden Korkenzieherlocken, die ihm über die Schultern fielen, in mein Blickfeld trat. Seine hübschen blauen Augen passten zu dem munteren Lächeln. Fehlte nur noch der Heiligenschein.

»Hi! Ich bin Rebecca Lansing, deine Zimmerkameradin.« Ihre aufreizend hohe Stimme durchdrang mühelos das Schlurfen der Füße um uns herum. »Ich freue mich ja so, dich kennenzulernen, Ember.« Sie winkte mir zu, ihr in den Korridor jenseits der Treppe zu folgen. Ich fragte mich, woher sie wusste, wer ich war.

»Darauf wette ich«, gab ich säuerlich zurück und sah mich nach Rosa um, die jedoch bereits verschwunden war.

Rebecca runzelte die Stirn, als sie meinen Ton hörte. »Ich weiß, am Anfang ist es schwer. Aber du gewöhnst dich daran. Und bald kommt dir das hier vor wie zu Hause, nur besser. Wie im Sommerlager.«

Als mir klar wurde, dass sie das ernst meinte, schluckte ich schwer.

Rebecca führte mich in einen Schlafraum. Irgendwie fühlte ich mich schmuddelig in ihrer Gegenwart. Auf meiner Schuluniform prangten immer noch die Gras- und Schmutzflecken von gestern.

»Das ist deine Seite.« Sie zeigte auf das Bett, das der Tür am nächsten stand. Die Matratze war so dünn wie Pappe und bedeckt mit einer der fadenscheinigen rosaroten Decken, wie es sie in Krankenhäusern gab. Flankiert wurde das Bett von passenden Möbelstücken: auf einer Seite eine Kommode, auf der anderen ein Schreibtisch. Auf dem Schreibtisch sah ich eine kleine Leselampe aus Aluminium, ein paar dünne Schreibhefte und eine Bibel. Rebeccas Bett klebte an der gegenüberliegenden Wand unter dem Fenster. So wie mein Bett zu Hause.

Tränen brannten in meinen Augen, und ich drehte mich zur Wand um, damit Rebecca sie nicht sah.

»Ich habe dir schon mal eine Uniform besorgt«, erklärte mir Rebecca hilfreich und reichte mir ein ordentlich zusammengefaltetes blaues Ensemble und einen grauen Wollpullover. »Und ich habe dir ein Frühstück geholt. Eigentlich dürfen wir kein Essen im Zimmer haben, aber sie haben eine Ausnahme gemacht, weil ich SH bin.«

Ob Rebecca menschlich war oder nicht, ich war dankbar für das Essen.

»Bist du wirklich schon drei Jahre hier?«, fragte ich zwischen einigen heißhungrig hinuntergeschlungenen Löffeln mit Müsli.

»O ja«, sagte sie mit ihrer zuckrigen Stimme. »Mir gefällt es hier.«

Ich kam mir vor wie in einer Science-Fiction-Story. Die Art Geschichte, in denen sie Pillen herstellen, mit denen sie das Bewusstsein kontrollieren können.

Rebecca war von ihren Eltern abgegeben worden, noch bevor Präsident Scarboro die Moralstatuten in Kraft gesetzt hatte. Ihre Eltern waren Missionare und fortgezogen, um Gott in Übersee zu dienen, ehe internationale Reisen untersagt worden waren.

Als Rebecca mir mehr über sich erzählte, verwandelte sich mein Entsetzen in Mitgefühl. Ihre Eltern hatten keinen Kontakt mehr zu ihr aufgenommen, seit sie das Land verlassen hatten, und obwohl sie hartnäckig erklärte, sie würden noch leben, hatte ich so meine Zweifel. Im Zuge des Krieges waren viele antiamerikanische Vorurteile entstanden.

Ich konnte mich des Gedankens nicht erwehren, was für schreckliche Eltern das sein mussten, die ihr Kind einfach zurückließen, umso mehr an einem Ort wie diesem. Wieder fragte ich mich, ob ich mir genug Mühe gegeben hatte, als ich bei meinem Abtransport mit den Soldaten diskutiert hatte. Schließlich schluckte ich die Schuldgefühle hinunter, aber sie lagen so schwer wie ein Felsbrocken in meinem Magen.

Rebecca saß am Ende meines Betts und flocht ihr goldenes Haar über der Schulter, während ich mich umzog. Sie plapperte davon, wie aufgeregt sie sei, eine neue Zimmerkameradin zu haben, und dass wir die besten Freundinnen werden würden, worauf ich mir sämtliche Fragen sparte, die ich ihr gern über Ms Brock und die Heilsschwestern gestellt hätte. Das Gerede war so oberflächlich, dass es nur gespielt sein konnte, aber dennoch war ich ziemlich sicher, dass es *nicht* gespielt war, weshalb ich ihre Stimme ausblendete und mein Aussehen im Spiegel überprüfte.

Ich war nie im herkömmlichen Sinne hübsch gewesen. Sicher, ich hatte große braune Augen und lange Wimpern, aber meine Brauen hatten nicht den passenden Schwung und meine Nase war ein wenig krumm. Und jetzt hatte ich auch noch eine gräuliche Hautfarbe – nicht so anders als das Mädchen, das die Soldaten in das Gebäude eskortiert hatten – und meine Wangenknochen stachen zu sehr hervor, als wäre ich in den letzten paar Stunden um zehn Hungerjahre gealtert. Die blaue Uniform war noch schlimmer als meine Schuluniform, wahrscheinlich, weil ich sie hundertmal so sehr verabscheute.

Ich zwang mich, tief Luft zu holen. Mein Haar roch nach den synthetischen Sitzbezügen in Schulbussen. Rasch glättete ich es mit den Händen und band es zu einem ungleichmäßigen Knoten hoch.

»Zeit für den Unterricht«, flötete Rebecca und sicherte sich so meine Aufmerksamkeit.

Mein Gehirn fing an, meine Möglichkeiten durchzugehen. Ich musste ein Telefon auftreiben. Zuerst würde ich es zu Hause versuchen, nur für den Fall, dass die MM meine Mutter freigelassen hatte. Und falls nicht, würde ich Beth anrufen und sie fragen, ob sie irgendetwas darüber gehört hatte, wo sie die Leute hinbrachten, die gegen Artikel verstoßen hatten.

Als mein Blick auf Rebecca fiel, stellte ich fest, dass sie sich übertrieben darauf freute, mich herumzuführen. Als studentische Hilfskraft hatte sie eine gewisse Machtposition inne, und vermutlich würde sie mich verpfeifen, wenn ich aus der Reihe tanzte. Sie sah ganz so aus, als wäre sie genau der Typ.

Ich würde sehr vorsichtig sein müssen.

Ein paar Minuten später waren wir unterwegs zu dem Pavillon gleich gegenüber der Cafeteria, wo sich an die hundert Mädchen herumtrieben. Es war beinahe wie an einer Highschool – das Geflüster und der Tratsch, der allen Neuen vorauseilte, waren auch hier allgegenwärtig –, aber die Stimmung war zu ernst. Statt neugierig zu sein, schienen sie uns zu fürchten. So als könnten wir irgendetwas Verrücktes anstellen. Die Reaktion wirkte umso sonderbarer, wenn man bedachte, dass ich ihnen gegenüber genauso empfand.

Als die Glocke läutete, erstarben alle Gespräche. Mädchen huschten zu ihren Klassenräumen, wo sie sich alle gleichförmig in Reihen aufstellten. Rebecca zog an meinem Arm, und ich folgte ihr wie eine Puppe und gestattete ihr, mich an meinen Platz zu bugsieren. Im ganzen Pavillon herrschte Stillschweigen.

Augenblicke später tauchten Soldaten auf, die für jede Reihe Vorhut, Nachhut und Flanken stellten. Ein junger Mann mit pockennarbigen Wangen und dem Körperbau eines Wiesels ging auf dem Weg in den hinteren Bereich an mir vorbei. RANDOLPH stand auf seiner Uniform. Ein anderer, der ganz vorn in der Reihe stand, sah im Vergleich dazu beinahe strahlend aus. Sein Kinn war glatt rasiert, sein Haar sandfarben. Man hätte ihn attraktiv nennen können, wären seine blauen Augen nicht so leer gewesen.

Was machte die MM, um ihren Leuten derart die Seele auszusaugen? Ich verbannte rasch die automatische Beschwörung von Chase aus meinem Geist.

»Ms Lansing«, sagte der beinahe attraktive Soldat.

»Guten Morgen, Mr Banks«, antwortete sie in süßem Ton. Er bedachte sie mit einem knappen, emotionslosen Nicken, als wollte er ihr Anerkennung für die Aufstellung der Mädchen in ihrer Reihe zollen. Die ganze Interaktion wirkte unbeholfen und gezwungen.

»Hola, Princesa«, flüsterte es hinter mir. Ich drehte mich um und sah Rosa. Sofort fiel mir auf, dass sie sich geweigert hatte, die Bluse ordentlich in den Rock zu stecken. Das rothaarige Mädchen hinter ihr – ihre Zimmerkameradin, nahm ich an – hatte eine tadelnde Miene aufgesetzt. Offensichtlich war sie nicht zufrieden mit ihren neuen Lebensumständen.

Ihr rotes Haar erinnerte mich daran, wie sehr mir Beth jetzt schon fehlte.

Rosa in meiner Nähe zu haben war tröstlich. Sie mochte grob sein, aber sie war auch real, und als die Glocke schellte und die Reihen sich auflösten, blieben wir dicht beisammen, verbunden in unserem gemeinsamen Misstrauen gegenüber den anderen.

Wir folgten Rebecca die Stufen hinunter, vorbei an der Wäscherei, der medizinischen Ambulanz und einem flachen Ziegelgemäuer, vor dem ein Hydrant stand. Dort scherten die Siebzehnjährigen aus den anderen Reihen aus und marschierten über eine Grasfläche zu einem Pfad, der uns zwischen zwei hohen Steinbauten hindurchführte. Aufmerksam sah ich mich um und versuchte, eine mentale Karte des Geländes in meinem Kopf anzulegen. Wie es schien, gab es nur einen Weg hinein und hinaus: den durch das Haupttor.

Als Rosa wieder das Wort ergriff, war kaum mehr zu hören als ein Atemzug.

»Pass auf, jetzt kannst du was lernen.«

Ich drehte mich um, doch da war sie schon weg.

KAPITEL 3

Den Rock bis zu den Hüften gerafft verschwand Rosa zwischen den beiden Gebäuden. Die Soldaten brüllten etwas, Worte, die ich nicht verstehen konnte, weil schon jetzt das Adrenalin in meinem Körper wütete. Einer rannte sofort hinter ihr her. Ein anderer griff zu seinem Funkgerät und erteilte einige knappe Anweisungen, ehe er seinem Kameraden folgte. Die Mädchen flüsterten aufgeregt miteinander, aber keines rührte sich von der Stelle.

Das Blut pulsierte in meinen Schläfen. Wo wollte sie hin? Hatte sie einen Ausweg gesehen, der mir entgangen war?

Plötzlich kam mir der Gedanke, dass ich in die Gegenrichtung rennen sollte. Rosa hatte die Soldaten und den Rest der Siebzehnjährigen abgelenkt; vielleicht merkten die gar nicht, wenn ich mich davonstahl. Ich konnte die Stufen wieder hinauf und zurück zum Vordereingang laufen … und dann? Im Gebüsch verstecken und warten, bis ein Wagen vorbeikäme, um mich hinter ihm wegzuschleichen? *Genau.* Das würde natürlich niemand merken. Während der Busfahrt waren seit den frühen Morgenstunden, noch vor Anbruch der Dämmerung, keine Spuren von Zivilisation erkennbar gewesen, und ich konnte wohl kaum in einer Reformschuluniform den Highway hinunterspazieren, ohne dass irgendjemand mich meldete.

Denk nach!

Ein Telefon. Irgendwo im Wohnheim musste es eines geben. Oder in der Ambulanz. *Ja!* Die Mitarbeiter mussten eines haben, für den Fall, dass jemand ernsthaft verletzt war. Die Ambulanz war ganz in der Nähe; wir waren erst vor Minuten daran vorbeigegangen. Sie war gleich neben dem Ziegelgemäuer mit dem Feuerhydranten.

Alle Augen richteten sich nach wie vor auf die Gasse zwischen den Gebäuden, über die Rosa verschwunden war. Sogar die Soldaten, die bei uns geblieben waren, starrten alle in diese Richtung. Die Luft schien zu knistern. Ich tat einen vorsichtigen Schritt zurück. Gras raschelte leise unter meinen neuen flachen Schuhen. Jetzt oder nie, lautete die Parole.

Dann spannte sich eine Hand fest um meinen Unterarm. Als ich nach rechts herumwirbelte, schossen Rebeccas blaue Augen eisige Pfeile auf mich ab. Ihr Zorn war erstaunlich. Ich hatte nicht damit gerechnet, dass sie zu so etwas fähig war.

Nein, formte sie tonlos mit den Lippen. Ich versuchte, sie abzuschütteln, aber sie packte nur noch fester zu, und ich fühlte, wie sich ihre Fingernägel in meine Haut gruben. In der Morgensonne sah ihr Gesicht inzwischen fast weiß aus.

»Lass los«, sagte ich leise.

»Sie haben sie!«, brüllte jemand.

Alle Mädchen, Rebecca und ich eingeschlossen, schoben sich neugierig näher an die Lücke zwischen den Gebäuden heran. Ich schaffte es, mich aus dem Griff meiner Zimmergenossin zu befreien, aber das änderte nun auch nichts mehr. Der Moment war vorbei. Die Soldaten beobachteten uns wieder, nun, da Rosa geschnappt worden war. Sollte eine von uns sich gemüßigt sehen, in ihre Fußstapfen zu treten, waren sie vorbereitet. Rebecca hatte meine Chance zunichtegemacht.

Ich drängte mich zwischen zwei Mädchen und sah Rosa, die am Ende des Weges in eine Sackgasse geraten war und in der Falle saß. Unsere beiden Wachen versuchten, sie einzufangen. Sie hatten die Arme weit ausgebreitet und kauerten sich tief herab, so als wollten sie Hühner fangen. Rosa kreischte, als sie mitten hindurchbrach und zurück zu der Gruppe glubschäugiger Siebzehnjähriger rannte. Der hässliche Soldat war schneller, rammte sie von der Seite und schickte sie zu Boden.

»Nein!«, brüllte ich und versuchte, zu ihr zu gelangen. Ein neuer Soldat tauchte auf und verstellte mir den Weg. Die Haut spannte sich über sein Gesicht, und sein tückischer Blick ließ mich schaudern.

Versuch es nur, schien er zu sagen, und du bist die Nächste.

Alle sahen zu, als der johlende, pockennarbige Randolph die um sich schlagende Rosa mit dem Knie fixierte, das er ihr brutal zwischen die Schulterblätter gerammt hatte. Als er wieder bei Atem war, zerrte er sie hoch und fesselte ihr die Hände mit einem Kabelbinder hinter dem Rücken.

Und dann schlug er sie.

Mein Magen verkrampfte sich vor Entsetzen, als Blut aus Rosas Nase hervorspritzte und ihre dunkle Haut färbte. Ich hätte geschrien, hätte ich die Luft dazu gehabt. Nie in meinem Leben hatte ich gesehen, wie ein Mann eine Frau schlug. Ich wusste, dass Roy meine Mutter geschlagen hatte, ich hatte die Folgen zu sehen bekommen. Aber ich war nie Zeugin der Tat geworden. Das war brutaler als alles, was ich mir hätte vorstellen können.

Und dann traf mich die Erkenntnis wie ein Schlag ins

Gesicht. Wenn so etwas uns zustoßen konnte, den Mädchen in der Resozialisierung, was machten die dann mit den Leuten, die tatsächlich ein sogenanntes Verbrechen begangen hatten? Was hatte Chase uns angetan? Der Drang zu fliehen wurde noch stärker, und ich empfand mehr Angst um meine Mutter als je zuvor.

»Sie ist verrückt«, hörte ich eine der Siebzehnjährigen sagen.

»*Sie* ist verrückt?«, fragte ich ungläubig. »Hast du nicht gesehen, dass er …«

Die Mädchen neben mir wichen schweigend zurück, als Ms Brock sich einen Weg durch die Menge bahnte. Sie starrte erst Rosa und dann mich an, und mir gefror das Blut in den Adern.

»Dass er was, Liebes?«, fragte sie mich, die Brauen hochgezogen, ob herausfordernd oder aus purer Neugier konnte ich nicht erkennen.

»Er … er hat sie geschlagen«, sagte ich und wünschte mir sogleich, ich hätte geschwiegen.

»Und das garstige Kind besänftigt, Gott sei Dank«, ergänzte sie mit gespielter Erleichterung. Mein Mund wurde ganz trocken.

Mehrere Sekunden lang musterte sie Rosa von oben herab, die spitze, kleine Nase hochgereckt, und schnalzte dabei mit der Zunge. »Banks, bringen Sie Ms Montoya bitte zum unteren Campus.«

»Ja, Ma'am.« Der Soldat mit dem sandfarbenen Haar schob Rosa an mir vorbei, während ihr Angreifer zufrieden feixend zurückblieb. Ich versuchte, Rosas Blick zu erhaschen, aber sie schien benommen zu sein. Der satte, beißende Blutgeruch ließ eine Woge Galle in meiner Kehle aufsteigen.

Und dann wandte sich Ms Brock leise summend ab und spazierte davon.

Die nächsten Stunden verbrachten wir mit stiller Meditation. *Unterricht* nannten die das. Wie wir da auf den harten Holzstühlen saßen und lasen, bis wir schielten, während irgendwelche kuhäugigen Aufseherinnen gelegentlich einen Kommentar abgaben wie »Köpfe runter« oder »Gerade sitzen«.

Ich hatte Angst um Rosa. Sie hatten sie nicht wieder zurückgebracht. Was auch immer mit ihr geschah, es erforderte eine Menge Zeit.

Der Soldat, Banks, war zurückgekommen, und er und der schreckliche Randolph patrouillierten durch die Reihen, um jeden Gedanken an Flucht oder anderes Fehlverhalten bereits im Keim zu ersticken. Nun flüsterte keines der anderen Mädchen. Alle schienen erschüttert zu sein von den Ereignissen dieses Morgens und zeigten sich nun von ihrer besten Seite.

Da mir niemand einen Seitenblick gönnen mochte, der die Verrücktheit der Situation hätte bestätigen können, las ich. Keine Fiktion wie Shelleys *Frankenstein*, nicht einmal etwas von Shakespeare, den wir im Englischunterricht gelesen hatten. Nichts, das mich in irgendeiner Weise aus dieser Hölle hätte hinauszaubern können.

Wir lasen die Statuten. Ich hatte sie in der Schule bisher nur halbherzig gelesen, aber nun, da meine Augen wieder und wieder über die einzelnen Worte taumelten, wusste ich, sie würden von jetzt an für alle Zeiten in mein Hirn gebrannt sein.

Artikel 1 verwehrte Einzelpersonen das Recht, eine andere Religion als die der Amerikanischen Kirche auszuüben oder zu propagieren. Das schloss offenbar auch das Fernbleiben vom Schulunterricht im Zuge des Pessach ein, wie es sich Katelyn Meadows hatte zuschulden kommen lassen.

Artikel 2 untersagte alle sittenwidrigen Medien, und Artikel 3 definierte die »Heile Familie« als Gebilde, bestehend aus einem Mann, einer Frau und Kindern. Traditionelle männliche und weibliche Rollenbilder wurden in Artikel 4 gefordert. Die Untertänigkeit der Frau. Die zwingende Notwendigkeit für die Frau, ihrem Mann Respekt zu erweisen, während er im Gegenzug die Familie als Ernährer und geistiges Oberhaupt stützte.

Wieder dachte ich an den ehemaligen Freund meiner Mutter. Roy war weder Ernährer noch geistiges Oberhaupt gewesen, und als ich nach einem wie auch immer gearteten Verbot häuslicher Gewalt suchte, fand ich nichts, nicht einmal in Artikel 6, der Scheidung ächtete, Glücksspiel und alles Mögliche andere von subversivem Gerede bis hin zum Besitz von Feuerwaffen. *Wie erbärmlich vorhersagbar.*

Artikel 5 merkte ich mir. *Kinder gelten nur dann als rechtmäßige Bürger, wenn sie von einem verheirateten Paar gezeugt werden. Alle anderen Kinder sind aus ihrem Zuhause zu entfernen und Resozialisierungsmaßnahmen zu unterziehen.*

Alle Artikel hatten eines gemeinsam: Verstöße ermöglichten eine vollumfängliche Strafverfolgung durch das Federal Bureau of Reformation.

Aber was bedeutete das, *Strafverfolgung*? Resozialisierung? Ich überlegte, ob meine Mutter gerade in einem ganz ähnlichen Raum war wie ich und die Statuten las oder ob sie auf ihre Verhandlung wartete, womöglich sogar im Gefängnis. Oder hatte Chase sie vielleicht gehen lassen, und sie wartete bereits zu Hause darauf, dass ich sie anrief und ihr sagte, wo ich war?

Ich reckte eine Hand hoch.

Die Schwester, die der Klasse vorstand, erhob sich hinter ihrem Schreibtisch und kam auf mich zu. Aus der Nähe erkannte ich, dass sie jünger war, als ich ursprünglich angenommen hatte. Mitte dreißig, vielleicht. Aber ihr grau meliertes Haar und die müden Augen ließen sie viel älter erscheinen.

Ein übelkeiterregendes Schaudern befiel mich. Die Schwestern machten mit Frauen, was die MM mit Männern machten: Sie raubten ihnen die Seele und unterzogen, was übrig blieb, einer Gehirnwäsche.

»Ja?«, fragte sie, sah mir aber nicht so ganz in die Augen.

»Ich muss aufs Klo.« Rebecca, die vor mir saß, zuckte zusammen, sah sich aber nicht um.

»In Ordnung. Randolph, bitte eskortieren Sie Ms Miller zur Toilette.«

»Ich finde sie schon allein«, sagte ich rasch und errötete. *Was bin ich, fünf Jahre alt?*

»Das ist das übliche Prozedere«, antwortete sie und kehrte zu ihrem Tisch zurück.

Ich stand auf und nagte nervös an meiner Unterlippe. Allein mit diesem Soldaten wollte ich nirgends hingehen. Auch wenn er Rosa nicht geschlagen hätte, wäre er mir viel zu unheimlich gewesen.

Stumm führte er mich hinaus und achtete stets darauf, dass ich nicht direkt in seinem Rücken war, sondern ein wenig versetzt ging, sodass er mich aus dem Augenwinkel im Blick behalten konnte. Unterwegs füllte ein Bild von Chase meinen Geist aus – Chase, der Soldat, in einer Uniform, wie Randolph sie trug, mit dem gleichen Schlagstock, der gleichen Schusswaffe. Was mochte er wohl gerade tun? War er bei meiner Mutter? War er bereit, sich Morris' gezogener

Waffe in den Weg zu stellen, um sie zu schützen, so wie er es für mich getan hatte? Denn hier war niemand zur Stelle gewesen, um Randolphs Fäusten den Weg zu versperren.

Streng vertrieb ich ihn aus meinen Gedanken.

Nachdem wir das Klassenzimmer verlassen hatten, gingen wir einen mit Linoleum ausgelegten Flur hinunter zum Haupteingang. Sonnenschein drang durch die Fenster herein. Draußen sah es beinahe sommerlich aus.

Gleich neben dem Haupteingang gab es eine Damentoilette. Ich huschte hinein und wartete einen Moment, um mich zu vergewissern, dass Randolph mir nicht folgen würde. Als er das nicht tat, hastete ich zum Klo und entfernte den Porzellandeckel vom Spülkasten.

Etwas kann ich über das Leben ohne Vater berichten: Man lernt eine Menge über Problemlösung und Reparaturarbeiten im Haus. Ich brauchte nur eine Sekunde, um die Kette zu lösen, die das Ablassventil öffnete, und den Deckel wieder aufzulegen.

Einen Moment später war ich wieder draußen auf dem Korridor.

»Die Toilette ist kaputt«, sagte ich zu ihm. Wie erwartet schob er sich an mir vorbei, um selbst nachzusehen.

Offenbar war Randolph nicht mit monatlicher Unterstützung durch den Staat aufgewachsen. Seine Familie hatte sich vermutlich leisten können, einen Klempner zu rufen. Er zog einige Male an dem Hebel, und die Spülung funktionierte nicht, aber er machte sich nicht die Mühe, den Deckel des Spülkastens abzunehmen, um nach der Kette zu sehen.

»Gibt es nicht irgendeine andere Toilette«, jammerte ich.

Er nickte und meldete das Problem über Funk, als wir nach draußen gingen. Die frische Luft, die durch die lockeren Maschen des Pullovers drang, wirkte belebend. Wir wandten uns nach links und folgten einem Pflasterweg um das Haus herum zu der Stelle, an die Rosa vor mehreren Stunden geflüchtet war.

»Da!«, rief ich und ging etwas schneller an der Gasse vorüber, wo ich im Geiste immer noch sehen konnte, wie Randolph sie schlug. »In der Ambulanz gibt es doch bestimmt eine Toilette, nicht wahr?«

Wir waren nur noch zwanzig Meter entfernt. Ein skeptischer Ausdruck huschte über sein Gesicht, und für einen Moment dachte ich, er würde mir widersprechen, nur weil er sich von mir nicht die Richtung vorgeben lassen wollte. Aber dann schien ihm die Belanglosigkeit meiner Bitte bewusst zu werden, und wir schwenkten ab in Richtung Ambulanz.

Der Warteraum war klein, steril und roch nach Reinigungsmitteln. Meine Schuhe quietschten auf dem glänzenden Boden, als wir an einem Schalter vorbeigingen, hinter dem eine brünette Schwester in der Bibel las. Sie blickte auf, stellte aber keine Fragen, als ich den kurzen Korridor hinunterging.

Das, was ich suchte, fand ich auf dem Tresen einer Blutabnahmestelle zwischen einem Minikühlschrank und einer Plastikkiste mit Alkoholtupfern und Kunststoffspritzen. Ein Telefon. Mein Herz tat einen erwartungsvollen Satz.

So lässig ich nur konnte betrat ich die Toilette und schloss die Tür, während ich mein Gehirn nach Möglichkeiten durchkämmte, die Schwester und meinen Wächter abzulenken. Ich musste nicht lange überlegen. Draußen ertönte ein Geräusch, laut genug, dass ich es durch die inneren und äußeren Wände hören konnte. Es war ein Kreischen, wie es Autos erzeugten, wenn man zu heftig auf die

Bremse trat, und es stammte aus dem Nebenhaus, dem mit dem Feuerhydranten. Aber als das Geräusch erneut erklang, war ich nicht mehr so sicher, dass es *nicht* menschlichen Ursprungs war. Mein Herz schlug schneller. Mir war, als würde jemand mein Rückgrat umfassen. Ich zwang mich, mich auf meine Aufgabe zu konzentrieren.

Ich öffnete die Tür einen Spalt weit und sah, dass sowohl Randolph als auch die Schwester in den Warteraum gegangen waren, also packte ich die Gelegenheit beim Schopf, sprintete um die Tür herum und in die kleine Nische, in der die Schwestern Blut abnahmen. Eine Sekunde später hielt ich das Telefon in der Hand.

Ein Scharren auf dem Boden erschreckte mich. Ich sprang auf, wirbelte herum und sah, dass Randolph gerade einen halben Meter hinter mir war. Und mich anstarrte. Das Telefon prallte auf den Tresen.

»Na los«, forderte er mich auf. Er hatte genau gewusst, was ich im Schilde führte.

Ich spürte, dass das ein Trick war, dennoch war das Angebot zu verlockend, es einfach auszuschlagen.

Ich packte das Telefon und hielt es ans Ohr. Etwas klickte, dann meldete sich ein Mann.

»Haupttor, Broadbent hier.«

Randolph feixte. Ich wandte mich ab.

»Ja, können Sie mir eine Verbindung mit Louisville herstellen?«, fragte ich drängend.

»Wer ist da?«

»Bitte, ich muss raustelefonieren.«

Eine Weile herrschte Stille.

»Es gibt keine Leitung nach draußen«, sagte er dann. »Die Telefone sind nur für Verbindungen innerhalb der Einrichtung.«

Meine Hände zitterten. Randolph entriss mir den Hörer und legte auf. Mit einem selbstgerechten Grinsen im Gesicht.

Und über mich senkte sich ein Schleier der Hoffnungslosigkeit.

Die Stunden vergingen. Randolph hatte mich nach meiner Nummer in der Ambulanz ganz genau im Auge behalten, und wenn mir auch erlaubt wurde, zusammen mit den anderen Siebzehnjährigen in die Cafeteria zu gehen, bekam ich dort doch nur Wasser. Kein Mittagessen. Kein Abendessen. Den anderen beim Essen zusehen zu müssen, war eine Qual, aber ich weigerte mich, Randolph oder Ms Brock oder Rebecca zu zeigen, wie sehr ich mich plagte.

Ich hatte schon früher längere Zeiträume ohne etwas zu essen durchgehalten. Während des Krieges, bevor die Suppenküche aufgemacht hatte, war das vom Staat bereitgestellte Mittagessen in der Schule die einzig verlässliche Mahlzeit gewesen. Drei Viertel davon hatte ich stets eingepackt: die Hälfte für meine Mom, den kümmerlichen Rest – vielleicht ein Apfel, ein Päckchen Erdnussbutter oder Cracker – aß ich zum Abendessen. Der nagende Hunger, den ich nun empfand, erinnerte mich an die Tage, an denen ich vor dem Waschbecken im Badezimmer meine Rippen gezählt hatte.

Gepeinigt überlegte ich, was meine Mutter heute wohl gegessen haben mochte. Ob sie ein Sandwich bekommen hatte – sie mochte Sandwiches – oder etwas, wie es die Suppenküche ausgab. Um meiner geistigen Gesundheit willen verbannte ich all das aus meinem Kopf, aber sofort machten sich andere verbotene Gedanken breit.

Chase. Die gleiche Frage, immer und immer wieder. *Wie*

konnte er nur? Er kannte uns schon sein ganzes Leben lang. Ob er, nachdem er mir versprochen hatte, er würde zu mir zurückkommen, je auf die Idee gekommen war, dass das am Ende so aussehen könnte?

Aber das war ja das Problem: Er war nicht zurückgekommen. Nicht wirklich. Dieser Soldat vor meiner Tür war ein Fremder gewesen.

Am Abend wurde mir gestattet, zusammen mit den anderen Siebzehnjährigen in den Aufenthaltsraum zu gehen, und ich erkannte mit Schrecken, dass Rosa nach ihrer Bestrafung immer noch nicht wieder aufgetaucht war. Ich fragte mich, ob sie womöglich eine Gehirnerschütterung erlitten hatte, und dann dachte ich an dieses hohläugige Mädchen, das wir am Morgen gesehen hatten, und bekam Angst, dass Rosa womöglich viel schlimmer verletzt worden war.

Während ich mich mit diesen Gedanken quälte, trug Rebecca mit abstoßender Begeisterung die Schulregeln für die Neuankömmlinge vor. Danach beteten wir. Jedenfalls beteten *die*. Ich grübelte nur weiter bang vor mich hin.

Ehe wir entlassen wurden, verkündete der Wachmann, dass es noch eine Angelegenheit zu regeln gäbe. Ich kann nicht genau sagen, woran es lag, aber ich wusste von dem Moment an, in dem Ms Brock den ersten Schritt in den Raum getan hatte, dass sie es auf mich abgesehen hatte.

»Meine Damen«, fing sie gedehnt an.

»Guten Abend«, flöteten einige der Mädchen, darunter Rebecca. Ich sagte gar nichts.

»Es hat heute noch einen weiteren Vorfall gegeben. Ein Verstoß gegen die Regeln. Diejenigen von Ihnen, die schon eine Weile bei uns sind, wissen, wie wir in so einem Fall verfahren, nicht wahr?«

Ich konzentrierte mich darauf, hoch aufgerichtet zu sitzen, das Kinn vorgereckt, die Augen stur auf die Hexe gerichtet, die sich geräuschlos auf mich zubewegte. Mich hungern zu lassen reichte denen offenbar nicht; sie wollte mich wegen der Sache mit dem Telefon öffentlich demütigen, aber sie konnte meinetwegen tun, was sie wollte, ich würde ihr nicht zeigen, dass ich Angst vor ihr hatte. Irgendjemand musste der Schultyrannin doch die Stirn bieten.

Ehe ich es mich versah, riss Randolph mich von meinem Stuhl hoch. Er zerrte mich zu einem Nebentisch im Gemeinschaftsraum und stellte meine Tapferkeit auf eine harte Probe.

»Aber Ember ist neu, Ms Brock!«

Rebecca konnte den Trotz in ihrer Stimme nicht vollständig überzuckern. Ihr Gesicht war stark gerötet. Ich konnte gar nicht fassen, dass sie mich verteidigte.

»Ihr steht eine Probezeit zu, in der sie Gelegenheit bekommt, die Regeln zu lernen. *Ma'am*«, fügte sie eilends hinzu.

Ein anderer Soldat baute sich zwischen uns auf. Die Blicke der Mädchen wanderten hektisch von der SH zu mir und weiter zu Ms Brock. Niemand sagte ein Wort.

Ms Brock maß meine Zimmergenossin einige Sekunden lang mit finsterem Blick. Ich hielt den Atem an. Ich wollte Rebeccas Hilfe nicht, aber ich hatte das Gefühl, es war besser, die Klappe zu halten.

Endlich atmete Ms Brock hörbar durch die Nase aus.

»Sie sind schnell vorgegangen, Ms Miller«, sagte sie, und ihr scharfer Blick wanderte von mir zu Rebecca. »Wie ein *Virus*, der unsere hellen Gedanken infizieren will. Aber Sie müssen wissen«, sagte sie nun zu den anderen im Raum, »dass Ms Miller bereits einmal einen Soldaten angegriffen hat, und ihr heutiges Fehlverhalten darf nicht ungestraft bleiben.« Die anderen Mädchen beobachteten mich, manche erschrocken, andere interessiert. Es war widerwärtig.

»Nun, Ms Miller.«

Ms Brock deutete auf den Tisch und schlich auf die andere Seite. Randolph trat hinter mich und nahm den Schlagstock vom Gürtel. In seinen Augen stand ein geistesabwesender, beinahe lebloser Ausdruck. Ich atmete schneller.

»Möchten Sie den anderen Siebzehnjährigen erzählen, wie Sie heute gegen die Regeln verstoßen haben?«

Ich biss die Zähne so fest zusammen, wie ich nur konnte.

»Sie wurden aufgefordert, sich zu rechtfertigen, Ms Miller.«

»Es tut mir leid, Ms Brock«, sagte ich laut und deutlich. »Sie haben mir gesagt, ich solle besser den Mund halten, wenn ich nichts zu sagen hätte.«

Ich fühlte eine Woge des Triumphs, als ich die Worte laut aussprach, und dachte, erfüllt von Stolz und Angst zugleich, dass meine Mutter mit mir zufrieden gewesen wäre. Etliche der anderen Mädchen rangen nach Luft. Für einen Moment wandte ich mich ab und sah, wie Rebeccas Miene immer grimmiger wurde.

Ms Brock seufzte. »Wie es scheint, ist Insubordination in den Reihen unserer neuen Schüler eine ansteckende Krankheit.«

»Da wir gerade davon sprechen, wo ist Rosa?«, fragte ich.

»Das ist nicht die Frage«, sagte sie. »Die Frage lautet, ob Sie …«

»Die Antwort ist nein. Ich sehe keinen Grund, mich zu rechtfertigen«, antwortete ich so bestimmt ich konnte. Ich war so wütend, meine Organe vibrierten in meinem Körper.

Ms Brocks Gesicht verzerrte sich vor Zorn, und in ihren Augen loderte ein Feuer. Sie nahm einen langen, schmalen Stock von ihrem Gürtel, der sich bis dahin unter den Falten ihres Rocks versteckt hatte. Er war so dünn wie ein Essstäbchen, aber doppelt so lang und biegsam. Das Ende schwang hin und her, während sie mit dem Ding vor meinem Gesicht herumwedelte.

Wer *war* diese Frau?

»Hände auf den Tisch«, kommandierte sie kalt.

Ich trat einen Schritt zurück und wäre beinahe über Randolph gestolpert. Ein eisiger Schauer durchfuhr mich. Wir waren nicht im Mittelalter. Die Menschenrechte gab es doch noch, oder?

»Sie dürfen mich damit nicht schlagen«, hörte ich mich sagen. »Das ist illegal. Es gibt Gesetze gegen so etwas.«

»Meine liebe Ms Miller«, entgegnete Ms Brock im Tonfall gönnerhafter Wärme. »Hier bin *ich* das Gesetz.«

Meine Augen zuckten zur Tür. Randolph ahnte meine Absicht und hob den Schlagstock etwas höher.

Mein Mund blieb offen stehen. Ihre Schläge. Oder seine.

»Hände auf den Tisch«, wiederholte Ms Brock. Ich sah mich zu den anderen Mädchen um. Nur Rebecca stand auf den Beinen, und sie wurde größtenteils von einem Soldaten verdeckt.

»Mädels …«, fing ich an, aber ich konnte mich nicht an die Namen erinnern.

Keines der Mädchen rührte sich.

»Was ist los mit euch?«, brüllte ich. Randolph packte meine Handgelenke und rammte meine Hände auf den Tisch. Es brannte, und meine Finger wurden taub, als ich versuchte, mich zu befreien. »Lassen Sie mich los!«

Aber er tat es nicht. Mit seiner freien Hand hielt er mir den Schlagstock vor die Nase, so nah, dass ich beinahe zu schielen anfing, als ich ihn betrachtete, und dann schlug er einmal zu, direkt auf meine Kehle.

Ich konnte nicht mehr atmen. Es fühlte sich an, als wäre meine Luftröhre zerschmettert worden. Reflexartig schnappte ich nach Luft, aber je mehr ich keuchte, desto stärker wurde die Panik. Kein Sauerstoff kam durch. Er hatte mir den Hals gebrochen. Er hatte mir den Hals gebrochen, und nun würde ich ersticken. Grellweiße Streifen zogen sich über mein Blickfeld.

»Ach, um Himmels willen, nun atmen Sie eben einmal tief ein«, tadelte Ms Brock.

Ich wollte mich am Hals kratzen, aber Randolph hielt immer noch meine Hände fest. Sein Gesicht verschwamm vor meinen Augen. Endlich, *endlich* sickerte etwas Luft durch. Die Tränen strömten mir über das Gesicht. Noch ein Atemzug. Und noch einer. Gott, tat das *weh*.

Ich war auf die Knie gefallen. Meine kribbelnden Hände klebten immer noch auf der Tischplatte. Ich versuchte zu sprechen, brachte aber kein Wort heraus, also glotzte ich die Mädchen in dem Raum an, die samt und sonders meinem Blick auswichen. Sogar Rebecca starrte stur in ihren Schoß.

Niemand würde mir helfen. Sie waren alle zu verängstigt. Ich würde tun müssen, was Ms Brock mir sagte, oder meine Strafe würde noch erheblich schlimmer ausfallen. Mein Körper fühlte sich an, als wäre er mit Blei ausgegossen worden. Den Blick auf Randolph gerichtet, streckte ich die zitternden Hände auf dem Tisch aus.

Und schon holte Ms Brock aus und schlug mir die schmale Rute über die Hände, während die anderen wie gelähmt vor Angst zuschauten. Ein stummer Schrei brach durch meine zugeschnürte Kehle. Sofort bildeten sich rote Striemen auf meinen Handrücken.

Ms Brocks Gesichtsausdruck spiegelte puren Wahnsinn wider. Sie hatte die Augen so weit aufgerissen, dass ihre Regenbogenhäute aussahen wie Inseln in einem Meer von Weiß. Eine Reihe stumpfer Zähne schimmerte zwischen ihren zurückgezogenen Lippen hervor.

Ich riss die Hände weg, aber Randolph hob sofort wieder den Schlagstock. Er war eine Maschine. Kalt. Tot. Absolut unmenschlich.

Wieder und wieder schlug Ms Brock mit der Rute auf meine Handrücken. Ich drückte die Hände so fest auf den Tisch, dass meine Finger ganz weiß wurden. Ich vergaß die Zuschauer. Die Schmerzen waren unerträglich. Wieder sackte ich auf die Knie. Lange Striemen verliefen kreuz und quer übereinander, bis schließlich der erste aufplatzte und blutete. Auch in meinem Mund war Blut, nachdem ich mir in die Wange gebissen hatte. Es war warm und kupfern und weckte den Wunsch in mir, mich zu übergeben. Tränen rannen aus meinen Augen, aber ich gab noch immer keinen Laut von mir. Ich wollte ihr die Befriedigung nicht gönnen, zu hören, wie ich zerbrach.

Ich hasste Ms Brock in einem Maß, wie ich es vorher nicht gekannt hatte. Ich hasste sie mehr, als ich die MM hasste und die Statuten. Mehr als ich *ihn* hasste, weil er mir meine Mutter genommen hatte. Mehr als ich mich hasste, weil ich nicht stark genug gewesen war, die Soldaten zu bekämpfen. Ich richtete jeden Funken des Hasses auf diese Frau, bis Schmerz und Zorn eins wurden.

Endlich hörte sie auf und wischte sich den Schweiß von der Stirn.

»Ach, du liebe Zeit«, sagte sie lächelnd. »Was für ein Kuddelmuddel. Möchten Sie ein Wundpflaster?«

Er hatte eine Blume auf meinem Kopfkissen zurückgelassen. Ein Tausendschönchen mit gleichmäßigen Blütenblättern und einem langen, grünen Stengel. Der Gedanke, wie er das Fenster hochschob und es vorsichtig dort ablegte, wo ich meinen Kopf betten würde, rief einen Schmerz tief in meinem Inneren wach.

Das Fensterbrett zog meinen Blick an. Dort hatte er noch eine Blume hinterlassen, kleiner, aber nicht minder perfekt. Die Vorstellung, wie er nach den schönsten Blumen suchte, entlockte mir ein Lächeln. Ich schob das Fenster hoch und lehnte mich hinaus, rechnete beinahe damit, dass er dort draußen auf mich wartete, aber das tat er nicht.

Ein weiteres Tausendschönchen lag genau in der Mitte zwischen unseren Häusern im Gras. Begeistert von dem Spiel kletterte ich aus dem Fenster und bückte mich, um das Blümchen meinem langsam anwachsenden Strauß hinzuzufügen. Dann schaute ich mich um und fand, ein paar Meter weiter nahe der Rückseite des Hauses, noch eine Blume, die mir den Weg in seinen Garten wies.

Kichernd folgte ich der Blumenspur, Tausendschönchen um Tausendschönchen. Meine Vorfreude wuchs, und ich stellte mir vor, wie er mich in die Arme nehmen würde, wenn ich ihn erst gefunden hatte, wie er mein Gesicht berühren würde, kurz bevor er mich küsste.

Ich kletterte auf die Veranda und rief seinen Namen, als ich zur Hintertür hineinging. Im Raum war es dunkel, und es dauerte einige Sekunden, bis sich meine Augen an die Lichtverhältnisse gewöhnt hatten.

Irgendwas stimmte nicht. Ich spürte es wie ein Kribbeln am Halsansatz, das mich davor warnte, noch weiterzugehen.

»Chase?«

Er trug eine Uniform. Die blaue Jacke stand offen und gab den Blick auf seinen Gürtel frei. Ich wurde ganz schwach, als ich die Waffe sah und die leere Schlaufe, dort wo der Schlagstock hätte sein müssen.

»Ember, lauf!« Ich erschrak, als ich die Stimme meiner Mom hörte. Sie kniete auf der anderen Seite des Raums, die Finger auf dem Kaffeetisch ausgebreitet. Ms Brock stand mit hoch erhobener Gerte vor ihr.

Ich blickte zu Mom herab und sah voller Entsetzen das Blut, das über ihre Finger strömte.

Ich ließ die Tausendschönchen fallen und wollte zu ihr, aber Chase verstellte mir den Weg. Seine Augen waren kalt und leer, sein Körper nur noch die äußere Hülle des Jungen, den ich einmal gekannt hatte. Mit einem Schlagstock in der Hand drängte er mich in eine Ecke und zertrat meine Blumen auf dem Teppich.

»Kämpf nicht gegen mich, Ember.«

Ich zuckte aus dem Albtraum hoch, schweißüberströmt, selbst ohne Decke. Feuchtigkeit bedeckte perlend Stirn und Hals und benetzte mein Haar. Meine Kehle war heiß und dick und fühlte sich zerschlagen an, als ich sie berührte. In meinen Händen wütete ein pulsierender Schmerz, als würde die Haut in Flammen stehen.

Die Bilder vergifteten noch immer meinen Geist. Ms Brock im Haus nebenan, wie sie meine Mutter schlug. Chase, der mich in eine Ecke trieb. *Kämpf nicht gegen mich, Ember.*

Ich versuchte, mich auf meine echten Erinnerungen zu konzentrieren: *Mein* Chase hatte drinnen auf mich gewartet, mit offenen Armen und einem breiten Lächeln. Aber nach allem, was er getan hatte, kam mir sogar diese Erinnerung falsch vor.

Langsam kam mir meine Umgebung wieder zu Bewusstsein. Ich war immer noch in der Besserungsanstalt. Immer noch in meinem Zimmer.

Ich hörte ein Klicken, dann ein Rasseln. Es kam von Rebeccas Seite des Raums. Vom Fenster.

Ein Einbrecher! Meine Muskeln spannten sich, bereit, mich im Eiltempo zur Tür hinauszubefördern.

»Rebecca!«, krächzte ich, zwang mich zu einem schmerzhaften Schlucken. Meine in Socken steckenden Füße standen bereits auf dem Boden, und der Rock, der mir bis zu den Hüften hochgerutscht war, hatte sich um meine Beine gewickelt.

Sie rührte sich nicht. Ich lauschte, aber da war kein Laut zu hören.

Gar keiner, um genau zu sein. Nicht einmal Rebeccas Atmen.

Ich zwang mich zur Ruhe. Wahrscheinlich war es nur der Wind gewesen, der über das Glas des Fensters fegte. Ein Ast oder totes Laub oder irgendwas. Es war kein Eindringling. Niemand kam her, um mich zu holen. Nicht einmal, wenn ich es mir gewünscht hätte.

»Rebecca?« Dieses Mal lag meine Lautstärke knapp über einem Flüstern. Sie rührte sich nicht.

Ich glitt vom Bett und tapste zum Fenster, ohne die Scheibe aus den Augen zu lassen.

Wieder sagte ich ihren Namen. Sie lag absolut regungslos da.

Ich legte eine Hand auf die Matratze. Mondschein fiel durch das Fenster und hüllte die Verbände an meinen geschwollenen Händen in ein fahles Blau. Meine Fingerspitzen tasteten sich zur Decke vor.

Und zu dem Kissen, das darunter lag.

»Was zum Teufel?«, fluchte ich laut. Ruckartig blickte ich auf, schaute zum Fenster hinaus und zum Wald, wo eine Gestalt in Weiß gerade zwischen den Bäumen verschwand. Mein Unterkiefer klappte nach unten.

Rebecca floh. Diese Heuchlerin. Genau davon hatte sie mich vorher abgehalten, obwohl sie selbst die ganze Zeit nichts anderes geplant hatte. Aber ich hatte keine Zeit, mich damit zu befassen. Rebecca hatte einen Ausweg entdeckt, einen, der mehr Planung beinhaltete als Rosas impulsive Flucht, und ich wollte verdammt sein, ehe ich mich damit zufriedengäbe, dass sie mich hier zurückließ.

Ich rammte die Füße in meine Schuhe und warf mir die Jacke, die auf meinem Stuhl gelegen hatte, über den Rücken. Gespannte Erwartung kollidierte mit der panischen Angst, geschnappt zu werden. Zugleich wallte Trotz in mir auf.

Ich dachte gar nicht darüber nach, als ich mit meinen dreckigen Schuhen auf Rebeccas Bett kletterte; ich hätte die Sache mehr genossen, hätte ich das getan. Als ich das Fenster hochschob, gab es das gleiche Klicken und Rasseln von sich, das ich zuvor gehört hatte.

Von unserem Zimmer im Erdgeschoss aus war es beinahe zu leicht, sich über das Fensterbrett zu ziehen, die Beine rauszuschwingen und die Füße auf den Boden zu stellen. Tatsächlich war es so einfach, dass ich mich fragte, warum das sonst niemand versucht hatte. Plötzlich regten sich Zweifel in mir – es musste doch einen Grund geben, dass nach Zapfenstreich nicht gleich die ganze Schule verschwunden war –, aber wenn Brocks heißgeliebte kleine Schwester dort draußen war, dann musste sie wissen, was sie tat.

Ich zwang mich zu einem langsamen, schmerzhaften Atemzug und ging los. Mein Rock rutschte hoch, und die nächtliche Kälte nagte bis über die Oberschenkel an meiner Haut, aber kaum hatte ich festen Boden unter den Füßen, da rannte ich auch schon.

Es war hell genug, dass ich den Weg zumindest teilweise sehen konnte. Ich sprintete über eine schmale Straße und in den Wald, genau da, wo ich Rebecca hatte verschwinden sehen. Das Brummen eines Stromgenerators überlagerte das Knirschen des Laubs unter meinen Füßen und war mir Segen und Fluch zugleich. Niemand konnte mich hören, aber ich konnte auch niemanden hören.

Doch wie sehr ich mich auch davor fürchtete, geschnappt zu werden, meine Füße liefen einfach weiter. Rebecca war seit drei Jahren hier. Sie kannte dieses System und diese Einrichtung. Sie würde keine Flucht riskieren, solange sie nicht überzeugt war, dass es klappen würde.

Je tiefer ich in den Wald vordrang, desto dunkler wurde es, obwohl die Sterne am Himmel leuchteten. Ich fragte mich, wohin es wohl gehen mochte. Vielleicht zu einem kaputten Zaun. Die tiefen Schatten verschmolzen mit dem Nachthimmel. Nur hier und da betonte noch ein wenig Licht kahle Zweige oder die Rinde der Baumstämme. Ich hatte die Hände vor mir ausgestreckt und tastete mich vorsichtig voran. Langsam wurde ich unruhig, fürchtete, ich könnte sie verloren haben. Der Generator wurde lauter.

Endlich hörte ich Stimmen. Eine Männerstimme und eine Stimme, die so quirlig war, sie konnte nur Rebecca gehören. Abrupt blieb ich stehen, kauerte mich zusammen und suchte hinter dem Stamm eines abgebrochenen Baums Deckung. Aber ich konnte nicht verstehen, was sie sagten. So leise wie möglich schlich ich näher heran.

»Ich kann nicht fassen, dass Randolph sie geschlagen hat«, hörte ich Rebecca sagen.

»Ja. Und gefallen hat ihm das auch noch, dem kranken Mistkerl.« Die Stimme klang vertraut.

»Sean … was habt ihr mit ihr gemacht?«

»Brock hat gesagt, wir sollen sie zur Hütte bringen. Komm schon, du wusstest doch, was passiert.«

Meine Muskeln versteiften sich. Sie redeten nicht über mich; sie redeten über Rosa.

Vor meinem geistigen Auge erhob sich das nicht gekennzeichnete Gebäude neben der Ambulanz. War das die »Hütte«? Brock hatte gesagt, sie sollten Rosa zum »unteren Campus« bringen; vielleicht hatte sie damit dieses Haus gemeint. Meine Erinnerung förderte ein metallisches Kreischen zutage, das ich gehört hatte, als ich das Telefon in der Ambulanz gesucht hatte. War das Rosas Schrei gewesen?

Mir wurde schwindelig. Ich konnte die männliche Stimme immer noch nicht einordnen.

Rebecca schwieg kurz, doch dann sagte sie: »Ich schätze, du hast recht.«

»Was, tut sie dir jetzt leid? Ach, sei nicht traurig, Becca. Hey, ich wette, ich kann dich aufmuntern.«

Sie schwiegen, und mich packte die Furcht, sie könnten ohne mich weiterziehen. In Panik reckte ich den Kopf hoch, um über den Stamm zu lugen.

Mir blieb der Mund offen stehen.

Rebecca Lansing saß in einem großen, blauen Wachstuchmantel auf dem Generator, die nackten Beine um die Hüften eines Soldaten gewickelt – die Hüften des Soldaten mit dem sandfarbenen Haar. Der fast attraktive Wachmann, der heute Morgen ihre Reihe abgenommen hatte. Er hatte eine Hand in ihr verwuscheltes blondes Haar gegraben, die andere lag auf ihrem bloßen Oberschenkel. Ihre Lippen pressten sich in fieberhafter Leidenschaft aufeinander.

Ein Teil von mir wusste, dass das nur ein Traum sein konnte. In der Geschichte des Menschengeschlechts gab es nirgends einen Platz, an dem diese prüde, heilige Rebecca, meine Zimmergenossin, die studentische Hilfskraft, sich mit einem Soldaten einlassen konnte. Auf dem Schulgelände. Mitten in der Nacht.

Zorn wallte in mir hoch. Rosa war in dieser Hütte und wurde bestraft, während Rebecca mit diesem Kerl auf dem Generator herummachte. Meine Hände ballten sich zu Fäusten. Meine Kiefer mahlten. Und wenn mich mein Verstand bis dahin noch nicht ganz im Stich gelassen hatte, so holte er es nun nach.

Ehe ich wusste, was ich tat, stand ich auf den Beinen.

»Was war …?«

Ich war nicht überrascht, als mich eine Taschenlampe blendete. Der Lichtstrahl erwischte mich mitten im Gesicht, während die Personen hinter der Lampe mit der Schwärze des Waldes verschmolzen. Ich riss eine Hand hoch, schirmte meine Augen ab und marschierte blind um den Stamm herum und über Schmutz und Äste auf das Licht zu.

»Wer ist das?«, hörte ich Rebecca sagen. Und dann: »O mein Gott.«

Der Soldat fluchte. *Sean* hatte sie ihn genannt. Er löste sich von Rebecca und stürzte auf mich zu. Beinahe wünschte ich, er würde mich erreichen. Alles, was ich sah, wenn ich ihn betrachtete, war sein versteinertes Gesicht, als er Rosa davongeschleppt hatte.

»Aufhören!« Rebecca sprang von dem Generator herunter und baute sich vor ihm auf. »Ember, was machst du hier?« Ich hasste diese dünne, muntere Stimme.

»Du *Heuchlerin*!«, grollte ich.

»Was? Wie lange bist du schon hier?«

»Lange genug, *Becca.*« Meine Worte mochten heiser klingen, doch sie strömten hervor wie Wasser aus einem geborstenen Rohr.

»Es ist nicht, wonach es aussieht.«

»Ach, *wirklich*?«

»Hast du nicht gesagt, sie schläft?« Banks brüllte fast.

»Halt's Maul, Sean«, blaffte sie, und als er schwieg, packte sie meinen Ärmel und versuchte, mich zur Einrichtung zu zerren. »Komm, wir gehen zurück.«

»Das glaube ich nicht«, antwortete ich. »Auf dich habe ich lange genug gehört.«

»Du musst mitkommen. Die nächste Wache kommt in ein paar Minuten. Wenn du geschnappt wirst, ist es aus mit dir. Verstanden?«

»Nur mit mir? Kann ich mir nicht vorstellen«, sagte ich mit einer Stimme, die sich anhörte wie meine, aber viel kühner klang. Alles an mir schien sich in Auflösung zu befinden. Meine Haut war eiskalt, aber das Blut darunter war heiß. Meine Organe fühlten sich an wie einzelne, zerstückelte Objekte. Es kostete mich viel Überwindung, die kalte Luft zu atmen. Ich fühlte mich gar nicht wie ich selbst.

»Glaubst du etwa, die interessiert, dass Sean und ich hier draußen sind?«, sagte sie und wedelte frustriert mit den Armen. »Glaubst du etwa, die hätten nicht alle schon das Gleiche getan? Die passen aufeinander auf, kapiert? Und dich werden sie bestrafen, wenn du ihn verpfeifst.«

»Vielleicht werden sie das«, stimmte ich zu, und mein Groll kletterte eine Stufe höher. »Und vielleicht ist es den Wachen egal, aber ich bin sicher, Ms Brock würde sich unendlich freuen zu hören, dass ihr glänzender Stern am Himmel sich draußen mit Soldaten herumtreibt.«

Banks schaute sie an. Sein Gesicht verzerrte sich vor

Panik – immerhin eine *echte* Emotion. Dann starrte er mich an, und sein Schrecken wich schlichter Verzweiflung.

»Die glaubt dir nie«, sagte er.

»Vielleicht nicht. Aber sie werden ein Auge auf *sie* haben, meinst du nicht? Sie werden eine Wache vor unserem Zimmer aufstellen, um sicherzugehen, dass sie nichts versucht, und …« Ganz ehrlich, ich hatte keine Ahnung, was Ms Brock tun würde, aber Seans zunehmend düstere Miene verriet mir, dass ich ins Schwarze getroffen hatte.

»Du darfst es ihr nicht sagen … Miller, nicht wahr? Becca kommt in drei Monaten raus. So viel Zeit musst du ihr geben.«

»Überlass das mir, Sean«, sagte sie.

Dieser Anfall von Ritterlichkeit versetzte mich in Erstaunen. Wollte er sie wirklich beschützen? Ich verschränkte die Arme vor der Brust. Vielleicht waren die innerlich gar nicht so tot, wie es schien.

Na ja, manche vielleicht.

»Du … du darfst es nicht erzählen, Ember. Du *darfst* nicht.«

»Und was soll mich daran hindern?«

Sean holte hörbar Luft und öffnete den Riemen, der die Waffe an seinem Gürtel sicherte. In seinen runden Augen spiegelte sich ein innerer Kampf, der mir verriet, dass er mich nicht erschießen wollte, aber das konnte meine Furcht kein bisschen mindern. In diesem Moment fiel mir Randolphs Schlagstock an meiner Kehle ein und Brocks Gerte auf meinen Händen, und ich fragte mich, wie ich auf die Idee kam, dieser Soldat wäre nicht fähig, so etwas oder auch weit Schlimmeres zu tun.

Ich kämpfte den Drang nieder, einfach davonzulaufen.

»Sie hat gesagt, die nächste Wache kommt in ein paar

Minuten durch«, keifte ich. »Wie wollt ihr erklären, dass Rebecca hier war, als du mich erschossen hast?« Inzwischen zitterte ich, und ich hoffte, dass sie es in der Dunkelheit nicht sehen konnten. Er würde mich nicht erschießen. Nicht deswegen. Das konnte er nicht. Das Risiko war zu groß.

Bitte, lass nicht zu, dass er mich erschießt.

»Sean«, sagte Rebecca sanft. Er ließ die Hand sinken, aber ich hielt immer noch die Luft an.

»Also, was willst du?«, fragte Sean. Im Gegenzug für mein Schweigen war er bereit, sich auf einen Handel einzulassen.

»Ich muss hier raus. Ich muss meine Mutter suchen«, sagte ich. Meine Stimme wurde immer heiserer, je mehr ich sprach.

»Wir müssen los!« Rebeccas Stimme klang inzwischen etwas schriller, und sie schaute sich über die Schulter um, vermutlich auf der Suche nach dem nächsten Wachsoldaten, der auf seinem Rundgang vorbeikam. Nun, da ich erklärt hatte, ich würde Brock informieren, hatte sie Angst, ich würde es jedem erzählen.

Sean atmete scharf ein. »Und wenn ich dir helfe, schwörst du, dass du der Direktorin nichts erzählst.« Das war keine Frage. Er hatte einen weiteren Schritt auf mich zu getan, sodass er nun zwischen mir und seiner Freundin stand. Ich war erstaunt, wie hager er plötzlich wirkte, nun, da sein Gesicht vor Furcht verzerrt war. Wie groß die Augen aussahen. Wie schmal die Lippen.

»*Nein*. Sean, nein!« Rebecca zerrte an seinem Arm wie ein kleines Kind. Als er mich weiterhin anstarrte, schob sie sich an ihm vorbei und baute sich gerade ein paar Zentimeter vor mir auf. »Wenn er erwischt wird, bekommt er Schwierigkeiten. *Ernste* Schwierigkeiten. Du …«

»Miller«, forderte mich Sean zu einer Antwort auf, ohne auf sie zu achten.

»Ja, ich schwöre es. Du bringst mich hier raus, und ich werde Ms Brock nichts erzählen.« Ich spürte, wie etwas in mir zerbrach. Plötzlich musste ich an das Entsetzen denken, das sich im Gesicht meiner Mutter niedergeschlagen hatte, als ich Roy aufgefordert hatte, unser Haus zu verlassen. Ich hatte versucht, das Richtige zu tun, aber ich konnte es kaum ertragen, jemand anderem Schmerz zuzufügen, um mein Ziel zu erreichen. So anders war das auch jetzt nicht, obwohl ich diese Leute kaum kannte.

»Gut«, sagte Sean. »Ich ... lasse mir was einfallen.« Er trat gegen den Baumstamm, hinter dem ich mich zuvor versteckt hatte.

»Was? Wann?« Nachdem er sich einverstanden erklärt hatte, rauschte das Blut wieder in meinen Adern.

»Nicht jetzt. Sie hat recht. Die nächste Wache kommt bald durch. Du musst mir Zeit zum Nachdenken geben.«

Ich war enttäuscht, aber ich wusste, dass ich in dieser Nacht nicht mehr erwarten konnte.

»Danke ... Sean«, sagte ich. Seinen Namen auszusprechen machte ihn für mich unendlich viel realer. Plötzlich hätte er auch ein Junge sein können, den ich aus der Schule kannte. Er jedoch zuckte zurück, und seine Miene war voller Verachtung.

Einen Augenblick später schüttelte Rebecca seine Jacke ab und warf sie ihm über die Schultern. Einen endlosen Moment lang schauten sie einander an. Trotz der Dunkelheit konnte ich sehen, wie sich seine Züge entspannten.

»Es tut mir leid«, flüsterte sie. »Es wird alles gut. Ich verspreche es.«

Eine seiner Hände ruhte etwas unbeholfen an seinem

Halsansatz, als wären seine Muskeln zu angespannt. Dann schlüpfte er in die Jacke und verschwand in der Dunkelheit.

Rebeccas Miene verhärtete sich, als sie zurück zu unserem Zimmer stapfte. Widerstrebend folgte ich ihr und ärgerte mich, dass ich stolperte und strauchelte, während sie mühelos ihren Weg fand. Andererseits, so sagte ich mir, hatte sie diesen Weg schon mehr als einmal hinter sich gebracht.

Als wir zum dritten Fenster von links kamen, schob Rebecca es hoch – wohl deutlich gröber, als sie es getan hätte, wäre ich in dem Zimmer gewesen – und hüpfte flink hinauf, sodass ihre Hüfte auf dem Fensterbrett lag. Dann ließ sie sich zurückfallen und rollte sich auf ihr Bett. Ich folgte ihr auf dem Fuße, allerdings nicht annähernd so elegant.

Drinnen umgaben wir uns eine Weile mit angespannter Stille.

»Wie konntest du?«, platzte sie dann doch heraus. Im gedämpften Mondschein, der durch das Fenster hereindrang, sah ich, dass ihr Gesicht vor Kälte und Zorn gerötet war. »Ich hätte dich laufen lassen sollen, so wie diese Rosa. Ich wusste, dass du abhauen wolltest. Hätte ich geahnt, dass du mich erpressen wirst, hätte ich dich laufen lassen! Wie *konntest* du nur?«

All ihr Zorn und ihre Furcht und ihr Entsetzen brachen mit einem Mal hervor.

»*Ich*? Du bist ja so eine *Heuchlerin*! Ich habe dich um Hilfe gebeten, und du hast mich einfach ignoriert! Dieses Gerede über Sommerlager und wie toll du es hier findest, nur um Brock in den Arsch zu kriechen. Alles Lügen! Du bist zehnmal so schlimm wie sie; du kannst es nur besser verstecken.«

»Du hast absolut recht. Und?« Sie legte die Hände an die Hüften.

Meine Augen weiteten sich. »Du brauchst eine Therapie. Ernsthaft. Und ich bin bestimmt kein Idiot, weil ich dir geglaubt habe. Du bist einfach eine verdammt gute Schauspielerin.«

»Ja«, bestätigte sie. »Das bin ich.«

Ich setzte mich auf mein Bett und musterte sie. Sie saß auf ihrem Bett und starrte mich an. Als wären wir wieder Kinder und wollten herausfinden, wer zuerst den Blick senken würde. Schließlich brach Rebecca das Schweigen.

»Du hast ihn auch in Gefahr gebracht, ganz ohne Grund«, sagte sie. »Niemand flieht von hier. Entweder, du verlässt das Gelände mit deinen Entlassungspapieren oder auf der Ladefläche eines FBR-Vans.«

»Was soll das heißen?«, würgte ich hervor. Meine Finger tasteten automatisch nach dem Bluterguss an meinem Hals.

Sie gab einen unbehaglichen Laut von sich. »Die Wachen haben Anweisung, jeden zu erschießen, der das Gelände verlässt.«

Meine wunden Hände legten sich auf meinem Rock übereinander. Darum hatte Sean nach seiner Waffe gegriffen. Er hätte einfach sagen können, er hätte mich auf der Flucht erschossen. Niemand hätte Fragen gestellt, wenn sie meine Leiche so weit vom Wohnheim entfernt gefunden hätten. Plötzlich empfand ich eine Woge der Zuneigung gegenüber Rebecca. Wäre sie nicht gewesen und hätte Sean meinen Tod *gewollt*, dann würde ich jetzt gerade in einem Wald in West Virginia verbluten.

Andererseits wäre ich gar nicht dort gewesen, hätte sie sich nicht rausgeschlichen.

»Glaubst du wirklich, dass die das tun?«, fragte ich, obwohl das kaum eine Frage war. Ich hatte den kalten, toten Ausdruck in den Augen der Soldaten gesehen. Ich konnte mir von einigen, die mir begegnet waren – Morris, Chases Freund von der Festnahme, und Randolph, der hiesige Wachmann –, gut vorstellen, dass sie ein Mädchen umbringen würden.

»Ich weiß, dass sie das tun. Die Letzte, die sie …« Sie zögerte und sah sich zum Fenster um, und ich wusste, sie fragte sich, wo Sean jetzt war. »Es war Stephanies alte Zimmergenossin.«

Mir wurde schmerzhaft bewusst, dass jetzt Rosa Stephanies Zimmergenossin war.

Rebecca schluckte. »Ihr Name war Katelyn. Katelyn Meadows.«

KAPITEL 4

»Katelyn Meadows?«, wiederholte ich benommen. *Sie steht nicht auf der Vermisstentafel. Ihre Familie ist nach der Verhandlung weggezogen.*

Sie stand nicht auf der Vermisstentafel, weil sie keine Vermisste war. Sie war tot. Ich war froh, dass ich schon saß, denn meine Knie fühlten sich an, als wären sie aus Gummi.

»Sie war nett«, meinte Rebecca. »Ich gebe mir Mühe, hier niemanden gernzuhaben – die werden doch alle komisch. Aber sie war in Ordnung.«

»Ich weiß«, sagte ich leise. Ich konnte mich gut an das Bild auf den Postern rund um die Schule erinnern und an das lächelnde Gesicht im Geschichtsunterricht an der Junior High.

»Hast du sie gekannt?«, fragte Rebecca.

Ich nickte. »Nicht gut, aber ja. Wir sind zusammen zur Schule gegangen.«

»Oh.« Sprachlos nagte sie an ihrem Daumennagel.

»Wann ist das passiert?«

»Ich glaube, das ist ungefähr sechs Monate her. Sie hatte beinahe die Altersgrenze erreicht, da hat Brock sie gebeten zu bleiben und als Lehrerin zu arbeiten. Und wenn Brock bittet, dann ist das eigentlich keine Bitte.«

Hier bin ich das Gesetz, hatte Ms Brock gesagt, als sie meine

Hände gepeitscht hatte. Nein, ich ging nicht davon aus, dass das Angebot, das sie Katelyn gemacht hatte, sich auch nur entfernt wie eine Bitte angehört hatte.

Vor sechs Monaten war ich gerade in die Zwölfte an der Western gekommen. Katelyn wäre ebenfalls in der Zwölften gewesen. Ich wusste nicht recht, ob mich die Nachricht von ihrem Tod traurig machte. Eigentlich kannte ich sie nicht gut genug, um zu trauern. Aber mir graute vor dem, was diese Neuigkeit für mich und meine Chance, von hier zu entkommen, bedeutete. Mir war übel, ich hatte Angst, und ich kam mir selbstsüchtig vor, alles auf einmal.

Ich rieb mir die Augen. Sie brannten von den getrockneten Tränen an meinen Wimpern.

»Hat Sean …«

»Nein. Nein, es war jemand anderes.« Sie lächelte schwach. »Sean hat noch nie jemanden getötet. Das hat er mir selbst erzählt. Das FBR lässt sie an Zielscheiben üben, die die Form von Menschen haben, und selbst das hat er kaum über sich gebracht. Darum haben sie ihn in eine Besserungsanstalt für Mädchen geschickt und ihn aus der Stadt ferngehalten.«

Ich stellte mir vor, wie sich die Soldaten auf dem Schießstand sammelten, und schauderte. Chase war nicht in eine Besserungsanstalt für Mädchen geschickt worden, was nur bedeuten konnte, dass er besser war als die Jungs hier. Ich fragte mich, ob er jemanden getötet hatte, aber der Gedanke war so quälend, dass ich ihn gleich wieder verdrängte.

»Anscheinend hat nicht jeder ein Gewissen wie Sean«, sagte ich erbittert.

»Richtig«, stimmte sie zu. »Randolph hast du ja auch schon kennengelernt.«

Unwillkürlich schlang ich die Arme um die Knie. Meine

Finger schmerzten. »War er es? Der, der … Katelyn das angetan hat?«

Es war dunkel, aber ich konnte sie dennoch nicken sehen. »Wie du siehst, hat so ein Fluchtversuch eigentlich keinen Sinn.«

»Ich muss es trotzdem versuchen«, sagte ich. »Wenn sie uns so etwas antun, was meinst du, machen die dann mit meiner Mutter.«

Sie zögerte. »Wahrscheinlich das Gleiche.«

Ich sprang so hastig auf, dass mir schwindelig wurde. »Was hat Sean dir erzählt? Du musst es mir sagen!« Unsere Abmachung hing schwer zwischen uns in der Luft. Nun, da ich ihr Geheimnis kannte, musste sie mich nicht mehr belügen.

»Er hört nicht so viel«, wich sie abwehrend aus.

Die Soldaten in dieser Schule waren isoliert; ihre Kameraden standen in direktem Kontakt zu ihrem Führungsstab, aber diese besondere Einheit, in der diejenigen dienten, die an irgendeinem Punkt in ihrer Ausbildung versagt hatten, so wie Sean, war dem Befehl der Heilsschwestern unterstellt worden.

»Wer sind diese Schwestern eigentlich?«, fragte ich. »Unterstehen die alle Ms Brock?«

»Das hätte sie gern«, erklärte Rebecca. »Brock wurde aufgrund des Erneuerungsgesetzes vom Erziehungsministerium eingesetzt. Sie ist so etwas wie die Schulvorsteherin dieser Region. Es gibt andere Brocks in anderen Gegenden, die andere Besserungsanstalten leiten und den gleichen eisernen BH tragen.« Sie kicherte. »So nennt Sean das – ›eiserner BH‹ anstelle von eiserner Faust, weißt du?«

»Hab's kapiert«, seufzte ich matt. Es gab also mehr böse Direktorinnen. Und mehr Besserungsanstalten. Das reichte vollkommen, dass ich mich einmal mehr unendlich schwach fühlte. Rebeccas Lächeln schwand.

»Brock sagt, die Schwestern werden die Macht ergreifen«, sagte sie. »Sie führen Wohltätigkeitsorganisationen, kontrollieren die Lebensmittelverteilung und so weiter. Aber wer weiß, ob das stimmt?«

Meine Mom hatte ehrenamtlich in unserer örtlichen Suppenküche gearbeitet, aber ich konnte sie mir nicht in einem blauen Rock und mit einem albernen blauen Taschentuch um den Hals vorstellen.

»Brock untersteht also der MM, aber die hiesigen Soldaten unterstehen ihr?«, fragte ich. Rebecca starrte mich nur ausdruckslos an, und mir ging auf, dass sie den Spottnamen für die Soldaten des FBR offenbar noch nie gehört hatte. Da sie schon hier war, seit sie vierzehn war, hatte sie ein wenig den Kontakt zur Alltagskultur verloren.

»Moralmiliz«, sagte Rebecca wehmütig, nachdem ich sie aufgeklärt hatte. »Lustig.«

Missetäterinnen zu beaufsichtigen erforderte offenbar keine besonderen Fähigkeiten. Das FBR war zwar theoretisch auch für die hiesigen Soldaten zuständig, praktisch aber hatte Ms Brock die Oberaufsicht über ihren Tagesablauf. Bedauerlicherweise bedeutete das auch, dass Sean kaum Kontakt zum Rest des Militärs hatte. »Aber es gibt einen Kurier«, erzählte Rebecca. »Er kommt jede Woche, um Ms Brock Nachrichten von draußen zu bringen. Anweisungen vom leitenden Erziehungsbeauftragten. Änderungen der Statuten. Solches Zeug. Sean hört manchmal Gerüchte. Er wusste schon vor einer Weile, dass sie die Verfahren wegen Artikelverstößen stoppen würden, und er hatte recht. Es ist über einen Monat her, seit ein Soldat hier war, um eine Zeugin zu holen.«

»Die Verfahren stoppen? Was hat das zu bedeuten?«, fragte ich mit lauter Stimme.

»Pst.« Sie winkte mir zu, ich möge mich wieder auf mein Bett setzen. »Ich weiß nicht, was das bedeutet. Vielleicht lassen sie deine Mom ja einfach gehen. Oder sie schicken sie zur Resozialisierung. Sean hat gesagt, sie müssten etwas ›abschließen‹, das würde die Prozesse ersetzen. Bestimmt ein neues Protokoll. Er wird nächsten Monat darin geschult.«

Im Geiste stellte ich mir meine Mutter in meiner Situation vor, sah ihre kleinen, manikürten Hände auf einem Tisch, während Brock mit der Gerte auf sie einprügelte. Ich konnte sehen, wie ihre Bockigkeit purer Furcht wich. Wie sie auf dem Boden zusammenklappte, genauso, wie sie es bei Roy getan hatte.

Das durfte ich nicht zulassen. Die Vorstellung, dass sie so leiden musste, machte mich krank.

»Meine Mom hält das nicht durch. Ich muss sie finden. Irgendeinen Ausweg muss es geben. Was hat Katelyn getan? Wie wurde sie geschnappt?«, fragte ich.

»Sean hat gesagt, sie haben sie draußen am Südzaun erwischt, als sie drüberklettern wollte.«

Katelyn war groß gewesen, aber nicht gerade athletisch. Ich konnte mir nicht vorstellen, dass sie über einen Zaun klettern konnte. Andererseits taten die Leute alle möglichen verrückten Dinge, wenn sie nur verzweifelt genug waren. Ich musste es wissen.

»Gibt es keine andere Möglichkeit? Keine Löcher im Zaun? Keine anderen Ausgänge?«

Sie zuckte hilflos mit den Schultern. »Die Wachen patrouillieren jede Stunde am Zaun entlang. Der einzige Weg nach draußen führt durch das Tor. Und da gibt es eine Wachstation und Soldaten, die jedes Fahrzeug durchsuchen.«

»Und es ist *nie* jemand entkommen?«, fragte ich fassungslos.

Rebecca krümmte sich zusammen. Als sie wieder das Wort ergriff, klang ihre Stimme ganz zart, als wäre sie um Jahre jünger.

»Ein Mädchen hat es geschafft, gleich nachdem ich hergekommen bin. Sie ist über den Zaun geklettert und in den Wald geflohen, aber es hat so schlimm geschneit, sie ist an Unterkühlung gestorben. Brock hat den Soldaten befohlen, ihre Leiche in die Cafeteria zu bringen, um uns zu zeigen, was passiert, wenn wir versuchen zu fliehen. Sie war überall schwarz und blau angelaufen und …« Rebecca schüttelte den Kopf, als müsste sie die Erinnerung vertreiben. »Da hat Brock die Anweisung gegeben, dass die Soldaten jede erschießen sollen, die dem Zaun zu nahe kommt.«

Der Gedanke, wie niederschmetternd es doch sein musste, die Freiheit zu erringen, nur um sie sofort wieder zu verlieren, erschreckte mich.

»Seitdem haben es nur drei Mädchen ernsthaft versucht, und sie wurden alle getötet. Danach hat lange niemand mehr einen Fluchtversuch gewagt. Und wenn du wirklich so verrückt bist, dann wirst du die erste seit Katelyn sein.«

Die Gefahren meines Vorhabens schlugen Wurzeln in meinen Eingeweiden. Sollte ich die Flucht ergreifen, so musste mir klar sein, dass ich das vielleicht nicht überleben würde, und sollte ich sterben, so würde ich sehr wahrscheinlich einen gewaltsamen Tod erleiden. Aber wenn ich blieb, würde ich nicht erfahren, ob meine Mutter geschlagen wurde oder ins Gefängnis geworfen oder einfach erschossen.

Ich saß in einer Zwickmühle. Zwar hatte ich zwei Möglichkeiten, aber beide waren gleichermaßen schlimm.

»Weißt du, wenn du die Altersgrenze erreicht hast, dann muss von Rechts wegen niemand mehr nach dir suchen«, klärte sie mich auf.

Ich konnte nicht warten, bis ich achtzehn wurde, aber etwas in ihrem Tonfall verriet mir, dass sie so oder so nicht von mir sprach.

»Ist das der Grund, warum du und Sean nicht geflohen seid?«

Sie nickte. »In drei Monaten bin ich in Sicherheit. Aber wenn er sich je entschließt zu gehen, dann könnte das FBR ihn umbringen.«

Also blieb sie freiwillig. Um einen Soldaten zu schützen.

Zweifelnd schüttelte ich den Kopf. »Die würden doch keinen ihrer eigenen Leute töten.«

»Du irrst dich. Das Gremium würde ihm den Prozess machen. Wenn er unentschuldigt fehlt und sie ihn erwischen, dann werden sie ihn exekutieren. So ist das heutzutage. Und wenn du das nicht glaubst, dann denk mal daran, warum du hier bist.«

Die Luft zwischen uns schien stillzustehen, und meine Gedanken verzweigten sich zu einem gefährlichen Ort. Wenn Sean exekutiert werden konnte, drohte meiner Mutter dann das Gleiche? Es kam mir unwahrscheinlich vor, aber nicht unmöglich.

Ich musste hier raus. Schnell.

Zwei Nächte vergingen, bis Sean sich einen Plan zurechtgelegt hatte.

Wir saßen im Unterricht und lasen ein Merkblatt mit dem Titel »Kleiderordnung für Damen«, als er meine Aufmerksamkeit auf sich lenkte. Ein leichtes Nicken seinerseits, und ich reckte unverzüglich die Hand hoch und bat um Begleitung zur Toilette. Ehe die Schwester Randolph auffordern konnte, mich hinzubringen, trat Sean vor, öffnete die Tür und scheuchte mich den Korridor hinunter.

Kaum waren wir außer Hörweite der anderen, erklärte er mir hastig, die Direktorin hätte ihn angewiesen, für einen anderen Soldaten einzuspringen, der beurlaubt würde, was bedeutete, dass er seine übliche Zaunrunde in Doppelschicht absolvieren musste. Wenn das passierte, würde er mich zum Zaun bringen und woanders hinsehen, während ich hinüberkletterte.

Es hörte sich einfach an, war aber alles andere als unproblematisch. Zunächst würden bis dahin noch acht Tage vergehen. Zweitens war ich, sobald ich den Zaun hinter mir hatte, auf mich allein gestellt, was auch bedeutete, dass ich grob vier Stunden und fünfzehn Meilen ganz allein durch die Wildnis der Appalachen wandern musste. Und drittens musste ich, sobald ich die nächste Tankstelle erreicht hatte, eine Mitfahrgelegenheit nach Hause ergattern, was hieß, ich musste einen bereitwilligen Zivilisten mit einem Fahrzeug finden, der sich um die Benzinpreise keine großen Sorgen machte.

»Du musst schnell machen«, riet mir Sean. »Wenn die erst herausgefunden haben, dass du weg bist, werden sie dich suchen, und dann kann ich nichts mehr für dich tun.«

Ich nickte, und obwohl die Schwellung an meinem Hals zurückgegangen war, fühlte ich nun einen neuen Kloß an der gleichen Stelle. Der Plan war fürchterlich, aber er war alles, was ich hatte. Eine lange Zeit sah er mich nur an, so als wunderte er sich, dass ich seinen Vorschlag ernsthaft in

Erwägung zog. Ich hatte keine Ahnung, ob er mich für tapfer hielt oder für dumm. Vermutlich Letzteres.

»Es wäre für alle das Beste, wenn du einfach warten würdest, bis du die Altersgrenze erreicht hast, Miller.«

»Ich kann nicht warten«, sagte ich entschlossen. »Nicht, nachdem ich weiß, dass meine Mom auch an so einem Ort sein könnte.«

Seine Miene war ausdruckslos. Ich fragte ihn, ob er irgendetwas über meine Mutter wusste, was er verneinte. Zwar überlegte ich noch, ob er vielleicht doch mehr wusste, als er zugeben wollte, doch da wir uns jetzt schon auf einem recht schmalen Grad bewegten, sagte ich nichts weiter. Nur aufgrund eines vagen Verdachts wollte ich nicht riskieren, was er mir angeboten hatte. Außerdem bestimmt üblicherweise der Typ mit der Waffe, wo es langgeht.

Also hielt ich mich zurück.

Rosa kehrte am nächsten Nachmittag zurück. Während Brocks Lektion über gesellschaftliche Etikette saß sie schweigend neben mir. Keine abfälligen Witze, kein dreistes, zahnlückenbehaftetes Grinsen. Ihre Augen über den halbmondförmigen Blutergüssen, die Randolphs Faust hinterlassen hatte, blickten nicht mehr rebellisch, sondern ausdruckslos. Hohl. Sie war innerlich so leer wie das Mädchen, das wir gleich nach unserer Ankunft gesehen hatten.

Nun hegte ich keinen Zweifel mehr daran, dass der Schrei, den ich gehört hatte, als ich in der Ambulanz gewesen war, von Rosa gekommen war. Als ich Rebecca danach fragte, wollte sie nicht recht mit der Sprache heraus. *Gruselig*, so nannte sie es. Das war alles. Aber ich fürchtete mich.

In den folgenden Tagen tat ich, was ich konnte, um unverdächtig zu erscheinen. Ich war höflich, wenn man mich zu gesellschaftlichen Interaktionen mit Mitarbeitern und Mitschülerinnen zwang, und ich hielt mich an die Regeln. Ich verbarg meinen Frust und meinen Schmerz, wenn meine plumpen, geschwollenen Hände Dinge fallen ließen oder ich die Finger nicht weit genug schließen konnte, um meinen Stift zu halten. Ich erregte keinerlei Aufmerksamkeit und vermittelte Brock so das Gefühl, sie hätte gewonnen.

Aber zugleich sammelte ich direkt unter ihrer Nase allerlei Dinge ein, ganz so, wie meine Mutter und ich es während des Krieges in unseren schlimmsten Zeiten getan hatten. Eine Tasse aus der Cafeteria, als gerade niemand hinschaute. Ein Waschlappen aus dem Bad. Und ich fing an, unverderbliche Nahrungsmittel unter meiner Matratze zu lagern, um mich auf meine Flucht vorzubereiten.

Irgendwann stellte ich fest, dass ich Rebecca vertraute. Zwar spielte sie die Prinzessin der Resozialisierungsanstalt, wann immer andere in der Nähe waren, aber sie hatte offensichtlich einen Weg gefunden, hier drin zu überleben. Ihr Blendwerk gab mir neue Hoffnung.

Nachts unterhielten wir uns, und sie sprach erstaunlich offen mit mir. Beinahe, als wäre ich ihre Vertraute und nicht die Person, die ihr eine Menge Ärger einbringen konnte, sollte sie ihr Geheimnis aufdecken. Aus ihrem Blickwinkel nahm auch ich Sean in einem neuen Licht wahr. Nun fiel mir auf, dass er Randolph immer wieder von den Mädchen ablenkte und höchst zweckorientiert nickte, wenn Brock wieder über irgendwelche absurden Albernheiten wie die angemessenen Verhaltensweisen einer Schwester im Gespräch mit Männern räsonierte.

Zu meinem Erschrecken wurde auch ich etwas offener. Ich erzählte Rebecca von Dingen aus dem gemeinsamen

Leben mit meiner Mutter, die mir fehlten. Die Nächte, in denen wir Popcorn und alte Vorkriegsmagazine genossen hatten. Die Lieder, die wir gemeinsam gesungen hatten. Dass wir nie wirklich voneinander getrennt gewesen waren. Rebecca mochte diese Geschichten. Ich glaube, sie haben ihr geholfen zu verstehen, warum ich unbedingt fliehen wollte.

Am fünften Abend erzählte ich ihr sogar von Chase.

Ich weiß nicht, warum. Vielleicht, weil sie einen Soldaten liebte, vielleicht, weil ich das Gefühl hatte, ich wäre ihr etwas ganz Persönliches aus meinem Leben schuldig. Vielleicht auch, weil nicht eine Stunde verging, in der ich mich nicht fragte, warum er tat, was er tat. Was immer der Grund sein mochte, ich vertraute es ihr an. Keine Details und auch keine Hinweise auf die Tiefe meiner Gefühle für ihn, wohl aber die Grundzüge dessen, was zwischen uns gewesen war.

»Sie sollen keine Beziehungen eingehen. Nicht, solange sie noch keine Offiziere sind«, erklärte Rebecca mir, als ich ihr erzählte, dass er nie geschrieben hatte. »Sie müssen ihr Leben der *Sache* oder irgendwas weihen. Das müssen sie unterschreiben, wenn sie einrücken.«

»Sean scheint das nicht zu kümmern.« Ich konnte nicht verhindern, dass sich ein neidischer Ton in meine Stimme schlich.

Sie grinste, und mir fiel auf, wie hübsch sie war. »Kannst du ihm das verübeln?«

Wir brachen beide in Gelächter aus. Es war das erste und einzige Mal, dass wir gemeinsam lachten.

Elf Tage zogen dahin, ohne dass ich etwas von meiner Mutter hörte.

Am elften Abend bereitete ich mich auf die Flucht vor.

»Ich gehe mit dir raus«, sagte Rebecca zum zehnten Mal, während sie ruhelos im Zimmer auf und ab ging. Es war nach Mitternacht, aber sie trug immer noch ihre Uniform.

»Nein.« Darüber hatten wir bereits gesprochen. »Sean will, dass du hierbleibst.«

»Mir egal, was er will!« Ihre Stimme wurde immer höher, und sie zerdrückte ihre Bluse zwischen den Händen. »Ich kann nicht einfach *nichts* tun, während er sein Leben für dich aufs Spiel setzt!«

Die Anspannung zwischen uns hatte während der letzten Tage unentwegt zugenommen, während die Erkenntnis, dass es bei dem Plan nicht nur um ein Gedankenspiel ging, allmählich Fuß fasste. Unbewusst fuhr ich mit dem Finger über die immer noch geschwollenen Striemen auf meinem Handrücken und ballte vorsichtig die Faust. Die Wunden hatten sich endlich geschlossen und erblühten nun in einer Mischung aus Purpur und Gelb, und sie schmerzten höllisch, besonders in kalten Nächten wie dieser.

»Er wird mir nur den Zaun zeigen und so tun, als hätte er mich nicht gesehen«, versicherte ich ihr – wieder einmal. »Ihm kann nichts passieren.«

Das wiederum glaubte keine von uns.

Die Minuten zogen dahin. Eine. Nach. Der anderen. Und der nächsten.

Beim Abendessen hatte ich nichts runtergekriegt. Ich war zu nervös. Aber ich hatte eine kalte gebackene Kartoffel bei meinen übrigen Vorräten in Rebeccas Pullover versteckt, den ich mir um die Hüfte gebunden hatte.

»Okay, ich gehe«, sagte ich schließlich um Punkt zwölf Uhr dreißig.

Sie nickte mit blassem Gesicht.

»Schätze … es war nett, dich kennengelernt zu haben«, meinte sie lahm. »Danke, dass du Brock nichts von mir und Sean erzählt hast. Und … lass dich nicht erschießen.«

Ich bemühte mich um ein Lächeln, aber es klappte nicht. Beinahe hätte ich gesagt, ich hoffte sie wiederzusehen oder etwas in der Art, aber ich wusste, das würde in einer Million Jahren nicht passieren. Wenn sie die Altersgrenze erreicht hätte, würden sie und Sean sich vor den MM verstecken müssen, genauso wie meine Mutter und ich. Ich ergriff also stattdessen ihre Schultern und umarmte sie kurz und unbeholfen, ehe ich zum Fenster hinausschlüpfte.

Es schneite, genau wie in der Nacht, als das Mädchen an Unterkühlung gestorben war, aber ich war vorbereitet und hatte mir sämtliche Kleidungsstücke übergezogen, die mir zugeteilt worden waren: zwei Röcke, ein Leibchen, drei langärmelige T-Shirts und meinen grauen Pullover. Und ich hatte die gehorteten Lebensmittel dicht am Körper verstaut.

Der Boden war so fest wie Felsgestein, und die Kälte sickerte durch die flachen Schuhe an meine Fußsohlen. Das verklinkerte Wohnheim lag unter einer weißen Schicht. Lange Eiszapfen hingen wie unregelmäßige Zähne an den Regenrinnen.

Ich sah die Straße zu beiden Seiten hinunter, ehe ich in den Wald und zu dem Generator rannte. Sean würde dort auf mich warten, bereit, es hinter sich zu bringen. So wie ich.

Als ich das regelmäßige Brummen der Maschine hörte, waren meine Muskeln warm und locker, und mein Herz schlug ebenmäßig. Mein Magen tat nicht mehr weh; ich hatte zu viel Adrenalin im Leib, als dass Angst mich noch hätte aufhalten können. Und ich war froh darüber. Ich brauchte jeden Vorteil, der sich mir bot.

Mein Gehör war schärfer als sonst, und mein Kopf ruckte herum, als ich in der Nähe Zweige knacken hörte. Automatisch erstarrte ich und grub mir die Fingernägel in die Handflächen. Es kostete mich all meine Kraft, Katelyn Meadows aus meinen Gedanken zu verscheuchen.

Sean materialisierte sich hinter einem Baum, der in den nächtlichen Schatten schwarz aussah. Sein FBR-Wintermantel ließ seinen Brustkorb breiter erscheinen, und er wirkte bedrohlicher als sonst. Die Narben, die Brocks Bestrafung auf meinen Handrücken hinterlassen hatte, brannten.

Er sagte kein Wort, schob sich nur an den mächtigen, leise vor sich hin brummenden Metallkästen vorbei und stapfte tiefer in den Wald hinein.

Ich streckte die Hände aus und schob Dornenranken und Zweige zur Seite, die unseren Weg beschwerlich machten. Der Zaun musste nahe sein. Wie lange gingen wir schon in diese Richtung? Zehn Minuten? Wir waren eine Meile vom Wohnheim entfernt. Allmählich sollten wir ganz in der Nähe sein.

»Wie hoch ist er?«, flüsterte ich. »Der Zaun?«

»Fünf Meter«, antwortete er, ohne sich umzusehen. Ich zwang mich, tief Luft zu holen.

»Sean, ehe ich es nachher vergesse ...« Ich stolperte über einen Zweig und fing mich gerade noch ab. »Danke.«

Er schwieg eine ganze Minute, vielleicht sogar länger.

»Ich hoffe, du schaffst es«, sagte er dann endlich.

Ich wusste nicht, ob er damit meinte, dass er hoffte, ich würde meine Mutter finden, hoffte, ich würde den Zaun überwinden, oder hoffte, dass ich bei all dem nicht erschossen wurde, aber seine Worte boten mir einen kleinen Trost.

»Halt mal, Banks!«

Ich fühlte mich wie ein Stück Holz in dem Moment, in

dem die Axt niedersaust. Mein ganzer Körper strebte gewaltsam in zwei verschiedene Richtungen. Eine Seite wollte vorwärts in Richtung Zaun laufen, die andere zurück zum Wohnheim. Nur die endlos schrille Furcht hielt mich an Ort und Stelle fest.

»Lauf nicht weg«, wies mich Sean kaum hörbar an. Wie der Blitz fegte er den Pullover mit meinen Vorräten in ein Gestrüpp, schob mir eine Hand in die Haare und ballte sie zur Faust. Mir traten die Tränen in die Augen.

Schritte näherten sich. Jemand war dicht bei uns. Wieso hatten wir ihn nicht gehört? Ich hatte mich zu sehr auf den Zaun konzentriert, darauf, danke zu sagen, und darauf, was ich tun würde, wenn ich einmal draußen wäre. *Idiot!*

Hatte Sean davon gewusst? War das eine Falle? Natürlich hatte er nicht gewollt, dass Rebecca mitkommt! Er hatte die ganze Zeit vorgehabt, mich reinzulegen.

Mein Puls donnerte in meinen Adern. Ich wickelte die Arme um die Leibesmitte, als könnte dieser Schild eine Kugel aufhalten. Der hektische Lichtschein einer Taschenlampe ging den zwei Soldaten voraus, die durch die Nacht schritten.

Randolph. Und ein anderer schlaksiger Kerl mit dicken, abschätzig hochgezogenen Brauen.

Ihr Licht blendete mich vorübergehend. Ich hörte das Rascheln von Leder und Stoff. Und dann ein metallisches Klicken.

»Wollte sie fliehen?«, fragte der schlaksige Wachmann. Der Lichtstrahl entfernte sich, und ich sah, dass sowohl er als auch Randolph ihre Waffen erhoben hatten und direkt auf meine Brust zielten.

Ich konnte nicht atmen.

»Sieht aus, als wäre sie direkt zu mir geflohen«, kommentierte Randolph.

Sean grinste – ein Grinsen, das ich nie zuvor an ihm gesehen hatte, nicht einmal in Rebeccas Gegenwart – und meine Ängste wurden bestätigt. Dann, zu meinem Entsetzen, hob er die Hand, ganz ruhig, und hielt mein Haar fest. Ich zuckte weg.

»Tja«, sagte er, »das ist schon peinlich.«

Randolph schnaubte. Seans Hand wanderte über meinen Rücken zu den Hüften, ehe er mich beinahe spielerisch fortstieß. Ich stolperte, konnte mich aber noch abfangen, und alle drei lachten.

»Geh zurück in dein Zimmer, Schätzchen«, sagte Sean. »Und kein Wort über das hier, wie wir es besprochen haben.«

Ich brauchte eine Minute, um mitzukommen.

»Ich hatte erst in ungefähr einer Stunde mit der nächsten Wachrunde gerechnet«, fuhr Sean ungerührt fort und richtete seine Hose, ganz so, als hätten wir eben das getan, was er in den meisten Nächten hier draußen mit Rebecca tat.

Mädchen wurden exekutiert, wenn sie zu fliehen versuchten, aber nicht, wenn sie mit einem Soldaten rummachten. Er gab mir eine Chance. Eine Möglichkeit zu überleben. Sosehr ich auch hier weg wollte, ich durfte diesen Ort nicht in einer Holzkiste verlassen.

Ich wollte zurück zum Wohnheim laufen, doch Randolph sprang mir in den Weg. Eine Sekunde später quetschten seine Hände meine Hüften, und sein Knie drängte sich zudringlich zwischen meine Beine. Sein herber Atem sammelte sich vor meinem Mund.

»Bleib doch noch ein bisschen«, flüsterte er, und mich packte das Entsetzen. Ich wehrte mich gegen ihn und wurde Sean in die Arme geworfen.

»*Müll*«, geiferte Randolph. »Reformschulmüll.« Wieder lachten sie, lachten und lachten, und obwohl das allem zuwiderlief, woran ich glaubte, schämte ich mich. Ich konnte nicht anders.

Seans Grinsen war längst nicht mehr so wagemutig wie vorher. Ich klammerte mich an ihm fest, weil ich nicht wusste, wohin ich mich sonst hätte wenden können.

»Du wirst nachlässig, Banks«, sagte der hagere Soldat. »Die Direktorin hat uns angewiesen, ein Auge auf dich zu haben, aber wir dachten, du hättest es mit der Blonden, nicht mit der da.«

»Ich habe immer gesagt, die ist es«, widersprach Randolph. »Er hat sie angestarrt.«

Er hat mich angestarrt, weil er Angst hatte, ich könne Brock sein Geheimnis offenbaren, dachte ich.

Langsam wurde klar, was hier passierte. Sie hatten Sean eine Falle gestellt, nicht mir. Sie misstrauten ihm, weil er sich verändert hatte, seit er von mir erpresst wurde.

Lauf nicht weg, hatte Sean geflüstert. Alles in mir verlangte nach dem Gegenteil. Schon bewegten sich meine Fersen in den Schuhen, bereit, jede Sekunde loszurennen. Aber würde ich das tun, so würden sie mich höchstwahrscheinlich erschießen.

Randolph lachte. »Ich könnte das unter den Tisch kehren, Banks.« Er hob seine Waffe ein paar Zentimeter höher. Der Kerl wollte mich erschießen.

Ich würde sterben.

Ich dachte nicht an meine Mutter oder ob ich ein guter Mensch gewesen war, ein gutes Leben geführt hatte – all diese Dinge, über die man angeblich nachdenkt, wenn man den Tod vor Augen hat. Ich sah nur ein Gesicht vor meinem geistigen Auge und auch nur für einen Moment. Das Gesicht gerade der Person, die mir ganz bestimmt kein Trost sein konnte.

Chase. Schwarzes, zotteliges Haar, kupferfarbene Haut, die sanft im leichten Regen glänzte. Seine dunklen Augen schauten direkt in meine Seele. Und diese Lippen, diese neugierig hochgezogenen Mundwinkel.

»Hör auf, Randolph«, ächzte der andere Soldat. »Wir sind in einer Schutzzone; kein Schusswaffengebrauch. Zu weit vom Zaun entfernt. Außerdem hat sich die Direktorin doch schon gedacht, dass wir genau das hier vorfinden werden.«

Mein Mund klappte auf. Die Zeit schien vorübergehend stillzustehen. Lebte ich noch? Ich fühlte den Druck von Armen, die sich um meinen Körper schlangen, und war doch so taub, dass ich sie kaum bemerkte.

»Sag Rebecca, es tut mir leid«, flüsterte mir Sean ins Ohr. Einen Moment später hörte ich ein Scharren und ein furchtbares Krachen, als Randolph ihm brutal seinen Schlagstock über den Schädel zog. Der Hieb hallte in meinem Körper nach, als hätte er mich direkt getroffen. Entsetzt starrte ich auf die Stelle am Boden, an der Sean lag.

Renn, sagten meine Füße.

Renn, und sie werden dich erschießen, antwortete mein Gehirn.

Ich hatte keine Chance. Im nächsten Moment hatte ich eine Waffe im Rücken, und wir gingen zurück zum Wohnheim.

Stundenlang ging ich im Gemeinschaftsraum auf und ab und wartete auf den Richterspruch der Direktorin. Ich dachte daran, nach Rebecca zu brüllen, aber ich wollte sie nicht in Gefahr bringen.

Meine guten Absichten halfen wenig. Kaum war die Ausgangssperre beendet, da hörte ich schon Füße über den

Korridor trappeln. Das war Teil unseres Plans gewesen. Sie sollte meine Abwesenheit melden, sobald sie erwachte.

Ihr Haar klebte am Kopf, sie war blass und hatte schwarze Ringe unter den blutunterlaufenen Augen. Sie hatte geweint. Aus Angst um Sean oder um mich. Die Vorstellung, dass sie mir echte Freundschaft entgegengebracht haben mochte, rührte mich, und zugleich fühlte ich mich zerrissen, da ich ihr Vertrauen so schwer enttäuscht hatte.

Sie sah mich, und sogleich veränderte sich ihre Miene.

»*Nicht*«, formte ich mit den Lippen.

»Wo ist er, Ember?«, fragte sie mit bebender Stimme und näherte sich dem schlaksigen Soldaten. Der hob sein Funkgerät. Blitzschnell schlug sie es ihm aus der Hand und trat es fort, woraufhin er eine Hand auf seinen Schlagstock legte.

»Wo ist Banks?« Die Verzweiflung in ihrer Stimme wog schwer.

»Rebecca!«, sagte ich scharf. Sie würde alles ruinieren. Sean hatte sie – und mich – geschützt, indem er so getan hatte, als wäre er mit mir zusammen. Hätte er bestätigt, dass ich fliehen wollte, dann wäre ich jetzt tot.

Andere Mädchen, Siebzehnjährige und ein paar Sechzehnjährige, die in unserem Korridor untergebracht waren, hatten inzwischen ihre Zimmer verlassen, und ein anderer Soldat drängte sie im Vorübergehen zurück.

Ich hörte das leise Klappern von Absätzen auf dem Holzboden und wusste, dass Brock gekommen war. In ihrem traditionellen Rock und einem marineblauen Pullover betrat sie das Foyer. Eine Bedienstete, eine mollige Frau, der die Furcht ins Gesicht geschrieben stand, begleitete sie.

»Was habt ihr mit ihm gemacht? Sean? Wo ist er?«, platzte Rebecca heraus, ehe die Direktorin etwas sagen konnte.

Ein weiterer Soldat war eingetroffen. Nun waren sie zu dritt, einer stand neben mir, die anderen beiden flankierten Brock. Die Atemluft kratzte in meiner Kehle.

»Sie weiß nicht, was sie redet«, wagte ich mich vor.

»Schweigen Sie, Ms Miller«, blaffte mich Brock an. »Um Sie werde ich mich gleich kümmern. Genero, rufen Sie uns Unterstützung.« In ihrer Stimme zeigte sich nicht das kleinste Zögern.

»Wo. Ist. *Sean?*«, fragte Rebecca ein letztes Mal mit bebenden Schultern.

»Weg«, geiferte Brock. »Genau wie Sie.«

»Sie …«

»Rebecca, nein!«, brüllte ich, als sie sich auf die alte Frau stürzte.

Die folgenden Dinge ereigneten sich rasend schnell.

Mit der Wucht einer Kanonenkugel riss Rebecca Brock zu Boden. Ich sah, wie ein Gummiknüppel hoch in die Luft gehoben wurde, um gleich darauf mit einem dumpfen Schlag auf dem Rücken meiner zierlichen Zimmergenossin aufzuprallen. Knochen krachten, ein schreckliches Geräusch, und ihr Schrei brach viel zu früh ab.

Bis dahin war ich wie erstarrt gewesen, aber als Rebecca geschlagen wurde, raste pures Adrenalin durch meinen Körper. Für einen Augenblick sah ich meine Mutter vor mir. Sah blaue Uniformen, Soldaten, die sie zu einem Van zerrten. Sie fortbrachten.

Mein Blickfeld verengte sich hinter den halb zugekniffenen Augenlidern. Mit all meiner Kraft griff ich den Soldaten an, der Rebecca geschlagen hatte. Ich trat, schlug und biss ihn, fühlte, wie Haut unter meinen Fingernägeln aufriss. Alles, was ich tat, war rein instinktgesteuert, so als hinge mein Überleben direkt davon ab. Ich sah verschwommene

Bilder, größtenteils bestehend aus Blau und etwas Grau, als mir Rebecca entgegengeschleudert wurde. Jemand schrie. Ein Mädchen kreischte.

Stählerne Arme umfingen meine Leibesmitte. Ich schlug um mich.

»Rebecca!« Verzweifelt sah ich mich nach ihr um. Dichter Schnee fiel von einem schweren, schwarzen Himmel. Wir waren draußen. Einer der Soldaten, die mich hielten, rutschte aus, und wir stürzten den Zementstufen entgegen, bis er wieder im Gleichgewicht war. Sein lautes Fluchen übertönte das Klingeln in meinen Ohren. Dann gingen wir rückwärts die Stufen hinunter, und mein Magen hob ab, als würde ich in einem bodenlos tiefen Pool tauchen. Warmes Blut breitete sich in meinem Mund aus. Ich hatte mir schon wieder in die Wange gebissen.

»Lasst mich los!«, donnerte ich.

»Halt's Maul«, bellte einer der Soldaten.

Sie rissen so sehr an meinen Armen, dass meine Schultern schmerzten. Aus dem Augenwinkel sah ich die Cafeteria auf der linken Seite vorüberziehen. Mehr Stufen. Ich brauchte eine Weile, um mich auf dem unteren Campus zurechtzufinden. Wir waren in der Nähe der Ambulanz. Eine Metalltür wurde aufgestoßen. Zu meiner Rechten sah ich den Hydranten im Scheinwerferlicht trotzig rot vor dem weißen Schnee schimmern.

Ich war in der Hütte.

Sie ließen mich kurzerhand auf den feuchten Zementboden fallen. All meine zitternden Extremitäten wollten sich in meinen Torso zurückziehen. Ein Soldat hielt mir seinen Knüppel vor die Nase, und ich zog das Kinn fest an die Brust, damit er mir nicht wie Randolph auf den Hals schlagen konnte.

»Lass deinen dürren Arsch am Boden«, kommandierte er.

Der Raum war klein. Eine einzelne Birne hing in der Mitte des Zimmers von der Decke herab. Rechts von mir sah ich eine helle Nische, die aussah wie eine große Dusche, und links war eine Art dunkler Schrank mit Betonwänden, aber ohne Regalbretter oder Kleiderbügel. Eine Einzelzelle.

Ehe ich endgültig vor Angst erstarren konnte, rutschte ich in eine Ecke, drückte den Rücken an die Wand und wartete.

Endlose Sekunden dehnten sich zu quälenden Minuten. Ich sah ihre Gesichter. Seans, als die Soldaten uns erwischt hatten. Rebeccas, vor Sorge verzerrt. Was hatte ich ihnen angetan? Und, schlimmer, was hatte ich *nicht* getan? Ich sollte jetzt draußen sein und zurück nach Hause und zu meiner Mutter laufen. Welchen Preis musste sie für mein Versagen zahlen?

Endlich öffnete sich knarrend die Tür, und eine Frau schlüpfte herein. Mein Magen drehte sich um.

Brock.

Sie hatte sich eine frische Heilsschwestern-Uniform übergeworfen, und ich sah ein Pflaster an ihrer rechten Wange. In dem Licht der einzelnen, gelben Glühbirne wirkte ihre Haut, als wäre sie gelbsüchtig, und dennoch war die Zornesröte erkennbar, die ihre strengen Züge überzog.

»Ms Miller, ich bin sehr enttäuscht von Ihnen.«

»Was haben Sie mit Rebecca gemacht?« Ich erhob mich. Meine Beine zitterten, ob aus Angst oder wegen einer bösen Vorahnung, vermochte ich nicht zu sagen. Tränen brannten in meinen Augen, aber ich blinzelte dagegen an. Ich wollte nicht, dass sie mich weinen sah.

»Sie sind ein sehr böses Mädchen. Von der schlimmsten Sorte. Der Wolf im Schafspelz. Wir werden diese Maske zerstören und das Innere umgestalten müssen, das ist mir nun klar geworden.«

»Was …?« Ich wusste zwar nicht, was sie meinte, aber mir graute.

»Wachen, bringen Sie Ms Miller in die Reinigungskammer.«

Die Reinigungskammer. Die Nische, die aussah wie eine Dusche. Einer der Soldaten hantierte bereits mit einem Feuerwehrschlauch. Neben ihm sah ich lederne Handfesseln, die mit einer Kette am Boden befestigt waren. Sein Schlagstock lag griffbereit daneben. Er wollte mich fesseln und schlagen und mich vielleicht sogar mit dem Schlauch abspritzen. Für einen Sekundenbruchteil sah ich Rosa vor mir, ausgestreckt auf dem Boden, sah ihr Blut in den Abfluss rinnen, während der Wasserstrahl brutal auf ihren Körper eintrommelte.

Schützend umklammerte ich meinen Oberkörper mit den Armen und krallte die Fäuste in mein Shirt.

»Nein«, flüsterte ich.

Zwei Wachen traten näher. Tote Augen. Hände, die nach mir greifen wollten.

»NEIN!«, brüllte ich sie an.

Ich wirbelte zur Wand herum, versuchte, meinen Leib vor ihnen zu verstecken. Ich durfte da nicht rein. Ich durfte nicht zulassen, dass sie mich berührten. Doch da packten sie meine Schultern. Meine Hüften. Ich schrie.

In diesem Moment klopfte es an der Tür.

Die Wachen warteten auf Brocks Anweisungen. Die drehte den Kopf ruckartig und sichtlich verärgert zur Seite.

Randolph steckte den Kopf herein.

»Was wollen Sie?«, blaffte sie ihn an.

»Sorry, Ma'am. Ich dachte, ich sollte Sie informieren, dass ein Transportfahrer aus Illinois eingetroffen ist. Er will sie zum Prozess bringen.«

Mehrere Herzschläge vergingen, bis mir aufging, dass er von *mir* sprach.

Brock und ich müssen das Gleiche zugleich gedacht haben. Es gab keine Prozesse wegen Artikelverstößen mehr. *Es ist über einen Monat her, seit ein Soldat hier war, um eine Zeugin zu holen*, hatte Rebecca gesagt. Hatte Sean sich womöglich verhört?

Mein Blut gefror zu Eis. Es schien einfach unmöglich, dass das Leben mir so eine Illusion bescherte. Aber wenn es doch wahr war, konnte es nur einen Prozess geben, zu dem man mich beordern würde. Den gegen meine Mutter. Ich versuchte, das Gefühlsdurcheinander zu ordnen – da war Freude, dass ich sie vielleicht bald sehen würde, Furcht, denn das bedeutete, dass sie immer noch unter Arrest stand, pure Erleichterung über die Unterbrechung.

»Ich dachte, die beseitigen die so«, sagte Brock verärgert.

»In gewissen Fällen gibt es immer noch einen Prozess, Ma'am«, sagte eine leise, vertraute Stimme von draußen. Mein Unterkiefer klappte herab, und mein Herz donnerte in meinem Brustkorb.

Einen Augenblick später betrat Chase Jennings den Raum.

KAPITEL 5

Er kam mir größer und kräftiger vor als früher, sogar größer und kräftiger als zu der Zeit, als er Soldat geworden war. Vielleicht lag es an der niedrigen Decke in der Hütte oder an meiner übrigen Gesellschaft. Randolph war nur einige Zentimeter größer als ich mit meinen eins zweiundsechzig, und Brock lag genau zwischen uns. Chase überragte uns alle mit gut eins neunzig.

Sein Gesicht war ausdruckslos, die Augen nichtssagend. Nachdem ich den Schreck überwunden hatte, den mir sein Auftauchen bereitet hatte, wünschte ich mir mehr als alles andere, dass er die Wahrheit gesagt hatte. Dass er gekommen war, um mich zum Prozess zu bringen, um mich aus diesen Mauern zu holen und zu meiner Mutter zu bringen.

Chase zog ein zusammengefaltetes Formular aus der Brusttasche und reichte es Brock. Sie riss es ihm aus der Hand und las, so schien es mir, mehrere Minuten lang.

»Wann müssen Sie los?«, fragte sie säuerlich. Meine Augen huschten zu den Wachen vor mir, und ich schlang die Arme fester um meine Brust. Ich musste sofort hier weg. Ich konnte nicht warten, um herauszufinden, was die mir antun würden.

»Sofort. Der Prozess findet morgen in Chicago statt«, sagte Chase.

Besorgt, mein Gesicht könnte mich verraten, wandte ich mich ab. Von all ihren Soldaten hatten sie ausgerechnet Chase herschicken müssen. Den Mann, dem ich es verdankte, dass ich hier war. Würde ich ihn jetzt ansehen, würde irgendjemand bestimmt das Gefühl, verraten worden zu sein, erkennen und die unzähligen Fragen, die sich in meiner Miene niederschlagen mussten. Und, und das war noch schlimmer, meinen verzweifelten Wunsch, so schnell wie möglich zu ihm in den Wagen zu steigen und von hier zu verschwinden.

Brock seufzte ärgerlich. »Bei Artikel 5 reicht Ms Millers bloße Existenz, um die biologische Mutter zu verurteilen. Wozu also der Prozess? Das ist bei diesem Vergehen höchst ungewöhnlich.«

Ich zwang mich zu atmen. Was wollten die MM dann von mir? Sollte meine Gegenwart ihnen den Beweis liefern, den sie brauchten, um sie zu verurteilen? Ich hatte keine Ahnung, was dieser Prozess oder die Strafzumessung beinhaltete, aber ich empfand das dringende Bedürfnis, so schnell wie möglich dorthin zu kommen.

»Ich habe nur diese Vorladung und den Transportbefehl«, sagte Chase mit ruhiger Stimme.

Eine ganze Minute lang herrschte atemlose Stille. Das einzige Geräusch, das ich wahrnehmen konnte, war mein eigener Puls, der in meinen Ohren dröhnte.

»Also gut«, nickte Brock widerstrebend. »Aber ich genehmige aufgrund von Ms Millers Unfähigkeit, da zu bleiben, wo sie hingehört, nur eine Außenübernachtung.«

Zum ersten Mal streiften mich Chases Augen. Ich schaute ihn immer noch nicht an, aber ich konnte seinen starren, emotionslosen Blick spüren. Ich drückte den Rücken durch, versuchte, meine Angst zu verbergen. Ich musste von jetzt an einen kühlen Kopf bewahren.

»Ist sie deswegen hier?«, fragte er matt. »›Ihre Unfähigkeit, da zu bleiben, wo sie hingehört‹? Ich bin sicher, das wird das Gremium auch interessieren.«

Das Gespenst eines Lächelns zeigte sich in Randolphs Gesicht. »Eher ihre Unfähigkeit, die Beine geschlossen zu halten«, sagte er tonlos.

Ich knirschte mit den Zähnen, dachte daran, wie er mich draußen gepackt hatte, bereit, sich etwas von dem Spaß zu holen, den Sean anscheinend mit mir gehabt hatte, um mich anschließend zu erschießen. Wieder brannte heiße, fehlgeleitete Scham in meinen Eingeweiden, so als wäre ich schmutzig und verdorben. Ich hasste ihn.

»Beherrschen Sie sich«, giftete Brock. »Es ist mindestens eine Dame anwesend.«

Sie nahm einen Stift von Randolph entgegen und kritzelte ihre Unterschrift unter die Vorladung.

»Sergeant, ich nehme an, dieses Arbeitsgebiet ist neu für Sie, da ich Sie bisher noch nie gesehen habe, also werde ich Ihnen etwas erklären«, instruierte sie Chase. »Diese Mädchen sind Bundeseigentum und unterstehen meiner Autorität, auch wenn sie sich vorübergehend außerhalb des Campus' befinden. Folglich haben Sie sie so zu behandeln, wie ich es Ihnen empfehle, haben Sie das verstanden?«

»Ja, Ma'am«, antwortete Chase respektvoll.

»Kontakte nur unter Beobachtung und nur zu Einzelpersonen. Die Fesseln werden nicht abgenommen, es sei denn, sie muss zur Toilette. Keine Extrarationen, und Sie dürfen unter keinen Umständen mit ihr reden.« Sie musterte mich auf bedrohliche Weise von oben herab.

»Wir werden unser *Gespräch* fortsetzen, wenn Sie zurück sind, Ms Miller.«

Das würden wir nicht. So viel wusste ich. Ich würde nicht zurückkommen.

Hastig wurde ich hinaus- und die Stufen zum Haupthaus hinaufgescheucht. Mein Magen zwickte unbehaglich, aber nicht, weil ich hungrig gewesen wäre. Bald stand ich mit Chase und Randolph neben einem marineblauen MM-Van.

Der Morgen war trist und still. Es hatte aufgehört zu schneien, aber die Kälte reizte meine Wangen und vereiste meine Kehle, als ich Atemzug um Atemzug hinunterwürgte.

Chase öffnete die Wagentür, vertrat mir aber den Weg und zog ein grünes Plastikband in Form einer Acht aus der Tasche. Kabelbinder.

»Hände«, befahl er und hielt erwartungsvoll die Kabelbinder hoch. Ich hatte gewusst, dass das auf mich zukommen würde, dennoch erlitt ich einen Anfall von Klaustrophobie, als ich das Plastikband anstarrte. Es würde mir die Arme lähmen. Ich könnte nicht davonlaufen, könnte mich nicht verteidigen oder auch nur aufs Klo gehen, solange Chase mich nicht befreite. Ich säße in jeder denkbaren Weise in der Falle. Aber ich musste mich fesseln lassen, um die Freiheit zu erlangen, ein Vorgang, der mir zu verdreht erschien, um real zu sein.

Ich ballte die Fäuste, damit die Soldaten nicht sahen, wie meine Hände zitterten. Chases Augen verweilten kurz bei den kreuz und quer über meine Hände verlaufenden Striemen, die sich nun, unter der Anstrengung, weiß verfärbten.

»Pass auf, dass sie stramm sitzen«, sagte Randolph. Ich biss mir kräftig in die Unterlippe, um mir jegliche Äußerung zu verkneifen.

Chase schnaubte, packte meine Unterarme und riss mich näher an sich heran, damit er seine Arme nicht ausstrecken musste. Mir stockte der Atem – seine Berührung hatte ich zuvor nie als grob erlebt – und ich wandte trotzig den Kopf ab. Aber während er meine Hände fesselte, tat Chase etwas Unerwartetes. Unauffällig schob er Zeige- und Mittelfinger unter die Fessel, genau da, wo mein Puls schlug wie die Schwingen eines Kolibris, und zog mit der anderen Hand den Plastikstreifen fest. Der zusätzliche Platz würde mir nicht gestatten, mich zu befreien, aber er verhinderte, dass mir die Fessel die Blutzufuhr abschnitt.

Ich fühlte vagen Ärger tief in meinem Bauch. Er konnte doch nicht glauben, das würde wiedergutmachen, was er getan hatte. Aber ehe mir Zeit blieb, darüber nachzudenken, stieß er mich grob die zwei Stufen hinauf auf den Vordersitz des Vans und verstellte dabei Randolph geschickt den Blick auf meine unbotmäßigen Fesseln.

Einen Moment später wurde die Tür zugeknallt. Chase setzte sich auf den Fahrersitz, und die Drehung des Schlüssels erweckte die Zündung zum Leben.

Meine Finger schoben sich in meinem Schoß ineinander, viel mehr konnten sie dank der Fesseln nicht tun. Wir fuhren die Straße hinunter, vorbei am Wohnheim zur Rechten und der Cafeteria zur Linken. Der Van beschleunigte, und wir ließen auch das letzte der Gebäude auf dem Campus zurück.

Ich komme nie zurück, versprach ich mir. *Niemals.*

»Es ist ihretwegen, nicht wahr? Wegen meiner Mutter. Geht es ihr gut?«

Ein Schatten breitete sich über sein Gesicht aus. »Still. Wir sind gleich am Tor.«

Ich musterte ihn finster. Momentan hörte uns niemand zu, warum also sprach er nicht mit mir?

Als die Straße in einen Kiesweg überging, wurden wir

langsamer, und gleich darauf kam ein Kontrollposten in Sicht. Er bestand aus einem kleinen Ziegelgebäude, das sich rechts an den Straßenrand schmiegte. Dahinter sah ich einen hohen Stahlzaun mit einem Sicherheitstor. Die unheilvolle Einfassung erstreckte sich bis in die Wälder um uns herum.

Beinahe geschafft. Beinahe frei.

Chase bremste, hielt an und kurbelte die Scheibe auf der Fahrerseite runter. Ein Wachmann lehnte sich, auf die Ellbogen gestützt, aus dem Fenster des Postens und setzte eine finstere Miene auf, als er mich erblickte. Er verschwand für einen Moment und kam mit einem Klemmbrett zurück.

»Sind die Papiere unterschrieben?«, fragte er Chase und blätterte die Seiten um. Er hatte eine kahle Stelle ganz oben auf dem Kopf. Sein Namensschild wies ihn als BROADBENT aus.

Ich drückte den Rücken durch. Diesen Namen kannte ich seit dem Anruf, den ich in der Ambulanz gemacht hatte. Ich starrte stur nach vorn zu dem geschlossenen Tor, als Chase Broadbent meine Vorladung zeigte. Er kritzelte etwas auf das Klemmbrett.

»Walters«, rief er in das Häuschen hinein. »Kontrollier den Wagen, damit sie weiterfahren können, wenn ich fertig bin. Scheiße auch, ihr fahrt direkt durch, was?«

»Schätze schon. Eure Direktorin genehmigt nicht mehr als eine Nacht«, sagte Chase. Ich schwieg derweil.

Walters, der garantiert ein Verdienstabzeichen der Pfadfinder sein Eigen nannte, öffnete meine Tür und tastete mit den Händen unter dem Sitz herum. Ich bemühte mich, die Ruhe zu bewahren. Er knallte die Beifahrertür zu und öffnete die Schiebetür, um die leere Ladefläche zu überprüfen.

»Alles klar«, brüllte Walters und schloss die Tür.

»Dann mal viel Glück mit der da«, sagte Broadbent zu Chase und deutete mit einem Nicken in meine Richtung.

Ich wäre vor Schreck beinahe aus der Haut gefahren, als die Sirene des automatischen Toröffners losplärrte. Mit einem Ruck öffneten sich die Flügel des Tors.

Chase trat aufs Gas. Und die Besserungs- und Resozialisierungsanstalt für Mädchen von West Virgina blieb hinter uns zurück.

Ich war draußen. Fort von der Hütte und von Brock, von den bedrohlichen Soldaten und dem Statutenunterricht. Alles in mir wollte Chase zur Seite schubsen und das Gaspedal durchtreten, aber ich wusste, das war unmöglich.

Ich war draußen. Aber nicht frei.

Ich sah mich zu meinem Fahrer um. Seine Miene war so eisern wie vor dem Haus meiner Mutter. Das war nicht der Chase, den ich mir im Wald vorgestellt hatte, in den Sekunden, in denen ich gedacht hatte, Randolph würde abdrücken. Dies war der Soldat, und ich war immer noch eine Gefangene. Unbewusst zerrte ich an meinen Fesseln, wodurch meine nach wie vor wunden Hände noch empfindlicher wurden.

Wir verließen die kurvenreiche Straße außerhalb der Einrichtung und fuhren auf dem Highway weiter. Das Gebiet war geräumt worden. Keine liegen gebliebenen Fahrzeuge, keine riesigen Schlaglöcher. Offensichtlich war dies eine Strecke, die vom Militär viel frequentiert wurde. Die MM bezahlten nur die Reparaturen der Straßen, die sie besonders häufig nutzten.

Unterwegs trafen wir auf immer mehr Militärfahrzeuge. Ein blauer Van raste vorbei, dann etliche Streifenwagen und ein Bus voller verängstigt aussehender neuer Bewohnerinnen, die keine Ahnung hatten, was sie erwartete, und bei jeder dieser Begegnungen krampfte sich mir der Magen zusammen. Wäre ich gestern Nacht entkommen, hätte ich es doch nie geschafft, mich an all diesen Soldaten vorbeizuschleichen. Inzwischen hätte man mich längst niedergeschossen und im Straßengraben verbluten lassen.

Das Funkgerät quiekte, und ich zuckte zusammen. Gereizt schaltete Chase es aus. Ohne das beständige Brummen des Geräts war es unheimlich still im Van.

Ich warf einen Blick auf den Tacho. Exakt fünfundsechzig Meilen in der Stunde. Was für ein braver Soldat.

»Wie lange dauert es, bis wir da sind?« Ich gab mir Mühe, nicht zu ungeduldig zu klingen.

Er antwortete nicht, sondern konzentrierte sich ausschließlich aufs Fahren.

»Ich erzähle es niemandem, wenn du mit mir sprichst«, versprach ich.

Schweigen.

Warum tat er das? Warum strafte er mich, nach allem, was er getan hatte? Ich hätte ihn am liebsten erwürgt. Er hatte meine Mutter gesehen, und so wütend ich auch war, fühlte ich mich ihr in seiner Gegenwart doch näher als seit Tagen. Ich wollte ihn fragen, wie sie aussah, ob man ihr etwas getan hatte, ob sie genug zu essen bekam. Aber er hielt sich strikt an Brocks Regeln. Jegliche Hoffnung, er könnte gekommen sein, um mich zu retten, löste sich in Luft auf.

»Du weißt nicht, ob sie in einem Resozialisierungsprogramm oder so ist, nicht wahr?«, versuchte ich es weiter, während ich mich fragte, ob sie etwas »abzuschließen« hatte, wie Rebecca gesagt hatte.

»Kannst du nicht einfach still sein?«, blaffte er mich an. »Sofort? Du bist eine Gefangene. Und ich muss nachdenken.«

Ich blinzelte, und sofort kochte die Wut in mir hoch.

»Ms Brock hat nicht von *absoluter* Stille gesprochen.« Ich bemühte mich um einen ruhigen Ton, da ich immer noch hoffte, dass ich mit Nettigkeit ein paar Informationen hervorlocken konnte.

»Es geht nicht um ihre Vorschriften, sondern um meine.«

Ich krallte die gefesselten Fäuste in meinen Rock. Wieder sauste ein MM-Fahrzeug vorbei. Ich sah, wie Chase sich anspannte, und ich fühlte die zunehmende Hitze in meinem Gesicht.

»Muss furchtbar peinlich für dich sein, Reformschulmüll durch die Gegend zu karren«, sagte ich leise, und seinem Zähneknirschen entnahm ich, dass ich ins Schwarze getroffen hatte.

Über eine Stunde sprachen wir kein Wort. Die Stille wirkte mehr und mehr wie eine physische Präsenz, ein Hammer, der mich schlug und schlug und mir in den Kopf prügelte, dass ich ihm, all meinen Erinnerungen zum Trotz, nichts bedeutete.

Ein paar neue Ängste prägte er auch. Wie hatte meine Mutter die letzten zwei Wochen verbracht? Und was würde morgen früh passieren? Bilder huschten mir durch den Kopf: meine Mutter, die in Handschellen in den Sitzungssaal gezerrt wurde. Sie hatte Rosas leere Augen, und das Scheinwerferlicht nagelte sie an Ort und Stelle fest. Ihre Hände waren voller Striemen, genau wie meine. Ich schüttelte den Kopf, versuchte, diese Gedanken zu vertreiben, und sah mich zu Chase um.

Was stimmte nicht mit ihm? Wollte er wirklich so tun, als säße ich nicht gerade eine Armeslänge von ihm entfernt? Als wäre unser beider Geschichte nicht schon seit der Kindheit miteinander verflochten? Er war jetzt Soldat, das hatte ich schon begriffen. Aber er war auch einmal ein Mensch gewesen.

Zwischen Angst und Zorn zu pendeln war anstrengend, und doch ertappte ich mich immer noch dabei, wie ich ihn beobachtete, als könnte er jeden Moment eingestehen, dass diese ganze Geschichte nur ein krankes, verdrehtes Spiel war.

Als mir auffiel, dass die Geschwindigkeit abnahm, zeigte die Uhr im Armaturenbrett 8:16 am Morgen an.

»Sind wir schon in der Nähe von Chicago?«, fragte ich ihn, ohne mit einer Antwort zu rechnen. Es war komisch. Ich war schlecht in Geografie, hatte aber das Gefühl, dass die Fahrt zu kurz gewesen war. Außerdem waren wir vor etwa zwanzig Meilen auf eine Nebenstrecke abgebogen und seither keinen MM-Fahrzeugen mehr begegnet. Ich ging davon aus, dass eher mehr Soldaten hätten auftauchen müssen, hätten wir uns ihrem Stützpunkt genähert.

Trotzdem gerieten meine Nerven bei dem Gedanken, meine Mutter könnte nahe sein, ein wenig in Aufruhr; ich wusste immer noch nichts über ihren Prozess.

Der Van verließ den Highway über eine einspurige Ausfahrt und stoppte, ehe er nach rechts auf eine abgeschiedene Straße abbog. Hier hatte das Unkraut bereits die Straßenränder überwuchert und war im winterlichen Frost an Ort und Stelle abgestorben. Tote Zweige lagen auf unserem Weg. Dieser Abschnitt war schon lange nicht mehr von städtischen Arbeitern in Ordnung gebracht worden.

Während der Van langsamer wurde, schlug mein Herz doppelt so schnell wie vorher.

»Wir *sind* doch unterwegs zum Prozess, oder?«

Er atmete hörbar aus. »Es gibt eine kleine Planänderung.«

Meine Schultern, die ich über den gefesselten Armen hatte hängen lassen, ruckten zurück. »Was soll das heißen?«

»Es gibt keinen Prozess.«

Mir klappte der Mund auf. »Aber die Vorladung …«

Chase fuhr weiter die schmale, schmutzige Straße hinunter, und der Van holperte über die unzähligen Bodenwellen.

»Die ist gefälscht.«

»Du … du hast ein MM-Dokument gefälscht?« Für einen Moment war ich einfach baff, doch dann brachen die Dämme. »Und, wo ist sie dann? Hat sie gar keinen Prozess bekommen? Haben sie sie ins Gefängnis geworfen? O Gott, hat man ihr wehgetan?«

»Vergiss das Atmen nicht«, sagte er leise.

»Chase! Du musst mir erzählen, was los ist!«

Er hatte dunkle Schatten unter den Augen, die ich mir nicht erklären konnte. Nun blickte er zur Seite, als könnte sich die Antwort irgendwo im Blattwerk verstecken. Dann strich er sich mit einer Hand durch das schwarze Haar. Allmählich regte sich bei mir ein ganz mieses Gefühl in Erwartung dessen, was er sagen würde.

»Ich habe ihr versprochen, dass ich dich da raushole.«

»Du hast …«

»Mein kommandierender Offizier denkt, ich würde bei einer Revision in Richmond helfen.«

Ich wusste nicht, was eine Revision ist, und ich begriff auch nicht auf Anhieb, warum Chase hier war, obwohl er doch woandershin befohlen worden war. Das ergab alles keinen Sinn.

»Ist sie immer noch im Gefängnis?« Ich kam mir vor, als würde ich am Rand einer Klippe stehen, kurz vor einem furchtbaren Sturz.

»Nein.«

Viel zu langsam fügten sich die Teilchen in meinem ungeduldigen Hirn zusammen. Meine Mutter war frei. *Ich* war frei. Rebecca und Sean hatten recht. Es gab keine Prozesse mehr. Und was Chase anging …

»Du bist kein Soldat mehr. Du bist auch auf der Flucht.«

»Man nennt das unerlaubte Abwesenheit«, sagte er tonlos.

Ich starrte ihn an und dachte daran, was Rebecca mir über Sean erzählt hatte, dass die MM ihn als Abtrünnigen behandeln würde, sollte er je fortgehen. Chase hatte sich selbst zum Vogelfreien gemacht, weil er mich da rausgeholt hatte. Meine Mutter hatte ihn gebeten, sein Leben für mich aufs Spiel zu setzen. Doch ich konnte nicht darüber nachdenken, was das bedeutete und ob er vielleicht doch gar nicht so schlimm war. All meine Gedanken kreisten um sie und um die Frage, ob wir frei waren und ob wir nun mehr oder weniger in Gefahr waren, als ich bisher angenommen hatte.

Plötzlich trat Chase auf die Bremse und bog scharf nach rechts auf einen verborgenen Weg ab, der mir gar nicht aufgefallen wäre, hätte er ihn nicht angesteuert. Jenseits eines Vorhangs aus tief hängenden Zweigen erreichten wir eine Lichtung, wo ein alter Ford-Truck aus den Siebzigern stand. Der weinrote Lack löste sich blasenförmig von der seitlichen Verkleidung und das Trittbrett war verzogen und von orangefarbenem Rost zerfressen.

Mein Blick fiel auf meine gefesselten Handgelenke. Wenn Chase mich zu meiner Mutter bringen wollte, warum war ich dann immer noch gefesselt? Warum hielten wir auf einer verlassenen Lichtung, mehrere Meilen von der Hauptstraße entfernt? Mir wurde zunehmend bewusst, wie isoliert wir hier waren. Früher hatte ich ihm vertraut, aber nach allem, was ich in der Reformschule erlebt hatte, hielt ich es nicht für eine gute Idee, allein mit einem Soldaten zu sein.

»Wenn sie frei ist, warum sagst du mir das dann nicht einfach?«

Er hörte das Zittern in meiner Stimme und sah mich an. In seinen Augen verbarg sich ein Abgrund wohl gehüteter Emotionen.

»Falls es dir nicht aufgefallen ist, die Straße, auf der wir waren, ist eine Hauptverkehrsachse des FBR. Jeder dieser Soldaten hätte uns anhalten können, hätte er irgendeinen Verdacht gehegt.«

Ich dachte daran, wie konzentriert er gefahren war, wie er jedes vorüberkommende MM-Fahrzeug gemustert und mich zum Schweigen aufgefordert hatte. Das hatte er aus Angst getan. Wurden wir erwischt, stand sein Leben auf dem Spiel.

Einen Moment später griff er in seine Hüfttasche und zog ein großes Klappmesser hervor. Angespannt pumpte ich Luft in die Lunge. Für einen Moment hatte ich vergessen, dass dies Chase war. Ich sah nur eine Waffe und eine Uniform, und ehe ich einen klaren Gedanken fassen konnte, rissen meine Finger trotz der Fesseln am Türgriff, doch die Tür ging nicht auf. Meine Kehle war wie zugeschnürt, dennoch löste sich aus ihr ein leiser Aufschrei.

»Hey. *Ganz ruhig.* Ich will nur die Handfessel durchschneiden«, sagte er. »Jesus, wer denkst du, bin ich?«

Ja, wer, dachte ich, war er? Jedenfalls nicht Randolph, der sich darauf freute, mich im Wald zu ermorden. In der Sekunde, in der es vollbracht war, riss er die Hände weg und entriegelte meine Tür von seiner Seite aus. Dann rieb ich mir die Handgelenke und zwang mich, ruhiger zu atmen.

Einen Augenblick später war er ausgestiegen, und ich blieb in einem Nebel tiefer Verwirrung zurück.

Schließlich sprang ich hinaus und folgte ihm zu dem Truck. Meine Füße platschten durch kalte Schlammpfützen.

»Also, wo ist sie?«

Chase riss die rostige Tür auf, presste die Schulter gegen den Sitz und schob ihn nach vorn. Ein vollgestopfter Segeltuchrucksack kam zusammen mit einer großen Schachtel Streichhölzer, Wasser in Flaschen, einem Stahltopf und einer zerdrückten Decke zum Vorschein. Er wühlte einen Schraubendreher hervor und ging zurück zu dem MM-Van.

»Nicht hier.«

Er schob eine Werkzeugkiste auf der Ladefläche zur Seite und riss ein loses Teppichstück fort, das den Wagenboden bedeckt hatte. Darunter lag ein schmales Metallrechteck, das er herausnahm, ehe er die Heckklappe zuschlug. Ein Nummernschild.

»Hast du ... den Truck gestohlen?«, fragte ich und gaffte ihn mit offenem Mund an.

»Geliehen.«

»O mein Gott.« War er verrückt geworden? Die MM war vermutlich schon auf der Suche nach uns, und er hatte einen Wagen gestohlen? Ich fühlte, wie die Panik durch meinen Körper fuhr.

Was verlangst du denn noch von ihm?, fragte eine leise Stimme in meinem Kopf.

Er schraubte das Nummernschild an seinen Platz unter der Heckklappe des Trucks. »Minnesota« stand in blauen Lettern über dem Bild eines Fischs, der aus einem Fluss sprang, um eine Fliege zu schnappen.

»Flipp jetzt nicht aus«, sagte er, ohne aufzublicken. »Er war stillgelegt.« Er klemmte sich den Schraubendreher zwischen die Zähne und rüttelte mit beiden Händen an dem Nummernschild, um sich zu vergewissern, dass es fest saß.

Offensichtlich hatte er mich nicht spontan verschleppt, sonst hätte er kaum einen Fluchtwagen voller Vorräte bereitgestellt. Ich fühlte, wie die Unruhe durch meine Adern pulsierte. Er war unerlaubt abwesend und hatte Dokumente gefälscht, um mich aus der Resozialisierungsanstalt zu holen. Es würde nicht lange dauern, bis Brock und die MM herausgefunden hatten, was er getan hatte.

»Was ist passiert?«, fragte ich.

Ich verstellte ihm den Weg, als er zu dem Van zurück wollte. Er schob sich einfach an mir vorbei.

»Keine Zeit für Erklärungen. Vertrau mir. Wir müssen hier verschwinden.«

»*Dir* vertrauen?«, fragte ich fassungslos. »Nachdem du mich festgenommen hast?«

»Ich habe nur Befehle befolgt.«

Sein kalter Ton erschreckte mich. Ich hatte mir vorgestellt, er hätte vielleicht doch noch etwas Menschliches in sich – immerhin hatte er meiner Mutter versprochen, mich rauszuholen –, aber nun erkannte ich, dass er in keiner Weise altruistisch agierte, sondern zutiefst verbittert.

Aus Schreck wurde Zorn. Ehe ich einen klaren Gedanken fassen konnte, hatte ich schon die Faust geballt und nach ihm geschlagen.

Er reagierte unmittelbar, lehnte sich zurück, sodass ich sein Kinn verfehlte und nur leicht das Ohr streifte. Dabei verlor ich das Gleichgewicht und kippte nach vorn, aber ehe ich fallen konnte, packte er grob meine Schulter und riss mich wieder hoch.

»Du wirst schon schneller sein müssen …«

Wütend trat ich mit aller Kraft nach ihm, rammte ihm

das Knie in den Oberschenkel. Pfeifend entwich sein Atem durch zusammengebissene Zähne, als er einen Schritt zurückstolperte. Er zog eine Braue hoch, und ich spürte, wie mein Herz etwas schneller schlug.

»Besser«, kommentierte er, als wäre das nur ein Spiel.

Ich kochte vor Wut und hasste ihn in diesem Moment, doch als er meinen Arm losließ, griff ich nicht wieder an. Das schien mich dem gewünschten Ziel so oder so nicht näher zu bringen.

»Was stimmt eigentlich nicht mit dir?«, brüllte ich ihn an.

Ein Schatten huschte über seine Züge. »Eine Menge. Also, wenn du jetzt fertig bist, dann steig in den Truck.«

Er setzte sich auf den Fahrersitz und schlug mir die Tür vor der Nase zu. Zähneknirschend ging ich auf die andere Seite und lehnte mich an die offene Beifahrertür, nicht bereit, einzusteigen, ehe er mir gesagt hatte, was hier los war.

»Wo ist sie?«, fragte ich nachdrücklich.

»Steig ein, dann sage ich es dir.«

»Wie wäre es, wenn du es mir erst sagst und ich dann einsteige.« Ich verschränkte die Arme vor der Brust.

»Du bist eine Nervensäge«, knirschte er verbittert. Eine Hand krallte sich in sein soldatisch kurzes Haar. Ich begriff schnell, dass er das stets dann tat, wenn er wütend auf mich war.

Ich wartete.

»Ein sicheres Haus in South Carolina«, sagte er. »Sie wusste, es wäre zu gefährlich, nach Hause zurückzukehren.«

»Ein sicheres Haus?«

»Ein Haus, das nicht auf dem Radar des FBR auftaucht. Ein Ort, an dem sich Leute verstecken können.«

Meine Kehle war wieder wie zugeschnürt. Natürlich hatte ich gewusst, dass meine Mutter und ich uns verstecken müssten. Aber es zu wissen und direkt damit konfrontiert zu werden, waren zwei verschiedene Dinge.

»Also treffen wir sie in South Carolina?«

»Sozusagen. Der genaue Ort ist geheim. Du musst dich mit jemandem treffen, der dich hinbringt. Es gibt da einen Mann, einen ›Schleuser‹, an einem Checkpoint in Virginia, der uns hinbringen wird. Wir haben bis morgen Mittag Zeit, ihn zu treffen.«

»Warum morgen?«

»Er befördert nur donnerstags.«

»Jede Woche?«, fragte ich und dachte an meine Mutter. Vielleicht hatte sie ihn letzte Woche getroffen. Falls nicht, war sie vielleicht dort, wenn wir eintrafen. Wenn wir uns beeilten, würde ich sie womöglich schon heute Nacht sehen!

»Wir haben keine weitere Woche mehr!«, sagte Chase, der mich missverstanden hatte und offenbar glaubte, ich hätte es gar nicht so eilig. »Wenn ein Soldat achtundvierzig Stunden lang unerlaubt abwesend ist, setzen sie ihn auf eine Liste. Jede Einheit erhält bei Dienstbeginn eine Kopie dieser Liste. Ab morgen Mittag werden sie hinter mir her sein.«

Ich schauderte. »Und hinter mir.«

Er nickte. »Dir bleibt noch etwas mehr Zeit, bis dein Passierschein ungültig wird. Aber die werden dich mit mir in Verbindung bringen und …«

»Schon verstanden«, unterbrach ich ihn. »Wie hast du davon erfahren?« Wenn er von dem sicheren Haus wusste, dann wussten bestimmt auch noch andere Soldaten davon. Meine Mutter könnte geradewegs in eine Falle laufen.

»Zivilisten erzählen im Arrest manchmal von sicheren

Häusern, aber dieses ...« Er seufzte schwer. »Mein Onkel. Ich bin ihm ein paar Monate, nachdem ich eingezogen worden bin, bei einer Übung in Chicago über den Weg gelaufen. Er war unterwegs nach South Carolina und hat mir von dem Schleuser in Virginia erzählt. Reicht das?«

»Das ist beinahe ein Jahr her. Wie kommst du darauf, dass er immer noch da ist?« Chases Onkel hatte ihn während des Krieges abserviert. Ich brachte ihm nicht gerade das allergrößte Vertrauen entgegen.

»Das FBR hat es nie entdeckt. Durch meine Sicherheitsfreigabe konnte ich mir einen Überblick über die entsprechenden Einsätze verschaffen. In South Carolina hat es seit der Evakuierung der Küste keine Truppenbewegungen mehr gegeben.«

»Und du bist sicher, dass meine Mutter diesen Schleuser gefunden hat?«, drängelte ich.

»Nein«, antwortete er unverblümt.

Was bedeutete, sie konnte sonst wo sein. Trotzdem, wenn sie versucht hatte, nach South Carolina zu gelangen, mussten wir es auch tun. In weniger als siebenundzwanzig Stunden würde die MM wissen, dass wir flüchtig waren. Wir mussten so schnell wie möglich auf diesen Untergrundzug aufspringen.

Zum ersten Mal kam ich mir wirklich vor wie eine Kriminelle. Ich drückte die immer noch schmerzenden Schultern durch, traf eine Entscheidung und sprang in den Truck.

Chase rammte den Schraubendreher in die Steuersäule, und das Lenkradschloss gab mit leisem Ploppen nach. Dann fummelte er unter der Konsole herum, bis der Motor nach kurzem, schnellem Klicken kreischend zum Leben erwachte. Er richtete sich wieder auf und trat aufs Gaspedal. Im Zündschloss steckte kein Schlüssel.

»Lernt ihr das bei der MM?«, fragte ich gehässig.

»Nein«, sagte er. »Das habe ich im Krieg gelernt.«

Wortlos führte ich mir vor Augen, wie unwichtig es doch war, ob der Truck kurzgeschlossen war. Oder gestohlen. Wenn wir nur schnell genug nach Virginia kamen.

Ich konnte den Blick nicht von ihm wenden. Vor einem Monat war er aus Chicago nach Hause gekommen, und manchmal konnte ich immer noch nicht glauben, dass er wirklich da war.

»Was?«, fragte er, und ich konnte ein Lächeln in seiner Stimme wahrnehmen. Er musste sich nicht umschauen, um zu wissen, dass ich ihn fixierte. Wir saßen auf der hinteren Treppe seines Hauses und starrten hinaus in den Dschungel aus Gras und Unkraut, der einmal sein Garten gewesen war.

»Nichts«, sagte ich. »Ich bin einfach froh, dass du zurück bist. Wirklich froh.«

»Wirklich, wirklich froh? Wow, Em.« Lachend lehnte er sich zurück, als ich ihm einen Schubs versetzte.

»Übertreib's nicht.«

Wieder lachte er, doch dann verfiel er in Schweigen. Dachte nach. »Ich bin auch froh, wieder hier zu sein. Eine Weile war ich nicht sicher, ob das je passieren würde.«

»Nachdem Chicago getroffen wurde, meinst du.« Meine Stimme klang so winzig unter dem weiten, offenen Himmel.

»Ja.« Chase runzelte die Stirn und lehnte sich an die obere Stufe. Ich wollte ihn nicht bedrängen; mir war bewusst, dass manche Leute nicht gern über den Krieg sprachen. Als ich gerade das Thema wechseln wollte, ergriff er wieder das Wort.

»Weißt du, mein Chemielehrer hat versucht uns einzureden, der Fliegeralarm wäre nur Teil einer Übung. Er war immer noch voll und ganz damit beschäftigt, von uns zu verlangen, dass wir unsere Laborblätter einreichen, als die Beben angefangen haben.

Bis wir endlich draußen waren, war der Rauch so dicht, dass wir nicht einmal mehr den Schulparkplatz sehen konnten.« Er brach ab und schüttelte den Kopf. »Jedenfalls haben sie uns alle in Bussen zu dieser alten Arena im Westen der Stadt gefahren und uns zwei Minuten Zeit gelassen, um zu Hause anzurufen, und mein Onkel hat gesagt, ich soll ihn in diesem Restaurant in Elgin treffen, also bin ich los. Bin per Anhalter hingefahren. War auch gut so. Das Bombardement hat drei Tage gedauert.«

»Was, du bist per Anhalter hingefahren? Wie alt warst du, fünfzehn?«

»Sechzehn.« Er zuckte mit den Schultern, als wäre dieses Detail vollkommen unwichtig. »Als wir uns in Elgin getroffen haben, haben wir erfahren, dass Chicago im Südosten über die I-90 von Gary aus angegriffen wurde. Was übrig war, war nur … Chaos. Wir sollten in irgendeine Stadt mitten in Indiana gebracht werden, aber wir haben es nur bis South Bend geschafft, ehe die Busse woandershin gerufen wurden. Da sind wir eine Weile geblieben; mein Onkel hat als Tagelöhner ein bisschen Geld verdient, aber mich wollten sie nicht, weil ich zu jung war.

Und dann hat er mir gesagt, es täte ihm leid, aber er könne sich nicht mehr um mich kümmern. Er hat mir sein Fahrrad gegeben und mir gesagt, ich solle mich wieder bei ihm melden.«

Ich starrte ihn aus riesigen Augen an.

»Aber er konnte doch nicht … was? Bestimmt hasst du ihn jetzt.«

Wieder zuckte Chase nur mit den Schultern. »Einer weniger, um den man sich Sorgen machen muss, ein Maul weniger zu stopfen.« Als er meinen entsetzten Gesichtsausdruck sah, richtete er sich auf. »Schau, als Baltimore und DC gefallen und all die Leute landeinwärts gezogen sind und sich in Chicago gedrängt haben, da wusste er, dass es schlimm werden würde. Er wusste es einfach. Darum hat er mich gelehrt zu kämpfen. Er und Mom sind in Ar-

mut aufgewachsen, und er war, na ja, erfinderisch.« Er lachte schuldbewusst und wandte den Kopf ab, und ich fragte mich umso mehr, was er gemeint haben mochte.

»Ich hätte mich zu Tode geängstigt«, sagte ich.

Er nahm seine Mütze ab und klopfte damit auf sein Knie.

»Seine Familie zu verlieren … da bekommt man ein ganz anderes Verhältnis zu solchen Gefühlen wie Angst«, sagte er. »Außerdem bin ich klargekommen. Ich habe mich immer in den Randbezirken von Chicago aufgehalten, bin von einer Zeltstadt in die andere gezogen, von einem Rotkreuzlager in das nächste. Und ich habe für Leute gearbeitet, die keine Fragen gestellt haben, und mich von Sozialarbeitern und Pflegestellen ferngehalten. Und ich habe an dich gedacht.«

»An mich?«, schnaufte ich völlig verunsichert. Total verblüfft darüber, wie gewöhnlich mein Leben doch war. Und voller Ehrfurcht vor dem, was er durchgemacht hatte. Jetzt endlich drehte er sich zu mir um und sah mir zum ersten Mal in die Augen. Und als er nun wieder sprach, klang seine Stimme sanft und gänzlich ungeniert.

»An dich. An das Einzige in meinem Leben, das sich nicht geändert hat. Als alles zum Teufel gegangen ist, warst du alles, was mir geblieben ist.« Ich brauchte einige Herzschläge, bis ich begriff, dass er es ernst meinte. Und als ich das tat, musste ich mich ermahnen, weiterzuatmen.

Ich verlagerte das Gewicht auf meinem Sitz. Inzwischen kam mir mein Leben nicht mehr so gewöhnlich vor. Jetzt wusste ich, was es bedeutete, seine Familie zu verlieren, und bereits morgen würde jeder Soldat im Land unsere Fotos haben.

Hätten wir die Highways nehmen können, so hätten wir die Grenze von Virginia schon bei Sonnenuntergang überqueren können, wenn alle anderen die Straße bereits wegen der Ausgangssperre verlassen hätten. Wie die Dinge aber lagen, blieb Chase auf den abgelegenen Nebenstraßen, die uns eher nach Osten als nach Süden führten, darauf bedacht, jedem potenziellen Zusammentreffen mit einer MM-Patrouille aus dem Weg zu gehen.

Am späten Nachmittag brannte die Sonne dann endlich durch die Windschutzscheibe herein. Chase zog seine marineblaue MM-Jacke aus und warf sie über die Rückenlehne des Sitzes zwischen uns. Nun trug er nur noch ein dünnes T-Shirt, unter dem sich die kräftigen Muskeln an Armen und Schultern abzeichneten. Mein Blick verweilte ein wenig zu lang, und ich rieb mir gedankenverloren den Bauch.

»Wir halten bald an und beschaffen was zu essen«, sagte er in der Annahme, ich wäre hungrig.

Mir gefiel das nicht; wir mussten so viele Meilen wie nur möglich bis zur Ausgangssperre hinter uns bringen. Doch als ich über Chases Unterarm hinweg auf das Armaturenbrett schaute, sah ich, dass die Tankuhr einen fast leeren Tank anzeigte. Zu Fuß würden wir noch weitaus länger brauchen, um nach Virginia zu kommen.

Wir passierten zwei geschlossene Tankstellen, ehe wir auf eine stießen, die angeblich noch in Betrieb war, zumindest an zwei Tagen in der Woche. Es war ein kleiner Laden namens Swifty's mit gerade zwei Zapfstellen. Auf dem Preisschild klebte ein Zettel mit der Aufschrift: ZAHLEN SIE IM LADEN, NUR BARZAHLUNG. Unser Wagen war der einzige auf dem Platz.

»Warte hier«, wies mich Chase an. Ich hatte gerade aussteigen wollen, hielt aber nun inne.

»Tut mir leid, aber du hast anscheinend vergessen, dass ich nicht deine Gefangene bin.«

Sein Kinn mahlte. »Du hast recht. Du bist eine gesuchte Ausreißerin. Du darfst gern *deren* Gefangene werden.«

Ich musterte ihn finster, knallte aber die Tür wieder zu. So ungern ich es zugab, er hatte recht. Wir sollten beide unsere Gesichter nicht zeigen, wenn es nicht zwingend notwendig war.

Chase nahm ein abgewetztes, rotes Flanellhemd aus dem hinteren Bereich des Führerhauses und knöpfte es über seinem T-Shirt zu. Dann zog er die Hosenbeine aus den Stiefeln und versteckte seine MM-Jacke, und mich überwältigte ein fürchterlicher Anfall von Nostalgie. Eine Vision von ihm, wie er auf den vorderen Stufen seines Hauses saß, die langen Beine ausgestreckt und lässig an den Sprunggelenken übereinandergeschlagen. Augen, dunkel und wachsam wie die eines Wolfs, deren Blick sogar aus der Entfernung noch durchdringend war. Seine ebenmäßige Haut und der bronzene Teint, beides ein Spiegelbild seines mütterlichen Chickasaw-Erbes. Sein Haar war nun kurz, ordentlich geschnitten wie das der anderen Soldaten, aber damals war es dicht und glänzend und schwarz um sein kantiges Gesicht herumgewuchert.

Er sah aus wie der alte Chase, auch wenn er sich nicht so verhielt. Ich schluckte schwer.

Die Veränderung brachte mir plötzlich meine eigene Erscheinung zu Bewusstsein. Mein grauer Pullover und der blaue Rock brüllten förmlich »Reformschule«. Ich sah mich auf dem Parkplatz nach möglichen Beobachtern um, besorgt, jemand könnte mich erkennen.

Chase verschwand hinter den getönten Glasscheiben des Minimarkts. Während die Minuten vergingen, nahm meine Paranoia weiter zu. Ich hatte ihm seine Geschichte darüber, dass er die MM verlassen hatte, fraglos abgenommen, aber ich wusste nicht, was wirklich passiert war. Im Grunde hatte er mir gar nichts erzählt, nicht, warum er uns verhaftet hatte, nicht, warum er zurückgekommen war. Nach dem wenigen, was ich wusste, konnte er nun ebenso gut die MM kontaktieren. Meine Fersen trommelten einen hektischen Takt auf der zerfurchten Gummimatte.

Die Sonne stand nun knapp oberhalb der Baumkronen. Bald würde es dunkel werden.

Was dauerte da so lange?

Ich streckte gerade die Hand nach dem Türgriff aus, entschlossen, nachzuschauen, was Chase im Schilde führte, als ich es sah: Da war eine große Anschlagtafel am anderen Ende der Glasscheiben. Jegliches Blut wich aus meinem Gesicht. Obwohl ich sechs Meter entfernt war, wusste ich genau, was dort zu lesen war:

VERMISST! SACHDIENLICHE HINWEISE
IM FALL EINER SICHTUNG SIND UMGEHEND
AN DAS FEDERAL BUREAU OF REFORMATION
ZU RICHTEN!

Diese Art Schild hatte ich schon früher gesehen. An dem Minimarkt in der Nähe der Schule.

Mein Foto würde auf diesen Tafeln erscheinen, sobald Brock herausgefunden hatte, dass ich getürmt war. In mir regte sich der verzweifelte Wunsch, nachzusehen, ob es schon da war, aber ich durfte nicht riskieren, gesehen zu werden. Was, wenn der Verkäufer in dem Laden bereits einen Blick auf mich erhascht hatte, als ich vorhin die Tür geöffnet hatte? Wie hatte ich nur so leichtsinnig sein können?

Es ist noch zu früh, sagte ich mir dann im Stillen. Du bist erst seit ein paar Stunden weg.

Ich stellte mir vor, wie Beth und Ryan die Bilder studierten, so wie wir gemeinsam auf der Tafel nach dem Bild von Katelyn Meadows gesucht hatten. Wie sie mich verteidigten, wenn die Leute im Flüsterton darüber herzogen, was ich wohl getan hatte, dass man mich unter Arrest gestellt hatte. Sie waren echte Freunde, kein falsches Pack, das sich einfach abwenden würde. Plötzlich ging mir auf, dass sie von Katelyns Tod gar nichts wussten. Ich schauderte, erschrocken über die Erkenntnis, dass meine Freunde, sollte ich sterben, nie davon erfahren würden.

Die Tür wurde aufgerissen. Ich war so überrascht, ich wäre beinahe aus dem Fenster gesprungen.

»Hier«, sagte Chase. Das Wechselgeld glitt von der Oberseite eines Kartons mit Wasserflaschen, als er ihn auf den Sitz schob, und ich fing es auf, ehe es zu Boden fallen konnte. Die Quittung wies einen Gesamtbetrag von über dreihundert Dollar aus. Hastig steckte ich die verschiedenen Banknoten in die Tasche. Mir war nicht wohl dabei, Geld offen herumliegen zu haben. Ich konnte kaum fassen, wie viel Bargeld er dabeihatte.

»Ich habe dafür gearbeitet«, sagte er scharf, noch ehe ich danach fragen konnte. »Soldaten erhalten Sold. Das ist ein ganz normaler Job.«

»Ein *normaler* Job ist das bestimmt nicht«, grummelte ich.

Ich verstaute die Vorräte auf dem Wagenboden, während Chase den Truck auftankte. Unter den Lebensmitteln – Erdnussbutter, Brot und andere Grundnahrungsmittel – fand ich auch einen Schokoriegel mit Mandeln. Hatte er womöglich daran gedacht, dass ich diese Süßigkeit besonders mochte? Vermutlich nicht. Er tat nichts mehr aus reiner Herzensgüte. Und doch schien das eine Geldverschwendung zu sein, so unnötig, dass sie eigentlich nur als Friedensangebot dienen konnte.

Er brauchte nur Augenblicke, um die abisolierten Drähte unter dem Lenkrad zusammenzuführen. Im nächsten Moment erwachte der Truck brummend zum Leben. Als wir auf die Straße zurückfuhren, starrte ich durch die Heckscheibe auf die Vermisstentafel, und ein bitterer Schauer befiel mich, als mir in den Sinn kam, wie sehr sich mein Leben doch verändert hatte. Meine Befreiung aus der Umklammerung der MM war mit einem erdrückenden Verlust einhergegangen. Ich würde mich nie wieder offen zeigen können.

Chase schaltete das MM-Radio ein. Ein Mann mit einer kühlen, ausdruckslosen Stimme sprach.

»*... heute auf dem Parkplatz einer Textilfabrik außerhalb von Nashville noch ein FBR-Fahrzeug gestohlen. Der Truck enthielt Uniformen, die für Stützpunkte in ganz Tennessee bestimmt waren. Keine Augenzeugen. Täter vermutlich Aufständische. Verdächtige Aktivitäten sind der Kommandobehörde zu melden.*«

»Wer ist das?«, flüsterte ich, als könnte der Sprecher mich hören.

»Ein Reporter des FBR. Er verliest jeden Tag die Regionalnachrichten. Sie werden zu jeder vollen Stunde gesendet.«

»Gibt es viele Aufständische?« Die Vorstellung, dass da Leute waren, die sich gegen die MM zur Wehr setzten, gefiel mir, und ich fragte mich, was sie wohl mit den Uniformen vorhatten.

»Manchmal kommt irgendwer auf die Idee, einen Nachschubtruck zu stehlen, aber nur selten«, informierte er mich. »Meist ist das pure Anarchie. Zerstörung von Statuen, Angriffe auf Soldaten, Ausschreitungen des Mobs. So was in der Art. Nichts, was nicht in den Griff zu kriegen wäre.«

Ich runzelte die Stirn angesichts der Überzeugung, die aus seinen Worten sprach. Es hatte eine Zeit gegeben, da war er nicht viel anders gewesen wie diese Leute, die er nun herabwürdigte.

»Die Revision in Kentucky, West Virginia und Virginia ist beinahe abgeschlossen. Oregon, Washington, Montana und North Dakota folgen ab dem ersten Juni. Schätzungen zufolge ist ab September mit Konformität zu rechnen …«

Im Vorgriff auf meine Frage erklärte mir Chase, was Revision zu bedeuten hatte: die MM ging die Melderegister einer Stadt Punkt für Punkt durch, um alle Personen auszusieben, die gegen Artikel verstoßen hatten.

»Das ist das, was dir auch passiert ist«, sagte er.

Für einen Sekundenbruchteil sah ich Schmerz in seinen Augen aufflackern, und ich ertappte mich dabei, froh zu sein, dass wenigstens ein Teil von ihm ein schlechtes Gewissen hatte wegen der Dinge, die er getan hatte. Zugleich hatte die bloße Erwähnung der Festnahme dazu geführt, dass ich wütend die Fäuste geballt hatte und gegen den Drang ankämpfen musste, ihn noch einmal zu schlagen.

»Das ist eine mühsame Arbeit«, fuhr er fort. »Es erfordert viele Arbeitskräfte. Sämtliche Akten – medizinische Unterlagen, Beschäftigungsdaten, alles, was du dir vorstellen kannst – werden durchgesehen. Jeder, der sich nicht gemäß den Statuten verhält, wird abgeurteilt oder gleich ausgesondert.«

»Ausgesondert?« Mir war, als würde ich mit einem Fremden sprechen, nicht mit jemandem, den ich mein Leben lang kannte.

»In Bundesgewahrsam gebracht. So wie du.«

»Was ist aus den guten alten Bußgeldern und Geldstrafen geworden?« Ich erinnerte mich an die Nacht, in der wir einen

Strafbefehl wegen eines alten Vorkriegsmagazins erhalten hatten, das meine Mutter unter ihrer Matratze versteckt hatte. »Unzüchtige Gegenstände«, so hatte es der Strafbefehl bezeichnet. »Papierschmuggelware – $ 50,00.«

»Die sind Geschichte. Niemand kann sie bezahlen.«

Darüber hatte ich mich bei ihm beklagt, als er aus Chicago zurückgekommen war. Damals war ich nicht auf die Idee gekommen, dass dies die Alternative sein könnte. Oder dass Chase ein Teil des Übels werden könnte.

Wir lauschten, als der Sprecher die Namen vermisster Personen vortrug. Ich hielt die Luft an, aber mein Name fiel nicht. Chases gefälschte Dokumente hatten standgehalten. Brock glaubte immer noch, ich wäre nur für eine Nacht fort. Als der Bericht vorbei war, schaltete Chase das Radio aus.

Die Abenddämmerung brach allmählich herein. Schon jetzt hüllte sich der Himmel in ein dumpfes Grau. Wir würden uns einen Platz zum Übernachten suchen müssen, Stunden, in denen wir nicht reisen konnten, sondern uns kurz hinter der Grenze von Pennsylvania verstecken mussten. Mir kam es wie eine unerträgliche Zeitverschwendung vor.

Rechts kam ein Straßenschild in Sicht. Die weiße Farbe bildete einen scharfen Kontrast zu dem metallischen Hintergrund.

ROTE ZONE

Ich fühlte regelrecht, wie Chase sich auf der anderen Seite der Kabine verspannte.

»Was ist eine Rote Zone?« Den Begriff hatte ich noch nie gehört.

»Evakuiertes Gebiet. Wie Baltimore, DC, all die Städte im Umland. In Gelben Zonen liegen FBR-Stützpunkte. Rote Zonen sind verlassen.«

Plötzlich wurde mir klar, wie klein die Welt zu Hause gewesen war.

»Diese ist neu«, fügte er hinzu. Seinem Ton entnahm ich, dass er nicht vorgehabt hatte, auf dem Weg zu unserem Schleuser eine evakuierte Zone zu durchqueren.

Als wir uns dem Schild näherten, kam ein Wagen, versteckt in einem Gestrüpp, zum Vorschein.

Ein *blauer* Wagen. Mit einer Flagge und einem Kreuz auf der Seite.

Auf einmal schrie jeder Nerv in meinem Leib »Gefahr!«. Wir konnten nicht einfach anhalten und umdrehen, dafür war es zu spät. Chase hielt sich an die Geschwindigkeitsbegrenzung, dennoch folgte uns die MM-Highway-Patrol.

Einen Moment später flammten die Signalleuchten auf dem Dach des Streifenwagens auf, und lautes Sirenengeheul zerriss die Luft.

KAPITEL 6

Chase fluchte. Laut.

Meine Gedanken überschlugen sich auf der Suche nach Erklärungen. Brock hatte herausgefunden, was los war. Chase hatte die Zeit, die ihm blieb, ehe die MM ihn verfolgen würde, überschätzt. Man hatte uns beide an der Tankstelle gesehen.

Das durfte einfach nicht passieren. Wir mussten nach South Carolina. Meine Mutter wartete doch auf uns.

»Kannst du sie abhängen?« Meine Frage provozierte einen vernichtenden Blick. *»Los!«*, brüllte ich.

»Ember, hör zu. Greif in die Tasche hinter dem Sitz. Da drin ist eine Waffe in einem Reißverschlussfach am Boden. Gib sie mir.«

Ich zögerte.

»Sofort!«

Ich schreckte hoch und schob die Hand so elegant ich konnte in die Tasche.

»Ganz locker«, ermahnte er mich.

»Ist mir klar.« Jeder, der hinter uns war, konnte durch die Heckscheibe in die Kabine sehen. Meine Finger ertasteten den Reißverschluss und öffneten ihn. Gleich darauf fühlte ich etwas Schweres, Kaltes in meiner Handfläche.

»Oh …« Ich hatte einen Kloß im Hals.

»Beeil dich«, forderte er in scharfem Ton.

Sehr langsam zog ich die Waffe auf den Sitz und schirmte sie mit dem Arm vor dem Fenster ab. Kaum hatte ich sie auf den Ledersitz zwischen uns fallen gelassen, zog ich die Hand weg. Ohne Holster sah die Waffe Unheil verkündend aus. Genau wie die im Wald, die auf meine Brust gerichtet war.

Chase musste sie an der Tankstelle in die Tasche gepackt haben, als er sich umgezogen hatte. Nun steckte er sie unter dem Flanellhemd in seinen Gürtel.

»Wenn ich dir sage, du sollst laufen, dann läufst du«, sagte er. »Du rennst direkt in den Wald und siehst dich nicht um. Du darfst unter keinen Umständen zulassen, dass sie dich finden.«

Ich schauderte. Ich hatte angenommen, man würde mich in die Resozialisierungsanstalt zurückbringen, sollte ich erwischt werden, aber Chases Ton jagte mir Angst ein. Er deutete weit Schlimmeres an.

In meinem Kopf ging es drunter und drüber. Er wollte, dass ich davonlief. Dass ich ihn mit den Soldaten allein ließ, obwohl ich der Grund dafür war, dass er sein Leben riskiert hatte. Aber ich wollte Chases Gefangennahme nicht auch noch auf mein Gewissen laden. Nicht nach dem, was ich Sean und Rebecca angetan hatte.

Andererseits musste ich zu meiner Mutter. Das war doch das Einzige, was wirklich zählte. Oder?

»Was hast du vor?«, fragte ich, als der Truck langsamer wurde.

Er antwortete nicht.

Sosehr Chase sich verändert hatte, sosehr die Finsternis in seinen Augen mich verunsicherte, schien es mir doch immer noch unvorstellbar, dass er jemanden töten könnte. Andererseits ...

Ich riss die Decke hinter dem Sitz hervor, legte sie über meinen Rock und hoffte, dass die Soldaten nicht erkennen würden, dass mein Pullover Teil einer Reformschuluniform war. Eigentlich sah er recht unauffällig aus.

Chase fuhr an den Straßenrand, schaltete den Motor ab und verdeckte die Drähte unter dem Armaturenbrett mit den Knien. Ich warf einen Blick auf seine marineblaue Uniformhose und hoffte, der Soldat würde nicht so genau hinsehen.

Die Sekunden zogen unter beißender Anspannung vorüber. Dann, endlich, stieg ein Soldat auf der Beifahrerseite aus dem Streifenwagen. Das Geräusch, als er die Tür zuschlug, klang in meinen Ohren so laut wie Kanonendonner. Im Spiegel sah ich einen weiteren Soldaten auf dem Fahrersitz.

Der Mann, der sich uns näherte, war älter als die meisten anderen Soldaten, die ich bisher gesehen hatte. Silberfarbenes, zur Seite gekämmtes Haar bedeckte die dennoch unverkennbare Glatze über dem wettergegerbten Gesicht. Er schlenderte zur Fahrertür und winkte Chase zu, er möge die Scheibe herunterkurbeln. Aus dem Augenwinkel verfolgte ich jede Bewegung meines Begleiters.

»Führerschein und Fahrzeugpapiere«, forderte der Soldat, genau wie es früher die Cops getan hatten, ehe die MM die Macht ergriffen hatte. In der rechten Hand hielt er einen tragbaren Scanner.

Chase griff über meinen Schoß hinweg zum Handschuhfach. Als sein Unterarm auf meinem Knie ruhte, wanderte die Wärme seines Körpers mein Bein hinauf, und die Luft, die ich tief inhalierte, roch nach Seife, nach Heimat und Sicherheit. Doch das Gefühl schwand so schnell, wie es gekommen war. Er ergriff ein Stück Papier von der Größe einer Karteikarte und reichte es dem Offizier.

»Tut mir leid, meinen Ausweis hat mir bei unserer letzten Kontrolle ein Soldat abgenommen. Hat gesagt, das würde zu der Datenerhebung dazugehören. Und er hat gesagt, ich dürfte trotzdem fahren.«

»Ja, ja«, sagte der Offizier und nickte, als wäre das ein ganz gewöhnlicher Vorgang. Ich musste daran denken, wie Bateman den Ausweis meiner Mutter im Zuge der Verhaftung in seine Tasche gesteckt hatte.

Der Soldat scannte den Strichcode auf der Zulassung und starrte blinzelnd auf den winzigen Bildschirm, vermutlich auf der Suche nach offenen Haftbefehlen. Ich war voll und ganz bereit, jederzeit aus der Haut zu fahren.

»Sie können von Glück reden, dass die Gebühren ausgesetzt worden sind, Mr Kandinsky. Ihre Zulassung ist abgelaufen. Seit drei Jahren.«

Chase nickte. Der Soldat gab ihm die Zulassung zurück.

»Also, wo soll es hingehen?«, fragte der Mann. »Die Stadt wurde geräumt. Ist schon seit Monaten verlassen.«

Meine Hände umfassten einander so fest, ich fürchtete beinahe, ich könnte mir selbst die Knochen brechen. Rasch drehte ich sie um, um die Striemen zu verbergen.

»Ich weiß«, log Chase aalglatt. »Meine Tante hat ein Haus, ein Stück die Straße runter. Ich habe ihr gesagt, ich würde danach sehen. Wir haben einen Passierschein.«

»Herzeigen.«

Chase griff in seine Tasche, gleich neben der Waffe. Ich wandte mich ab, drehte mein Gesicht zum Fenster auf der Beifahrerseite und kniff die Augen zu. Meine Hände krallten sich in die Decke, als ich mich innerlich auf Schüsse vorbereitete.

Er wird es tun, dachte ich. Er wird den Mann erschießen.

»Ich habe ihn in deiner Jacke gesehen«, platzte ich heraus. Soldat oder nicht, der Mann hatte uns nichts getan. Chase bedachte mich mit einem vernichtenden Blick.

»Ist das Ihre Freundin?«, fragte der Soldat, der anscheinend erst jetzt auf mich aufmerksam geworden war. Seine Augen streiften meine Hände, und ich zwang mich, sie ruhig zu halten.

»Meine Frau«, presste Chase zwischen den Zähnen hervor.

Ja, klar. Ein unverheiratetes Paar bekäme ein Strafmandat wegen ungehörigen Verhaltens, wenn es so kurz vor der Ausgangssperre ganz allein draußen erwischt werden würde. Mir kam der Gedanke, dass der Soldat an meinen Händen vielleicht nach einem Ring gesucht hatte. Wenn wir das hier überlebten, dann würde ich nach billigem Schmuck Ausschau halten müssen.

»Gut so«, kommentierte er, und mein Magen drehte sich.

Chase blickte auf mich herab. »In meiner Jacke? Wirklich?« Er verzog das Gesicht. »Verdammt. Die habe ich zu Hause gelassen. Es tut mir leid, Sir.«

»Wie lautet die Nummer?«, stellte der Soldat ihn auf die Probe.

»U-vierzehn. Das war es doch, oder, Liebling?«

Ich nickte und bemühte mich, keinen allzu versteinerten Eindruck zu erwecken.

»Es war ein blaues Formular, etwa so groß.« Mit den Händen deutete Chase die Größe einer Karteikarte an.

»Ja, das ist das richtige.« Der Soldat warf den Scanner in die andere Hand und dachte nach. »Ich lasse Sie vom Haken, aber achten Sie darauf, dass Sie, wenn Sie das nächste Mal in eine evakuierte Zone fahren, Ihren Passierschein dabeihaben, verstanden? Sie haben vierundzwanzig Stunden.«

»Ja, Sir«, sagte Chase. »Vielen Dank, Sir.«

Ein paar Minuten später verschwand der Streifenwagen hinter einer Biegung.

»Oh. Wow.« Die Worte klebten in meiner Kehle.

»Der alte Mistkerl kann nicht mal seine Arbeit ordentlich machen«, sagte Chase. »Die Vorschriften sagen ganz klar, dass man einem Zivilisten ohne ein U-vierzehn den Zutritt zu einer Roten Zone nicht gestatten darf. Jeder weiß das.«

»Gott sei Dank nicht!« Ich brüllte mehr oder weniger.

Chase zog eine Braue hoch. »Auch wieder wahr.«

Eine düstere Wolke senkte sich über uns. Ich musste ständig darüber nachdenken, was Chase wohl getan hätte, wenn ich nichts gesagt hätte. Sein Verhalten hatte mir inzwischen verraten, dass er den Mann nicht hatte erschießen wollen, aber ich wusste auch, dass er sich die Option offen gehalten hatte.

Nichts passiert, sagte ich mir im Stillen.

Aber morgen, wenn wir als vermisst eingestuft wären, würde die Geschichte ganz anders ablaufen.

Es war Zeit, von der Straße zu verschwinden.

Wir fuhren durch die verlassenen Straßen der Roten Zone, schlichen unter dem kohlschwarzen Himmel einen alten Jagdweg hinunter. Wir hatten keine weiteren Streifenwagen mehr gesehen, aber Chase sagte, sie würden durch die Roten Zonen patrouillieren, um dem Gesetz zur Geltung zu verhelfen, und ich war nach unserer Begegnung mit der MM nicht erpicht auf eine Wiederholung.

Auf die Morgendämmerung zu warten war allerdings auch nicht leichter.

Ich machte Erdnussbutterbrote, um meinen Händen etwas zu tun zu geben, und sagte mir, dass es mir nicht weiterhelfen würde, wenn ich ständig daran dachte, dass wir hier herumsaßen, während die Uhr tickte und die Gefahr immer größer wurde. Trotzdem konnten wir vor Ablauf der Ausgangssperre nichts tun.

Chase nahm die Brote zögernd an, als ich ihm drei rüberschob.

»Ich habe nicht draufgespuckt«, sagte ich. Über den Punkt, gekränkt zu reagieren, war ich längst hinaus. Seine Brauen, die vorübergehend zu einem Ausdruck der Überraschung hochgezogen waren, kehrten wieder zu ihrer düsteren Lage zurück. Er mochte es nicht gewohnt sein, dass jemand an ihn dachte, aber ich konnte nicht anders; daheim hatte es zu meinen Pflichten gehört, das Abendessen zu machen. Die Erinnerung, schneidend wie ein Dolch, flutete mich mit einer neuen Woge der Verzweiflung.

»Ich muss dir was zeigen«, verkündete er wie zur Vergeltung für das Essen. Er stieg aus und ließ dabei eine Böe kalter Luft in die Kabine. Zögernd folgte ich ihm mit einer Taschenlampe.

Mir stockte der Atem, als ich sah, wie der silberne Lauf der Waffe aus seinem Bund herauskam.

Es war zu dunkel, und der Wald roch zu sehr nach Tod, Laub und Erde. Ein erbärmliches Gefühl der Bedrohung scheuchte die Gegenwart aus meinem Geist und übernahm die Kontrolle über meine Sinne. Ich konnte immer noch das schicksalhafte Klicken hören, konnte Randolphs Stimme hören, triefend vor Erregung, als er mich beschuldigte, davonlaufen zu wollen.

»Hey«, sagte Chase leise und erschreckte mich dadurch, näher zu sein, als ich erwartet hatte. Ich wich zurück und würgte einen Mundvoll kalter Luft hinunter.

»Den habe ich schon gesehen«, erklärte ich ihm. Mein

Herz pochte, als wäre ich gerade eine Meile gelaufen, aber ich hielt mich aufrecht und hoffte, dass er meine Entgleisung nicht bemerkt hatte.

Reiß dich zusammen, ermahnte ich mich. Chase war kein Soldat mehr, und ich war nicht mehr in der Besserungsanstalt. Das sollte ich mir nicht immer wieder sagen müssen.

In einem Ausdruck des Schmerzes zog er die Brauen zusammen. Für einen Moment hätte ich schwören können, er hätte meine Gedanken gelesen, aber dann verhärteten sich seine Züge wieder.

»Weißt du, wie man mit einer Waffe umgeht?« Seine Stimme war leise. Ich wusste, er dachte an unsere Begegnung mit der Highway Patrol.

Ich bedachte ihn mit einem giftigen Blick. »Musst du mich das *wirklich* erst fragen?«

Er umfasste den Lauf und hielt mir die Waffe hin.

»Ich … ich kann Waffen nicht leiden«, sagte ich.

»Das geht mir genauso.«

Das erstaunte mich. Als Soldat musste er es gewohnt sein, eine Waffe zu tragen. Als er nicht aufgab, nahm ich ihm die Waffe aus der Hand, packte den Griff aber, als hielte ich eine tote Ratte in den Fingern, und hätte sie, von dem Gewicht überrumpelt, beinahe fallen lassen.

»Pass auf, wohin du zielst«, blaffte er mich an.

Ich verzog das Gesicht und richtete den Lauf auf den Boden.

»Die ist schwer.«

»Das ist eine Browning Hi-Power Neun-Millimeter. Eine Pistole.«

Er schluckte und wischte sich die Handflächen an der Hose ab. Dann legte er sacht die Hände um meine und zwang mich, den Griff zu umfassen, achtete aber darauf, keinen Druck auf meine wunden Handrücken auszuüben. Dort, wo wir uns berührten, glühte meine Haut und widersetzte sich meinem Geist, der ihn so gern verachten wollte. Dennoch war der Hautkontakt nach allem, was er getan hatte, nicht mehr gar so verwirrend.

»Pass auf, das hier an der Seite ist die Sicherung. Wenn sie aktiviert ist, kannst du den Abzug nicht ziehen. So weit klar?«

»Aha.«

Er führte meine Hände, zeigte mir, wie man das Magazin herausnahm.

»Das Magazin enthält dreizehn Patronen. Die Waffe ist eine Halbautomatik, das bedeutet, sie ist selbstladend, aber erst, nachdem du den Schlitten zurückgezogen hast. Dadurch wird die erste Patrone in die Kammer befördert. Danach musst du nur noch den Abzug durchziehen.«

»Wie praktisch.«

»Darum haben sie sie so gebaut. Jetzt pass auf, wir machen das jetzt nicht, aber ich erkläre dir, was zu tun ist, wenn du in Schwierigkeiten gerätst: Entsichern. Schlitten zurückziehen. Zielen. Abzug durchziehen. Benutz immer beide Hände. Kapiert?«

»Ja, Sir.«

»Wiederhol es.«

»Entsichern. Schlitten zurückziehen. Zielen. Abzug durchziehen.« Ein sündiges Machtgefühl schien in meinen Händen aufzuwallen, als ich die Worte sprach.

Er nahm mir die Waffe ab, und meine Atmung funktionierte wieder regulär. Aber da zog er schon ein Messer hervor.

Während der nächsten zehn Minuten hockte ich auf den

Knien, während Chase mein Haar absäbelte, eine Handvoll nach der anderen. Obwohl ich wusste, dass wir getan hatten, was wir konnten, um uns zu tarnen, konnte ich die nagende Sorge um meine Mutter nicht loswerden. Beth, meine *Freunde*, würden mich bald nicht wiedererkennen können. All die alten Teile meiner selbst – die Teile, die ich kannte – wurden abgeschnitten wie meine Haare und ließen nur ein verzerrtes, unausgegorenes Etwas zurück. Aber das war natürlich Blödsinn. Ich war immer noch ich. Aber alles andere hatte sich verändert.

Wir kehrten zum Wagen zurück, wo wir uns an die gegenüberliegenden Enden der Sitzbank setzten, stur geradeaus starrten und uns hartnäckig anschwiegen. Die Minuten zogen dahin, und ich nahm seinen Atem immer intensiver wahr – ruhig, rhythmisch –, und dann fiel mir auf, dass mein eigener Atem sich seinem Tempo angeglichen hatte. Wie konnte er in so einer Situation beruhigend auf mich wirken, ohne sich überhaupt darum bemüht zu haben? Der Gleichklang dieser lebensnotwendigen Frequenz weckte in mir die Sehnsucht nach etwas, das es einfach nicht geben konnte, und ich drehte mich weg, damit er nicht sehen konnte, wie sehr mich schon seine bloße Nähe schmerzte.

Ich vermisste ihn jetzt mehr als zu der Zeit, in der er fort gewesen war.

Erst als es so dunkel geworden war, dass ich seine Umrisse nicht mehr erkennen konnte, gestattete ich mir, zu ihm hinüberzuschauen.

»Hättest du die MM auch verlassen, wenn sie dich nicht gebeten hätte?«

Meine Stimme hörte sich schwach an, kaum lauter als ein Atemzug.

»Ich weiß es nicht«, antwortete er aufrichtig.

Langsam glitt ich in den Schlaf, die Knie eng an die Brust gezogen. Insgeheim wünschte ich mir, er hätte mir eine klarere Antwort gegeben. Dann hätte ich wenigstens gewusst, wie es einem von uns erging.

»Guten Morgen.«

Er stützte die Ellbogen auf die Fensterbank. Auf seinem Haar thronte die übliche alte Kappe, deren Schild gebogen war wie ein Halbmond. Müde, wie ich war, wusste ich beim Anblick seines Lächelns doch, dass ich nicht wieder würde einschlafen können.

Ich kniete im Nachthemd auf meiner Daunendecke und schob das Fenster ganz hoch. Der Himmel war noch genauso schwarz wie zu der Zeit, als ich ins Bett gegangen war.

»Warum schläfst du nicht?« Mit einem Nicken deutete ich in die Richtung seines Schlafzimmers, das direkt gegenüber lag. Er sah sich kurz um und zuckte mit den Schultern.

»War nicht müde. Deine Mom und ich sind spazieren gegangen. Sie hat mich gebeten, dir zu sagen, dass du heute brav sein sollst. Und dass du nichts tun sollst, was sie nicht auch tun würde.« Er zwinkerte mir theatralisch zu, genauso wie sie es getan hätte.

Ich verdrehte die Augen, aber mir war warm ums Herz. Ich freute mich, dass Chase meine Mutter zu ihrer Suppenküche begleitet hatte. In unserer Stadt war es nicht mehr so sicher wie früher, ganz besonders in den dunklen Morgenstunden kurz nach Aufhebung der Ausgangssperre. Und sie war nie so wachsam, wie sie sein sollte, wenn sie draußen unterwegs war.

»Danke«, sagte ich. »Dass du auf sie aufgepasst hast.«

Er schaute mich an, als hätte ich mit nichts anderem rechnen dürfen.

Ich schmiegte die Wange fester an mein Kissen und ... es bewegte sich.

Ich riss die Augen auf.

Und erkannte, dass ich im Führerhaus des Trucks war, nicht zu Hause. Nicht in der Besserungsanstalt. Ich hatte mich auf dem Sitz zusammengerollt, und mein Kopf lag auf Chases Oberschenkel. Und die Dinge zwischen uns waren nicht mehr so wie früher.

Ruckartig richtete ich mich auf.

Das graue Licht des frühen Morgens drang durch den Film aus Kondenswasser, der die Scheibe bedeckte. Es war Donnerstag, der Tag, an dem wir den Schleuser treffen sollten ... der Tag, an dem ich meine Mutter wiedersehen würde.

Der Tag, an dem Chase als unerlaubt abwesend gemeldet werden würde.

Ich schüttelte die MM-Uniformjacke ab, die ich als Decke benutzt hatte, und versuchte mich zu erinnern, wann und wie sie auf meinem Körper gelandet war ...

Chase rieb sich das stoppelige Gesicht mit den Händen. Seine Augen weiteten sich, als er mich anblickte. Ich fuhr mir hektisch mit der Hand durch das kurze, ungleichmäßig abgehackte Haar und schlug eine Hand vor den Mund.

»Zahnpasta«, verlangte ich. Ich hatte keine Zahnbürste; mein Finger würde reichen müssen. Aber als ich nach der Tasche griff, riss er sie weg und holte das Gewünschte selbst heraus. Ich wusste nicht, warum; die Waffe hatte ich doch bereits gesehen.

Eine Woge kalter Luft erschütterte mich, als ich die Tür öffnete. Zitternd ging ich weit genug von dem Truck weg, um den Traum abzuschütteln, aber nicht so weit, dass ich ihn aus den Augen hätte verlieren können.

Weiter im Süden, da, wo das sichere Haus war, würde es wärmer sein. Vielleicht war meine Mutter schon dort, hatte den Kopf auf die Unterarme gelegt und grummelte, weil es keinen koffeinfreien Kaffee gab wie in der guten alten Zeit. Vielleicht waren auch noch andere Mütter da – Leute, die sie beruhigen konnten, wenn sie sich allzu große Sorgen machte, sie besänftigen, wenn sie spontan eine Rebellion zu starten versuchte, was zwangsläufig geschehen würde. Ich konnte sie vor mir sehen, wie sie in vorderster Front den Aufstand probte, ein geschmuggeltes Magazin zusammengerollt in einer erhobenen Faust, ein Mülleimer mit brennenden Statutenbriefen neben sich. Der Gedanke entlockte mir ein Lächeln, ein heimliches Lächeln, das ich ihr nie zeigen würde, dafür fürchtete ich viel zu sehr, sie könnte es als Ermutigung verstehen.

»Schöner Mantel«, riss mich Chase aus meiner Versunkenheit. Ich hatte gar nicht darüber nachgedacht, als ich beim Aussteigen in seine riesige Jacke geschlüpft war, aber jetzt war es mir plötzlich peinlich, und ich war hin- und hergerissen zwischen dem Wunsch, sie einfach nach ihm zu werfen, und dem Bedürfnis, mich noch tiefer in dem voluminösen Stoffgebilde zu verkriechen. Schließlich verlagerte ich nur mein Gewicht, als würde ich über einen Schwebebalken schreiten, bis er erneut das Wort ergriff.

»Wir müssen uns andere Klamotten besorgen«, sagte er und sah vage interessiert zu, wie ich mich plagte. »Du wirst auffallen, wenn du eine Mischung aus meiner und deiner Uniform trägst.«

Ich zwang mich, Ruhe zu wahren. Ich wusste nicht, was ihm gerade vorschwebte, aber ich nahm an, dass es in die gleiche Richtung ging wie bei der Beschaffung des Fahrzeugs. Der Gedanke zu stehlen störte mich nicht so sehr, wie ich gedacht hatte, solange ich nur niemandem dabei wehtun musste und es nicht zu lange dauerte.

Ich sammelte das Zuviel an Ärmeln in meinen Fäusten und konzentrierte mich auf die Vorstellung, dass ich schon bei Anbruch der Nacht meine Mutter wiedersehen würde.

Eine halbe Stunde später waren wir wieder auf dem Highway.

Kurz nach sieben passierten wir ein Schild, das uns verriet, dass wir uns der Grenze von Maryland näherten. Am liebsten wäre ich direkt zum Checkpoint gefahren, aber wir durften nicht riskieren, dass die Highway Patrol unserer Spur folgte, also waren wir gezwungen, einen weiten Bogen nach Süden zu machen. Alle paar Minuten schaute ich auf die Karte und folgte Chases geplanter Route. Er hatte mir die genauen Koordinaten des Treffpunkts gezeigt: 190 Rudy Lane in Harrisonburg, Virginia.

Wir konnten es immer noch pünktlich schaffen, vorausgesetzt, wir begegneten keinen weiteren Soldaten.

Obwohl es keine anderen Fahrzeuge gab, kamen wir nur langsam voran. Die Straße war voller Zivilisationsabfälle und Löcher im Asphalt: eine Bettdecke, das Metallskelett eines Regenschirms. Und wir erschreckten ein Reh, das sich an den verfallenen Überresten eines Pappkartons von Horizons labte.

All das erfasste ich mit einer Mischung aus Ehrfurcht und niedergeschmettertem Stolz. Ich war neun Jahre alt gewesen, als der Krieg nach Baltimore gekommen war, und der Rest des Staates war noch vor meinem zehnten Geburtstag evakuiert worden. Das hier waren die einzigen Hinweise darauf, dass es hier einmal Menschen gegeben hatte.

Chase beugte sich ein wenig vor und umrundete ein verrostetes Motorrad, das mitten auf der Straße lag. In meinem Bauch regte sich ein sonderbar vertrautes Gefühl.

»Komm schon, du hast doch keine Angst, oder?« Sein Grinsen war sündhaft, sein herausfordernder Ton wohlüberlegt. Er wusste genau, dass ich seit meinem siebten Lebensjahr vor keiner seiner Mutproben gekniffen hatte, und jetzt würde ich das auch nicht tun.

Ich warf ein Bein über das Heck des Motorrads und quetschte den Rahmen so fest zwischen die Beine, dass das Metall sich biegen musste. Belustigung flackerte in seinen dunklen Augen, als er die Griffe umfasste und den Seitenständer einklappte. Mit einer Kopfbewegung bedeutete er mir, dass ich weiter nach hinten rutschen sollte.

Ich fummelte an der Rückseite seines Hemds herum, suchte nach etwas, woran ich mich festhalten konnte.

»Versuch es so.« Er nahm meine Hände und zog sie um seinen Körper, bis sie flach auf seinem Brustkorb lagen. Die Wärme seines Körpers drang durch meine dünnen Fäustlinge. Chase griff nach hinten in meine Kniekehlen und zog mich nach vorn, bis mein Oberkörper direkt an seinem Rücken lag.

Ich hielt die Luft an. Wir berührten einander an so vielen Stellen, ich konnte mich gar nicht mehr konzentrieren. Sein rechter Fuß schoss herab, und das Motorrad erwachte dröhnend zum Leben. Der Sitz vibrierte unter mir. Mein Herz pochte heftig, und ich spürte bereits die Panik in mir aufsteigen.

»Warte!«, brüllte ich durch das Visier des Helms. »Brauche ich keine Einweisung oder eine Anleitung oder einen Kurs …«

Für einen kurzen Moment verschränkte er seine Finger auf der Brust mit meinen.

»Lehn dich immer in die Richtung, in die ich mich lehne. Kämpf nicht gegen mich.«

Kämpf nicht gegen mich, Ember.

Geistesabwesend rieb ich mir die rechte Schläfe mit dem Daumen. Ich musste aufhören, immer wieder an den Menschen zu denken, der Chase einmal gewesen war.

»Wie hat Mom ausgesehen, als sie entlassen wurde?«, fragte ich und schüttelte die Erinnerung ab.

»Was?« Er hatte die Schultern hochgezogen und sah zur Seitenscheibe hinaus.

»Wie hat sie ausgesehen? Nach der Urteilsverkündung?«

»Ich habe nie gesagt, sie wäre verurteilt worden.«

Ich richtete mich auf meinem Sitz auf. »Aber angedeutet. Du hast gesagt, Leute würden verurteilt oder ausgesondert. Und du hast gesagt, sie hätten sie gehen lassen, nicht wahr? Also hat sie die Bedingungen des Urteils erfüllt?«

»Richtig.«

Ich ächzte. Dieser vage Ersatz für eine Erklärung war beinahe noch schlimmer als das Schweigegelübde, dem er sich zuvor gebeugt zu haben schien.

»Wie lange habt ihr sie vorher festgehalten?«

»Nur einen Tag.«

»Liefer mir nur nicht zu viele Details, okay? Ich glaube, das könnte ich nicht aushalten.« Ich verschränkte die Arme vor der Brust.

Er schwieg und brütete wieder vor sich hin. Was habe ich dir getan, hätte ich ihn gern angeschrien. Warum redest du nicht mit mir? Es wäre so viel einfacher, diesen Mann neben mir so zu nehmen, wie er sich gab, hätte ich ihn nicht schon gekannt, bevor er so zurückhaltend, wachsam und kalt geworden war. Wenn ich mich nicht erinnern würde, dass er einmal ein offenes Buch für mich gewesen war und dass die Tage zu kurz gewesen waren, um all unsere Worte zu fassen. Es tat weh, aber schlimmer war, dass ich mich angesichts seines neuen Verhaltens fragte, ob ich womöglich alles, was zwischen uns gewesen war, vollkommen falsch eingeschätzt hatte.

Er dehnte seinen steifen Nacken, bewegte den Kopf von einer Seite zur anderen.

»Sie hat …« Er zögerte. »Ich weiß nicht, sie hat ausgesehen wie deine Mom. Kurzes Haar, große Augen. Was willst du von mir hören? Ich habe sie nur kurz zu sehen bekommen.«

Ich schnaubte verächtlich. Nur ein Junge konnte solch eine Frage so wörtlich nehmen.

»Wie hat sie auf dich *gewirkt*? Hatte sie Angst?«

Er dachte über meine Frage nach, und ich sah eine minimale Veränderung in seinen Zügen. Anstrengung, die an seinen Augenwinkeln zupfte. Ein Anblick, der mich sofort mit Besorgnis erfüllte.

»Ja. Sie hatte Angst.« Er räusperte sich, und ich sah ihm an, dass ihre Furcht seine harte Schale durchbohrt hatte. »Aber sie war auch ganz klar. Nicht so verrückt, wie manche Leute es werden, wenn sie Angst bekommen. Sie hat ziemlich unter Druck gestanden, wenn man bedenkt, was passiert ist, und sie wollte unbedingt, dass wir diesen Plan in die Tat umsetzen.«

»Puh.« Ich sackte auf meinem Sitz in mich zusammen.

»Was?«, fragte er mich in ernstem Ton, und mir ging durch den Kopf, dass es ihn zum ersten Mal zu interessieren schien, was ich dachte.

»Ich hätte sie nur nie als ›klar‹ beschrieben. Ich … ich kann nicht fassen, dass ich so etwas sage. Das ist furchtbar.« Ich zog den Kopf ein. Mir war, als hätte ich sie verraten. »Ich wollte damit nicht sagen, dass sie nicht in der Lage wäre, Entscheidungen zu treffen oder so was. Es ist nur, unter Druck … ist sie normalerweise nicht klar.«

Kurz sah ich unsere Küche vor meinem geistigen Auge. Sah sie auf dem Boden hocken und weinen, nachdem ich Roy rausgeworfen hatte. Und ich dachte an die vielen Male, als sie Schmuggelware mit nach Hause gebracht hatte oder sich vorgenommen hatte, bei der nächsten Konformitätskontrolle einen Soldaten zur Sau zu machen. Ich war die Besonnene, auf Sicherheit Bedachte. Nicht sie. Und nun sagte er mir, sie hätte mich in einer der beängstigendsten Situationen unseres Lebens nicht gebraucht? Sie käme gut allein zurecht? Worum zerbrach ich mir überhaupt den Kopf?

Ich kniff die Augen zu. Sie brannten unter heißen Tränen, die ich nicht vergießen wollte.

»Du wärst stolz auf sie gewesen«, sagte er leise.

Mein Herz bekam einen Sprung. Was war eigentlich los mit mir? Seine Worte hätten mich beruhigen sollen. Stattdessen saß ich hier und kam mir unzulänglich vor, weil sie allein zurechtkam. Als wäre ich co-abhängig oder etwas in der Art.

So schnell die Gefühlswallung aufgekommen war, so schnell zog sie sich zurück und ließ pure Sachlichkeit zurück.

Ich brauchte sie nicht, um stark zu sein, weil sie mich stark *gemacht* hatte. Und ich sie ebenso. Sie war ein großes Mädchen, wie sie mir unzählige Male erklärt hatte, wenn ich ihre Hetzreden leid gewesen war. Sie hatte es nach South Carolina geschafft; jetzt musste ich nur auch noch dorthin kommen.

»Da fühlt man sich irgendwie ganz klein, was?«, meinte ich, als der Highway auf einen mächtigen, keilförmigen Spalt in den Bergen zulief. Die senffarbenen Hänge dehnten sich hundert Meter zu beiden Seiten aus, sodass vom Himmel nur ein schmaler Silberstreif zu sehen war. Bäume und Rankengewächse in verschiedenen Stadien des Verfalls, die lange ohne die Fürsorge der städtischen Landschaftspfleger hatten auskommen müssen, streckten ihre krummen Finger nach uns aus. Chase musste die Geschwindigkeit reduzieren, als wir über einen Haufen Erde holperten, den eine Schlammlawine auf der Straße zurückgelassen hatte.

An einem großen Schild auf der rechten Seite mit der Aufschrift SIDELING HILL BESUCHERZENTRUM, NÄCHSTE AUSFAHRT war herumgeschmiert worden; jemand hatte gleich unter den Worten ein Kreuz und eine Flagge gesprüht, die wiederum von einem großen, neongrünen X überlagert wurden. Symbole wie diese hatte ich in den Nachrichten gesehen, als wir noch einen Fernseher besaßen, aber nie war ich in meiner Heimatstadt einem begegnet. Ich kam mir vor wie eine domestizierte Hauskatze, die plötzlich in der Wildnis ausgesetzt worden war.

»Du *bist* klein«, bemerkte er so spät, ich hatte schon vergessen, dass ich überhaupt etwas gesagt hatte. Ich versuchte, mich auf meinem Platz größer zu machen, als wollte ich sagen, eins zweiundsechzig ist gar nicht so klein, aber da hoppelte der Truck so heftig über den unebenen Boden, dass ich die Position nicht aufrechterhalten konnte.

Wir passierten die Kluft von Sideling Hill und fuhren weiter in Richtung Hagerstown. Noch dreiunddreißig Meilen, sagte das Straßenschild. Das Gebiet war so hastig evakuiert worden, dass die meisten Läden samt ihrer Handelsware zurückgelassen worden waren. Wir wollten uns ansehen, wie brauchbar die Ware nach acht Jahren noch sein mochte, ehe wir den Highway Richtung Harrisonburg nehmen würden.

»Glaubst du, hier ist es sicher?« Ich hatte von Gangs gehört, die sich in den verlassenen Städten herumtrieben. Eigentlich hatte die MM vorgehabt, die Kriminalität in diesen Gebieten zu verringern.

»Das ist es nirgends«, sagte er. »Aber das FBR hat die Gegend geräumt.«

»Da fühle ich mich doch gleich viel besser«, gab ich zurück.

Er bog auf die Interstate 81 ab und behielt unentwegt die Umgebung der Straße im Auge, als wir in die Stadt hineinfuhren. Die ersten Häuser, die wir sahen, waren groß und umgeben von ausgedehnten Grundstücken und mächtigen Bäumen. Je näher wir der Innenstadt kamen, desto mehr Wohnviertel konnten wir ausmachen, gefolgt von Reihenhaussiedlungen und Apartmenthäusern. Ein Supermarkt. Ein Restaurant. Alles überzogen von einem grauen Film aus Asche, der aussah wie schmutziger Schnee und standhaft jeglichem Wetter trotzte.

Kein Kind spielte auf der Straße. Kein Hund bellte in einem der Vorgärten. Kein Auto war auf der Fahrbahn zu sehen.

Die Stadt hatte die Jahre überdauert, doch nichts regte sich noch in ihr.

Mir fiel ein Einkaufszentrum auf der rechten Seite auf, und ich zeigte darauf. Chase nahm die nächste Ausfahrt zu einer Straße namens Garland Groh Boulevard. Keine Minute später bog er in eine kleine Nebenstraße an einem alten Sportartikelladen ein. So einen hatte es auch bei uns zu Hause gegeben, aber er war während des Krieges geschlossen worden. Die MM hatte später ein Verteilerzentrum für Uniformen daraus gemacht.

Hinter dem Parkplatz konnte ich den verlassenen Highway erkennen, der uns geradewegs zum Checkpoint bringen sollte. Das Herz klopfte in meiner Brust. Nur noch etwas mehr als fünf Stunden, bis die MM Chase als unerlaubt abwesend melden würde. Wir mussten einpacken, was wir kriegen konnten, und von hier verschwinden. *Schnell.*

Chase löste die Drähte vor seinen Knien, und der Motor erstarb. Ehe er die Tür öffnete, zog er einen dünnen, schwarzen Schlagstock mit einem lotrechten Griff unter seinem Sitz hervor. Seine Miene verfinsterte sich, als er sah, dass ich den Stock mit großen Augen anstarrte.

Die andere Waffe befand sich im vorderen Fach der großen Tasche. Er wollte nicht, dass wir mit einer Schusswaffe gesehen wurden, sollten wir jemandem begegnen. Das wäre, als würden wir einen Hundertdollarschein aus der Tasche hängen lassen und uns einbilden, niemand käme auf die Idee, ihn zu stehlen.

»Bleib für alle Fälle in meiner Nähe«, wies er mich an.

Ich nickte, und wir ließen die Sicherheit unseres Trucks hinter uns. Unsere Schuhe hinterließen Fußabdrücke in der dünnen Ascheschicht auf dem Asphalt.

Ich blieb dicht bei Chase, als wir zur Vorderseite des Gebäudes gingen. Die großen Schaufenster des Ladens waren eingeschlagen worden, und die verbliebenen Glasstücke hingen wie eiszapfenartige Stalaktiten aus dem grün lackierten Rahmen. Die langen, senkrechten Handgriffe der Glastüren waren mit einer Metallkette zusammengebunden worden, an der ein Vorhängeschloss hing, aber auch in den Türen fehlten die Scheiben.

Ich musterte den Parkplatz hinter uns, als Chase durch

den Türrahmen kletterte. Von einem ausgebrannten Honda abgesehen, den irgendjemand schon vor Jahren in Brand gesteckt haben musste, war er verlassen.

Scharf sog ich die Luft ein, ehe ich ihm folgte.

Direkt vor mir lag eine umgekippte Registrierkasse am Boden. Metallregale und -tische waren umgeworfen oder auf die Gänge gekippt worden. Ein großer Teil der Kleidung war fort, vermutlich gestohlen, und was übrig war, verteilte sich im Laden, als hätte dort ein Tornado gewütet. Als ich weiter hineinging, sah ich Trainingsgeräte und Gewichte, samt und sonders in neonfarbener Sprühfarbe mit dem immer gleichen Symbol gekennzeichnet: durchkreuzte MM-Insignien. Sportzubehör aus einem Regal lag auf dem fleckigen Laminatboden verteilt. Verschiedenste Bälle lagen auf dem Boden bis zur Rückwand des Geschäfts.

»Such nach Klamotten. Ich schaue mal, was ich sonst noch finden kann.«

Ich nickte, und obwohl ich wusste, dass es in Anbetracht des Zustandes, in dem sich der Laden befand, lächerlich war, suchte ich nach Überwachungskameras.

»Du wirst nicht geschnappt«, sagte Chase, der offenbar meine Gedanken gelesen hatte. »Außerdem, sieh dich mal um: Mehr Schaden kannst du hier auch nicht mehr anrichten.«

Er hatte nicht unrecht, aber ich war in den letzten Wochen paranoid geworden, und dieser Ort war unheimlich. Ich befürchtete, die MM könnte uns irgendwie beobachten. Befürchtete, wir wären in eine Falle gelaufen.

Ich war froh, dass Chase nach oben gehen wollte, denn der Pfeil an dem Schild DAMENBEKLEIDUNG zeigte ebenfalls aufwärts. Die reglose Rolltreppe ächzte unter unserem Gewicht, als wir hinauf zur Campingabteilung kletterten.

Es erschien surreal, dass Leute einmal zu ihrer Erholung gecampt hatten, aber ich wusste, dass Chase und seine Familie das oft getan hatten, als ich noch klein gewesen war. Als er sich auf den Weg zu den Stahlregalen machte, spürte ich erneut die Panik in mir aufsteigen.

»Du bist doch gleich da drüben?« Ich zeigte über ein zerdrücktes Zelt am Boden hinweg.

Etwas veränderte sich in seiner Miene, als er meine Besorgnis erkannte.

»Ich bin in der Nähe«, sagte er leise.

Ein Oberlicht in Deckenmitte ließ einen schwachen Lichtschein herein. Je näher ich jedoch der Wand kam, desto schattiger wurde es, bis ich schließlich angestrengt blinzeln musste, um den Boden zu erkennen. Vorsichtig trat ich über allerlei Schutt hinweg, der sich in den Gängen gesammelt hatte, und fand schließlich einige Regale mit Kleidungsstücken, die vergleichsweise unberührt aussahen. Die Oberteile waren alle hauteng, die Hosen im Bootlegstil, wie es damals Mode gewesen war. Aber wie alt die Sachen auch sein mochten, für mich waren sie neu. Das Gewebe mochte Staub angesetzt haben, aber diese Kleidungsstücke wiesen immer noch die scharfen Knicke fabrikneuer, gefalteter Ware auf, und sie trugen immer noch ihre Größenetiketten. Seit meine Mutter ihren Job verloren hatte, besaß ich keine Kleidungsstücke mehr, die nicht aus einer Spendensammelstelle stammten. Der Gedanke entlockte mir trotz der Umstände ein leises Kichern.

Es gab ein Sonderangebot an Damenwanderstiefeln: $ 59,99. Kostenlos für mich, dachte ich schuldbewusst und wühlte in den über den Boden verteilten Schuhkartons nach einem Paar in meiner Größe. So etwas hätten wir uns nie leisten können, auch nicht vor acht Jahren. Bedachte man die Inflation, so würden diese Schuhe jetzt deutlich über $ 100 kosten. Ich bekam $-100-Schuhe. Ich konnte kaum erwarten, Beth davon zu erzählen.

Falls ich je wieder mit ihr sprechen würde.

Ich vertrieb den Gedanken aus meinem Kopf. Hinter mir war ein Ständer mit Jeans, und ich nahm mir rasch eine Hose in meiner Größe. Ganz unten sah ich einen Wintermantel mit einer minimalen Staubschicht, den ich mir ebenfalls schnappte. Dann noch ein Tanktop, ein enges T-Shirt, ein Thermohemd und einen Pullover. Außerdem ein paar Ersatzsocken, nur zur Sicherheit, und eine geschlossene Packung Unterwäsche. Als mir einfiel, dass meine Mutter vielleicht keine Kleidung zum Wechseln hatte, packte ich für sie ebenfalls einen Satz Klamotten ein.

Als ich dann aber zur Anprobe ging, blieb mir das Lachen im Halse stecken. Die Garderobe war etwa so groß wie ein Schrank; ohne die helle Deckenbeleuchtung sah sie aus wie die Einzelzelle, die ich in der Hütte gesehen hatte.

Ganz bestimmt wollte ich mich dort nicht selbst einschließen.

Ich sah mich nach Chase um, konnte ihn aber nicht entdecken. Doch ich war froh, dass er meine Reaktion nicht gesehen hatte; das Letzte, was ich mir wünschen konnte, war, dass er dachte, ich hätte nicht nur Angst vor Waffen, sondern auch noch vor der Dunkelheit. Nach einem tiefen Atemzug ließ ich die Sachen an Ort und Stelle fallen und beeilte mich mit dem Umziehen, für den Fall, dass er nach mir sehen wollte.

Die Jeans passte recht gut, auch wenn sie nach dem Gewichtsverlust, den mir die Reformschule eingebracht hatte, in der Taille etwas zu weit war. Ich war gerade dabei, das

Tanktop über den Leib zu streifen, als ich ein Rascheln hinter mir vernahm.

Aufgeschreckt wirbelte ich herum und sah Chase in Jeans und neuem Pullover mit einem Bündel über der Schulter drei Meter entfernt stehen. Ich wandte mich wieder ab. Das Tanktop hing immer noch über meinem BH.

»Nur eine Sekunde, ja!«, bat ich mit schriller Stimme. »Dreh dich um oder so!«

Er hörte nicht auf mich und kam näher. Ich hörte seinen Atem, fühlte die Nähe seines Körpers. Äußerlich stand ich wie erstarrt da, innerlich war ich voller Anspannung und fühlte mich wie unter Strom. Wie lange hatte er schon dort gestanden und mir zugesehen?

»Was ist in der Besserungsanstalt mit dir passiert?« Seine Stimme war nur wenig lauter als ein Flüstern und geprägt von kaum unterdrückter innerer Anspannung.

»Was?« Als würden sie langsam wieder auftauen, spürte ich meine Finger wieder, sodass ich das Shirt herunterziehen konnte. Kaum war das geschafft, warf ich mir andere Dinge über.

»Als ich eingetroffen bin, haben sie mich zu diesem Raum gebracht, und ich habe dich *gehört*. Ich kriege das nicht mehr aus dem Kopf.«

Die Hütte. Er hatte Brock und die Soldaten gestört, als sie gerade mit meiner Bestrafung hatten beginnen wollen. Ich hatte geschrien. Schon die bloße Erinnerung bereitete mir Übelkeit.

»Darüber willst du jetzt mit mir reden?«, fragte ich ungläubig.

Er wartete nicht darauf, dass ich mich wieder umwandte. Stattdessen stand er plötzlich vor mir und beugte sich zu mir herab. Aus ein paar Zentimetern Entfernung starrte er mir direkt ins Gesicht. Seine Hände umfassten meine Schultern mit so viel Kraft, dass ich mich zusammenreißen musste, um nicht zurückzuzucken.

»Was haben die mit dir gemacht?«

»Was *die* mit mir gemacht haben?« Ich befreite mich aus seinem Griff. »*Du* hast mich doch dorthin geschickt! Und jetzt interessiert dich plötzlich, was mit Leuten geschieht, die verschwinden?«

Das Gefühl, verraten worden zu sein, der ganze Groll tobte erneut in mir. Nachdem er eingezogen worden war, hatte er nicht angerufen und meine Briefe nicht beantwortet. Er hatte mich nicht wissen lassen, ob er noch am Leben war, ob es ihm gut ging, und er hatte nie nach meiner Mutter und mir gesehen. Sein Versprechen, er würde zurückkommen, war nur eine Lüge gewesen. Denn zurückgekommen war ein Soldat, nicht Chase. Und dieser Soldat hatte alles kaputt gemacht.

Er wich zurück, als hätte ich ihm einen Stoß versetzt, und seine Hände wühlten sich in sein kurzes Haar.

»Warum hast du das getan?«, drang ich weiter auf ihn ein. »Ich weiß, dass du … dass du dich einmal gesorgt hast. Um Mom und mich. Versuch gar nicht erst, das abzustreiten.« Ich ballte die Fäuste so fest, dass sich meine Fingernägel tief ins Fleisch bohrten. Die zornigen Striemen auf meinen Handrücken jagten einen blitzartigen Schmerz durch meine Arme. Ich verlangte zu viel; ich konnte es in seinem Gesicht lesen, konnte den Konflikt in seinen Augen wüten sehen. Wollte ich die Antwort wirklich hören? Oder würde sie mich schlimmer als alles zuvor treffen, mich niederschmettern, wenn ich doch stark sein musste?

Er klappte den Mund auf. Und wieder zu. Sein Blick traf meine Augen, und in ihm lag eine wilde Verzweiflung, die mich aufforderte, seine Gedanken zu lesen. Aber sosehr ich es wollte, ich konnte nicht. Ich konnte nicht verstehen. *Was ist es? Was wagst du mir nicht zu sagen?*

»Was ist passiert?«, fragte ich nun mit sanfterer Stimme.

Härte überzog seine Augen, bis sie aussahen wie glänzende Steine.

»Ich weiß es nicht«, sagte er. »Menschen ändern sich, schätze ich.«

Er schnappte sich den Rucksack, stopfte ihn mit allerlei Nützlichem voll und ging die Treppe hinunter.

Meine Wutrede ersoff in Betroffenheit wie in einem Kübel Eiswasser.

So schnell ich konnte, schnürte ich mit zitternden Händen die neuen Stiefel und folgte ihm.

»Was hast du eingepackt?«, fragte ich Chase am Fuß der Rolltreppe, als ich wieder normal atmen konnte. Er war wieder finster gestimmt; fast konnte ich die Sturmwolken über seinem Kopf sehen, die meinen Schmerz vertrieben und den Zorn wieder aufleben ließen. *Leute verändern sich?* Das war nicht gut genug. Dass er sich verändert hatte, war offensichtlich, aber das erklärte weder, warum er uns verhaftet hatte, noch, warum er uns befreit hatte, es weckte nur den Wunsch in mir, ihn noch einmal zu treten. Und noch mehr wollte ich mich treten, weil ich mir trotz seiner Geheimnistuerei Sorgen machte. Den wirren Ausdruck in seinen Augen hatte ich mir nicht eingebildet. Etwas Finsteres lauerte in ihm. Wie ein Krebsgeschwulst. Und das war es, was ihn veränderte.

Er wollte nicht über die Vergangenheit reden? Schön. Wahrscheinlich war das sowieso besser. Wir mussten uns darauf konzentrieren, den Checkpoint zu finden.

»Einen Erste-Hilfe-Kasten und ein Zelt. Ein bisschen Trockennahrung, an die die Ratten nicht drangekommen sind.«

Ich verzog das Gesicht und schob die Ersatzkleidung zusammen mit meinem Pullover aus der Besserungsanstalt unter die Klappe. Er befestigte einen dicken Schlafsack am Boden des Rucksacks, ohne mich noch eines Blickes zu würdigen.

»Wir müssen los«, sagte er und warf sich den Rucksack über die Schulter.

Ich hatte keine Uhr, schätzte aber, dass es ungefähr acht war. Und bis zum Checkpoint waren es immer noch beinahe zwei Stunden.

Draußen lag der Parkplatz verlassen da, und ich wusste wirklich nicht, warum ich geglaubt hatte, es könnte anders sein. Die Wolken, die am frühen Morgen hoch am Himmel dahingezogen waren, hingen nun tiefer über uns und hatten eine zinngraue Farbe angenommen. Die Luft, die vage nach Schwefel roch, war kühl und elektrisierend.

Ich folgte Chase um das Gebäude herum und wäre beinahe gegen ihn geprallt, als er abrupt stehen blieb.

Ich taumelte zurück. Das Gefühl der Gefahr übertrug sich von Chase auf mich, ehe ich selbst sah, was los war.

Zwei Männer waren an unserem Truck. Einer war Ende zwanzig, hatte wirres Haar und eine Hakennase. Er trug einen grauen Kapuzenpullover und eine weite Tarnhose. Über seiner linken Schulter hing ein Jagdgewehr. Der andere Mann war halb in die Kabine geklettert; ich sah seine schmutzigen Skaterschuhe aus der Fahrertür herausragen.

»Rick, hey!«, zischte der erste Mann, schwang sein Gewehr in weitem Bogen zu uns herum und presste den Kolben an die Schulter. Ich hörte das schicksalhafte Klicken, als er die Waffe spannte.

Mein Herz blieb stehen. Zivilisten war der Besitz von Waffen seit dem Krieg verboten. Nur die MM hatte Waffen.

Und Soldaten, die sich unerlaubt von der Truppe entfernt hatten. Was auf die hier, dessen war ich ziemlich sicher, nicht zutraf.

Der Mann, der offenbar Rick hieß, kroch aus dem Wagen. Er war groß, nicht ganz so groß wie Chase, aber immer noch einen Kopf größer als ich. Und dick war er auch. Aber trotz der weiten Kleidung konnte ich erkennen, dass er überdies recht muskulös war. Sein wirres Haar reichte ihm bis zur Schulter. Mit einer raschen Kopfbewegung schleuderte er es zurück. Ein Ausdruck der Gier lag in seinem Gesicht.

»Morgen, Bruder!«, rief Rick.

Chase sagte nichts, aber seine Miene war hart wie Stahl.

»Vielleicht ist er taub«, meinte der andere Mann.

»Bist du taub?«, fragte Rick.

»Nein«, antwortete Chase.

»Dann warst du wohl zu lange nicht mehr unter Menschen, Bruder. Wenn jemand ›guten Morgen‹ sagt, dann sollte man ihm antworten.«

»Ich plaudere nicht so gern, wenn jemand mit einem Gewehr auf mich zielt.« Chases Ton war ruhig und extrem kontrolliert. »Und ich bin nicht dein Bruder.«

Rick sah erst seinen Freund und dann wieder uns an. Mir fiel auf, dass ihre Haut und sogar ihre Augen einen gelblichen Farbton aufwiesen, der einen krassen Kontrast zu dem grauen Himmel und der grauen Asche bildete.

»Stan, du machst es unseren Freunden schwer, sich wohlzufühlen.«

Stan gluckste, zielte aber weiter auf uns. Meine Nackenhaare richteten sich mit einem unangenehmen Kribbeln auf.

Rick konzentrierte sich auf mich. »Wie heißt du, Schätzchen?«

Meine Hände krallten sich in die Jacke in meinen Armen, und ich schwieg, während ich mich zugleich bemühte, schnell zu denken. Vielleicht konnte ich an die Waffe in Chases Tasche kommen, aber nicht, ohne die Aufmerksamkeit des Kerls mit dem Gewehr auf mich zu lenken.

»Siehst du, Stan. Du hast das arme Ding verschreckt.«

Rick trat vor. Chase baute sich demonstrativ vor mir auf, und Rick feixte.

»Nicht so geizig, Bruder. Hat deine Mama dir nicht beigebracht zu teilen?«

Hinter ihm lachte Stan heiser. Ich konnte nicht einmal mehr schlucken, so dick fühlte sich der Kloß in meinem Hals an.

Chase tat einen Schritt in Richtung Truck. Ich klammerte mich an seinen Hemdzipfel.

»Hey, hey, wo willst du denn hin?« Rick stolzierte auf uns zu.

»Weg«, sagte Chase bestimmt.

»*Weg*, mag sein. Aber nicht mit ihr.«

»Ich gehe mit ihm!« Die Worte sprudelten einfach über meine Lippen. Chase spannte sich.

»Oh, die ist ja streitlustig«, sagte Rick, als wäre das ein besonderer Vorzug, und ich musste daran denken, wie Randolph mich gepackt und als »Müll« bezeichnet hatte.

Chase verlagerte sein Gewicht. Im Nu schoss Ricks Hand nach hinten und tastete nach etwas in seinem Gürtel. Ohne hinsehen zu müssen, wusste Chase genau, wo ich war, und er stieß mich grob zurück und schirmte mich vollständig mit seinem Körper ab.

Ich sah, wie Rick die Lederscheide eines großen, glänzenden Messers aufriss, dessen gekrümmte Schneide in einer todbringenden Spitze endete.

Die Gefahr pulsierte in meinen Ohren. Aus irgendeinem Grund machte mir das Messer mehr Angst als das Gewehr. Warum, wusste ich nicht. Ich wusste gar nichts mehr.

»Leg das Zeug ab«, befahl Rick. »Ich nehme den Schlüssel und den Truck.«

»Steig in den Wagen«, wies mich Chase leise an.

Ich wusste nicht, was ich tun sollte. Chase hatte keinen Blick für mich, aber er konnte doch unmöglich glauben, dass ich ihn hier mit zwei bewaffneten Gegnern allein ließ. Unsere größte Chance bestand darin, zusammenzubleiben. Wenn die nicht wollten, dass ich verletzt wurde, würden sie ihn vielleicht auch verschonen.

Chase schüttelte Rucksack und Jacke ab und ließ beides zu Boden gleiten.

»Chase«, flüsterte ich, »ich lasse dich nicht allein.«

Ich hätte nicht sagen dürfen, was ich ihm im Laden an den Kopf geworfen hatte. Nun wollte er mich beschützen, um wiedergutzumachen, dass er mich zuvor im Stich gelassen hatte.

»Steig in den Truck«, kommandierte er. Stan kam schnell näher, das Gewehr immer noch an die Schulter gepresst. Sein Finger lag am Abzug.

»Nein!«, widersprach ich entschlossen.

»Nur keine Angst. Daddy wird sich um dich kümmern«, spottete Rick, und Stan lachte.

»Immer mit der Ruhe«, sagte Chase zu ihnen und griff unter seinem Flanellhemd in seine Tasche.

»Langsam, Bruder«, warnte ihn Rick.

Beide Männer waren nun ganz nahe, und sie beobachteten Chases Hände. Genau wie ich.

Mit einer blitzartigen Bewegung zog Chase den schwarzen Schlagstock aus dem Gürtel und riss ihn hoch in die Luft, sodass er gegen den doppelten Lauf von Stans Gewehr krachte. In dem Sandwich aus Metall und Metall wurden Stans Finger eingeklemmt, was ihm einen gequälten Aufschrei entlockte. Die Waffe fiel zu Boden.

Chase nutzte den Schwung des Schlagstocks, um ihn Rick von der Seite gegen das Kinn zu prügeln. Beim Aufprall flog ihm der Knüppel aus der Hand und krachte gegen die Mauer des Gebäudes. Rick stolperte, richtete sich aber gleich wieder auf und stürzte mit dem Messer voran auf uns zu. Pures Entsetzen raste für einen Moment durch meinen Leib, ehe ich grob zur Seite gestoßen wurde. Im nächsten Moment hörte ich etwas reißen, dann ein Grollen, und ich sah eine karmesinrote Linie, die von Chases Bizeps zur Rückseite seines Arms verlief. Der Flanellstoff klebte an seiner feuchten, blutigen Haut.

»Chase«, schrie ich und mühte mich hastig hoch.

Stan brachte mir seine Gegenwart mit einem Fluch in Erinnerung. Spontan hastete ich um ihn herum, um mir das Gewehr zu schnappen, doch so schnell ich auch war, er war sofort über mir. Sein nach altem Schweiß stinkender Körper beugte sich bedrohlich über mich. Ich biss die Zähne zusammen und schlang die Finger um den hölzernen Schaft des Gewehrs. Die empfindliche Haut an meinen Fingerknöcheln rutschte über den Asphalt.

Stan ballte die Faust in meinem Haar und zerrte mir brutal den Kopf zurück. Ich schrie auf, als ein brennender Schmerz über meine Stirn raste, und riss mich los.

Als ich mich umdrehte, erkannte ich, dass Chase Stan vor den Truck stieß und ihm, als er stürzte, in den Bauch trat. Stan fiel auf Knie und Unterarme. Ich sah nicht länger hin. Stattdessen packte ich das Gewehr, rannte zum Truck und verstaute es, ohne nachzudenken, hinter dem Sitz.

Gerade als ich mich wieder umdrehte, stürzte sich Rick – das Gesicht voller Blut, das aus seiner Nase hervorsprudelte – auf Chases Rücken. Panik erfasste mich. Ich konnte das Messer nirgends sehen.

Wie rasend suchte ich den Boden ab in der Hoffnung, dass die Waffe nicht bereits in Chases Körper steckte, und fand stattdessen den Schlagstock in der Nähe der Vorderreifen, wo Stan immer noch um Luft rang. Ich packte ihn, bereit, Chase zu Hilfe zu kommen, aber Rick war schneller. Mit wirrem Blick, blutbefleckt und wütend packte er meinen Kragen und zerrte mich so schnell herum, dass ich das Gleichgewicht verlor. Ich wusste, er wollte mich als Schild benutzen, um Chase abzuwehren.

Ich schwang den Schlagstock wie einen Baseballschläger in alle Richtungen. Zweimal, vielleicht auch dreimal traf er auf Widerstand, aber ich wusste nicht, was oder wer dieser Widerstand war. Das kurze Haar flatterte mir um den Kopf und raubte mir die Sicht. Dann, plötzlich, wurde ich zu Boden geworfen.

Ein Geräusch, irgendwo zwischen einem Keuchen und einem Gurgeln, überlagerte das Pochen in meinen Ohren. Ich hob den Kopf und sah mit Schrecken, dass Chase Rick an die Wand des Ladens presste und die Betonmauer dazu benutzte, ihn einhändig zu ersticken.

Um ihn umzubringen.

Ricks gelbe Augen traten aus den Höhlen, und er schlug wie trunken nach Chases zupackender Hand.

»Chase!«, keuchte ich, als wäre rund um mich herum der Sauerstoff aus der Luft entzogen worden, kaum dass mir klar geworden war, was er vorhatte. »CHASE!«

Er nahm meine Stimme wahr, als würde er aus einem Traum erwachen. Erschrocken ließ er Rick fallen, der reglos am Boden liegen blieb.

Voller Grauen starrte ich ihn an. Er atmete. Er lebte noch.

Ein bisschen.

Einen Moment später fühlte ich einen heftigen Zug an meinem Unterarm, als Chase mich beinahe vollständig vom Boden hob. Seine Wange war voller Blut, aber davon abgesehen schien sein Gesicht unversehrt zu sein.

»Truck. *Sofort.*« Seine Augen waren so schwarz, von der tiefbraunen Iris war nichts mehr zu erkennen.

Ich gehorchte. Auf tauben Beinen lief ich zu der offenen Fahrertür und glitt über den Sitz. Mein Blick verweilte bei den beiden Männern auf dem Asphalt. Chase bewegte sich schnell, sammelte unsere Sachen ein und warf sie in den Wagen. Augenblicke später erwachte der Truck dröhnend zum Leben, und wir flogen mit quietschenden Reifen vom Parkplatz.

KAPITEL 7

Der Truck preschte über den verlassenen Highway, und die Reifen arbeiteten so schwer, dass ich fürchtete, sie könnten abscheren.

Ich keuchte immer noch, und mein Blick klebte am Heckfenster des Führerhauses und suchte nach Anzeichen dafür, dass wir verfolgt wurden. Derweil hatte ich den Schlagstock so wehrhaft in beiden Händen, als hielte ich ein Schwert.

»Alles in Ordnung bei dir?«, fragte Chase. Immer wieder riss er sich kurz vom Anblick des kurvenreichen Highways los, um einen Blick auf mich zu werfen. Sein eigentlich schwarzes Haar sah grau aus, seine Kleidung farblos. Alles war von einer dünnen Lage grauen Staubs überzogen, wie sie auch den Asphalt bedeckt hatte. Zugleich wirkten seine von Besorgnis umschatteten Augen plötzlich vertraut. Sie huschten über meinen Körper, wollten herausfinden, ob ich verletzt war.

Ich begriff das nicht. Noch vor ein paar Augenblicken war er ein Soldat gewesen, ein emotionsloser Automat. Er hatte versucht, diesen Mann zu töten, und er hätte es getan, hätte ich ihn nicht gestört.

Ich versuchte, etwas zu sagen, aber meine Kehle war wie zugeschnürt.

»Dein Arm?«, fragte er. »Und was ist mit deinem Kopf?«

Meine Schultern zuckten ruckartig, und als er nach dem Schlagstock greifen wollte, schreckte ich ohne nachzudenken zurück und wirbelte dabei eine Wolke grauer Asche auf.

Chase atmete scharf aus. »Okay … ich werde dich nicht anrühren.« Ergeben reckte er eine Hand hoch, ehe er wieder das Lenkrad umfasste, und ich sah ein Zucken an seinem Hals.

Nein, ich wollte nicht, dass er mich berührte. Nicht, nachdem diese Hände sich um die Kehle eines anderen Menschen geschlossen hatten.

»Wolltest du ihn umbringen?« Meine Stimme war kaum lauter als ein Atemhauch. Ich kannte die Antwort, aber ich hätte alles dafür gegeben, hätte er das Gegenteil behauptet. Dass ich die Lage falsch eingeschätzt hätte. Dass ich die Dinge unverhältnismäßig aufblähte. Ich wollte so verzweifelt glauben, dass er nicht so kaltblütig war wie Morris und Randolph und die anderen Soldaten.

Er starrte stur auf die Straße und wich größerem Unrat aus, der sich in den Kurven an den Betonabsperrungen angehäuft hatte.

»Chase?« Das Schlucken bereitete mir Mühe, und so unmöglich es mir auch erschien, mein Herz schlug sogar noch schneller als zuvor.

Er antwortete nicht.

Abrupt wurde mir die Kälte bewusst, die meinen Körper flutete, und ich fing an zu zittern. Der Schlagstock fühlte sich in meiner Hand plötzlich glühend heiß an, und ich ließ ihn zu Boden fallen. Meine Knie krümmten sich dem Brustkorb entgegen. Die Bank schien zu kurz zu sein; wir hingen viel zu dicht aufeinander.

»K-kannst du langsamer fahren?« Alles ging zu schnell.

Und doch musste es schnell gehen, anderenfalls würden uns all die schrecklichen, gefährlichen Dinge einholen. Trotzdem hatte ich das Gefühl, kaum noch mithalten zu können.

Er schüttelte den Kopf.

Die Stille, die sich nun über uns senkte, schenkte mir immerhin eine tröstliche Illusion. Sie schuf Distanz. Und mit jeder Meile glitt Chase weiter davon.

Als wir die Rote Zone hinter uns ließen, war es Chases eigenes Blut, das ihn schließlich zum Halten zwang. Erst als der scharfe Kupfergeruch die stickige Kabine ausfüllte, erinnerte ich mich daran, dass Rick ihm eine Schnittwunde verpasst hatte. Das stete Tröpfeln von Flüssigkeit auf das gesteppte Polster des Sitzes hatte nachgelassen, als das Blut zu gerinnen begann, aber ganz aufgehört hatte es nicht. Für eine Sekunde blickte ich herab, und mein Magen verkrampfte sich vor Sorge, als ich sah, wie blutverschmiert das rissige, beige Leder war.

Ich hatte die Steinchen aus den Kratzern an meinen Fingerknöcheln herausgepult, aber als sich meine Finger in die neue Jeans krallten, die meine Oberschenkel bedeckte, öffneten sich einige der älteren Wunden, platzten auf unter dem Druck, den ich selbst auf meine Hände ausübte.

Durch meinen Kopf hallte derweil unentwegt dieselbe Frage: Was war da geschehen?

Der herumschwenkende Gewehrlauf. Das Funkeln eines sensenförmigen Messers. *Daddy wird sich um dich kümmern.* Bruchstücke von Minuten, die mich vor Angst erstarren lassen wollten, lebten so klar vor mir auf, als würden sie noch fortdauern. Und dann der Kampf.

Diesen Teil des Geschehens zu rekapitulieren war so qualvoll, mir war, als würde sich meine Brust nach innen zusammenziehen, und mein ganzer Körper fühlte sich kalt und klamm an. Irgendwann während dieses Kampfes waren die Grenzen zwischen Gut und Böse verschwommen, waren in ihr Gegenteil verkehrt worden.

Nein, ermahnte ich mich, nicht in ihr Gegenteil. Chase hatte uns nur schützen wollen. Rick und Stan waren die bösen Jungs.

Trotzdem konnte ich immer noch Chases abgeklärten, wütenden Blick vor mir sehen, als er Ricks reglosen Leib an die Mauer gedrückt hatte. Wie sehr ich mir auch sagte, er hätte uns nur beschützen wollen, sicher konnte ich dessen nicht sein. In diesem Moment hatte er alles vergessen und war zu einer Maschine geworden.

Nicht, dass ich Angst gehabt hätte, er könnte mir wehtun; daran glaubte ich nicht. Der alte Chase hätte das nie getan. Aber der Soldat …

Sollte Chase jemanden töten, so durfte ich kein Teil des Geschehens werden, ganz gleich, wie gefährlich es ohne ihn werden würde, ganz gleich, was uns in der Vergangenheit verbunden hatte. Wie viel von dem früheren Chase auch noch in ihm sein mochte, der größere Teil von ihm, der gefährlichere Teil, lag stets auf der Lauer.

Als wir Winchester, Virginia passierten – eine kleine Stadt, die immer noch von Zivilisten bewohnt wurde –, hatte ich den Entschluss gefasst, ihn zu verlassen.

Etwas Ähnliches wie ein Plan schoss mir durch den Kopf. Ich hatte immer noch das Wechselgeld von der Tankstelle in der Pullovertasche. Ich konnte einfach auf dem Highway zurück nach Winchester gehen. Noch war früher Vormittag. Bis zum Mittag konnte ich den Schleuser auch allein erreichen.

Ich hatte ein recht gutes Gespür für Menschen – ich

würde mich einfach an jemanden wenden, der vertrauenswürdig war, und mir bei der Suche nach einer Busstation helfen lassen. Wenn es hier so war wie zu Hause, dann dürften Busse wochentags zur Mittagszeit abfahren. Alles, was ich tun musste, war, mit der Menge zu verschmelzen, genau wie ich es auch in der Schule getan hatte. Nur nicht hervorstechen. Nicht absondern. Immer mittendrin bleiben. Die MM würde nicht auf mich aufmerksam werden, solange ich den Kopf einzog und nirgends zu lange verweilte.

Ich würde einen falschen Namen nennen, wenn ich die Fahrkarte kaufte, und sollte man mich nach meinem Ausweis fragen, so würde ich behaupten, ein Soldat hätte ihn mir für eine Datenerhebung abgenommen, genau wie Chase es dem Mann von der Highway Patrol vorgeflunkert hatte.

Meine Mom und ich hatten uns mein ganzes Leben lang allein durchgeschlagen. Ob ich nun gesucht wurde oder nicht, die kurze Reise nach South Carolina würde ich schon schaffen.

In der Nähe von Winchester bat ich Chase, kurz zu halten, damit ich die Toilette aufsuchen konnte, aber er erklärte mir, ich solle warten. Ich zeigte auf das Blut, das von seinem Arm troff, aber statt sich um die Wunde zu kümmern, wischte er nur mit dem Hemdsärmel die Pfütze weg.

Wir durchquerten ein landwirtschaftlich genutztes Gebiet. Erst sahen wir ausgedehnte Flächen mit Obstbäumen, alle abgeerntet und gut getarnt von grauem Staub und hohem Gras, das alles zu überwuchern drohte, dann folgten Maisfelder in ähnlichem Zustand. Verlassene Fahrzeuge, rot und schwarz vor Rost und Fäulnis, behinderten uns auf unserem Weg. Die meisten standen abseits der Fahrbahn, aber einige waren auch mitten auf der Straße verreckt.

Chase musterte sie argwöhnisch, als wir den Highway hinunterfuhren, offenbar auf der Suche nach Plünderern, die sich in den Schatten versteckten. Die meisten Scheiben der Wagen waren herausgebrochen worden, alle Wertgegenstände verschwunden, aber das bedeutete nicht, dass nicht doch noch Leute herkamen, um auf Schatzsuche zu gehen.

Über der Gegend lag eine unheimliche Friedhofsruhe. Eine Verlassenheit, die mir eine Gänsehaut über den Körper jagte. Dies war eine der Evakuierungsrouten gewesen, als Baltimore gefallen war oder vielleicht auch DC. Vor Jahren, nach den ersten Angriffen, hatte ich in den Nachrichten einmal eine Luftaufnahme der Strecke gesehen. Das war zu einer Zeit gewesen, als Reporter immer noch Helikopter nutzen konnten, einer Zeit, in der noch nicht alle nichtmilitärischen Luftfahrzeuge vom Himmel verbannt worden waren.

Die Massenevakuierung. Damals waren die Straßen vollgestopft mit Wagen und verzweifelten Fußgängern, die auf den Pritschen der Rotkreuzstationen am Wegesrand genächtigt hatten, wenn ein Unfall oder ein überhitzter Motor den Verkehr aufgehalten hatte. Ich erinnerte mich an Nachrichten, die von Kämpfen und den Opfern hitzebedingter Erschöpfungszustände berichteten, von Kindern, die auf der Suche nach ihren Eltern hilflos umherwanderten.

In einigen Städten war mit dem Wiederaufbau begonnen worden, aber dieser Highway war nach acht Jahren vollends in Vergessenheit geraten.

Chase steuerte vom Asphalt herunter auf holprige Erde und wich einem kaputten Esstisch aus. Die meisten der gelblichen Halme direkt neben der Straße waren von Plünderern niedergetrampelt worden. Weiter hinten aber boten sie mir eine gute Deckung, dicht genug, mich zu verstecken, wenn ich mich davonmachte.

Chase rammte den Wählhebel in die Parkstellung.

Meine Unruhe nahm noch mehr zu. Es war beinahe so weit.

Erst würde er sauer sein; sein widerwilliges Versprechen gegenüber meiner Mutter war mir wohl bewusst. Ich hoffte, er würde nicht allzu lange nach mir suchen. Nach einer Weile würde er wahrscheinlich zu dem Schluss kommen, dass ich mich allein zu dem Schleuser durchschlug, und froh sein, dass ihm die Bürde genommen worden war. Seine militärische Laufbahn war verloren, aber deshalb konnte ich kein schlechtes Gewissen entwickeln. Der alte Chase hatte so oder so nie eingezogen werden wollen. Der alte Chase hatte die MM gehasst.

Wir stiegen beide auf unserer jeweiligen Seite aus. Ich bewegte mich übertrieben vorsichtig, beobachtete ihn aus dem Augenwinkel, um herauszufinden, ob er *mich* beobachtete. Er zog mit dem gesunden Arm den Sitz nach vorn und murmelte etwas über einen Erste-Hilfe-Kasten.

Geh einfach. Warum zögerte ich?

Weil es deine Schuld ist, dass er so ist, sagte eine leise Stimme in meinem Kopf. Mir war klar, dass das so nicht stimmte, aber das Gefühl, dass ich alles hätte ändern können, blieb.

Ich konnte ihn immer in meiner Auffahrt sehen, wie er neben seinem Motorrad stand und der Regen aus seinem Haar, von seinem Kinn und seiner völlig durchnässten Kleidung troff.

Sag mir, ich soll nicht gehen.

Damals hatten seine Augen vor all den widerstreitenden Gefühlen geglüht, ich aber hatte nur Angst gehabt. Angst, sie würden hinter ihm her sein, würden ihn bestrafen, und ich wäre daran schuld, nur weil ich ihn nicht gehen lassen wollte. Angst, dass meine Mutter, sollte ich nicht die Kraft haben, ihm auf Wiedersehen zu sagen, allein zurückbliebe.

Der Brief bebte in meinen zitternden Fäusten. Ich hatte ihn nicht vor dem Regen geschützt. Mir wäre nur lieb gewesen, hätte er die Worte fortgespült, aber wie oft ich ihn auch las, es stand immer dasselbe darin.

»Chase Jacob Jennings: Gemäß Paragraph eins, Artikel vier der Moralstatuten der Vereinigten Staaten werden Sie mit sofortiger Wirkung zum Dienst für das Federal Bureau of Reformation eingezogen. Dies ist die dritte und letzte Benachrichtigung.«

Sein Gesichtsausdruck riss mein Herz entzwei.

»Nur ein Wort, Em. Das ist alles. Sag mir, du willst, dass ich bleibe.«

Hätte ich das getan, wäre er der Einberufung nie gefolgt. Hätte nie meine Mutter verhaftet. Ich hätte nie Rick und Stan, Brock oder Randolph oder Morris kennengelernt. Oder erfahren, was es heißt, mich jeden Tag nach ihm zu sehnen.

Es hatte angefangen zu regnen, nur ein Tropfen hier und da, die Ahnung eines bevorstehenden Sturms. In der Ferne hörte ich ein unheilverkündendes Donnern. Während er abgelenkt war, nahm ich den Schokoriegel aus dem Führerhaus – Wegzehrung, nur für alle Fälle.

Ich hatte etwas Geld, Essen und Kleidung. Mehr konnte ich mir unter den gegebenen Umständen kaum wünschen.

Ein letztes Mal musterte ich Chase. Sein Haar war schweißnass, vermutlich eine Folge der Schmerzen, die er erdulden musste. Der Anblick rief ein schwindelerregendes Gefühl der Hilflosigkeit in mir wach, ein Gefühl, von dem ich wusste, dass ich ihm jetzt auf keinen Fall nachgeben durfte.

Er würde zurechtkommen. Er war ein Überlebenskünstler. Und das musste ich von nun an auch sein.

»Leb wohl!«, sagte ich so leise, dass er es nicht hören konnte, und ich zwang mich, das schmerzhafte Gefühl des Bedauerns zu ignorieren, als ich einen Schritt von dem Truck fort tat.

»Ich muss zur Toilette.« Meine Stimme brach.

»Geh«, brummte er, immer noch voll und ganz damit beschäftigt, sich aus dem Hemd zu schälen. »Aber bleib in der Nähe.«

Ich nickte, wandte mich rasch ab und ging in einer geraden Linie, die mich von der Straße fortführte, durch das Maisfeld.

Mein Plan war, mich zunächst so weit wie nur möglich von dem Truck zu entfernen. Anschließend wollte ich parallel zum Highway weitergehen. Ich schritt schnell aus und sah mich häufig um, um herauszufinden, ob Chase mir folgte.

Die hoch aufragenden welken Maispflanzen umgaben mich von allen Seiten, und der Gestank von faulendem Mais lastete auf meinen Sinnen. Als ich den Truck nicht mehr sehen konnte, wandte ich mich nach links, aber die Pflanzenreihen verliefen in diese Richtung nicht so ebenmäßig wie zuvor. Immer wieder musste ich um Pflanzengruppen und Unkraut herumgehen, um voranzukommen, und mein Weg verlief bald nicht mehr geradlinig.

Ich verlor die Orientierung.

Die Maispflanzen waren zu hoch, und ich kreuzte immer wieder Pfade, die irgendwelche Fahrzeuge hinterlassen hatten, was mein Orientierungsgefühl noch mehr durcheinanderbrachte. Ich blickte zum Himmel empor, aber der zeigte sich durchgängig zinngrau. Selbst wenn ich gewusst hätte, wie ich anhand des Sonnenstandes meinen Standort bestimmen konnte, hätte ich nun auf verlorenem Posten gestanden.

Der Regen fiel regelmäßiger, erst noch mild, dann plötzlich mit überraschender Heftigkeit. Er prasselte auf die Blattscheiden trockener Maispflanzen und wurde immer stärker, bis ich kaum mehr meine eigenen Schritte hören konnte, während ich durch das Unkraut stapfte.

Ich wischte mir das Haar aus dem Gesicht und das Wasser aus den Augen und versuchte, meinen Atem unter Kontrolle zu bringen. Aus Angst, ich könnte einen Hinweis übersehen, der mir den Weg zurück zur Straße zeigen würde, wagte ich nicht einmal, meine Kapuze aufzusetzen. Ich drehte mich im Kreis, aber auch meine eigenen Spuren wurden rasch vom Regen verwischt. Zurück konnte ich nun auch nicht mehr. Um mich herum sah es überall gleich aus.

Panik kroch mein Rückgrat empor.

»Reiß dich zusammen«, sagte ich laut. Zugleich war mir jede verrinnende Sekunde nur allzu bewusst. Ich musste es schnell nach Winchester schaffen. Um einen Bus zu erwischen und den Schleuser zu finden. Ich hatte keine Zeit für das hier.

Ich fühlte geradezu, wie mir meine Mutter entglitt.

Verschreckt fing ich an zu rennen, wollte den Gefängnismauern aus Mais entkommen, die mich um mehr als einen halben Meter überragten. Ich schlug um mich, um mir den Weg frei zu machen, aber die Pflanzen waren scharfkantig und schlitzten mir die Haut auf. Jedes Mal, wenn ich eine Pflanze niederdrückte, tauchte an ihrer Stelle eine andere auf.

Langsamer, ermahnte ich mich. Atme. Denk nach!

Aber mein Körper hörte nicht auf mich. Ich konnte den

Highway zurück nach Winchester nicht sehen. Ich konnte nicht einmal mehr den Truck finden. Die Furcht grub sich immer tiefer in meiner Brust ein. Mein Schweiß vermengte sich mit dem Regen, der vom Himmel fiel, doch ich rannte weiter. Wo war die Straße?

Einmal stürzte ich, klatschte in eine schlammige Pfütze. Schmutzwasser schlug mir ins Gesicht und drang in meinen Mund. Ich spuckte aus, was ich konnte, würgte und rannte weiter.

Endlich sah ich vor mir eine Lichtung und steuerte unverzüglich darauf zu. Mir war egal, ob ich zurück zum Truck gelaufen war, wenn ich nur herausfinden konnte, wo ich war. Als ich näher kam, konnte ich mehr erkennen, und ich stützte mich auf die Knie, rang um Atem und war zugleich zutiefst erleichtert, dass ich nicht mehr allein war.

Vor mir stand ein Wohnanhänger von doppelter Breite und dem gleichen, dumpfen Gelb wie Haut und Augen von Rick und Stan. An einer Ecke, wo das Wetter die Verkleidung abgepellt hatte, war ein Streifen Aluminium zu sehen. Unter dem Wagen lagen drei große Plastikfässer, transparent genug, dass ich Flüssigkeit im Inneren schwappen sehen konnte – wahrscheinlich Wasser. Mehrere Windspiele schwangen unter dem Vordach über der Tür heftig hin und her, doch konnte ich sie bei dem prasselnden Regen nicht hören.

Auf der Betonstufe vor der Tür saß eine Frau in einem Schaukelstuhl und sah dem Sturm zu. Ihre Jogginghose hing ihr wie ein Sack um die Waden, und über ihren Schultern lag locker ein pflaumenblauer Strickschal. Sie sah aus, als wäre sie früher einmal stämmig gewesen, dann aber so plötzlich abgemagert, dass nun viel zu viel Haut an ihrem Körper hing. Solch einen Hautsack konnte ich an ihrem

Kinn sehen und andere an den unbekleideten Teilen ihrer Unterarme. Zu ihren Füßen fläzte sich ein großer, gelber Labrador.

Hinter der Behausung stand ein Auto, und hinter dem Auto sah ich einen Kiesweg.

Meine Laune besserte sich schlagartig. Die Frau sah recht freundlich aus. Sie hätte die Mutter von einem meiner Mitschüler sein können, die auf ihrer Veranda saß und darauf wartete, dass ihre Kinder aus der Schule nach Hause kamen. Vielleicht konnte sie mich in die Stadt fahren.

Vielleicht konnte sie mich sogar bis zum Checkpoint fahren.

190 Rudy Lane. Wieder und wieder betete ich mir in Gedanken die Adresse vor.

Erste Schmetterlinge fingen an, in meinem Bauch mit den Flügeln zu schlagen. Ich hörte Chases Stimme, die mich warnte, dass es nirgends sicher sei. Tja, es gab nur eine Möglichkeit, das herauszufinden.

Ich verließ das Maisfeld und trat auf die Lichtung, gerade fünf Meter von der Stelle entfernt, an der die Frau saß. Sie sprang so hastig auf, dass sie beinahe den Stuhl von der Betonstufe gestoßen hätte.

»Hallo!«, rief ich und ging langsam auf sie zu. Dabei bemühte ich mich, so harmlos wie möglich auszusehen. »Es tut mir leid, ich habe mich verirrt. Ich hatte gehofft, Sie könnten mir helfen.«

Ihre Augen standen weit auseinander, und ihre leicht eingefallenen Wangen verloren jegliche Farbe, als ich mich näherte. Ihr Mund klappte auf, und sie strich offenbar unbewusst ihr grau meliertes Haar glatt.

Ist bestimmt lange her, seit sie überraschend Besuch bekommen hat, mutmaßte ich.

»Oh!«, machte sie plötzlich und winkte mir zu, näher zu treten. »Der Regen! Du wirst ja ganz nass! Komm hier herauf!«

Vorsichtig trat ich auf die Stufen zu. Sie war kleiner, als ich gedacht hatte, etliche Zentimeter kleiner als ich. Als ich unter der Markise stand, legte sie mir vorsichtig eine Hand auf die Schulter und tätschelte sie sanft, als wollte sie sich vergewissern, dass ich keine Illusion war. Nun erst wurde mir bewusst, wie ich aussehen musste, schlammverschmiert und bis auf die Knochen durchnässt. Ich wischte mir mit dem Handrücken über das Gesicht und hoffte, dass es nicht allzu schmutzig war.

Hier konnte ich die Windspiele hören; sie waren beinahe ohrenbetäubend laut. Bei einem besonders lauten Klirren schrak ich zusammen; sie hingegen hatte es anscheinend gar nicht wahrgenommen.

»Du siehst aus, als hättest du einen schlimmen Tag hinter dir«, sagte sie.

Ich lachte oder schluchzte, eins von beidem. Am Ende jedenfalls lächelten wir beide.

»Tut mir leid! Komm herein, ich mache dir einen Tee.«

Ich blieb an der Tür, als sie sich hineinschob. Der Hund, der mich bis dahin vollständig ignoriert hatte, schnüffelte lethargisch mit der ergrauten Schnauze an meiner Hand und tapste ebenfalls hinein.

Ich reckte den Kopf vor, schaute von einem Ende des Raums zum anderen – und wurde von einem scharfen Gestank empfangen, der heftig genug war, dass meine Augen zu tränen begannen. Eine Wolke aus Fliegen schwärmte durch den warmen Innenraum, und ihr Summen bereitete mir in Kombination mit dem Klimpern der Windspiele und dem Rauschen des Regens Kopfschmerzen.

In dem Wohnwagen herrschte das pure Chaos. Schmutziges Geschirr stapelte sich in der winzigen Metallspüle und auf der Arbeitsplatte. Taschentücher und Lappen in allen erdenklichen Farben häuften sich auf einem kleinen Tisch, und auf dem Bett hinten rechts war kaum genug Platz freigeräumt, dass eine Person darin schlafen konnte.

Die Frau wühlte in ihrem Geschirr, vermutlich auf der Suche nach einer sauberen Tasse. Schließlich gab sie auf und zuckte mit den Schultern, während ihre Wangen vor Verlegenheit glühten.

»Machen Sie sich keine Gedanken«, sagte ich über all den Lärm zu ihr. »Ich bin gar nicht so durstig. Ich hatte gehofft, Sie könnten mich mit Ihrem Wagen mitnehmen. Ich habe Familie in Harrisonburg«, erklärte ich ihr. Der Gestank war so übel, dass ich einen Schritt zurückweichen musste.

Die Frau schlurfte zu mir herüber und griff nach meiner Hand. Die Berührung war warm und sanft, und doch erschrak ich. Ich war froh, dass sie mein Unbehagen nicht zu spüren schien, schließlich wollte ich nicht unhöflich wirken, während ich zugleich um eine Gefälligkeit bat.

»Du kannst jetzt nicht weg, Kindchen. Nicht bei diesem Wetter. Bitte, komm doch rein.«

»Aber die warten auf mich.« Ich bemühte mich um ein Lächeln. »Die machen sich bestimmt Sorgen.«

Gegen besseres Wissen trat ich einen Schritt weit in den Raum und war mit ganz plötzlich aller vier Wände überaus bewusst. Der Raum war zu klein für uns beide, den Hund und all das Durcheinander. Als ich zu schlucken versuchte, hatte ich das Gefühl, die stickige Luft würde in meinem Hals kleben. Ohne es überhaupt zu merken, zog ich meine Hand zurück.

»Tut mir leid wegen der Unordnung. Es war alles so

schwer, seit Dad fort ist.« Ihre Unterlippe zitterte und erzeugte eine wellenförmige Bewegung in dem Hautlappen, der ihr Kinn mit dem Schlüsselbein verband.

Ich konnte mir nicht vorstellen, dass diese Frau mit einem erwachsenen Mann in dieser beengten Behausung gelebt hatte, und ich fragte mich, wo ihr Vater wohl geschlafen hatte. Hoffentlich nicht zusammen mit ihr in dem Bett.

»Das tut mir leid …« Ich brach ab, und meine Augen weiteten sich.

Was sich, als ich noch draußen gestanden hatte, hinter dem Kleiderständer versteckt hatte, war nun in mein Blickfeld geraten. Ein Tierkadaver, knapp einen Meter lang, hing an einem Haken von der Decke. Das war die Quelle des Gestanks. Sein Blut war auf den Boden getropft, wo der Hund es nun gemächlich aufleckte. Das Ding – was immer es einmal gewesen war – war gehäutet worden und hatte sich bläulich weiß verfärbt. Fliegen und Maden bedeckten eine Seite des Kadavers, die bereits vollends verdorben war. Ich kostete den scharfen Geschmack von Erbrochenem auf meiner Zunge und kämpfte darum, es wieder hinunterzuschlucken.

»Sie haben mir das Wasser abgedreht, weißt du? Den Strom auch. Ich bekomme ein paar Vorräte vom alten John, aber, na ja …« Sie schlug eine Hand vor das Gesicht. Mein Unbehagen entging ihr völlig. »Das ist alles nicht mehr wichtig, jetzt, da du hier bist.«

»Ich … äh …« Ich drehte mich zur Tür um und fühlte, wie sich ihre Hand um die meine spannte.

»Mir gefällt, wie du dein Haar trägst«, sagte die Frau und trat näher, und ich wich automatisch zurück.

»Ihnen … gefällt …«, setzte ich an, immer noch viel zu gepeinigt vom Anblick des toten Tiers, das offenbar in ihrem Wohnzimmer hing und darauf wartete, gegessen zu werden. Der Hund leckte immer noch an der Stelle, an der Blut das Linoleum befleckte, das durch den Staub hervorlugte.

»O ja. Ich habe dir doch immer gesagt, kurzes Haar würde dir besser stehen, nicht wahr?«

Von all den Dingen, die die Alarmglocken in meinem Kopf in Schwingung versetzt hatten, ängstigte mich diese Bemerkung am meisten. Es kostete mich all meine Kraft, sie nicht einfach wegzustoßen und zur Tür hinauszurennen.

»Miss … es tut mir leid. Ich kenne Ihren Namen nicht«, fing ich an, riss meine Hand fort und prallte gegen den Kleiderständer.

»Alice, du weißt, ich hasse es, wenn du das sagst. Nenn mich bitte Mutter.«

»Mutter …«

»Ganz recht, Schätzchen.«

So wurde deutlich, dass diese Frau nicht die Absicht hatte, mich gehen zu lassen.

»Nein, ich meine, ich bin nicht Alice. Sie verstehen nicht. Es tut mir leid, ich hätte nicht herkommen sollen.« Ich drehte mich zur Tür um. Doch die Frau bewegte sich erstaunlich flink, schob sich zwischen mich und die Tür und umfasste mit beiden Händen den Rahmen.

»Lassen Sie mich raus«, sagte ich mit zitternder Stimme. Die Fliegen hingen wie eine Wolke zwischen ihr und mir, und der Gestank wurde immer schlimmer, meine Furcht immer größer. Ich konnte ein Würgen kaum noch unterdrücken.

»Schätzchen, ist es wegen Luke? Es tut mir leid. Es tut mir so leid um ihn. Aber ich habe es dir ja gesagt. Sie haben den Strom und das Wasser abgestellt. Der Mais ist vertrocknet, und es gibt nicht genug zu essen. Der alte John braucht seine Lebensmittel für seine eigene Familie. Ich musste ihn töten, Alice. Ich weiß, du hast ihn geliebt, aber ich war am Verhungern«, rappelte sie in verzweifeltem Ton herunter. Ihr Gesicht war wieder sehr blass geworden, und all die leere Haut bebte heftig.

»Das ist ein *Mensch*?«, kreischte ich und sah mich wider besseren Wissens zu dem Kadaver um, der an der Decke hing. Wieder musste ich würgen.

»Luke? Das ist dein Hündchen! Weißt du das nicht mehr? Oh, Alice, wir finden einen neuen Hund für dich, ich verspreche es.« Tränen traten ihr in die Augen. Sie war untröstlich, weil sie mir wehgetan hatte. Oder Alice.

Das Geräusch, das der Hund verursachte, als er die versprenkelten Überreste vom Boden leckte, war endgültig zu viel für mich. Ich versuchte, mir den Mund zuzuhalten, aber es war zu spät. Ich übergab mich auf den Boden.

Die Frau löste sich vorsichtig von der Tür und ergriff ein Handtuch. Mit der Hingabe einer Mutter tupfte sie mir den Mund ab. Das Handtuch roch so übel wie der Rest des Raums. Kraftlos schob ich sie von mir weg. Inzwischen drohten meine Knie, unter mir nachzugeben, und mir war schwindelig. Ich konzentrierte mich auf die offene Tür gleich vor mir und auf die kühle frische Luft der Freiheit.

»Ich muss weg«, presste ich hervor.

»Nein, Alice. Jetzt ist doch alles in Ordnung. Du bist zu mir zurückgekommen, und alles wird wieder gut«, gurrte sie und legte mir tröstend einen Arm um die Schultern. Ich zuckte vor ihr zurück und trat dem Hund auf den Schwanz. Der bellte wütend und knurrte mich an.

»Max!«, kreischte die Frau, und der Hund widmete sich wieder der Säuberung des Bodens.

»Mein Freund wartet auf mich«, versuchte ich es noch einmal. Meine Kehle brannte von der Gallenflüssigkeit, und meine Augen tränten. Der kleine Raum drehte sich um mich, schrumpfte zusammen.

»Nein, Liebes. Du hast außer Mutter keine Freunde«, versuchte sie, mich zu beschwichtigen.

Zitternd schob ich mich an ihr vorbei. Bestrebt, mich aufzuhalten, schlang sie die Arme um meine Taille. Wie eine Schlange, die ihre Beute würgte.

»Also, Alice …«

»Lassen Sie mich los!«, brüllte ich, und als wir anfingen, miteinander zu kämpfen, kehrte meine Kraft endlich zurück. Ein kleiner Teil von mir wusste, dass ich sie nicht verletzen wollte, aber ich würde es tun, wenn sie mich nicht auf der Stelle zu dieser Tür hinausließ.

»Alice! Bitte!«, flehte die Frau atemlos zwischen zwei Schluchzern.

Am Ende umfasste ich den Türrahmen und zog mich voran. Kaum hatte ich den ersten Hauch feuchter Luft geatmet, da verstärkte ich meine Bemühungen, auch wenn ich nun selbst keuchte. Die Frau packte nur noch fester zu. Etwas schepperte metallisch, als es von der Arbeitsplatte fiel. Die Windspiele prallten gegeneinander und ließen eine chaotische Kakophonie erklingen.

Raus hier!, befahl mein Gehirn.

Ich beugte die Knie und trat so hart ich nur konnte nach hinten aus wie ein Esel und erwischte ihr Schienbein. Mit einem Aufschrei ließ sie mich los und plumpste zu Boden.

Ich drehte mich um, ergriffen von plötzlicher Sorge, ich könnte sie schlimm verletzt haben. Zu meinem Entsetzen krümmte sie sich auf dem Linoleum in Hundehaarbüscheln und Müll und fing an zu weinen. Der Labrador ließ von dem Blut ab, um ihr das Gesicht zu lecken.

»Was ist hier los?«, fragte eine männliche Stimme, eine, die zu hören ich nie zuvor in meinem Leben so glücklich gewesen war.

Ich wirbelte zu Chase herum und machte dabei wahrscheinlich selbst einen vollkommen übergeschnappten Eindruck. Seine Miene war grimmig, verriet darüber hinaus jedoch rein gar nichts. Aber er spürte, dass etwas nicht in Ordnung war, ergriff meinen Arm und riss mich zur Tür hinaus. Ich stolperte über den Stuhl, fing mich gerade noch ab und rannte los. Am Feldrand hielt ich inne. Chase war mir nicht gefolgt. Er war in der Tür stehen geblieben und hielt die Frau davon ab, mir hinterherzulaufen.

Krampfhaft schnappte ich nach Luft und war dankbar für den Regen, der mir ins Gesicht schlug. Mein Magen streikte immer noch. Wie konnte ich nur so dumm gewesen sein, ihr Haus zu betreten? Wie konnte ich mir nur eingebildet haben, sie würde mir helfen? Mein Plan und mein ach so tolles Gespür taugten überhaupt nichts. Die Welt außerhalb meiner Heimatstadt war mir so fremd wie ein anderer Planet.

Donner dröhnte am Himmel, und ein Blitz raste wie eine Gabel aus weißem Licht über den Himmel.

»Könnt ihr FBR-Mistkerle sie nicht einfach in Ruhe lassen?«, kreischte die Frau Chase an. Ich konnte sie durch die offene Tür sehen, als Chase auf mich zulief. Sie lag immer noch am Boden, die schlaffen Arme um die Brust gewickelt.

»Schnell!« Ich winkte ihm zu. Meine Knie pochten heftig, und der Gestank und das Summen der Fliegen waren in meinem Kopf noch allzu lebendig.

»Alice«, heulte die Frau. »Es tut mir leid wegen Luke! Alice!«

Für einen Moment war ich hin- und hergerissen zwischen Furcht, Mitgefühl, Abscheu und dem schlechten Gewissen, weil meine bloße Anwesenheit ihr fragiles mentales Gleichgewicht so erschüttert hatte. Dann schrie die Frau, ein markerschütternder Laut, der in einem erstickten Schluchzen endete, und ich rannte blind in das Maisfeld zurück.

Chase ging raschen Schritts voran. Bald wurde mir klar, dass er seinen Weg mit Maispflanzen markiert hatte, die er in einem rechten Winkel abgeknickt hatte. Schlau, dachte ich flüchtig.

Nach mehreren Minuten blieb er abrupt stehen, packte mich grob an den Schultern und schüttelte mich kräftig durch.

»Tu das nie wieder!«, wies er mich zurecht. »Ich habe dir gesagt, du sollst in der Nähe bleiben.«

Dann drehte er sich ebenso unerwartet um und stapfte weiter. Ich hörte ihn unverständliche Kommentare brummen, aber er schaute sich nicht um.

Ich schon. Ich suchte den Weg hinter uns ab, panisch, überzeugt, dass die Frau bereit war, zu tun, was immer nötig war, um mich zurückzuholen. Schließlich musste ich rennen, um aufzuschließen.

»Die verrückte Frau hat ihr Heim wahrscheinlich seit Monaten nicht verlassen«, hörte ich Chase sagen. »Warum hat sie dich eigentlich Alice genannt? Und wer ist Luke?«

Es war, als hätte er den Abzug einer geladenen Waffe durchgezogen. Ich fiel auf alle viere und würgte. Schwarze Punkte tanzten vor meinen Augen, während mein Körper von Krämpfen erschüttert wurde. Ich konnte das tote, verwesende Tier immer noch riechen. Ich konnte den Geruch auf meiner Zunge schmecken.

Chase blieb stehen. Der Zorn, der sich gegen mich gerichtet hatte, wich ernster Sorge, und er kniete sich zu mir.

»Sie dachte, ich wäre ihre Tochter Alice«, keuchte ich und spuckte aus. »Luke war ihr Hund. Sie hat ihn geschlachtet.«

»Das erklärt den Gestank«, sagte er.

»Komm, weiter! Sie folgt uns bestimmt!«, ächzte ich. Wir waren schon ein gutes Stück von dem Wohnwagen entfernt, aber ich konnte ihre Gegenwart spüren, konnte die Arme spüren, die sich um meinen Körper schlangen. Als ich mich aufzurichten versuchte, geriet ich sofort wieder ins Stolpern. Der Regen schien mich zu Boden drücken zu wollen.

»Nein, sie folgt uns nicht. Sie ist weg«, sagte er mit leiser Stimme. Eine Hand legte sich sanft auf meinen Rücken – ein Test, das war mir klar, nachdem ich zuvor vor ihm zurückgescheut war. Ich schüttelte ihn nicht ab. Seine Berührung wirkte sonderbar beruhigend auf mich. Seine dunklen Augen erforschten meine, suchten nach Informationen über das, was in seiner Abwesenheit vorgefallen war.

»Hilf mir auf.« Dieses Mal war es mir egal, ob er sah, dass ich weinte, falls er das bei dem Regen erkennen konnte. Ich wollte nur weg von hier.

Wortlos schob er einen Arm unter meine Knie und hob mich hoch, barg mich an seiner Brust wie ein Kind. Ich sah, wie sich der Regen in meiner Bauchgrube sammelte, und gab mich für einen Moment der Erleichterung hin.

»So gehst du wenigstens nicht verloren«, bemerkte er trocken.

Aber ich *war* verloren. Die Grenzen zwischen Gefahr und Sicherheit verschwammen vor mir.

Ein paar Minuten später schälte sich der Truck aus dem Mais. Der Anblick war eine bittere Erinnerung an meine vergebliche Flucht, und doch empfand ich tiefe Erleichterung.

»Lass mich runter«, sagte ich und wand mich aus seinen Armen. Zwar war ich noch nicht wieder ganz bei Kräften, aber ich brauchte etwas Abstand. Seine Nähe war mir allzu schnell zu einem tröstlichen Schild geworden; ich wusste aber nicht, auf welcher Seite dieser schützenden Barriere ich stehen sollte.

Er hielt inne, als widerstrebte es ihm, mich loszulassen, doch dann setzte er mich abrupt ab. In der Sekunde, in der ich nicht mehr auf seinen Armen lastete, schob er die Hände in die Manteltaschen. Als wir beim Wagen waren, griff er um mich herum und öffnete die Tür. Als müsste ich nur einsteigen. Als könnten wir so tun, als wäre nichts geschehen.

»Bist du in Ordnung?«, fragte er. Die Wut, die über mein Gesicht huschte, entging ihm nicht.

Ich hatte Erbrochenes am Mund und an den Händen. Ich hatte Schlamm und nasses Haar im Gesicht. Von jedem Quadratzentimeter meines Körpers strömte kaltes Wasser herab. Ich war gerade in die Fänge einer Verrückten geraten, als ich versucht hatte, vor einem Burschen zu fliehen, der beinahe einen bewaffneten Räuber umgebracht hätte. Und das war alles heute Morgen passiert. Nein, ich war definitiv nicht »in Ordnung«.

Heftig schlug ich die Tür zu. Überrascht zog er die Brauen hoch.

»Ich wollte weg, du *Idiot*!«, brüllte ich, um das Prasseln des Regens auf der Haube des Trucks zu übertönen. »Ich habe mich nicht verirrt – nicht einfach so, jedenfalls. Ich bin weggelaufen.«

KAPITEL 8

Die Sekunden zogen dahin. Noch immer wäre ich am liebsten geflohen, aber meine Füße steckten im Schlamm fest. Die Last meiner Worte hing zwischen uns in der Luft, und obgleich ein Teil von mir seine Reaktion fürchtete, bedauerte ich nicht, sie ausgesprochen zu haben. Ich wusste, wozu er fähig war; das Gleiche sollte er über mich auch wissen.

Nach einer scheinbar endlosen Zeit zuckte er mit den Schultern.

»Ich hoffe, du hast gute Schuhe. Zu Fuß ist es ein weiter Weg bis zum Checkpoint.« Er zeigte mit dem ganzen Arm in Richtung Straße. Seine Augen schauten spöttisch, aber da war noch etwas anderes. Beinahe so was wie Furcht, aber das konnte nicht sein. Er hatte keine Angst vor irgendwas.

»Ich … ich kann den Bus nehmen«, stammelte ich und suchte im Maisfeld nach Alices Mutter. Sie hatte einen Wagen hinter ihrem Haus. Was, wenn sie in die Stadt fuhr, um nach mir zu suchen? Der Gedanke schien nicht so albern zu sein, bedachte ich das Ausmaß ihrer Wahnvorstellungen.

»Mit dem *Bus*? Du willst zu einer Busstation? Tolle Idee. Pass auf die Soldaten auf, die die Busse durchsuchen. Und auf die Vermisstentafeln. Und auf den Kassierer, der dein U-elf-Formular sehen will. Und …« Sein Ton wurde mit jedem Wort schärfer.

»Ich gebe einen falschen Namen an, und ich habe … Geld«, gab ich zurück.

»Du hast *mein* Geld. Und vermutlich nicht mehr als die Hälfte von dem, was du brauchen würdest. Wie wäre es, wenn du zurückgehst und deine Freundin bittest, dir den Rest vorzustrecken?«

»Schon gut, ich habe verstanden.«

In diesem Moment hasste ich ihn. Wegen allem, was ich nun wusste. Und allem, was ich nicht wusste.

»Du hast *nichts* verstanden!«, sagte er in harschem, erbittertem Ton. Seine Lautstärke erschreckte mich, doch überraschenderweise empfand ich keine Furcht. »Andere Orte sind nicht wie daheim! Es gibt keine sicheren Viertel hier draußen. Es gibt keine Türen, die während der Ausgangssperre abgeschlossen werden. Jesus, man hat uns gesagt, Mädchen wie du wären gefährlich, aber bis jetzt habe ich es nicht geglaubt.« Er sah aus, als wollte er sich die Haare raufen. Sollte er es nicht tun, könnte ich es ihm abnehmen.

Ich konnte mir vorstellen, wie er in einem Klassenraum saß, während ein MM-Offizier schlimme Dinge über »Mädchen wie mich« – Mädchen, auf deren Shirts eine scharlachrote Fünf prangte – auf die Tafel schrieb. Der Gedanke, dass er so etwas glauben konnte, brachte mich auf die Palme.

»*Ich* bin gefährlich? *Ich?* Du hättest diesen Mann fast umgebracht! Du hättest es getan, hätte ich dich nicht aufgehalten!« Alles sprudelte einfach aus mir heraus, die Enttäuschung, die *Bestürzung*. Brach hervor wie Wogen, die an einen Damm aus Beton schlugen. In diesem Moment war mir sogar egal, ob er verletzt war oder nicht.

Dann sah ich, wie sich etwas an ihm langsam veränderte. Seine Schultern wanderten aufwärts. Die Adern an seinem Hals wölbten sich hervor. Und seine schwarzen Augen wurden ganz schmal. Mehr denn je erinnerte er mich an einen Wolf. Er kam auf mich zu, groß, bedrohlich und düster im Gegenlicht. Ich wich einen Schritt zurück, prallte gegen den Truck und war gezwungen, mich der Panik zu stellen, die sich plötzlich in meiner Brust bemerkbar machte.

»Die wollten dir etwas tun.« Seine Stimme war leise, aber unbeherrscht.

»Und darum ist das in Ordnung?«, konterte ich. Nein, ich wollte nicht, dass man mir etwas tat – ganz bestimmt wollte ich nicht sterben –, aber das war keine Rechtfertigung dafür, jemanden aufgrund bloßer Spekulationen zu ermorden, wie widerlich er auch sein mochte.

Erneutes Donnern zerschmetterte meine Konzentration, und mein Blick huschte zurück zum Maisfeld. War die Frau unterwegs zu uns? Oder kauerte sie immer noch auf dem Boden und weinte um Alice? Es waren nur ein paar Minuten vergangen, aber mir kam es viel länger vor.

»Ja, darum ist es in Ordnung«, presste er zwischen zusammengebissenen Zähnen hervor, und seine Augen leuchteten auf, als ein Blitz über den Himmel raste. »Tu bloß nicht so, als hättest du nicht das Gleiche getan.«

»Das hätte ich nie.«

»*Nie?* Nicht einmal, wenn sie deine Mom bedroht hätten?«

Seine Worte bohrten sich durch mein Bewusstsein. Wäre ich Chase gewesen und meine Mutter ich, nichts hätte mich von Rick ablenken können.

Mit erschreckender Klarheit erkannte ich, dass Chase und ich vielleicht doch gar nicht so verschieden waren. Jeder wusste, dass ein in die Enge getriebener Hund zubeißt. Mir war nur nie der Gedanke gekommen, *ich* könnte dieser Hund sein.

Auf der anderen Seite hatte Chase gerade die Liebe, die ich für meine Mutter empfand, dazu missbraucht, seine Handlungsweise zu rechtfertigen. Als wäre das irgendwie vergleichbar. Das war eine billige Nummer, sogar für ihn.

Eine Weile hatte er mir schweigend beim Denken zugesehen, doch nun konnte er sich nicht länger zurückhalten.

»Wenn du meinst, du wärst allein sicherer, dann bleib. Anderenfalls *steig in den Truck.*«

Seine Fingerknöchel zeichneten sich weiß unter der Haut ab, als er die Tür ergriff, aber er kam nicht näher. Er würde mich nicht zum Einsteigen zwingen. Er überließ mir die Wahl.

Ich musste mit ihm gehen. Ganz gleich, wie sehr es mir widerstrebte, er hatte recht. Ich musste den Schleuser erwischen, und darum brauchte ich ihn.

Als ich drin war, knallte er die Tür zu, ging um die Kühlerhaube herum und blieb für einen Moment mit der Hand am Griff der Fahrertür stehen, ehe er zu mir ins Führerhaus kletterte. Vielleicht hatte er die gleiche Entscheidung treffen müssen wie ich: sein Leben zu riskieren, um bei mir zu bleiben, oder seiner eigenen Wege zu gehen.

Zunächst herrschte Schweigen. Eine Regenwasserpfütze tränkte den Sitz und schwappte über die Gummimatten am Boden. Meine Schuhe klebten klatschnass an meinen Füßen, und meine Finger waren taub vor Kälte. Chases Hände verschwanden unter dem Armaturenbrett und erweckten den Motor zum Leben. Einen Moment später holperten wir über den Feldweg zurück zur Hauptstraße, verbunden in nervösem, unbehaglichem Schweigen.

Die Uhr des Autoradios zeigte 10:28 vormittags an.

»O nein«, flüsterte ich kläglich. Ich hatte so viel Zeit vergeudet! Wir wären inzwischen schon ganz in der Nähe des Checkpoints, wäre ich nicht weggelaufen. Bald schon würde die MM hinter uns her sein, und wer wusste schon, wie lange der Schleuser am Treffpunkt warten würde.

All das war natürlich auch Chase klar. Ich hatte uns in ernste Gefahr gebracht, und er tat nicht so, als wüsste er das nicht.

Wir passierten einen auf der Seite liegenden Truck. Um eines der oben liegenden Radhäuser hatte sich eine zerrissene Plane gewickelt, die vermutlich von einem Wetterschutz stammte. Nun aber flatterte das Material im Wind wie eine weiße Flagge. Ich wandte den Blick ab und kämpfte gegen die Hoffnungslosigkeit an.

Ich sackte auf meinem Sitz zusammen, streifte meine Jacke ab und wusch mir mit dem Wasser, das sich in der Kapuze gesammelt hatte, das Erbrochene von den Händen. Für das Schmutzwasser schien es keinen besseren Ort als den Boden zu geben, der immer noch patschnass war. Ohne den Schutz der Jacke stach die kalte Luft wie mit Nadeln durch meinen Pullover. In Chases Tasche hatte ich trockene Kleidung, aber ich hatte nicht die Absicht, ihn zu bitten, er möge anhalten, damit ich mich umziehen konnte. Wir mussten Zeit gutmachen.

»Eines solltest du wissen«, sagte Chase plötzlich und schreckte mich auf, als ich gerade das Wasser aus einer unserer Flaschen nutzte, um mir die Lippen zu säubern.

Als ich zu ihm hinüberschaute, erkannte ich, dass er absolut aufrecht dasaß und seine Augen Löcher in die Windschutzscheibe starrten.

»Ich bringe dich zu dem sicheren Haus, und dann bin ich weg. Ich werde dich nie wieder belästigen. Aber solange wir zusammen sind, musst du keine Angst vor mir haben. Ich werde dir nicht wehtun. Ich verspreche dir, ich werde dir niemals wehtun.«

Nicht allein seine Ansprache verblüffte mich, sondern auch die damit verbundene Absicht. Ich hatte gesehen, was Soldaten zu tun imstande waren – was sie meiner Mom und Rosa und Rebecca angetan hatten. Also war Chase vielleicht gar nicht wie diese anderen Soldaten – er *hatte* mich aus der Resozialisierung geholt und sein Leben riskiert, um mich zu schützen, wie sehr mir das auch zu schaffen machte. Aber auch das konnte den kalten, harten Ausdruck in seinen Zügen nicht auslöschen, den ich gesehen hatte, als er meine Mutter verhaftet hatte. Es gab etliche Wege, jemandem wehzutun, ohne die Fäuste zu benutzen.

Und dennoch wollte ich glauben, dass ich bei ihm sicher war, trotz des Soldaten in ihm, der so leicht zu wecken war. Ich wollte ihm wieder vertrauen, vielleicht nicht mehr so, wie ich es früher getan hatte, aber doch zumindest auf eine andere Art. Und da saß er nun und sagte mir, er würde wieder fortgehen.

Aber das war genau das, was ich gewollt hatte, nicht wahr? Darum war ich weggelaufen, weil ich von ihm fort wollte. Plötzlich kam mir dieser Entschluss – so ausgiebig ich auch zuvor darüber nachgedacht hatte – sehr impulsiv vor.

»Gut«, sagte ich.

Seine Schulter zuckte. Offenbar verwechselte er meine Verwirrung mit Ungläubigkeit.

»Am Mittag ändern sich die Spielregeln.«

»Ich weiß.«

»Ich kann dich nicht nach South Carolina bringen, wenn du nicht mithilfst.«

Ich schaute ihn an, erstaunt, dass er einen Teil der Kontrolle aufgab.

»Was muss ich tun?«

»Lauf nicht weg«, sagte er. Verärgert verschränkte ich die Arme vor der Brust.

»Ist das alles?«

Er tat einen tiefen, beruhigenden Atemzug.

»Du musst auf mich hören«, verkündete er bestimmt. »Ich meine, *wirklich* auf mich hören. Wenn ich dir sage, versteck dich, dann tust du das. Wenn ich sage, lauf, dann setzt du dich in Bewegung. Du musst tun, was ich sage. Anderenfalls fällst du viel zu schnell als Statutenverletzerin auf.«

Lehn dich immer in die Richtung, in die ich mich lehne, hatte er einmal gesagt. *Kämpf nicht gegen mich.*

Ich erinnerte mich an all die erniedrigenden Lektionen über das angemessene, unterwürfige Verhalten einer Frau in der Besserungsanstalt und kam doch nicht gegen den Gedanken an, dass Chase ein wenig zu weit ging.

»Ich glaube, ich weiß, was ich zu tun habe, um nicht aufzufallen, danke sehr.« Immerhin hatte ich mein ganzes Leben lang nichts anderes getan. So hatte ich dafür gesorgt, dass wir nicht auf dem Radar der MM aufgetaucht waren. Und so hatte ich auch vor, nach South Carolina zu gelangen.

Er schnaubte verächtlich. »Du hast noch nie gewusst, wie man sich unauffällig verhält. Nicht einmal, als du ... du kannst es einfach nicht«, schloss er ein wenig verlegen.

»Was soll das heißen?«

»Das heißt ...«, stammelte er. »Schau, die Leute werden sich auf dich einschießen. Das ist alles.«

Nun fühlte ich, dass er mich musterte. Und plötzlich war ich wieder acht Jahre alt und kämpfte nach einem Sturz vom Rad mit den Tränen. Die Jungs in der Nachbarschaft nannten mich »Heulsuse«, was noch mehr wehtat als die aufgeschürften Knie. Chase verscheuchte sie, ohne an die

Konsequenzen zu denken, die die Verteidigung eines Mädchens nach sich ziehen konnte. Mein zehnjähriger Held.

Das Déjà-vu-Erlebnis flaute wieder ab, aber die Gefühle hallten durch das ganze Führerhaus. Furcht, Verlegenheit, Einschüchterung, Sicherheit.

»Ich habe dich nie gebeten, mich zu beschützen«, sagte ich leise. Nicht damals und nicht heute.

Ich konnte an seinem Gesicht ablesen, dass es keinen Zweck hatte, mit ihm zu diskutieren. Selbst wenn er mir zugestanden hätte, dass ich absolut in der Lage war, selbst auf mich aufzupassen, wäre er auf einer anderen Ebene immer noch darauf programmiert gewesen, auf mich aufzupassen. Und je länger ich ihn ansah, desto größer wurde der Druck in meiner Brust. Ich wandte mich ab.

»Gibt es sonst noch etwas?«, fragte ich.

»Was?« Er hörte sich ein wenig erschrocken an.

»Regeln«, sagte ich stirnrunzelnd. »Noch irgendwelche Regeln?«

»Oh.« Er schüttelte den Kopf. »Vertrau um Gottes willen niemandem.«

Ich stimmte zu, wenn auch nur halbherzig. Denn schließlich war ich trotz allem wieder zu ihm in den Truck gestiegen, und seit ich diese Entscheidung getroffen hatte, hatte ich keine Angst mehr verspürt.

Um elf Uhr dreißig erreichten wir Harrisonburg, Virginia.

Nachdem ich lange Zeit wachsam auf der Suche nach der MM aus dem Fenster gestiert hatte, sah ich inzwischen doppelt. Alle paar Augenblicke warf ich einen Blick auf die Straßenkarte, um Chase beim Navigieren zu helfen, aber sobald ich sicher war, dass wir auf dem richtigen Weg waren, suchte ich wieder die Umgebung nach Soldaten ab.

Der Regen hatte aufgehört, und die Straße war vergleichsweise frei, auch wenn wir hier und da um einen umgestürzten Baum herumfahren mussten. Ein paar Fahrzeuge waren uns auch begegnet, aber das letzte war schon eine Weile her.

Die Außenbezirke der kleinen Stadt wirkten regelrecht ländlich. Bewaldete Berge erhoben sich in einiger Entfernung zu unserer Rechten. In höheren Lagen hüllte der Dunst die Berge in einen purpurnen Schleier, ehe die Gipfel, weit entfernt am Horizont, endgültig mit dem Himmel zu verschmelzen schienen.

Die meisten Häuser waren von großzügigen Grundstücken umgeben, aber verbrettert und mit Sprühfarbe gekennzeichnet, genau wie die verlassenen Gebäude von Hagerstown. Vom Highway aus konnte ich keine Details erkennen, aber ich war überzeugt, dass dort überall das gleiche Symbol prangte: durchkreuzte MM-Insignien. Allmählich empfand ich so etwas wie Stolz, wann immer ich es zu sehen bekam; es war der Beweis dafür, dass es da draußen Leute gab, die die MM genauso hassten wie ich.

Chase verließ den Highway und fuhr auf eine Straße voller schlammgefüllter Schlaglöcher. Der Truck ruckte von einer Seite zur anderen, und ich kam mir vor, als wäre ich in einem Fahrgeschäft in irgendeinem Vergnügungspark. Schließlich löste Kies den Asphalt ab, und die grasbewachsenen Hügel neben der Straße begleiteten uns wie Meereswogen.

Die Rudy Lane war ganz in der Nähe, aber Chase wollte den Wagen nicht direkt vor dem Checkpoint abstellen, also ließen wir den Truck und alle unwichtigen Dinge, die wir nicht mitschleppen konnten – darunter auch das Gewehr von Rick und Stan – zurück.

Hätte Chase nicht darauf bestanden, dass wir die Straße verlassen und durch das wuchernde Unkraut wandern, ich wäre den ganzen Weg gerannt. Zwar war mir klar, dass die Chance minimal war, doch ich konnte die Hoffnung nicht verdrängen, dass meine Mutter vielleicht immer noch am Checkpoint war. Vielleicht sah ich sie schon in ein paar Minuten wieder! Nach allem, was wir durchgemacht hatten, wären wir uns endlich wieder so nah wie früher.

Ungeachtet meiner Ungeduld lief die Zeit weiter. Bald erreichten wir ein recht dörfliches Viertel. Als wir eine Baumgruppe im Zentrum umrundet hatten, kam ein schmales, zweigeschossiges viktorianisches Haus in Sicht. In meinen Augen war es ein sehr schönes Gebäude: sonnenscheingelb mit dekorativen Bordüren, hölzernen Stufen und einer malerischen kleinen Veranda. Es hätte einladend gewirkt, wären die beiden Schaukelstühle nicht am Geländer festgekettet und die Eingangstür nicht mit soliden Brettern vernagelt gewesen.

190 Rudy Lane.

»Das ist es?«, fragte ich mit zunehmendem Unbehagen. Das Haus sah verlassen aus, aber vielleicht war das nur eine Sicherheitsmaßnahme.

»Ich glaube schon.« Er zog die Waffe aus dem Gürtel. Nach allem, was bei dem Sportgeschäft passiert war, hatte er sie nicht mehr in der Tasche verstauen wollen. Auch wenn er sie nur vorsichtshalber zur Hand nahm, jagte sie mir einen Schauder über den Rücken.

Wir folgten dem mit kreisrunden Steinen ausgelegten Weg entlang der gelben Fassadenverkleidung zu einer Hintertür, die auf einen offenen Hof hinausführte, der auf einer Seite von einer kaputten Wäscheleine gesäumt wurde, hinter der ein dichter, finsterer Wald lauerte. Chase ging weiter um das Haus herum, bis wir wieder am Eingang waren.

»Komm her«, rief er nach einem Augenblick. Ich folgte ihm.

Und da, an der seitlichen Verkleidung des Hauses, fand sich ein verbeultes Blechschild mit schwarzen, in Sprühfarbe aufgetragenen Lettern. Doch dies waren keine durchkreuzten MM-Insignien, wie wir sie so häufig zu sehen bekommen hatten, dies war eindeutig FBR-Propaganda.

Ein Heiles Land, Eine Heile Familie.

Chase sah ziemlich ratlos aus.

»Du denkst doch nicht, das ist eine Falle, oder?« Vor meinem geistigen Auge stieg ein Bild von Soldaten auf, die sich hier zusammenfanden, doch dann wurde mir bewusst, wie albern das war. Die MM mochte Gebäude und Schilder finanzieren, aber gewiss keine mit Graffiti verzierten, verlassenen Häuser.

»Nein«, antwortete er, aber mehr fiel ihm nicht dazu ein. Er machte kehrt und ging erneut zur Rückseite des Hauses.

Wir klopften an die Hintertür. Keine Antwort.

Die Befürchtung, die schon länger in mir geköchelt hatte, brodelte nun hervor.

»Bist du sicher, dass es Donnerstag war?«

Für einen Moment flackerte Zorn in ihm auf. »Das hat mein Onkel jedenfalls gesagt!«

Dein Onkel hat dich auch im Stich gelassen, als du gerade sechzehn warst, hätte ich am liebsten geantwortet. Ich war dumm genug gewesen, auf seinen Onkel zu vertrauen, weil Chase ihm vertraute, dabei hatte ich aber vergessen, dass ich Chase selbst kaum noch Vertrauen entgegenbrachte.

»Denkst du, wir sind zu spät gekommen?« Es war noch nicht ganz Mittag, aber wir wussten nicht genau, wann der

Schleuser üblicherweise abreiste. Der Fehler, den ich begangen hatte, hing düster über meinem Kopf, bereit, die Strafe nach sich zu ziehen.

Er zuckte mit einer Schulter. Ich rüttelte heftig am Türknauf, aber es war abgeschlossen.

Keine Reaktion.

Das durfte nicht sein. Wir hatten uns nicht geirrt. Wir konnten uns einfach nicht geirrt haben. Nicht nach allem, was wir durchgemacht hatten.

Bis zu diesem Moment war mir meine eigene Zerbrechlichkeit nicht bewusst gewesen, doch nun drang all die Furcht und Besorgnis auf mich ein wie Schläge mit einem Vorschlaghammer, und ich brach einfach zusammen. Ich schlug mit den Händen an das Holz, trat gegen die Tür und quetschte mir die Füße, brüllte, man solle mich einlassen, und spürte kaum, wie Chase meine Taille umfing und mich zurückzerrte.

Mit strenger Miene setzte er mich wieder ab. Dann wich er ein wenig zurück, holte aus und trat kraftvoll kurz über dem Riegel gegen die Tür. Ein lautes Krachen zerriss die Luft. Er trat noch einmal zu. Das Holz bog sich durch, und die Verriegelung löste sich.

»Bleib hier«, wies er mich an, ehe er in den dunklen Raum trat und verschwand. Ich keuchte und zitterte immer noch. Augenblicke später kam er zurück und winkte mich im Schein einer Taschenlampe in das Dunkel. Automatisch griff ich nach dem Lichtschalter, und zu unserer Überraschung verströmte eine Deckenlampe helles Licht in einer urigen, rechteckigen Küche.

»Puh«, machte Chase. »Wir müssen ziemlich nahe an einer größeren Stadt sein, wenn es hier Standardstrom gibt.«

In der Küche roch es nach Moder, aber das fiel mir schon nach kurzer Zeit gar nicht mehr auf. Auf einer Arbeitsplatte lagen Decken, ein Karton mit gebrauchter Kleidung und leere Behälter haltbarer Lebensmittel. Gemüse in Dosen. Tunfisch. Außerdem gab es einen Reißwolf, dessen Stecker in einer Wandsteckdose steckte, und einen Stapel blauer Formulare, die in Größe und Form Karteikarten glichen.

U-14-Formulare.

Von denen hatte Chase gesprochen, als man uns angehalten hatte. Das war es, was man brauchte, wenn man eine Rote Zone durchqueren wollte.

Wie es schien, waren wir am richtigen Ort, aber wo war der Schleuser?

Über den Korridor ging es zu einem Schlafzimmer, gerade groß genug für ein Doppelbett und eine Kommode. Dahinter folgte ein Speiseraum. Trotz der Spinnweben, die sich von Birne zu Birne zogen, verlieh der Kronleuchter dem Zimmer eine nostalgische Eleganz. In dem Staub am Boden waren frische Fußspuren erkennbar.

Ich ging weiter zum Badezimmer, wo ich eine verglaste Duschkabine entdeckte, was mich daran erinnerte, wie sehr ich mit Schlamm, Asche und Erbrochenem beschmutzt war. In einem kleinen Schrank hinter der Dusche lagen stapelweise saubere Handtücher, ein Anblick, bei dem ich mein Zuhause aus irgendeinem Grund noch mehr vermisste als sonst.

Chase sah sich im Obergeschoss um, doch auch dort war niemand zu finden.

»Glaubst du, wir haben ihn verpasst?«, fragte ich besorgt.

»Das kann ich mir nicht denken. Vielleicht ist er nur eine Weile rausgegangen. Niemand wäre so dumm, diese Formulare eine ganze Woche auf dem Küchentisch liegen zu lassen.«

Es sei denn, er hatte keine Zeit mehr zum Aufräumen. Keiner von uns sprach aus, was wir beide dachten.

Vielleicht hatte Chase ja recht, vielleicht war er nur kurz draußen. Oder er floh gerade nach South Carolina. Im schlimmsten Fall würden wir uns die nächsten paar Tage hier verstecken müssen. Ich bemühte mich um eine positive Einstellung, aber die Vorstellung, noch eine ganze Woche warten zu müssen, ehe ich meine Mutter wiedersehen würde, war niederschmetternd.

Mit einem Kissenbezug wischte ich die Arbeitsflächen in der Küche ab und fühlte mich gleich etwas besser, als aus dem Wasserhahn Wasser hervorgurgelte und gleich darauf in einem kräftigen Strahl in die Spüle schoss. Auch der Herd funktionierte. In dem Moment, in dem ich ihn anschaltete, fing mein Magen zu knurren an. Nachdem ich mich im Maisfeld übergeben hatte, hatte ich keine Gelegenheit mehr bekommen, etwas zu essen.

Glücklicherweise hatte Chase aus dem Laden auch einen Topf und eine Messer-Löffel-Kombination mitgenommen. Ich füllte den Topf mit Wasser und stellte ihn auf den Herd, um mithilfe einer Packung getrockneter Brösel eine Gemüsesuppe zu machen.

Während ich die Suppe rührte, setzte sich Chase an den Tisch und schaltete das MM-Radio ein. Schon der bloße Anblick ließ meine Sorgen wieder aufleben, und doch war ich sonderbar neugierig zu erfahren, ob wir es in die Schlagzeilen geschafft hatten.

Statisches Knistern ertönte. Ich starrte das Ding so fasziniert an, dass mir Chases unbeholfener Versuch, seine Jacke abzustreifen, beinahe entgangen wäre. Hastig eilte ich zu ihm, um ihm zu helfen, und war froh über die Ablenkung.

»Hab's vergessen«, gab ich schuldbewusst zu. »Komm, lass mich helfen.«

Er ließ die Hände sinken, und ich öffnete vorsichtig den Reißverschluss und biss mir auf die Lippe, als ich die Jacke von seiner rechten Schulter streifte. Zum Schutz vor der Kälte trug er sein Flanellhemd, und das trocknende Blut wirkte wie ein Kleber, sodass der zerfetzte Stoff fest auf der Haut haftete. Mir drehte sich der leere Magen um.

Ich hatte gesehen, wie es passiert war, und nun erinnerte ich mich, wie mühelos das Metall sein Fleisch aufgeschlitzt hatte. Chase gestattete mir, seinen Arm anzufassen, und beurteilte die Schwere seiner Verletzung anhand meines Gesichtsausdrucks.

»Du musst dein Hemd ausziehen«, sagte ich zu ihm und errötete auf der Stelle. Nicht, dass ich irgendwelche intimen Absichten gehegt hätte. Außerdem hatte ich ihn, als wir noch Kinder gewesen waren, Hunderte Male mit nacktem Oberkörper gesehen. Vielleicht nicht mehr, seit unsere Freundschaft einer anderen Art von Beziehung gewichen war – auch wenn wir in diesem Punkt nie besonders weit gekommen waren –, trotzdem. Es gab keinen Grund, verlegen zu sein. Nicht den geringsten.

Er versuchte gar nicht, den verletzten Arm zu heben, und ich fragte mich, welchen zusätzlichen Schaden die vergangenen Stunden angerichtet hatten, in denen die Wunde unversorgt geblieben war.

Als mir klar wurde, wie er sich plagte, glitt ich zwischen seine Knie und tat, als hätte es nicht die geringste Auswirkung auf meinen Pulsschlag, jeden einzelnen hölzernen

Knopf an seinem Brustkorb zu öffnen. Er dankte mir mit einem kurzen Nicken, ehe er zum Fenster hinausstarrte.

Dann füllte die Stimme der vergangenen Nacht die Küche und vertrieb das statische Rauschen. Es war zwar dumm, aber mir war, als wären wir bei etwas erwischt worden, was wir nicht hätten tun dürfen.

»Colonel David Watts für Region Zwei-achtunddreißig. Es ist Donnerstag, der zehnte März. Hier der Bericht des Tages.«

Mir wurde bewusst, dass ich die Besserungsanstalt vor gerade einem Tag verlassen hatte. Mir kam es vor, als wären Monate vergangen.

Ich wandte mich vorübergehend von Chase ab, um den Herd auszuschalten und den Topf auf den Tisch zu stellen. Feine Dampfwolken wirbelten in der kalten Luft in der Küche auf.

Colonel Watts berichtete von den fortdauernden Bemühungen, die Grenzen nach Kanada und Mexiko für die »Verräter an der Sache« dichtzumachen, Amerikaner, die versuchten zu fliehen, und erklärte, es gäbe immer noch keine neuen Informationen über den verschwundenen Uniformlaster aus Tennessee. Ich half Chase, das Flanellhemd abzulegen. Darunter trug er Thermowäsche, und als ich ihm das Oberteil über den Kopf zog, blieb sein Unterhemd daran hängen, zusammen mit dem jämmerlichen, provisorischen Verband, den er über die Wunde gelegt hatte.

So hatte ich Chase noch nie zuvor gesehen, und meine Phantasie erwies sich, verglichen mit der Realität, als reichlich blass. Seine Muskeln zeichneten sich in harten Linien unter der kupferfarbenen Haut seiner Schultern ab und kollidierten weiter unten mit der breiten Brust. Sein Bauch war perfekt ausgebildet, und ein V zeichnete sich vage an seinem Unterleib ab und verschwand im Bund seiner Jeans.

Meine Fingerspitzen prickelten, und ich fragte mich, ob sich seine Haut so glatt anfühlte, wie sie aussah.

»Gib mir die Tasche. Da drin ist ein Verbandskasten«, sagte er. Ich erschrak geradezu beim Klang seiner Stimme und errötete so sehr, dass sich meine Wangen tief purpurn gefärbt haben müssen.

Was war eigentlich in mich gefahren? Wir waren gerade in ein Haus eingebrochen, und ich stand kurz davor, mir eine Messerwunde anzusehen. Nichts an unserer Lage verströmte auch nur die geringste Romantik.

Ich bin nur müde, besänftigte ich mich in Gedanken, obwohl ich genau wusste, dass es nicht so war. Als ich mich bückte, um die Tasche aufzuheben, strich ich mir das Haar ins Gesicht und hoffte, es würde meine Scham verbergen.

Er wühlte den Verbandskasten hervor und klappte ihn neben der abkühlenden Suppe auf dem Tisch auf. Ich legte die benötigten Materialien bereit: eine Handvoll Verbandsmull, ein Fläschchen Wasserstoffperoxid und ein feuchtes Handtuch. Dann drückte ich den Stoff so sanft wie möglich auf die Wunde und tupfte das Blut ab, das seine Haut befleckte. Die Schnittwunde war tief und zog sich von der Innenseite seines Bizeps' kreisförmig bis zur Schulter.

Ich wusste, was ich zu tun hatte, und ich wusste, es würde mir nicht gefallen. Ich tränkte den Verbandsmull mit Wasserstoffperoxid.

»Tut mir leid«, flüsterte ich, ehe ich den Verbandsstoff auf die Wunde presste.

Er fluchte wütend, bleckte die Zähne und hätte mich beinahe umgestoßen, und ich hörte, wie er scharf Luft durch den Mund sog.

»Ich habe doch gesagt, es tut mir leid.«

Ich sammelte mich, nachdem ich gegen den Tisch geprallt war, und wischte das frische Blut ab, das aus der Wunde sickerte. Mit einer sauberen Stelle des Handtuchs übte ich Druck auf die Wunde aus. Sie war so lang, dass ich beide Hände brauchte. Es dauerte eine Weile, bis mir bewusst wurde, dass er mit der gesunden Hand meinen Ellbogen gepackt hatte und immer noch festhielt.

»Du müsstest wahrscheinlich genäht werden«, sagte ich ein wenig zerknirscht. »Ich weiß, es beißt, aber das lässt nach.«

»Es brennt höllisch.«

»Sei kein Baby«, stichelte ich. Er schüttelte den Kopf, aber seine Miene war nicht mehr gar so düster.

Auf der Unterseite seines Kinns bildete sich ein blauer Fleck, und an der Seite seines Oberkörpers entdeckte ich einen noch größeren Bluterguss, der mir vorher nicht aufgefallen war. Ich berührte ihn vorsichtig mit den Fingerspitzen, und er zischte angespannt.

»Hat er dir eine Rippe gebrochen?« Die Furcht, die ich vor Rick empfunden hatte, wandelte sich in glühenden Zorn.

»Nein«, sagte Chase, verzog aber weiter das Gesicht. »Aber du vielleicht.«

»Was?«

»Als du mit diesem Stock um dich geschlagen hast, hast du mich getroffen.«

Meine Augen wurden groß und rund, und mein Mund klappte auf.

»Entspann dich. *Ihn* hast du mindestens zweimal getroffen.« Er gluckste leise.

»Oh, gut. Nehme ich an. Gott, es tut mir so leid.«

»Vergiss es. Aber erinnere mich daran, dass ich dir nicht in einer dunklen Gasse begegnen möchte.«

Ich rang mir ein schiefes Lächeln ab.

Als die Blutung gestillt war, schloss ich die Wunde mit mehreren schmetterlingsförmigen Pflastern aus dem Verbandskasten, in der Hoffnung, dass das reichen würde. Danach wickelte ich eine saubere Mullbinde um seinen ganzen Arm und klebte sie mit dickem, weißem Klebeband fest.

»Deine Knöchel sehen ziemlich zerfetzt aus«, stellte er fest, und ein gespannter Zug zeigte sich um seine Lippen.

Ich untersuchte meine Finger. Sie waren wund, nachdem ich sie mir beim Aufsammeln der Waffe am Boden aufgeschrammt hatte, zerschlagen und kaputt seit der Besserungsanstalt, und nun, da er mich wieder darauf aufmerksam gemacht hatte, taten sie auch weh. Bis dahin hatte ich meinen Schmerz angesichts des seinen schlicht vergessen.

Ich reinigte die Haut, aber er klebte mir die Pflaster auf die Finger. Wieder musterte er die Wunden, die Brock mir zugefügt hatte, sagte aber nichts dazu.

Seine Hände fühlten sich an meinen auffallend warm an, und ich erkannte, dass sie noch infolge des Kampfes geschwollen waren. Er konnte die Fäuste nicht vollständig ballen, und er konnte die Finger nicht ganz ausstrecken. Mehrere Finger waren krumm, aber ich nahm an, dass die zugrundeliegenden Knochenbrüche schon viel länger her waren.

Als er fertig war, zog er rasch die Hände weg.

Wir widmeten uns dem Essen und wechselten uns mit dem Löffel ab. Die Suppe war versalzen, aber warm. Ich versuchte, die Tatsache zu ignorieren, dass wir einander immer wieder berührten, aber es fiel mir nicht leicht.

Plötzlich zuckte Chase zusammen und drehte die Lautstärke am Radio auf.

»... vor einem Sportartikelgeschäft in Hagerstown, Maryland,

von einem Mann und einer Frau angegriffen, beide Jugendliche oder junge Erwachsene. Die Angreifer waren bewaffnet und gelten als gefährlich. Mutmaßlich sind sie in einem weinroten Ford Pickup aus den späten Siebzigern mit einem Nummernschild aus Michigan oder Minnesota unterwegs. Der männliche Verdächtige könnte ein fahnenflüchtiger Angehöriger des Federal Bureau of Reformation sein. Die Opfer berichteten von einem FBR-Schlagstock, der im Zuge der Prügelei zum Einsatz gekommen sei. Ihnen werden zurzeit Fotos von einer Reihe unerlaubt abwesender Soldaten vorgelegt. Werden die Verdächtigen gefasst, werden sie verhaftet und zur Befragung vorgeführt. Sachdienliche Informationen reichen Sie bei Ihrem Vorgesetzten ein.«

Ich ließ die Stirn in Richtung Tisch sinken. Alles in mir schien zu erstarren. Der Mann im Radio fuhr derweil fort:

»… Liste der vermissten Personen ist seit heute um zwei Namen länger geworden. Ronald Washington, Afroamerikaner, sechzehn Jahre alt, ist aus der Jugendhaftanstalt von Richmond geflohen. Ember Miller, weiß, siebzehn Jahre alt, wurde möglicherweise aus der Besserungs- und Resozialisierungsanstalt für Mädchen Süd-Ost entführt.«

Mir blieb das Herz stehen.

»Oh«, sagte ich mit brüchiger Stimme.

Dann schnappte ich noch ein paar weitere Worte auf: *»… keine Spur … melden Sie sich bei Sichtkontakt bei der Krisenstelle.«* Aber ich konnte mich kaum auf die gefühllose Stimme des Mannes konzentrieren.

»Brock hat es herausgefunden«, sagte ich kläglich und krümmte mich zusammen. »Sie muss die Behörde angerufen haben, um sich den Prozess bestätigen zu lassen.«

Wenn bekannt war, dass ich verschwunden war – »möglicherweise entführt« –, dann konnten wir getrost davon ausgehen, dass sie auch wussten, dass Chase mich fortgebracht hatte. Bald würde die Highway Patrol, die uns angehalten hatte, über die Begegnung Bericht erstatten. Und Rick und Stan aus Hagerstown. Die Puzzlestücke griffen ineinander und brannten sich in mein Gehirn.

Das Schlucken fiel mir schwer.

Chases Miene war düsterer als je zuvor. Im Gegensatz zu mir sah er keineswegs überrascht aus, sondern zutiefst besorgt.

»Worüber zerbrichst du dir den Kopf?«, fragte ich ihn.

»Reicht das denn nicht?« Er deutete auf das Radio, ehe er sich mit abgehackten Bewegungen mit den Fingern durch das Haar fuhr. Ich sah ihm an, dass er kurz davor war, die Nerven zu verlieren, und sich bemühte, die Fassung zu wahren. Vielleicht meinetwegen. Vielleicht auch nur um seiner selbst willen.

»Es geht doch um mehr als nur um das, was wir gerade gehört haben. Du kannst es mir sagen«, versicherte ich ihm.

Er ließ langsam den Kopf kreisen.

»Du wurdest zu früh vermisst gemeldet, und ich glaube nicht, dass deine Direktorin in Chicago angerufen hat, um sich den Prozess bestätigen zu lassen. Ich denke, jemand hat vielleicht Kontakt zu ihr aufgenommen.«

KAPITEL 9

»Was? Wer?« Steckte Randolph dahinter? Hatte er Verdacht geschöpft?

Meine Gedanken kehrten zu der Revision zurück, zu dem blonden Soldaten mit den grünen Augen. Und zu den drei Striemen, die meine Fingernägel an seinem Hals hinterlassen hatten.

»Morris«, riet ich. Für mich hatte es so ausgesehen, als wären die beiden Freunde. *Du hast gesagt, du kriegst das hin*, hatte er gesagt, als Chase sich schützend vor mich gestellt hatte. Offensichtlich hatte er gewusst, dass Chase und mich eine gemeinsame Vergangenheit verband.

»Kennst du ihn?«

»Wie könnte ich ihn vergessen? Er hat mich verhaftet.«

»Tucker Morris ist …« Chase verzog das Gesicht, als könnte er die passenden Worte nicht finden. »Er war in meiner Einheit. Wir sind zusammen zurückgefahren, nachdem er dich dem Gefangenentransport übergeben hat.« Er sah rasch zu mir herüber und wandte sich gleich wieder ab. Seine Züge sahen verhärmt und angespannt aus.

»Warum hätte Tucker die Besserungsanstalt anrufen sollen?«, fragte ich, insgeheim erleichtert, dass Chase ihn anscheinend genauso wenig leiden konnte wie ich.

Ein seltsamer Ausdruck huschte über sein Gesicht. In

diesem Moment war er über den Punkt, an dem er hätte wütend sein können, offenbar weit hinaus. Stattdessen wirkte er beinahe gequält. Tucker musste Chase irgendetwas wirklich Schlimmes angetan haben.

Oder Chase hatte Tucker etwas wirklich Schlimmes angetan. Was erklären könnte, welches Interesse Tucker daran haben mochte, ihn zu verraten.

»Das ist ... eine längere Geschichte.«

»Was für eine Geschichte?«, hakte ich argwöhnisch nach.

Ich hörte, wie Chase mit dem Absatz auf den Boden pochte. Er schwieg lange genug, dass ich befürchtete, er würde meine Frage nicht beantworten. Dann seufzte er schwer und gab sich geschlagen.

»Tucker hat sich beim FBR verpflichtet, als ich eingezogen worden bin. Wir waren in derselben Ausbildungsgruppe.« Er rieb sich die Augen mit den Handballen.

»Und ihr habt euch gut verstanden«, soufflierte ich. Chase dazu zu bringen, irgendetwas näher zu erläutern, war wie Zähneziehen.

»Nein«, sagte er. »Wir hatten ein paar Dinge gemeinsam. Dinge, die wichtig für unsere Ausbildung waren. Wir sind ungefähr gleich groß, also haben sie uns beim Nahkampftraining gegeneinander antreten lassen, und ...«

»Nahkampf?«

»Ja. Kampftechniken trainieren. Erst schien er ganz in Ordnung zu sein, still, aber anständig. Wir hatten zusammen Unterricht, genau wie in der Schule. Über die Statuten. Verhandlungsführung. Und über Taktiken und Vorgehensweisen im Umgang mit Unruhe stiftenden Zivilisten.«

Ich schnaubte verächtlich und dachte daran, wie meine Mom den Soldaten erklärt hatte, sie sollten von unserem Grundstück verschwinden.

»Er ist in Schwierigkeiten geraten …« Chase wedelte mit der Hand, anscheinend um anzudeuten, dass dieser Teil der Geschichte irrelevant war. »Danach war er eine echte Pest. Hat alles infrage gestellt, was der Ausbilder gesagt hat. Sich geweigert, Befehle zu befolgen. Der Junge konnte nicht einmal die Papiere für eine Fahrzeuganforderung korrekt ausfüllen.«

Ich legte die Stirn in Falten. Ich wollte nicht hören, dass Tucker gegen die MM rebelliert hatte, denn das war das, was *ich* getan hatte, und ich wollte einfach nichts mit diesem blonden, grünäugigen Feigling gemeinsam haben. Ungeduldig winkte ich Chase zu, er möge fortfahren.

»Nicht, dass er nichts hätte richtig machen können. Nein, er hat sich mit voller Absicht bemüht, die Dinge falsch zu machen. Immer wieder hat er sich vom Stützpunkt geschlichen, ist erwischt und in den Bau geworfen worden. Sein Sold wurde gekürzt, er wurde degradiert. Er war es irgendwie gewohnt, selbst den Ton anzugeben, und er hatte … na ja … Verbindungen, daheim, die er nicht so einfach lösen konnte.«

»Man muss sein ganzes Leben der Sache widmen, richtig?« Ich tat gleichgültig, zugleich erinnerte ich mich jedoch gepeinigt an das, was mir Rebecca in der Besserungsanstalt erzählt hatte. Wie schön für dich, dachte ich, dass du deine Verbindungen so einfach lösen konntest.

»Ja.« Er wirkte ein wenig erleichtert. »Die Standardvorgehensweise verlangt den Abbruch aller früheren Beziehungen. Frauen gelten als störende Ablenkung, *Versuchung des Fleisches* und so weiter.« Er lachte unbehaglich.

Ein saurer Geschmack kroch meine Kehle empor. Mir war unvorstellbar, dass er solch lächerliche Regeln befolgen konnte, aber seine Regelkonformität machte seine Veränderung nur noch realer. Der Gedanke, dass Chase sich so kurz nach seiner Einberufung bereits so sehr verändert hatte, gab mir das Gefühl, ihn im Grunde nie wirklich gekannt zu haben.

Langsam kam mir der Verdacht, ich könnte den falschen Eindruck von Tucker gewonnen haben und jegliche Hoffnung, die ich noch gehegt haben mochte, mein alter Chase könnte zu mir zurückkommen, wäre so realistisch wie die Idee, ich könnte heimkehren und die Highschool abschließen. Aber diese Gedanken fühlten sich genauso falsch an wie das, was Chase mir nun erzählte.

»Also hat mein kommandierender Offizier Tucker und mich zu Partnern erklärt und mir gesagt, ich könnte nur aufsteigen, wenn er all seine Kurse abgeschlossen hätte.«

»Und das wolltest du?«, platzte ich heraus. »Aufsteigen?« Ich versuchte, mir Chase als ranghohen MM vorzustellen, jemanden, der bei einer Revision das Sagen hatte und Menschen wegen Artikelverstößen verfolgte. So herzlos konnte er doch nicht sein, oder?«

»In irgendetwas muss man gut sein.« Seine Stimme klang so fremd, wie sein Gesicht ausgesehen hatte, als er meine Mutter geholt hatte. Ich schauderte.

»Er hat sich nicht kampflos ergeben. Anfangs hat er sich ständig mit mir angelegt. Und dann mit allen. Er hat so viel Ärger gemacht, dass die anderen ihn schikaniert haben, nur um ihn verlieren zu sehen. Als wäre das lustig.«

Ich gab mir Mühe, das Mitgefühl zu vertreiben, das ich plötzlich für Tucker empfand.

»Sogar die Offiziere haben sich beteiligt. Sie haben angefangen, nach dem Drill Kämpfe im Boxring des Stützpunkts für ihn zu organisieren. Das hat die Runde gemacht, und es kamen haufenweise Jungs, um Wetten abzuschließen. Wenn sie auf Tucker gesetzt haben, haben sie meistens gewonnen. Deshalb ist der kommandierende Offizier auf die Idee gekommen, Tucker wäre aus dem Stoff gemacht, aus dem Anführer sind.«

»Wie das?«, fragte ich verwirrt. »Ich denke, sie haben ihn gehasst.«

Er zuckte mit den Schultern. »Am Anfang vielleicht. Aber als er gekämpft hat, haben sie allmählich angefangen, in ihm den Soldaten zu erkennen, der er hätte sein können. Brutal. Unaufhaltsam. Aber er war immer noch eine zu große Last.«

Chase räusperte sich und zog die Stirn kraus, und ich empfand tiefe Erleichterung darüber, dass er offenbar mit seinen eigenen Vorstellungen zu kämpfen hatte. Er hatte immer noch etwas Menschliches in sich.

»Der kommandierende Offizier hat ihm einen Handel vorgeschlagen. Wenn er sich engagieren würde, wenn er ein verdammtes Aushängeschild des FBR werden würde, dann würden die Kämpfe aufhören. Sie würden ihn im Schnellverfahren zum Captain befördern, was normalerweise Jahre dauert, aber wenn er brav mitspielte, würden sie dafür sorgen, dass es bei ihm nur ein paar Monate wären.

Es war eine Zwickmühle. Je härter er kämpfte, desto mehr wollten sie ihn haben. Je mehr er sich anpasste, desto mehr wollten sie ihn haben. Er konnte nicht gewinnen. Schließlich haben sie angefangen, Kämpfe zu manipulieren, um ihn zu brechen …« Seine Stimme verlor sich.

»Wie?«, fragte ich.

»Nichts Wildes«, sagte er, und allmählich kam erkennbar Farbe in sein Gesicht. »Manchmal haben sie ihn vor einem Kampf laufen lassen. Oder sie haben ihm den ganzen Tag das Essen verweigert. Und sie habe ihn gegen größere Kerle antreten lassen. Er wurde viel häufiger geschlagen und … es wurde schlimmer. Schließlich hat er aufgegeben. Er hat sich auf den Handel eingelassen. Danach gab es im Grunde nichts mehr, worum er hätte kämpfen können.«

Nichts Wildes, ja genau.

Ich nagte an meiner Lippe und bemühte mich still darum, den letzten paar Minuten einen Sinn abzuringen, empfand neuen Kummer, nicht wegen eines, sondern wegen zweier guter Menschen.

»Er ist eifersüchtig auf dich.«

»Was?« Chases Kopf ruckte hoch.

»Tucker ist eifersüchtig. Du bist draußen. Du bist frei. Er kann es nicht ertragen, dass du etwas hast, was er nicht haben kann.«

Chase dachte darüber nach.

»Was ich nicht verstehe«, sagte ich bedächtig, »ist, warum du eifersüchtig auf ihn bist.«

»Warum sollte ich eifersüchtig auf ihn sein?« Chase blinzelte überrumpelt.

»Ich weiß nicht. Vielleicht, weil du Karriere machen wolltest, er aber derjenige war, den sie dafür ausgewählt haben.«

»Dafür hat er bezahlt.« Chase zog die Schultern gute zwei Zentimeter hoch.

»Ich weiß, und das ist der Teil, den ich nicht verstehe«, sagte ich. »Es ist ziemlich krank, eifersüchtig auf jemanden zu sein, der im Grunde gefoltert worden ist. Selbst wenn er Soldat sein wollte …«

»Er wollte *nicht*!«, fiel mir Chase mit überraschender Vehemenz ins Wort und knallte die Faust auf den Tisch. Ich richtete mich kerzengerade auf.

Stille.

Ein schwerer Seufzer quoll zwischen meinen Zähnen hervor.

»Hattest du nicht gesagt, Tucker wurde nicht eingezogen? Dass er sich verpflichtet hätte?«

Chases Augen waren dunkel und unergründlich. Er starrte mich direkt an und sah mich doch nicht.

»Richtig ... er hat sich verpflichtet ... ich meinte nur, dass er sich nicht so gut eingewöhnen konnte.«

Ich senkte den Blick zu der Faust, die auf den Tisch geknallt war, und sah zu, wie die knorrigen Finger vergeblich versuchten, sich ganz auszustrecken.

Im letzten Jahr hatten seine Hände noch nicht so ausgesehen, oder doch? Nein, daran hätte ich mich erinnert. Damals waren sie zwar schwielig gewesen, doch sie hatten sich weich angefühlt, wenn er mein Gesicht berührt hatte, sanft, wenn er mir durch das Haar gefahren war. Nun waren sie rau. Kämpferhände.

Und wie aus dem Nichts flogen all die wirren Emotionen, die ich im Zuge dieser Geschichte gegenüber den beiden Soldaten entwickelt hatte – das Mitleid, die Scham und der Zorn –, in die Luft wie Bingokugeln, wirbelten chaotisch durcheinander, nur um ganz plötzlich ihren rechtmäßigen Plätzen zugewiesen zu werden.

Tucker, der Karrieresoldat. Chase, der gebrochene Rebell.

Einmal, kurz nachdem Roy uns verlassen hatte, stritten meine Mutter und ich uns fürchterlich; es war der schlimmste Streit, den wir je gehabt hatten. Und es ging wieder um das Übliche: Dass ich ihn zum Gehen getrieben hatte, nachdem er sie geschlagen hatte, und dass ich mich um meine eigenen Angelegenheiten hätte kümmern sollen.

Ich hatte nicht gewusst, was ich tun sollte. Ich hasste sie dafür, dass sie solche Dinge zu mir sagte, dass sie mir die

Schuld dafür gab, dass Roy gegangen war, obwohl es natürlich stimmte. Ich hatte ihn vertrieben. Aber ich hasste den Umstand, dass sie nicht begriff, wie schrecklich er war und dass ich sie – uns – davor bewahren musste, noch schlimmer in die Bredouille zu geraten. Aber als ich dann ihre roten, verquollenen Augen gesehen hatte, verglühte all der Zorn, und etwas Neues regte sich in mir. Sie tat mir plötzlich so furchtbar leid. Also nahm ich sie in meine Arme und drückte sie, so fest ich nur konnte, und ich versprach ihr, alles würde wieder gut werden. Sie brach völlig zusammen, aber ich sollte recht behalten. Es wurde wieder gut.

Nun empfand ich das überwältigende Verlangen, das Gleiche für Chase zu tun. Ihn so fest zu umarmen, dass seine Rippen schmerzen würden. Ihm zu sagen, es würde alles gut werden. Aber das tat ich nicht. Vielleicht, weil ich ihm immer noch nicht traute. Vielleicht, weil ich mir nicht traute. Die Wahrheit war, dass ich, würde ich ihn nun halten und würde er so in seine Einzelteile zerbrechen, nicht gewusst hätte, wie ich ihn wieder zusammensetzen sollte. Ich hatte keine Ahnung, ob für irgendeinen von uns, meine Mutter eingeschlossen, alles wieder gut werden würde.

»Mit der Zwickmühle hattest du recht«, sagte ich sanft.

Er sprang so abrupt auf, dass sein Stuhl kippte und hinter ihm auf den Boden krachte.

»Nein, warte.« Ich wollte nicht, dass er ging, wusste aber auch nicht, was ich sagen könnte.

Und da fiel die Tür wieder ins Schloss. Seine Augen blickten dumpf, seine Lippen entspannten sich, und der Kontakt, der gerade zwischen uns zu entstehen begann, war abgebrochen.

Ohne ein weiteres Wort zog er seinen Mantel vom Stuhl und verschwand zur Tür hinaus.

»Chase«, rief ich und war dabei doch beinahe stimmlos.

Ich setzte mich an den Küchentisch und schaltete das statische Brummen des Radios aus. Geistesabwesend folgte ich den dünnen, erhabenen Striemen auf meinen Handrücken und dachte dabei an seine Hände, überlegte, wie tief die Wunden unter einigen seiner Narben sein mochten.

Vermisst du sie?

Er zögerte, und sofort bereute ich, gefragt zu haben.

»Ja.«

»Das war wirklich schlimm, oder? Der Unfall, meine ich. Ich ... es tut mir leid, das hätte ich nicht sagen sollen.« Ich nagte an meinen Fingernägeln.

»Es ist schon gut, es ist nur ...« Er kratzte sich am Kopf. »Ich habe bisher eigentlich nie darüber gesprochen.«

Ich wusste noch, wie die Polizei an die Tür geklopft hatte. Wie sie meiner Mutter gesagt hatten, was passiert war. Sie brauchten eine vertraute Person, die sich um Chase kümmerte, bis sein Onkel aus Chicago eintraf. Ich erinnerte mich an die Tränen, die über sein unschuldiges Gesicht rannen.

Mit gerade vierzehn hatte Chase alles verloren.

»Es hat mir so leidgetan für dich«, erklärte ich ihm und dachte daran, wie seine Mutter mich ihr dichtes, schwarzes Haar zu einem Zopf hatte flechten lassen, wie das Haar ohne Band gehalten hatte. Und an seinen Vater, der mir so oft den Kopf getätschelt und mich immer »Kleine« genannt hatte.

»Meine Schwester war ein Albtraum«, sagte Chase und lachte leise. »Es wurde ein bisschen besser, als sie zum College gegangen ist. Sie hatte gerade Winterferien, als der Unfall passiert ist, wusstest du das? Sie wollten zusammen zum Abendessen ausgehen.«

Daran erinnerte ich mich. Es war der erste frostige Tag jenes

Winters gewesen. Der andere Wagen hatte nicht mehr anhalten können.

»Ich war wütend auf Rachel, weil sie mein Bett bekommen hatte und ich auf dem Boden schlafen musste. An dem Abend bin ich zu Hause geblieben, weil wir uns gestritten hatten. Ich war so dumm.« Er runzelte die Stirn. »Die letzten Dinge, die ich zu ihr gesagt habe, waren nicht nett.«

»Aber wenn ihr nicht gestritten hättet, dann wärst du bei ihnen gewesen«, wandte ich ein. Es tat weh, das Gefühl der Schuld in seiner Stimme wahrzunehmen.

Er spürte meinen Kummer und drehte sich zu mir um.

»Weißt du, was mir im Gedächtnis geblieben ist, nachdem die Polizei da war?«

»Was denn?«

»Du, wie du mit mir auf dem Sofa gesessen hast. Du hast nichts gesagt. Du hast nur bei mir gesessen.«

Dieser Unfall hatte mir Chase entrissen. Hatte ihn nach Chicago geführt, wo dieser jämmerliche Abklatsch eines Onkels ihn in den Trümmern des Krieges zurückgelassen hatte. Drei Jahre später war Chase nach Hause zurückgekommen, eine robustere, stärkere Version des Jungen, der er gewesen war, und meine Freude darüber, dass er noch am Leben war, hatte etwas anderes hervorgerufen, etwas, das tiefer wurzelte, als ich es je für möglich gehalten hätte. Etwas, das ich gerade erst entdeckt hatte, als er eingezogen wurde und wieder gehen musste.

Nach all den Dingen, die er durchgemacht hatte, war die Ausbildung zum Soldaten das, was ihn zerrissen hatte.

Nach einer Weile stand ich auf, ließ den Topf halb voll auf dem Tisch stehen und spülte den Löffel ab. Immer noch abgelenkt und verwirrt vergaß ich, was ich tat, während das

Wasser über meine Finger rann. Erst ganz allmählich machte sich eine ganz andere Erkenntnis in meinem Gehirn breit.

Heißes Wasser. Der Boiler arbeitete.

Besorgt sah ich auf der Suche nach Chase zur Tür hinaus. Was, wenn der Schleuser käme, ehe er zurück war? Was, wenn er gar nicht vorhatte, zurückzukommen?

Er muss ein bisschen allein sein, ermahnte ich mich, also überließ ich ihn, sosehr es mir auch widerstrebte, seiner Stimmung und schaute nach der Dusche. Sie funktionierte, und ich beschloss, mich rasch zu säubern, für den Fall, dass wir keine Gelegenheit mehr dazu haben sollten, wenn die Zeit zum Aufbruch gekommen war.

Ehe ich das Wasser aufdrehte, erhaschte ich einen Blick auf mein Spiegelbild. Ich war dünn geworden im vergangenen Monat – nicht so dürr, als wäre ich halb verhungert, aber sehr schlank und zugleich muskulöser. Alle Hinweise auf das Mädchen, das ich gewesen war, waren ausgelöscht. Ich fragte mich, ob Chase das auch aufgefallen war. Nicht, dass das irgendetwas geändert hätte.

Vielleicht hatte Rebecca recht. Vielleicht hatte, die MM ihn gezwungen, sich von mir zu lösen. Aber das bedeutete nicht, dass er keusch gelebt hatte. War er mit anderen Mädchen zusammen gewesen? Sean hatte eine Möglichkeit gefunden, also konnte Chase das auch. Mir wurde bewusst, dass mir der Gedanke zuwider war, und dann war mir zuwider, dass er mir zuwider war. Das ging mich nichts an. Um genau zu sein: Chases Liebesleben war die *geringste* meiner Sorgen.

Was war eigentlich mit mir los? Selbst wenn manche seiner Verhaltensweisen mehr Sinn ergaben, seit er mir diese Geschichte erzählt hatte, war er doch nicht weniger unausstehlich geworden. Und außerdem, wer wusste denn schon, ob er die Wahrheit gesagt hatte? Seine ganze Geschichte verbarg sich unter großen Worten über Tuckers Unglück. Damals mochte er ja betroffen gewesen sein, aber wer sagte, dass er heute noch die gleiche Person war wie vor einem Jahr?

Ich drehte das Wasser auf und wollte mich gerade ausziehen, als ein Knall in der Küche meinen Gedankengang unterbrach.

Chase war wieder da. Und, so stellte ich schnell fest, er war furchtbar aufgebracht.

Er stürmte zur Tür herein, hätte sie dabei beinahe aus den Angeln gerissen, und drehte den Wasserhahn ab. Seine Augen zuckten wild hin und her.

»Was …?«

Ohne ein Wort der Erklärung quetschte er uns beide in den Schrank und zog gewaltsam die Tür zu. Plötzlich war mir das Geräusch seines Atems überaus bewusst, ebenso wie das Gefühl seiner Brust, die sich hob und senkte und mich mit sich zog. Ebenso wie die Wahrheit: Wir waren unmittelbar in Gefahr.

Der Schrank war klein, gerade groß genug, dass wir beide darin stehen konnten. Die Regalbretter der Fächer, in denen die Handtücher lagen, drückten sich in meine Knie und meine Hüften, trotzdem schaffte er es noch, sich irgendwie um mich herumzuwickeln, wobei er eine Hand fest auf meinen Mund presste. Als ich automatisch die Zähne zusammenbiss, schmeckte ich den salzigen Schweiß seiner Finger.

Er verströmte Adrenalin, und mein Herzschlag beschleunigte, wie um sich seinem anzupassen.

»Hallo?«, rief eine Männerstimme in der Küche. Ich wurde ganz steif in Chases Armen. Er hielt mich dicht an sich gedrückt, während er sich seitlich in Richtung Ausgang schob.

»Sag nichts«, hauchte er mir ins Ohr.

»Hallo? Ist hier jemand?«

Einen Augenblick später hörte ich ein lautes Klirren und ein Plätschern, das vermutlich von unserem Suppentopf stammte, der von der Arbeitsplatte heruntergestoßen worden war. Dann ertönten hastige Schritte auf dem Holzboden.

Ich bekam nicht genug Sauerstoff. Verzweifelt versuchte ich, Chases Hand abzustreifen. Er lockerte seinen Griff ein wenig, nur um gleich darauf mein Gesicht an seine Schulter zu pressen.

»Hab ihn!«, brüllte eine zweite, ebenfalls männliche Stimme.

»Wo bist du?«, fragte ein dritter. Dann gab es einen heftigen Krach. Vielleicht der Küchentisch.

»Nehmt ihr mich jetzt fest?«, rief der erste Mann und hörte sich an, als wäre er bereit zu verhandeln.

Einer der anderen lachte. »Darüber sind wir längst hinaus, alter Mann. Das weißt du selbst.«

Wieder wurde es laut, Kampfgeräusche, dann rutschte etwas über den hölzernen Boden.

»Nein!«, bettelte er. »Bitte! Ich habe Familie!«

»Daran hättest du früher denken sollen.«

Der andere gluckste. »Meinst du, die sind konform?«

Bei der Erwähnung von Konformität fing mein ganzer Körper zu zittern an. Das waren Soldaten.

Wir konnten nicht davonlaufen. Uns stand kein Fluchtweg offen.

Klick. Ein metallisches Geräusch, wie es nur eine Waffe machen konnte.

Instinktiv zuckte ich weg. Ich konnte hier nicht bleiben. Ich wollte nicht in diesem Schrank sterben.

»Niemand wird dich anrühren«, murmelte Chase an meinem Haar.

Ich wollte ihm glauben, aber als ich den Kopf drehte, sah ich in dem Licht, das durch den Türspalt hereinfiel, dass Chase seine Waffe gezogen hatte und auf Brusthöhe ins Badezimmer zielte.

Ich keuchte auf. Er flüsterte weiter irgendwelche Worte vor sich hin, die ich nicht verstehen konnte. Ich schlang die zitternden Hände in mein Shirt und grub die Zähne in den Stoff, der seine Brust bedeckte.

Jemand betrat das Schlafzimmer weiter unten am Korridor.

»Sauber«, berichtete er einen Moment später.

Kommt nicht hierher. Kommt bitte nicht hier herein.

Knarrend öffnete sich die Badezimmertür.

Schritte wanderten, begleitet von einem leisen Quietschen, über den Fliesenboden. Neue Stiefel.

Nun, da die Tür offen war, konnte ich den Schleuser im anderen Zimmer schluchzen hören. Er bettelte um sein Leben. Und er weinte um seinen kleinen Jungen. *Andrew.*

»Wolltest du duschen, alter Mann?«, brüllte der Soldat im Badezimmer. Ich kniff die Augen zusammen und bemühte mich, absolut stillzuhalten. Warum hatte ich nur das Wasser aufgedreht? Was hatte ich mir dabei gedacht? Hatte ich mir eingebildet, ich wäre daheim? Dieser Fehler könnte uns das Leben kosten.

Der Schleuser heulte immer noch. Dann grunzte er kurz, als er einen Schlag erhielt. Ich unterdrückte ein Schluchzen an Chases Schulter.

»Ja, wollte ich … aber der Boiler … er ist kaputt … habe ich vergessen«, antwortete der Schleuser.

Mein Magen knotete sich zusammen.

Chase zog ganz langsam den Schlitten seiner Pistole zurück, worauf ein kaum wahrnehmbares *Klick* ertönte. Bereit, Fersengeld zu geben, machte ich mich auf den Knall gefasst.

Der Soldat verließ das Badezimmer.

Eine Sekunde später zerriss der ohrenbetäubende Knall von Gewehrfeuer meine Trommelfelle.

Ich merkte erst gar nicht, dass Chase mich mit seinem ganzen Körper von den Schienbeinen aufwärts in eine Ecke des Schranks presste. Wieder flüsterte er. Ich konnte ihn nicht hören, dafür wütete mein eigener Herzschlag zu sehr, aber ich fühlte, wie sich seine Lippen an meinem Ohr bewegten.

»Obergeschoss«, sagte ein Soldat. »Gib mir Deckung. Die Leiche schaffen wir in einer Minute weg.«

Schritte kletterten die Stufen empor. Die Decke über uns knarrte unter der Belastung.

Ich konnte den Mann nicht mehr hören. Er weinte nicht mehr um seinen Sohn. Mir stieg die Galle hoch.

Das FBR ermordete Zivilisten.

Ehe ich weiter darüber nachdenken konnte, zerrte Chase mich schon aus dem Badezimmer. Meine Beine fühlten sich sonderbar an, so als würden sie durch Wasser gezerrt.

An der Küchentür blieb er unerwartet stehen. Ich blickte hinab und sah die mit Jeansstoff verhüllten Beine eines Mannes unter dem Tisch hervorlugen. Ehe ich noch irgendetwas anderes erkennen konnte, wurde ich wieder gegen Chases kraftvollen Arm gepresst. Seine Hand schlängelte sich um meinen Kopf und versperrte mir die Sicht.

Aber ich konnte etwas riechen. Den metallischen Gestank von Blut, die pfeffrigen Ausdünstungen von Pulverdampf.

Und ich konnte den Schleuser nach Luft schnappen hören.

Geführt von Chase tat ich einen Schritt und glitt über etwas Feuchtes. Ich wollte schlucken, aber meine Kehle war so rau wie Sandpapier.

Etwas veränderte sich an den Atemgeräuschen des Mannes.

Chase hielt inne. Bückte sich. Löste aber seine Hand nicht von meinen Augen.

»Lewisburg ... West Vir...ginia ... zwei ... Uhr ... Dienstag ...«

»O Gott«, schluchzte ich und stellte mir die Szene, die sich zu meinen Füßen abspielte, so beängstigend vor, wie sie wahrhaftig sein musste. Wieder knarrte die Decke.

»Sauber!«, rief einer der Soldaten im Obergeschoss.

»Sucht das ... Schild ...«

Mehr sagte der Schleuser nicht. Stattdessen seufzte er einmal schwer und feucht, und dann war er tot.

Chase ließ mich nicht los, bis wir draußen waren, und auch dann hielt er weiter meine Hand fest. Im Laufschritt zerrte er mich durch den verlassenen Garten zum Wald. Zu meiner Erleichterung arbeiteten meine Beine wieder ordnungsgemäß.

»Sieh dich nicht um«, durchbrach er die Stille, die unserer Flucht anhaftete.

Kalte Luft bohrte sich durch die Schweißtropfen auf meiner Stirn und an meinem Hals. Das Gras knirschte unter meinen hastigen Schritten. Ich musste rennen, um mit seiner halsbrecherischen Geschwindigkeit mitzuhalten, als wir in den Wald vordrangen. Keiner von uns bemühte sich darum, das Knacken brechender Zweige zu vermeiden. Meine Augen hingen unentwegt an dem Rucksack über seiner Schulter; er musste ihn übergeworfen haben, als wir die Küche durchquert hatten. Mein überanstrengtes Gehör schnappte lediglich die Geräusche des Waldes auf, abgeschwächt durch das Rauschen meines eigenen Atems. Aber meine Gedanken waren laut, laut, laut.

Der Schleuser war tot. Ermordet.

Meine Mutter musste einen anderen Helfer finden.

Aber selbst wenn sie es bereits bis nach South Virginia geschafft hatte, war sie nicht sicher. Sie würde nie wieder sicher sein. *Ich* würde nie wieder sicher sein.

Ich würde auch Beth nie wiedersehen. Kontakt zu ihr aufzunehmen hieße, ihr die Soldaten auf den Hals zu schicken.

Und dann: *Es ist meine Schuld.* Ich hatte den Tod des Schleusers nicht verursacht. Ich war nicht verantwortlich. Aber so, wie ich das wusste, wusste ich auch, dass er gar nicht dort gewesen wäre, gäbe es nicht Leute wie mich.

Man hat uns gesagt, Mädchen wie du wären gefährlich, hatte Chase gesagt, nachdem ich fortgelaufen war. Zu dem Zeitpunkt hatte ich ihm nicht geglaubt. Jetzt tat ich es.

Ich *war* gefährlich. Ein Mann, ein *Fremder*, war gestorben, um uns das Leben zu retten.

Eine gebieterische Entschlossenheit erschütterte mich. Würde ich jetzt sterben, wäre *er* umsonst gestorben.

Konzentrier dich. Seine letzten Worte hatten uns helfen sollen, aber der Plan, der sich aus diesen Worten ergab, war noch dürftiger als der letzte. Welches Schild? Checkpoints dürften kaum öffentlich für ihre Dienstleistung werben. Wir wussten nicht, wo wir hin sollten. Wir wussten nicht, wen wir gefahrlos fragen konnten. Nicht einmal zu unserem

Truck konnten wir zurück, nun, da er in dem Radiobericht beschrieben worden war. Wir hatten nur eine Tageszeit und ein Datum, und beides rückte rasch näher.

Immer wieder sah ich seine Beine vor mir, die so ungelenk auf dem Küchenboden gelegen hatten. Und ich hörte sein Schluchzen und Flehen, man möge ihn zu seinem Sohn zurückkehren lassen – zu *Andrew*. Mein Gehirn verwandelte den gesichtslosen Soldaten, der ihn exekutiert hatte, in Randolph, den Wachmann. Dann veränderte sich die Szene, wechselte von der Küche in den Wald außerhalb der Reformschule, und ich war die Person, deren Beine auf dem kalten, nassen Boden lagen. Ich war die, die nach ihrer Mutter schrie.

»Ember!« Chase rüttelte mich an den Schultern. Ich kehrte in die Realität zurück. Inzwischen war es dunkel. Ich wusste nicht, wie lange wir schon unterwegs waren. Ich hatte jegliches Zeitgefühl verloren.

»Wenn wir erwischt werden, geht es uns genauso«, sagte ich und bemühte mich darum, mich auf das Hier und Jetzt zu konzentrieren. Chase zerrte mich wieder mit sich, ohne meine Worte zu bestätigen oder abzustreiten.

Ich würgte die kalte Luft hinunter. Mein Puls war hoch vor lauter Anspannung und Adrenalin.

»Was, wenn sie meine Mutter schnappen?«

Sie war bereits verurteilt worden. Und wenn sie es zu dem Stützpunkt geschafft hatte, dann hatte sie ihre Strafe schon abgeleistet. Aber würde das noch zählen, sollte sie an einem Checkpoint erwischt werden?

Chase hatte den Kopf eingezogen, bewegte sich aber immer noch rasch voran. Der Wald wurde immer dichter; die Häuser, die in der Ferne hinter uns lagen, waren nicht mehr zu sehen.

»Personen, die mehrfach gegen Artikel verstoßen haben, werden vor das hohe Geschworenengericht des Federal Bureau of Reformation zitiert und ihrer Taten entsprechend verurteilt«, deklamierte er.

»Was heißt ›ihrer Taten entsprechend verurteilt‹, Captain Jennings?«, fragte ich, und die Erbitterung drängte meine Panik zurück.

»Ich bin kein Captain. Ich war nur ein Sergeant.«

»Was bedeutet das?«, grollte ich.

Eine volle Minute antwortete er nicht.

»Das Schlimmste, was du dir vorstellen kannst«, erklärte er mir dann mit sehr leiser Stimme. »Es wäre vielleicht nützlich, wenn du dir ein paar Gedanken über ... die reale Situation machst.«

Ich trat auf die Bremse; der abrupte Stillstand nach dem langen Lauf machte mich schwindelig.

»Nützlich?«

Er drehte sich zu mir um. Seine Augen blickten verhalten und unergründlich, und sein Kiefer mahlte kaum erkennbar.

»Nützlich?«, schrie ich ihn an.

»Leise«, warnte er mich.

»Du ...« Meine Stimme zitterte. Mein ganzer Körper zitterte. Nachdem ich eine Weile nur ein wenig geköchelt hatte, drohte ich nun wieder überzukochen. »So ungern ich es zugebe, ich brauche deine Hilfe. Du sagst, spring, und ich springe. Du sagst renn, und ich renne. Nur weil du Dinge weißt, die in Erfahrung zu bringen mir die Zeit fehlt. Aber du erzählst mir *nicht*, was *nützlich* sein könnte, wenn wir über meine Mutter sprechen! Es vergeht keine Minute, in der ich nicht über die reale Situation nachdenke!«

Er trat näher, packte meine Schulter und beugte sich

herab, bis sein Gesicht ganz nah an meinem war. Als er nun wieder sprach, klang in seiner Stimme unterschwellig eine kontrollierte Wut mit.

»Gut. Aber ist dir schon mal der Gedanke gekommen, dass ich dich *nicht* brauche? Dass ich, sollte ich geschnappt werden, von Glück reden kann, wenn ich so schnell sterbe wie der arme Kerl dahinten? Ich sage dir, wie meine reale Situation aussieht: Es gibt kein Zurück mehr. Ich setze mein Leben aufs Spiel, um dir zu helfen, und solange ich lebe, wird man mich deswegen verfolgen.«

Ich fühlte, wie mir sämtliches Blut aus dem Gesicht sackte. Urplötzlich ließ er mich los, beinahe, als wäre ihm gerade erst aufgefallen, dass er meinen Arm umklammerte. Ich konzentrierte mich auf seinen Adamsapfel. Er hüpfte heftig auf und nieder, als Chase zu schlucken versuchte.

Die Scham erstickte meinen Ärger. Heiße, hässliche, magenzerfetzende Scham. Ich hätte vor lauter Scham zerfließen mögen, doch solange er mir in die Augen starrte, konnte ich den Blick nicht abwenden.

»I-ich habe nicht vergessen, wie gefährlich das für dich ist«, entgegnete ich vorsichtig, bemüht, den Knoten in meiner Stimme aufzulösen.

Er zuckte mit den Schultern, und ich wusste nicht recht, ob er damit meine Entschuldigung oder den Wert seines eigenen Lebens herabsetzen wollte. Wie auch immer, es sorgte dafür, dass ich mich noch schlechter fühlte.

So unbarmherzig sein Ton gewesen war, die Einschätzung seiner eigenen Lage war die niederschmetternde Wahrheit. Dass ich eine so große Bedeutung für das Leben und Sterben eines anderen Menschen hatte, schien mir unfassbar zu sein. Ich konnte es nicht begreifen. Also setzte ich mich unbeholfen wieder in die Richtung in Bewegung, in die wir gelaufen waren.

Die Uhr tickte.

Wir marschierten die ganze Nacht und den größten Teil des nächsten Tages und machten nur Pausen, wenn es unbedingt nötig war. Mehr als einmal wurde er Zeuge, wie ich mich vor bloßen Schatten erschreckte, und manchmal sah ich einen düsteren Ausdruck in seinen Augen, wenn irgendeine schreckliche Erinnerung an ihm nagte. Wir sprachen nicht über die Wachsamkeit, mit der wir einander im Auge behielten. Wenn die Anspannung zu schlimm wurde, gingen wir einfach auf Abstand.

Es war ein harter Marsch. In diesen Bergen gab es keine Pfade, und wenn wir uns nicht gerade an wucherndem Gestrüpp entlangmühten, wateten wir durch Bäche oder platschten durch den Schlamm. Als das Adrenalin verbraucht war, wurden unsere Muskeln steif, und wir wurden immer langsamer wie Maschinen, denen das Öl ausging.

Wir redeten nicht über das, was im Haus passiert war, oder über das, was wir danach gesagt hatten. Diese Dinge verwahrte ich sicher in einer verschlossenen Kiste in den Tiefen meines Geistes. Statt ihrer belegten mich die Sorgen um die Sicherheit meiner Mutter mit Beschlag, Gedanken, die mich an den Rand der Hysterie trieben, ehe die Müdigkeit meinen Geist lähmte.

Als die Abenddämmerung hereinbrach, nötigte uns Chase endlich dazu, innezuhalten. Wir beide stolperten inzwischen ständig und bewegten uns immer unbeholfener.

»Uns folgt niemand. Wir werden hier lagern.« Sein Ton war so streng und so müde, dass ich wusste, ich würde mit Widerworten nichts erreichen.

Wir befanden uns auf einer kleinen Lichtung, einem abfallenden Rund, umgeben von Kiefern. Der Boden war relativ eben und nicht allzu steinig. Chase sicherte die Umgebung und sah sich nach Fluchtwegen um, ehe er anfing, die Aluminiumstangen des Zeltes zusammenzustecken, das wir gestohlen hatten.

Als ich die Tasche ergriff, um Lebensmittel herauszuholen, unterbrach er seine Arbeit, nahm mir die Tasche ab und gab mir, was ich brauchte. Zwar fragte ich mich, was er verstecken mochte, aber ich war zu müde, mir den Kopf darüber zu zerbrechen, also nahm ich den Rest des zerdrückten Brots und bereitete uns Sandwiches zu. Anschließend kontrollierte ich unsere Vorräte. Wir hatten noch zwei Päckchen gefriergetrockneter Suppe und acht FBR-Packungen Müsliriegel, aber das würde nicht lange halten. Wir mussten uns bald neue Vorräte beschaffen.

»Chase?«, fragte ich nach einer Weile, als meine Gedanken wieder zur Besserungsanstalt zurückgekehrt waren.

»Ja?«

»Wenn ein Wachmann in der Resozialisierungsanstalt, na ja, wenn er mit einer Bewohnerin erwischt wird ... glaubst du, er wird dann auch exekutiert?« Ich hoffte, er begriff, was ich meinte, denn ich wollte mir wirklich keine komplizierte Erklärung für das zurechtlegen, was passiert war.

Chase fing an, die lange Stange mit Inbrunst durch die Nylonschlaufen zu schieben. Ich glaubte, seine Miene hätte sich wieder etwas verfinstert, aber vielleicht lag es nur an dem nachlassenden Tageslicht.

»Wahrscheinlich nicht. Er hat ja keinen Verrat begangen. Vermutlich stellen sie ihn vor das Militärgericht. Unehrenhafte Entlassung. Das ist nicht gerade alltäglich, aber es kommt vor.«

Meine Züge entspannten sich. Nach dieser Information ging es mir ein bisschen besser. Frei vom FBR zu sein war genau das, was sich Sean und Rebecca gewünscht hatten.

»Gut ist das nicht«, fügte Chase hinzu, als er meinen Gesichtsausdruck sah. »Im zivilen Sektor stehen unehrenhaft entlassene Soldaten in jeder Hinsicht auf einer schwarzen Liste. Jobsuche, Hauskauf, staatliche Fürsorge. Was immer du willst. Man wird ihn wegen Missachtung bestrafen, sollte er dabei erwischt werden, für irgendetwas Geld zu kassieren.«

»Aber wie soll er dann leben?«

»Er soll nicht. Darum geht es ja.«

Ich ließ die Schultern hängen. Sean wäre immer noch ein Soldat, ein konfliktbehafteter dank seiner Liebe zu Becca, aber in Sicherheit, wäre ich nicht gewesen.

Chase hatte innegehalten und starrte mich an. »Du scheinst dir ziemliche Sorgen um ihn zu machen«, platzte er schließlich heraus.

»Na ja, schon. Ich habe wahrscheinlich sein Leben ruiniert«, antwortete ich kläglich.

Chase widmete sich wieder mit dem gleichen Nachdruck wie zuvor dem Aufbau des Zelts. »Hätte er die Regeln befolgt, wäre er gar nicht in Schwierigkeiten geraten.«

»Und hättest du die Regeln befolgt, wärst du nicht in *diese* Schwierigkeiten geraten! Ja, ich weiß!«, blaffte ich. In meinem Kopf hämmerte es. Seine Worte nach dem Mord tauchten wieder auf und schlugen neue Wunden. Man würde ihn meinetwegen sein Leben lang verfolgen. Ich war eine Belastung. Ich war gefährlich. Ich war *seine* Bürde. Das hatte ich inzwischen verstanden.

Ein langgezogenes Wimmern aus der Ferne unterbrach uns. Ich sprang auf, aber Chase legte nur den Kopf schief und lauschte. Nach einer Weile konzentrierte er sich wieder gänzlich unbesorgt auf den Zeltaufbau.

»Kojote«, informierte er mich.

Geistesabwesend rieb ich mir die Arme. »Hungriger Kojote?«

Einen Moment starrte er mich an, versuchte, herauszufinden, ob ich tatsächlich Angst hatte.

»Wahrscheinlich. Aber mach dir keine Sorgen. Der hat mehr Angst vor uns als wir vor ihm.«

Ich sah mich in unserem Lager um und stellte mir ein Rudel tollwütiger Kojoten vor, die sich an ihre nächste Mahlzeit heranpirschten.

Plötzlich lachte Chase.

»Was?«, wollte ich wissen.

»Nichts. Nur du ... weißt du, nach allem, was in den letzten Tagen passiert ist, flippst du wegen eines Kojoten aus.«

Ich schmollte. Und er lachte wieder. Bald kicherte ich selbst. Das Lachen war ansteckend.

Die Tiefe meiner Gefühle schien meine plötzliche Ausgelassenheit noch zu verstärken. Bald strömten Tränen aus meinen Augen, und ich hielt mir den Bauch. Ich war froh, dass Chase im gleichen Boot war. Und als die Alberei vorüber war, lächelte er mich an.

»Das ist schön«, sagte er.

»Was?«

»Dein Lachen. Das habe ich seit, na ja, einem Jahr nicht mehr gehört.«

Sein Lächeln versiegte, und ich empfand seinen Rückzug als schmerzlichen Verlust. Unbehagliche Stille breitete sich zwischen uns aus. Die Vergangenheit auch nur zu erwähnen, hatte sich als Fehler erwiesen.

Er wandte sich ab, um seine Arbeit am Zelt zu Ende zu bringen, und in dem Moment sah ich die Waffe unter seinem Hemd hervorlugen. Er musste sie irgendwann, als ich abgelenkt gewesen war, in den Hosenbund gesteckt haben. Offenbar machte er sich mehr Gedanken über einen hungrigen Kojoten, als er zugeben wollte.

Ich putzte mir die Zähne und fühlte mich gleich ein bisschen besser. Nachdem ich mir etwas Wasser ins Gesicht gespritzt hatte, befreite ich meine schmerzenden Füße von den Stiefeln und kroch ins Zelt. Aufgebaut war es keinen Meter hoch, ziemlich beengt für eine und extrem kuschelig für zwei Personen – besonders wenn eine die Ausmaße eines Kleiderschranks hatte.

Dennoch war es, als Chase den Reißverschluss hinter mir zugezogen und sich umgedreht hatte, irgendwie überraschend, mich Nase an Nase mit ihm wiederzufinden, nur Zentimeter von seinem Gesicht entfernt.

Ein Schwarzweißfoto tauchte in meinem Kopf auf. Sein verwuscheltes Haar, die Bartstoppeln, die dichten Wimpern. Die hohen Wangenknochen, die einen kühnen, geheimnisvollen Schatten auf sein Gesicht warfen. Die sanfte Wölbung seiner Unterlippe.

Eine heiße Flamme flackerte in meinem Bauch auf. Für einen Moment hörte ich nur das Donnern meines Herzschlags. Und dann wandte er sich ab.

Ich drängte meinen Puls, ruhiger zu schlagen, aber er wollte nicht hören. Er hatte mich geschwächt, mir einen Teil meiner Selbstkontrolle mit einem langen Blick geraubt. Und das, das sagte mir meine Erfahrung, führte mich auf einen sehr gefährlichen Boden.

Ich durfte mich nicht wieder in Chase Jennings verlieben. Das wäre, als würde ich mich in einen Gewittersturm verlieben. Aufregend und energiegeladen, ja. Sogar schön. Aber auch heftig unstet, unberechenbar und am Ende kurzlebig.

Du bist müde, schlaf einfach, ermahnte ich mich.

Und dann wurde mir klar, dass wir nur einen Schlafsack hatten.

»Schätze, ich muss in Klamotten schlafen, was?« Mir drehte sich alles, und ich kniff fest die Augen zu.

»Wenn du willst«, sagte er mit leiser Stimme.

»Ich meine ja nur, falls wir schnell los müssen. So wie gestern.«

»Hört sich vernünftig an.«

Halt die Klappe und leg dich hin, schalt ich mich in Gedanken. Aber es war nicht leicht. Meine Nerven führten einen Tanz in meinem Bauchraum auf. Ich hatte keine Ahnung, wie ich mich ihm gegenüber verhalten sollte, also fing ich an, jede Bewegung zu analysieren, mir genau zu überlegen, wo ich meinen Arm und wo mein Bein platzieren sollte.

»Du denkst so laut, das macht mir Kopfschmerzen.«

Ich bemühte mich, seinen Ärger zu erwidern, und das half mir ein bisschen. Seine Nähe war leichter zu verdauen, wenn er gemein war. Und schwerer, wenn wir uns nicht stritten. Denn das erinnerte mich daran, wie es einmal war.

»Wartest du auf eine Einladung?«, fragte er.

»Könnte helfen«, gestand ich griesgrämig.

»Komm her.«

Nun musste ich lächeln. Er hatte so eine höfliche Art an sich. Nach einem tiefen Atemzug krabbelte ich neben ihn und legte den Kopf auf meinen Pullover.

Chase seufzte theatralisch. Sein Arm glitt unter meinen Kopf und legte sich sanft über meinen Rücken, nur um mich dann kraftvoll an seinen Körper zu ziehen. Ich fühlte die Wärme seiner Haut durch meine Kleidung, spürte seinen Atem an meinem Haar. Mein Puls schlug Purzelbäume. Er zog den Reißverschluss des Schlafsacks das restliche Stück weit hinauf, und ich legte aus einer Laune heraus mein Knie über seine Hüfte und den Kopf an seine Schulter. Nun konnte ich seinen Herzschlag hören. Schneller, als ich erwartet hatte, aber auch stark.

Er räusperte sich. Zweimal.

»Tut mir leid, es ist ein bisschen eng hier. Ich hoffe, das ist in Ordnung.« Ich wackelte ein bisschen mit meinem Bein, um darauf hinzuweisen, was ich meinte.

Wieder räusperte er sich. »Kein Problem.«

»Geht es dir gut?«, fragte ich.

»Bestens«, sagte er knapp.

Seine Brust an meiner Wange fühlte sich fest an, und sein Geruch – wie eine Mischung aus Seife und Holz – entspannte mich, machte mich sogar ein wenig benommen. Jeder Muskel in meinem Körper schmerzte, meine von Blasen überzogenen Füße schrien, aber all das ging in einem weißen Rauschen unter. Erschöpfung schwächte meine Abwehr; ich wusste, ich sollte vorsichtig sein, nun, da ich ihm so nahe war, aber ich konnte nichts dagegen tun. Ich fühlte mich endlich wieder sicher. Ruhig. Und als ein paar Minuten vergangen waren, kümmerte es mich nicht einmal mehr, ob die MM uns finden würde, wenn ich nur erst ein bisschen schlafen durfte.

Chase atmete langsam. Das Auf und Ab seines Brustkorbs ließ ihn wieder mehr wie einen Menschen erscheinen, nicht wie einen Soldaten. Es befreite mich ein wenig von dem Gefühl der Einsamkeit, das den ganzen Tag auf meinen Schultern gelastet hatte, und ich ertappte mich dabei, wie ich mir wünschte, er würde mein Gesicht berühren, mein Haar, meine Hand, die direkt an seiner Brust lag. Nur eine kleine, besänftigende Botschaft, die mir sagen würde, dass alles wieder in Ordnung käme. Aber er tat es nicht.

Der Kojote gab ein langgezogenes Jaulen von sich. Ich schauderte unwillkürlich.

»Und was, wenn er …«

»Wird er nicht. Dafür sorge ich.« Chase unterbrach sich, seufzte leise und sagte dann: »Schlaf gut, Ember.« Und obwohl der Boden kalt und uneben war und meine Jeans sich um meine Beine spannten, schlief ich ein.

KAPITEL 10

Mit einem vagen Ruckeln seiner Schultern fing es an. Eigentlich nichts Besonderes, aber da mein Kopf immer noch an seiner Brust lag, rüttelte die Bewegung mich wach.

Ein leichtes Stöhnen. Dann ein unterdrücktes Aufkeuchen. Und ich hörte, wie etwas auf den Boden schlug – vielleicht seine Faust oder seine Ferse. Die Hälfte seines Körpers war aus dem Schlafsack gerutscht; das verriet mir seine Bewegungsfreiheit. Das glatte Gewebe raschelte laut, als er erneut zuckte.

Ich schob den Rest des Schlafsacks von uns herunter und setzte mich auf. Als die kalte Luft sich zwischen unseren Körpern breitmachte, stockte mir der Atem. Chase lag nun sehr still da. Ich glaubte, meine Bewegung hätte ihn geweckt, aber dann bog er sich heftig, drehte sich in meine Richtung und zog die Knie zwischen meinen empor.

Mondschein drang gedämpft durch die Nylonzeltbahnen und gestattete mir einen Blick auf sein Profil, das vor Qual verzerrt war. Der Anblick eines so großen Kerls, der sich zusammenrollte, beinahe in sich selbst verkroch, zitternd vor Furcht, war, als würde sich eine Faust um mein Herz schließen.

Dann schrie er auf, ein Laut, der mir direkt ins Mark ging.

Welche Unsicherheit ich Chase Jennings gegenüber auch gehegt hatte, sie löste sich augenblicklich in nichts auf. Eine Hand glitt zu seiner Schulter, die andere an seine Wange.

»Chase«, flüsterte ich.

Er riss die Lider auf. Seine Augen blickten wirr und orientierungslos. Blitzschnell schloss sich seine Linke um meine Kehle. Die andere holte aus, bereit, zuzuschlagen.

Ich konnte keine Luft holen, konnte nicht schreien. Meine Kehle brannte. Tränen schossen mir in die Augen und brannten auf meiner Haut.

»Jesus, Ember.« Er fluchte.

Sofort ließ er los, zuckte zurück, prallte gegen die nachgiebige Zeltwand und brachte das ganze Zelt zum Beben. Erschrocken wollte er aufspringen, aber auch das funktionierte nicht; er stieß mit dem Kopf gegen die obere Stange und war gezwungen, sich zusammenzukauern. Sein ganzer Körper zitterte wie der eines wilden Tieres in einem Käfig. Ich konnte sein Gesicht nicht sehen, aber ich hörte seinen Atem, stockend, mühsam.

Meine Arme, immer noch zu einer Geste der Kapitulation erhoben, schlackerten. Nach wie vor fühlte ich den Druck um meine Kehle, gepaart mit einem Pulsieren an gleicher Stelle – eine schmerzhafte Erinnerung an Randolphs Schlagstock. Und an meine selbstverschuldete Verwundbarkeit. Ich zuckte zurück und prallte meinerseits gegen eine der wenig standhaften Zeltstangen, und wieder erbebte das ganze Zelt.

»Tut mir leid«, sagte ich kläglich.

»Warte. Ich habe dir …« Auf den Knien streckte er die Hände aus und wollte meine Schultern packen, zuckte dann aber doch zurück, traute offenbar sich selbst nicht über den Weg. Ich legte eine Hand an die Lippen, umfasste mit der anderen meinen Ellbogen und schloss gepeinigt die Augen.

»Habe ich dir wehgetan?« Seine Stimme klang angespannt.

Ich sagte nichts, schüttelte nur rasch den Kopf, wollte aber die Augen nicht öffnen. Ich konnte es nicht ertragen, wieder den Soldaten vor mir zu sehen, nachdem ich mir gestattet hatte, mit einer anderen Person den Schlafsack zu teilen.

»Tut mir so leid. Ich ... ich weiß nicht. Es war ein Traum.« Die Worte sprudelten hervor, und ich konnte in ihnen das labile Gleichgewicht zwischen Furcht und Selbsthass erkennen.

Seine Hände waren so nah an meinem Körper, ich konnte sogar ihre Wärme spüren. Ganz langsam strichen seine Fingerspitzen über meine feuchte Wange. Reflexartig wich ich vor der Berührung zurück, wie sanft sie auch sein mochte.

Er schauderte. Dann, ohne ein weiteres Wort, zog er seine Stiefel an, schnappte sich seine Jacke und ging hinaus.

Stundenlang starrte ich in die Dunkelheit, bisweilen furchtsam, während Chase draußen auf und ab ging. Ich dachte erneut daran, wegzulaufen, aber ich wusste, ich würde mich jetzt, mitten in der Nacht, nur im Wald verirren.

Nach einer Weile wurde mir die Stille bewusst, die die Schritte abgelöst hatte. Plötzlich fürchtete ich, *er* konnte *mich* verlassen haben. Das durfte ich nicht zulassen. Ganz gleich, wie ungern ich es mir eingestand, aber ich war darauf angewiesen, dass er mir half, meine Mutter zu finden. Ich brauchte ihn.

Ich krabbelte aus dem Schlafsack und kroch zum Ausgang. Meine halb erfrorenen Finger fummelten lange an dem Reißverschluss herum, ehe es mir gelang, die Nylonbarriere zu öffnen.

Es war nicht mehr gar so dunkel, aber die Dämmerung war noch nicht angebrochen. Chase saß drei Meter entfernt mit dem Rücken an einen Baum gelehnt und hielt Wache. Ich hockte mich auf den Boden, froh, dass er noch da war.

In der Nacht war es kälter geworden; eine dünne, glitzernde Eisschicht bedeckte die Kiefernnadeln am Boden. Als ich endlich ganz aus dem Zelt herausgekrochen war, stand er bereits auf den Beinen und streckte sich, steif und halb erfroren, wie ein alter Mann. Ärger brandete in mir auf. Warum war er nicht einfach zurück ins Zelt gekommen? Ich hätte ihm Platz gemacht. Lieber ertrug ich das Unbehagen zwischen uns, als in Kauf zu nehmen, dass er an Unterkühlung starb.

Doch kaum kam er näher, wich mein Ärger tiefer Besorgnis. Rote Flecken tanzten auf seinen Wangen, und seine Lippen waren rissig und bläulich verfärbt. Zwar trug er einen Mantel, doch der schien ihn kaum vor den Elementen geschützt zu haben, und er knisterte laut bei jedem heftigen Zittern.

Ich lief zurück zum Zelt und holte den Schlafsack. Er wehrte sich nicht, als ich ihn über seine Schultern warf, doch als er versuchte, den Stoff zu ergreifen, entglitt der seinen tauben Fingern, und da sah ich, dass die Knöchel seiner rechten Hand geschwollen und aufgeschürft waren. Eine Blutspur zog sich über seine Finger und um seine Handfläche herum.

»Deine Hand!«, rief ich.

Er starrte zu Boden, wich gezielt meinem tadelnden Blick aus, beinahe wie ein Kind, das beim Stehlen erwischt worden war.

»M-m-mir g-g-geht's gut. Du k-k-kannst weiterschlafen.« Seine Stimme hörte sich an, als wäre sogar seine Kehle mit Eis überzogen.

Ich verschränkte die Arme vor der Brust und zog erwartungsvoll die Brauen hoch.

Chase streckte die Finger aus und verzog das Gesicht.

»Ich hatte eine Schlägerei«, gestand er mit einem schwachen Lächeln. »Mit einem Baum«, fügte er hinzu, als er meine Besorgnis erkannte.

Meine Augen weiteten sich. »Schätze, du hast verloren.«

»Du s-s-solltest mal den Baum sehen.«

Gegen meinen Willen musste ich lachen. Zugleich fühlte ich, wie die Kälte durch meine Kleider drang. Wie hatte er es nur hier draußen ausgehalten, ohne sich zu bewegen?

Er fing an, mit den Füßen aufzustampfen, als wieder etwas Wärme in seinen Körper kam. Das, immerhin, war beruhigend.

»Tut m-m-mir leid, Ember.«

Als er dieses Mal meinen Namen nannte, fühlte ich mich überrumpelt. Seit er wieder da war, sprach er ihn nur aus, wenn er mir Befehle erteilte oder verärgert oder auch überrascht war. Aber die bekümmerte Art, wie er ihn nun ausgesprochen hatte, tat mir im Herzen weh.

»Und es tut mir leid wegen gestern, das, w-w-was ich gesagt habe. Ich habe es nicht so gemeint. Und alles andere auch. Reformschule ... und alles. Ich hätte nie gedacht ... Gott, sieh dir deine Hände an. Und ich weiß, dir sind noch schlimmere Dinge zugestoßen. Ich sehe es dir an. Ich wünschte ... es tut mir so leid.« Er trat auf den Boden ein und zuckte zusammen, als hätte er sich einen Zeh gebrochen.

Ich hatte gewusst, dass ihm die Narben aufgefallen waren, die Brocks Gerte hinterlassen hatte, und mein Unbehagen beim Anblick seiner Waffe, aber ich war erstaunt darüber, wie sehr ihm all das zu schaffen gemacht hatte. Bisher hatte er keinen Ton darüber verloren.

Ich hielt es nicht länger aus, also rückte ich näher an ihn heran und ließ mich nicht beirren, als er zurückwich. Ich rieb seine Arme, vorsichtig, um die Wunde nicht zu berühren. Ich wusste nicht, was ich sagen sollte. Seine Entschuldigung hatte mich so vollkommen unvorbereitet erwischt, und ich wusste nicht, ob ich seinen Worten trauen durfte.

»Nicht«, sagte er in wenig überzeugendem Ton. »Es ist nicht gut, wenn du …«

»Wenn ich dich berühre? Mach dir keine Gedanken, ich werde es niemandem erzählen«, entgegnete ich tief getroffen.

»Ich bin nicht mehr der, der ich war«, sagte er. »Sei nicht nett zu mir.«

Ich fragte mich, was er so Schlimmes getan haben mochte, dass er keine Spur des Entgegenkommens von einem anderen Menschen ertragen konnte. In diesem Moment schien es mir unvorstellbar, dass ich ihn je mehr würde hassen können, als er sich selbst hasste.

Ganz sanft, beinahe, als wäre ich aus Glas, schob er mich weg. Ich wusste, er fürchtete, er könnte mir erneut wehtun, aber wie er sich auch bemühte, die Zurückweisung tat weh.

»Ich hätte dich wieder reingelassen«, sagte ich.

»Ich weiß.«

Ich musterte ihn. Tiefe Schatten lagen unter seinen Augen.

»Und warum …?«

»Ich habe versprochen, dir nie wehzutun.«

Ich betastete meinen Hals. Von seinem Griff war nichts

zurückgeblieben; dafür hatte er zu schnell wieder losgelassen. Er hatte mich erschreckt, aber nicht verletzt.

Als wären seine Schuldgefühle und die Verlegenheit nicht schlimm genug, suchte er Bestrafung durch die Kälte und seine eigene Kraft, nahm den Schmerz an, basierend auf der verdrehten Logik, die besagte, er hätte es verdient – eine Logik, die er sich, wie mir bewusst war, durch die MM zu eigen gemacht hatte. Ich ertappte mich bei dem Wunsch, genug Ärger aufzubringen, um mit ihm zu schimpfen, aber das gelang mir nicht. Was ich jedoch empfand – Mitgefühl –, konnte ich nicht mit ihm teilen, denn ich wusste, er würde es nur dazu missbrauchen, seine Scham zu vertiefen. Folglich hielt ich mich zurück, als ich erneut das Bedürfnis verspürte, ihn in meine Arme zu schließen. Ich beschränkte mich darauf, dicht bei ihm zu stehen, während er auftaute, und zu hoffen, dass meine Anwesenheit reichte, ihm klarzumachen, dass er genug gebüßt hatte.

Im Lauf des Tages wurde es wärmer, aber nicht sehr. Die frostigen Temperaturen machten den Boden unter unseren Füßen schlüpfrig, und der Nebel raubte uns die Sicht; all das sorgte dafür, dass wir nur noch mit der halben Geschwindigkeit des Vortags vorankamen. Jeder Schritt erforderte doppelt so viel Konzentration und Mühe.

Zwei Tage zogen dahin, Tage, während derer wir wenig aßen, schliefen oder redeten. Die Zeit verrann. Als am Montag die Sonne aufging, erfasste uns ein angespanntes Gefühl der Dringlichkeit. Wir hatten nicht einmal mehr einen Tag, um den Checkpoint zu erreichen.

Und das war nicht unser einziges Problem. Wir hatten unsere Vorräte rationiert, trotzdem gingen uns am frühen Morgen die Lebensmittel aus, und wir hatten seit dem Vortag keinen Bach mehr gesehen, an dem wir unsere Feldflaschen hätten nachfüllen können. Mein Magen fühlte sich schrecklich leer an.

Als wir uns der Zivilisation näherten, kehrte auch der Müll, der die Gegend verschandelte, in zunehmendem Maße zurück. Chase stakste durch den Schrott, die Dosen und die verblassten Horizons-Etiketten und suchte nach Verwertbarem. Die Vorstellung, Abfälle zu essen, kam mir nicht mehr so abstoßend vor wie früher.

Am späten Nachmittag hörten wir es: Reifen auf Asphalt. Ein einzelner Wagen war vorübergefahren. Irgendwo in unserer Nähe.

»Haben wir die Staatsgrenze überschritten?«, fragte ich und schob mich auf der Suche nach Hinweisen darüber, wie weit wir gekommen waren, an ihm vorbei. Sosehr es mir widerstrebte, wieder in das umherschweifende Scheinwerferlicht des Militärs zu treten, wusste ich doch, dass wir keine andere Wahl hatten.

Der Wald wich einem Dickicht aus graugrünem Gestrüpp, das sich wild über eine verlassene Straße ausbreitete. Dahinter wucherte es über ein offenes Feld, umgeben von Stacheldraht und Bäumen. Ein schief stehender Briefkasten kennzeichnete eine kurvenreiche Schotterpiste, ungefähr eine halbe Meile voraus. Der Wagen, wo immer er auch hergekommen sein mochte, war verschwunden.

Chase zerrte mich zurück ins Gebüsch und ging allein hinaus, um den Weg auszukundschaften. Aus meinem Versteck sah ich, wie er die Karte aus dem Rucksack nahm und die Straße entlangblickte, erst in die eine, dann in die andere Richtung. Und dann zum Himmel hinauf.

Das ist also aus meinem Leben geworden, dachte ich, während ich ihn beobachtete. Ich höre um meines Überlebens willen auf einen Kerl, der offensichtlich darauf wartet, dass ihm das Universum ein Zeichen gibt.

Beth hätte das urkomisch gefunden. Ryan hätte es als unnütz bezeichnet. Es half mir ein bisschen, darüber nachzudenken, wie meine Freunde wohl reagieren würden. Ihre Gegenwart in meinem Kopf gab mir das Gefühl, stärker zu sein, obwohl ich für einen Sekundenbruchteil der Vorstellung nachhing, sie würden an mir zweifeln. Vielleicht würden sie denken, ich hätte etwas wirklich Schlimmes getan. Etwas, wovon sie nichts wussten, etwas, das mich in solch eine Lage gebracht hatte.

Nein. Sie würden sich niemals ändern.

Aber Chase hatte sich verändert.

»Wir laufen südwestwärts. Der Highway verläuft ein paar Meilen entfernt parallel zu unserer Route«, sagte er, als er zurückkam. »Aber wir sind weiter vom Checkpoint entfernt, als ich dachte. Wir müssen einen Zahn zulegen.«

Ein Hauch von Unruhe durchfuhr mich. Meine Beine waren so steif, ich konnte sie kaum beugen, und die Blasen an meinen Füßen waren feucht von meinem Blut, trotzdem marschierten wir schneller. Wir durften den Schleuser nicht verpassen. Wir mussten weg von der MM und meine Mutter finden. Wieder hatte ich das Gefühl, unser Überleben müsse irgendwie einen Ausgleich für das Opfer schaffen, das der arme ermordete Mann in Harrisonburg gebracht hatte.

Etwas später holte Chase unseren letzten Rest an Nahrung hervor, einen halben FBR-Müsliriegel, und reichte ihn mir. Ich brach eine Ecke ab und gab ihn ihm zurück. Sosehr ich die Geste zu schätzen wusste, war mir doch bewusst, dass er ebenso hungrig sein musste.

Ich hatte gerade den Mund aufgemacht, um ihn nach seinem verletzten Arm zu fragen, als wir Stimmen durch die Bäume dringen hörten. Instinktiv zogen wir die Köpfe ein, doch wir merkten bald, dass sie nicht auf uns zukamen, uns aber den Weg verstellten.

»Aus dem Haus?«, fragte ich, in Gedanken bei dem Briefkasten.

»Vielleicht. Bleib hinter mir.«

Wir krochen weiter. Zehn Meter, und die Stimmen wurden lauter. Männer, mindestens zwei, brüllten einander an. Zwanzig Meter, und das Unterholz wurde lichter.

»Runter von meinem Land!«, brüllte der eine.

»Ich schieße, wenn es sein muss!«, gab der andere zurück. »Ich will es nicht, aber ich werde es tun!«

Schießen? Seine Worte injizierten erneute Furcht direkt in meinen Blutkreislauf.

Ich war inzwischen nahe genug, um die Personen zu erkennen. Zuerst fiel mein Blick auf einen drahtigen Mann mit dunklem Haar und grauen Schläfen, der ungefähr zehn Meter von mir entfernt auf einer Viehweide stand. Er trug Jeans und ein altes, grünes Army-Sweatshirt, und über seiner Schulter lag ein Baseballschläger. Seine Bewegungen wirkten unbeholfen; erst einen Moment später wurde mir klar, dass er nur einen Arm hatte. Rechts von ihm standen ein bärtiger Herumtreiber mit einer silbernen Faustfeuerwaffe und eine kleinere, in Lumpen gehüllte Gestalt. Als ich wieder ruhiger atmete, konnte ich sie schluchzen hören. Zwischen ihnen auf dem Boden lag eine tote Kuh.

Viehdiebe.

Chase packte meinen Arm und bedeutete mir mit einem Nicken, dass ich mich zurückziehen sollte. In seiner Hand sah ich seine eigene Waffe schimmern. Er hielt sie bereit, den Finger direkt am Entsicherungshebel, richtete sie aber zu Boden, was mir verriet, dass er nicht die Absicht hatte, diesen Kampf zu unserem zu machen.

Ich war hin- und hergerissen. Das Richtige schien mir zu sein, dem Bauern zu helfen, der allem Anschein nach seine Lebensgrundlage mit weiter nichts als einem Baseballschläger zu verteidigen suchte. Aber welches Risiko müssten wir dafür auf uns nehmen?

In diesem Moment erklang ein Schuss, donnerte über die Bäume und hallte auf meinen Trommelfellen nach. Der Herumtreiber hatte über den Kopf des Bauern hinweggeschossen, konnte den tapferen Mann aber nicht in die Flucht treiben. In meinem Geist blitzte ein Bild von den Beinen des Schleusers auf dem Küchenboden auf. Abwehrbereit hob Chase seine Waffe und stieß mich zu Boden.

Ein Schrei zerriss die Luft, so nah, dass ich erneut erschrak. Beinahe glaubte ich, ich wäre die Person gewesen, die das Geräusch von sich gegeben hatte. Ich drehte den Kopf zur Seite und bemühte mich, über meinen Atem hinweg etwas zu hören. Die Frau konnte nicht geschrien haben – sie war zu weit entfernt – und für einen Mann war die Stimme zu hoch gewesen.

Nun hörte ich ein Wimmern. Ganz in der Nähe. Meine Fingernägel scharrten über die Erde. Fluchtbereit stemmte ich mich in die Hocke, und da sah ich es.

Ein Kind, nicht älter als sieben.

Es hatte gescheiteltes braunes Haar und eine Schniefnase, die farblich zu seinem tomatenroten Sweatshirt passte. Ich wusste sofort, dass der Junge zu dem Bauern gehören musste; er war zu gut gekleidet, um zu dem Paar zu gehören. Und er versteckte sich, offensichtlich verängstigt, und sah zu, wie der Dieb die Waffe auf seinen Vater richtete.

Ich riss mich ohne nachzudenken von Chase los, um zu

dem Versteck des Jungen zu krabbeln, etwa drei Meter rechts von unserer Position.

»Ember!«, zischte Chase.

Schrill erhob sich vor uns die Stimme des Schützen. »Ja, klar, ich hatte auch einmal ein Haus. Ein Haus und einen Job und einen Wagen. *Zwei* Wagen! Und jetzt kann ich nicht einmal mehr meine Familie ernähren!« Nun konnte ich auch den Dieb selbst weinen hören. Seine Verzweiflung wurde immer deutlicher spürbar. Chase und ich reagierten beide mit erhöhter Anspannung.

Der Junge schluchzte laut, und der Dieb wirbelte in unsere Richtung herum.

»Was war das? Hast du da draußen noch jemanden versteckt? Wer ist da?«

»Das ist niemand!«, erklärte der Bauer nachdrücklich. »Wir sind allein hier.«

»Ich habe jemanden gehört!« Er stapfte auf uns zu.

Ich erstarrte. Meine Finger versanken in einem feuchten Laubhaufen. Der Junge war immer noch gute eineinhalb Meter von mir entfernt, aber inzwischen hatte er mich entdeckt. Sein Gesicht glänzte tränenfeucht, und er hatte beide Hände vor den Mund geschlagen.

Ich führte einen zitternden Finger an meine Lippen, verzweifelt darum bemüht, ihn zum Schweigen zu bringen. Warum hatten wir uns nur nicht zurückgezogen, wie Chase es gewollt hatte?

Das unverkennbare Knacken des Unterholzes riss mich aus meiner Trance. Für eine Sekunde erhaschte ich einen Blick in Chases Augen und erkannte den harten Ausdruck des Soldaten in ihnen. Dann ließ er zu meinem Entsetzen den Rucksack fallen und richtete sich zu voller Größe auf. Nie zuvor hatte er beeindruckender ausgesehen.

»Wer zum Teufel bist du?«, brüllte der Dieb und zielte direkt auf Chases Brust.

Mir drehte sich alles. *Was tut der da?* Ich versuchte, Chases Fußgelenk zu greifen, um ihn zurückzuzerren und zur Vernunft zu bringen, aber es war zu spät. Und dann wurde mir klar, dass er von dem Kind ablenken wollte, indem er sich zeigte, ehe der Mann mit der Waffe ungezielt in den Wald schießen konnte. Bei dem Gedanken, Chase könnte etwas zustoßen, erlebte ich ein niederschmetterndes Gefühl der Machtlosigkeit.

»Hey, ganz ruhig. Nehmen Sie die Waffe runter«, hörte ich Chase mit ruhiger Stimme befehlen. Der Dieb zögerte und wich einige Schritte zurück.

»Wer *bist* du?«

»Ein Reisender, genau wie Sie. Verdammt kalt, was? Das ist das Schlimmste, wenn Sie mich fragen. Die Kälte. Hören Sie, ich weiß, Sie sind hungrig. Ich habe noch ein paar Vorräte, die ich gern heute Abend mit Ihnen teilen werde, und dann können wir uns überlegen, wie es weitergeht, einverstanden?«

»Zurück!«

Die Augen des Bauern flitzten zwischen den beiden Bewaffneten hin und her, ehe sie sich auf den Wald richteten, dorthin, wo sich sein Sohn versteckte. Die Abendluft knisterte vor Statik.

»Bitte, Eddie!«, flennte die Frau des Diebs. »Bitte, lass uns verschwinden!«

Der Mann legte beide Hände an den Kopf und drückte dabei den Lauf der Waffe der Länge nach an seine Schläfe.

Er wird sich erschießen, dachte ich voller Schrecken.

»Passen Sie auf, ich lege meine Waffe weg, einverstanden?«, sagte Chase. »Sie legen Ihre auch weg, und wir besorgen Ihnen was zu essen.« Unter Schock sah ich zu, wie Chase sich bückte. Verhandlungsführung war Teil seiner Ausbildung gewesen, aber ob das eine gute Idee war? War die Waffe erst weg, war er schutzlos.

Ein Knistern im Gebüsch lenkte meine Aufmerksamkeit in eine andere Richtung.

Der Junge verließ sein Versteck.

»Hey, Kleiner!«, flüsterte ich. »Runter!«

Er hörte nicht. Anscheinend glaubte er, Chase hätte die Situation entschärft.

»Dad!« Plötzlich rannte der Junge auf den Bauern zu, der den Schläger fallen ließ, während seine verwunderte Miene einem Ausdruck puren Entsetzens Platz machte.

Der Dieb fluchte erschrocken, riss die silberne Waffe herum und zielte auf den Jungen, der aus dem Gebüsch rannte.

»Ember, STOPP!«, brüllte Chase.

Bis zu diesem Moment hatte ich nicht einmal gemerkt, dass ich ebenfalls aufgestanden war und dass meine Füße im Laufschritt unterwegs waren. Zu dem Jungen. Ich war ihm näher als der Vater, ich konnte ihn eher aufhalten. Das war alles, woran ich denken konnte.

Krach! Der Schuss wurde in dem Moment abgefeuert, in dem ich gegen den Jungen prallte. In einem Haufen wild ineinander verkeilter Glieder purzelten wir keuchend ins Gras.

»Ronnie!« Der Bauer schleuderte mich einfach zur Seite, als er voller Besorgnis nach seinem kleinen Sohn griff und dessen Körper auf Verletzungen untersuchte. Meine Augen taten es ihm gleich. Jeans und Sweatshirt waren voller Schlamm und das unschuldige Gesicht bleich vor Schrecken, aber er hatte keine Schusswunde davongetragen, und ich fühlte keinen Schmerz abgesehen davon, dass mir der

Sturz die Luft aus dem Leib getrieben hatte, damit blieb nur …

»Chase!« Auf einmal war ich wieder auf den Beinen und rannte durch das feuchte Gras und allerlei Pfützen auf die beiden Männer am Boden zu. Ich brauchte eine ganze Sekunde, um zu begreifen, dass sie kämpften und keiner von ihnen tödlich verletzt worden war, zumindest bis jetzt.

Als ich die tote Kuh umrundet hatte, erkannte ich, dass Chase die Oberhand hatte. Er war gute zwanzig Kilo schwerer als sein Kontrahent und hatte seine Jugend und seine Ausbildung auf seiner Seite. Die Frau hatte ihn ebenfalls angegriffen, war aber allem Anschein nach einfach fortgestoßen worden und schluchzte nun jämmerlich vor sich hin. Und irgendwie waren beide Schusswaffen auf dem Feld gelandet.

Chases Waffe entdeckte ich zuerst, da sie am nächsten lag. Hastig las ich sie auf, vergaß jedoch alles über Sicherungen und Kammern und zielte einfach auf die wirre Masse blutbefleckter Kleidung, die vor mir über den Boden rollte.

Meine Hände zitterten. Ich konnte nicht auf einen der beiden schießen, ohne Gefahr zu laufen, beide zu erwischen.

»Aufhören!«, brüllte ich.

Chase rammte dem Dieb heftig den Ellbogen ins Gesicht. Der Mann krallte sich in Chases verletzten Arm, und Chase gab ein gepeinigtes Zischen von sich.

In dem Moment veränderte sich etwas in meinem Inneren, jagte wie ein Blitz mein Rückgrat hinab. Das Blut strömte heiß und schnell durch meine Adern. Mein Blickfeld verengte sich zu schmalen Schlitzen, über die sich ein roter Schleier zog. Plötzlich war mir völlig egal, wie bedauernswert oder hungrig dieser Fremde sein mochte.

Das musste aufhören. *Sofort.*

Ich richtete die Waffe aufwärts, gen Himmel, und zog den Abzug. Ein lautes *Pop* donnerte durch meine Trommelfelle. Die Pistole ruckte zurück und jagte einen brutalen Stoß durch mein Handgelenk und über meinen Unterarm. Ich schrie auf, und die Waffe fiel aus meiner tauben Hand auf den Boden. In mein Bewusstsein kehrte absurde, aber friedvolle Stille ein.

Chase sprang auf. Seine Schultern bebten. Von der ruhigen, vermittelnden Miene war nichts geblieben. Statt ihrer war die darunter verborgene Grausamkeit zum Vorschein gekommen. Seine Augen suchten wie wild nach der Quelle des Schusses und blieben schließlich an mir hängen.

Die Frau half ihrem Mann auf die Beine. Sein Mund und seine Nase waren unter all dem Blut und Schmutz kaum mehr zu erkennen. Ohne ein weiteres Wort flüchteten die beiden in den Wald.

Ich starrte ihnen nach und kam mir plötzlich so deplatziert vor wie ein Hammer ohne Nagel. Was mache ich jetzt nur? Es war alles so schnell gegangen und hatte nicht minder abrupt geendet.

Als ich mich umdrehte, sah ich Chase auf mich zukommen. Seine Schritte verrieten mir, dass er wütend war, noch ehe er den Mund öffnete.

Ich konnte nicht klar denken. Meine Ohren klingelten noch von dem Schuss, und mein Schädel brummte unter den flüchtigen Überresten meiner Rage. Tränen verschleierten mir die Sicht. Die Furcht, die vorübergehend geschwiegen hatte, kehrte mit voller Wucht zurück, und in diesem fieberhaften, ratlosen Zustand rannte ich einfach zu ihm und warf mich in seine Arme.

Zuerst wirkte er verblüfft, doch dann drückte er mich rasch an sich.

»Schon gut«, beschwichtigte er. »Niemand ist verletzt. Es ist in Ordnung.«

Seine Worte bohrten sich in mein Bewusstsein, und zum ersten Mal, seit er mich aus der Schule geholt hatte, erkannte ich die Wahrheit über uns. Mir konnte es nicht gut gehen, wenn es ihm nicht gut ging. Von Schmerz, Albträumen, Streitereien und all dem abgesehen, war er schlicht ein Teil von mir.

»Tu das nicht noch einmal! Nie wieder!«, sagte ich zu ihm.

»Das Gleiche könnte ich dir sagen«, entgegnete er, und ich fühlte seinen warmen Atem an meinem Hals.

»Versprich es mir«, forderte ich.

»Ich … ich verspreche es.«

»Ich will dich nicht verlieren. Ich kann nicht.«

In diesem Moment war mir South Carolina gleichgültig. Was ich gemeint hatte, war, dass ich *ihn* brauchte. So, wie er gewesen war. So, wie er auch heute noch sein konnte, wenn er sich ständig im Griff behielt. Ich wusste nicht, warum ich diese Worte ausgesprochen hatte, aber in diesem Moment bedauerte ich es nicht.

Er zögerte. Dann zog er mich noch fester an sich, bis ich kaum mehr atmen konnte. Meine Füße hoben vom Boden ab, und ich fühlte seine Hände, die sich in meinen Mantel krallten.

»Ich weiß.«

Mein Herz schlug wieder langsamer, aber zugleich so kraftvoll wie nie zuvor. Nun erinnerte ich mich daran, wie es damals war, wenn wir zusammen waren. Ich konnte es in der Art spüren, wie er aus sich herausging, in dem Flirren, das uns verband, wenn er zu denken aufhörte. In diesem Moment, an diesem Ort, war er endlich zurückgekehrt. Mein Chase war wieder da.

Jemand räusperte sich.

Wir lösten uns voneinander wie die falschen Enden zweier Magneten, und was sich gerade noch so sicher angefühlt hatte, zersprang wie zerbrechliches Glas. Nachdem wir vorübergehend vergessen hatten, dass noch andere Menschen zugegen waren, sahen wir nun den Bauern vor uns. Der Baseballschläger steckte unter dem Armstumpf, seine verbliebene Hand ruhte auf dem Kopf seines Sohns. Der Junge lächelte nun irgendwie albern. Mein Gesicht wurde trotz der zunehmenden Kälte des Abends ganz heiß.

»Tut mir leid, dass wir stören. Mein Name ist Patrick Lofton, und das ist mein Sohn Ronnie.«

Zwanzig Minuten später folgten wir Patrick und Ronnie zum Haupthaus. Die Kuh, die zu früh gestorben war, da ihr Käufer, ein Mann namens Billings, erst in einer Woche erwartet wurde, ließen wir zum großen Kummer des Bauern an Ort und Stelle zurück.

Patrick hatte darauf bestanden, dass wir ihn begleiten, damit seine Frau uns mit einer ordentlichen Mahlzeit danken konnte. Als wir ihm erklärten, wir müssten weiter und dass wir Familie hätten, die uns in Lewisburg erwartete, bot er uns an, uns hinzufahren, und wir nahmen an. Die unbekannten Bewohner des Bauernhauses mussten einfach ungefährlicher sein als die verzweifelten, hungernden Menschen im Wald.

Außerdem würde es uns nicht viel anders ergehen als den Herumtreibern, wenn wir nicht bald etwas zu essen bekamen.

Chase hatte uns als Jacob und Elizabeth vorgestellt, und Patrick schien die Pseudonyme zu akzeptieren, obwohl wir zuvor unsere echten Namen benutzt hatten. Mir gefielen sie gar nicht; ich sah nicht aus wie eine Elizabeth. Die einzige Elizabeth, die ich je gekannt hatte, war Beth, und sie war beinahe dreizehn Zentimeter größer als ich und hatte leuchtend rotes Haar. Aber wenigstens hatte Chase mich nicht Alice genannt.

Inzwischen hatte Chase eine fehlerfreie Geschichte darüber ersonnen, wie wir durch den Bombenangriff auf Chicago nach Richmond vertrieben worden waren, was Patrick dazu ermutigte, uns zu erzählen, dass auch er Zeuge ähnlicher Abscheulichkeiten geworden war. Er war Soldat der U.S. Army gewesen, stationiert in San Francisco, als die Stadt gefallen war. Dabei hatte er seinen Arm verloren.

Wir näherten uns einer klapprigen, roten Scheune mit weiß abgesetzten Kanten und einem Traktor vor den riesigen Toren. Gegenüber grasten, im schwindenden Tageslicht kaum erkennbar, ungefähr dreißig schwarze Kühe auf einer Weide.

»Macht es Ihnen etwas aus, Ihre Waffe hierzulassen, Jacob?«, fragte Patrick und blieb vor der Scheune stehen. »Nur, bis wir uns auf den Weg machen. Wir haben nicht gern Waffen im Haus, solange Ronnie noch so klein ist.«

Ich hätte beinahe gesagt, dass das Kind durchaus nicht zu jung war, um erschossen zu werden, hielt mich aber zurück, zumal mir klar war, dass Patricks Bitte viel mehr mit seinen Bedenken uns gegenüber zu tun hatte als mit dem Alter seines Sohns. Ich spürte, wie Chase sich hoch aufrichtete, doch dann nickte er. Er hatte schließlich immer noch seinen Schlagstock und das Messer.

»Klar. Kein Problem.«

Patrick öffnete das knarrende Scheunentor. Sofort schlug uns der muffige Geruch der Heuballen entgegen, die die splitternden Holzwände säumten. Vor uns stand auf der freien Fläche ein Motorrad mit breitem, chromblitzendem Lenker auf dem Seitenständer. Ein nostalgischer Schauer befiel mich bei seinem Anblick.

»Wow. Die Produktion der Sportster wurde schon vor dem Krieg eingestellt«, sagte Chase ehrfurchtsvoll.

Patrick lachte. »Nicht übel. Sie kennen sich aus mit Motorrädern, was?«

»Ich hatte eine Crossover. Sie hatte kein Spezialgetriebe und …«

»Dad, komm schon. Wir müssen Mom rausholen!«, fiel ihm Ronnie ins Wort.

Das Lächeln, das das Kompliment auf Patricks Lippen gezaubert hatte, verblasste, und er öffnete einen Schrank in der hintersten Ecke mit einem Schlüssel, den er aus der Tasche gezogen hatte. Im obersten Fach lag ein Jagdgewehr. Er legte die Waffe des Diebs dazu, und nach einem Augenblick des Zögerns ließ Chase seine Pistole ebenfalls hier.

Das Haus der Loftons war warm und geräumig. Im Wohnzimmer, das sich gleich hinter der Waschküche befand, lagen allerlei Spielzeugautos und Actionfiguren. In die Wand war ein Kamin eingelassen, auf dessen Sims dutzendweise Familienbilder standen, die sich alle durch strahlende Gesichter auszeichneten.

Chase legte den Rucksack ab, und wir zogen unsere Stiefel aus. Ich sah ihn mit hochgezogenen Brauen an, und er spiegelte mir meine eigene Einschätzung wider.

Die Loftons hatten Geld.

Sie waren nicht reich. Wahrscheinlich hatten sie sogar weniger, als wir zu der Zeit besessen hatten, als meine Mutter noch einen Job hatte. Es gab nicht einmal einen Fernseher im Wohnzimmer. Aber ich sah eine Glasvase und eine dekorative Lampe auf einem Beistelltisch, überall lagen

Spielzeuge und Bücher herum, Kleidung zum Wechseln, die der Junge – Ronnie – zu einem früheren Zeitpunkt ausgezogen haben musste, verteilte sich über den Boden. Derartige Dinge hatte ich verkauft, als es knapp wurde. Die Tatsache, dass sie das nicht hatten tun müssen, bedeutete, dass sie derzeit bedeutend besser zurechtkamen als der überwiegende Teil ihrer Landsleute.

In der Küche gab es direkt über einer Kochinsel ein Oberlicht. Die Wände waren burgunderrot, Handtücher und Küchengeräte modisch schwarz. Ein köstlicher, salziger Geruch stieg von einem übergroßen Dampfgarer auf einer Marmorarbeitsplatte auf. Es war lange her, seit ich zum letzten Mal Fleisch gegessen hatte; in den Suppenküchen gab es so etwas nicht, und mit der üblichen Stromversorgung hatten wir keinen Kühlschrank betreiben können. Es kostete mich all meine Beherrschung, nicht den Kopf in den Dampfgarer zu stecken. Das vertraute Brummen eines Generators außerhalb des Hauses lenkte mich ab.

Ich konnte nicht erkennen, ob sich mein Magen vor Hunger verkrampfte oder ob es sich um eine nervöse Reaktion handelte. Ein *Generator*? Im gewerblichen Bereich gab es sie überall, aber nicht in Privathäusern. Wer waren diese Leute? Freunde des Präsidenten? Sie hatten jedenfalls offensichtlich ein gutes Leben; die Preise für Rindfleisch waren ins Unermessliche gestiegen.

»Liebling!«, rief Patrick. »Mary Jane! Alles in Ordnung. Du kannst rauskommen!« Er legte seine Schlüssel in eine Keramikschale neben dem Kühlschrank.

Ich hörte ein Schloss auf der anderen Seite des Korridors klicken, dann scharrte eine Tür über den Teppich.

»Wenn es Schwierigkeiten gibt, versteckt sich die Familie im Keller«, erklärte Patrick. Ronnie rannte zurück in die

Küche und glitt auf seinen Socken über den Linoleumboden. »Na ja, der größte Teil der Familie«, fügte Patrick leise hinzu.

»Kommt so was oft vor?«, fragte ich ihn.

»Öfter, als ich es gern hätte«, antwortete er erbittert. »Einmal alle paar Monate, etwas seltener, wenn es draußen friert. Die Pistole war allerdings etwas Neues«, fügte er mit freudloser Miene hinzu.

»Ronnie? Ist er immer noch bei dir?« Eine zierliche Frau hüpfte aufgeregt zur Tür herein. Sie hatte rotbraunes, kinnlanges Haar und trug einen Pullover mit Rautenmuster und eine Jeans. Sie war ziemlich umwerfend, gar nicht so, wie ich mir die Frau eines einfachen Bauern vorgestellt hatte. Bei ihrem Anblick wurde mir umso deutlicher bewusst, wie schmutzig Chase und ich nach unserem tagelangen Marsch durch die Wildnis waren. Als sie uns sah, blieb sie ruckartig stehen.

Patrick stellte uns vor und erklärte ihr rasch die Situation. Eine sanfte Röte überzog ihre Wangen. Unbewusst strich sie mit den Händen über das Haar ihres Sohns, der sich wie eine schnurrende Katze an ihr Bein schmiegte.

»Willkommen … gute Güte, willkommen«, sagte sie endlich. »Und danke.«

»Ich dachte, Jacob und Elizabeth möchten vielleicht gern zum Essen bleiben.« Auf Patricks Anregung hin fing mein Magen gleich wieder an zu knurren. »Sie haben Familie in Lewisburg. Ich habe ihnen angeboten, sie morgen früh hinzufahren.«

Morgen?

»Du … ja, ich meine, selbstverständlich«, sagte Mary Jane und schüttelte den Kopf.

»Entschuldigung«, sagte ich und hoffte, nicht undankbar

zu erscheinen. »Ich hatte gedacht, wir würden noch heute Abend nach Lewisburg fahren.« Ich sah zum Fenster hinaus. Noch war es nicht ganz dunkel.

»Meinem Onkel ging es in letzter Zeit nicht gut«, fügte Chase hinzu.

Patrick runzelte die Stirn.

»Es ist illegal, nach Anbruch der Ausgangssperre zu reisen. Außerdem, nach allem, was Sie getan haben …«

Die Art, wie er das Wort *illegal* aussprach, jagte mir einen Schauer über den Rücken. Patrick befolgte ganz offensichtlich die Regeln. Verstohlen trat ich Chase auf die Zehen, woraufhin er, ohne sich zu mir umzudrehen, zur Zustimmung einmal kurz nickte.

Wir hatten keine andere Wahl, als die Nacht hier zu verbringen – oder zumindest diese Leute in dem Glauben zu lassen, wir würden die Nacht hier verbringen –, es sei denn, wir wollten riskieren, dass sie die MM wegen einer Verletzung der Ausgangssperre kontaktierten. Sie hatten einen Generator, was bedeutete, dass ihnen auch bei Dunkelheit ein funktionstüchtiges Telefon zur Verfügung stand. Ihr Gehorsam erschreckte mich.

Mary Jane setzte ein gekünsteltes Lächeln auf. »Keine Widerworte. Sie bleiben bei uns, und morgen früh fahre ich Sie persönlich nach Lewisburg. Alles andere kommt gar nicht infrage.«

Sicher nicht. So viel war klar.

»Das ist wirklich sehr nett von Ihnen«, sagte ich in der Hoffnung, dass meine Stimme nicht gar zu böse klang.

Wie zur Bestätigung dessen, dass ich einfach furchtbar aussah, scheuchte mich Mary Jane mit einem ausgefransten Handtuch aus der Waschküche und einem Stück Seife ins Badezimmer. Chase folgte uns mit dem Rucksack, aber ich wusste, dass er sich einen Überblick über das Haus und die Ausgänge verschaffen wollte.

»Sie sind furchtbar freundlich«, flüsterte ich ihm zu, als er sich die Hände wusch. »Die wissen nichts über uns. Wir könnten Serienkiller sein.«

Er gab einen leisen, zustimmenden Laut aus tiefster Kehle von sich.

»Wir können nicht bis morgen bleiben«, informierte ich ihn. Aber meine blutigen, blasenüberzogenen Füße und die krampfenden Muskeln in meinen Lenden und meinen Waden sagten etwas ganz anderes.

Er antwortete nicht. Wieder war er düsterer Stimmung, und ich ertappte mich dabei, ihm zu verübeln, dass er diesen Fremden gegenüber so freundlich aufgetreten war, während ich die Schweigepackung bekam. Der Moment, den wir draußen geteilt hatten, war offenbar verloren, und das tat mehr weh, als ich zugeben mochte.

Als er aus dem Badezimmer hinausstolzierte, sah ich, wie sein Blick interessiert über die überdimensionierten Kommoden und die üppigen, goldfarbenen Daunendecken wanderte. Er hatte doch wohl nicht vor, etwas zu stehlen. Doch nicht, während diese Leute gleich nebenan waren.

Das Wasser war warm, was dem Generator zu verdanken war, und es besänftigte meinen schmerzenden Körper, während ich die diversen Schmutzschichten abschrubbte. Dennoch konnte ich mich nicht entspannen. Es behagte mir nicht, nicht zu wissen, was im Rest des Hauses vor sich ging.

Ich zog mich rasch um, vergewisserte mich, dass meine Stiefel fest geschnürt waren, für den Fall, dass wir schnell verschwinden mussten, und kontrollierte mein Haar im Spiegel. Die Kürze erschreckte mich. Seit Chase es abgeschnitten hatte, hatte ich keine Gelegenheit bekommen, mich an mein Spiegelbild zu gewöhnen. Nun, nass, konnte ich all die ungleichmäßigen Schnittspuren sehen, an denen sein Messer vom Weg abgekommen war. Stirnrunzelnd ging ich in die Knie, um in dem Rucksack nach meinem Haargummi zu suchen, aber dann verharrte meine Hand an der Außentasche.

Warum hatte Chase mir nie gestattet, einen Blick hineinzuwerfen? Er hatte stets darauf bestanden, alles selbst herauszuholen, was ich aus dieser Tasche brauchte. Irgendetwas musste er dort drin versteckt halten.

Ich schaute mich zur Tür um, dieses Mal, weil ich fürchtete, Chase könnte nach mir sehen wollen. Als ich die Ohren spitzte, konnte ich Ronnie im Wohnzimmer mit seinen Autos spielen hören. Ich öffnete den dicken, kupferfarbenen Reißverschluss.

Ganz oben lag Kleidung, ökonomisch kompakt zusammengerollt. Das meiste war klamm von der Feuchtigkeit, die durch den schweren Stoff gedrungen war. Darunter entdeckte ich mein Haargummi, das ich mir automatisch über das Handgelenk streifte, dann Streichhölzer, eine Taschenlampe, den gefürchteten Schlagstock, eine Seifenschachtel aus Plastik und ein paar andere Toilettenartikel. Schließlich fand ich einen Ziploc-Beutel mit Geld. Mir klappte der Unterkiefer herab, als ich in den Scheinen blätterte. Alles Zwanziger. Zusammen an die fünftausend Dollar. Wie lange hatte Chase dafür gespart?

Meine Hand stieß auf etwas anderes. Ein Statutenrundbrief, der um etwas Hartes, Rechteckiges gefaltet und mit einem Gummiband befestigt worden war. Das Gummiband löste sich leicht, und das Papier ließ sich an den Kanten mühelos auseinanderfalten. Hervor kam ein Taschenbuch, vollgestopft mit allerlei gefalteten Zetteln.

Mein Herz pochte gegen meine Rippen. Auf dem abgenutzten Cover stand *Frankenstein.*

»Was hast du eigentlich mit diesem Buch?« Sein Ton klang vage frotzelnd.

Ich legte es auf meinen Nachttisch und sah zu, wie er durch mein Zimmer wanderte. Vorsichtig ergriff er irgendwelche Dinge. Stellte sie wieder ab. Wischte sie ab, falls er Fingerabdrücke hinterlassen hatte. Seit dem Krieg hatte er mit Habseligkeiten nichts mehr anzufangen gewusst.

»Ich mag es. Was ist falsch daran?«

»Es ist nur eine interessante Wahl«, sagte er und klang nun deutlich interessierter. »Es ist einfach nicht sehr … mädchenhaft, schätze ich.« Er lachte.

»Es wurde von einem Mädchen geschrieben.«

»Einem Mädchen mit einer Vorliebe für Monster.«

»Vielleicht habe ich ja eine Vorliebe für Monster.« Ich unterdrückte ein Lächeln.

»Wirklich?« Chase blickte aus zusammengekniffenen Augen in meine Richtung. Dann setzte er sich neben mir auf das Bett, hüpfte ein wenig auf der ungewohnten Matratze auf und ab und grinste wie ein kleiner Junge.

»Außerdem ist das eigentlich gar kein Monster«, erklärte ich. »Aber alle anderen sehen ein Monster in ihm, weil er anders ist. Es ist traurig, weißt du? Dass Menschen einen so herunterreißen können. Dass jemand versucht, das Richtige zu tun, es aber einfach nicht kann.«

Beispielsweise, Roy zu sagen, er soll sich von meiner Mutter fernhalten, hätte ich beinahe hinzugefügt, und ich fühlte, dass mein Gesicht ganz warm wurde.

Er legte den Kopf auf die Seite und schaute mich auf eine so durchdringende Art und Weise an, dass ich mir entblößt vorkam, beinahe, als hätte er mich vorher noch nie wirklich gesehen, und zugleich fühlte ich mich sicher, fühlte, dass er nie jemandem erzählen würde, was er bei mir gefunden hatte. Er schob seine Finger zwischen meine.

»Das klingt nach Einsamkeit«, sagte er.

Ich schlug das Buch auf und faltete vorsichtig ein kleines Bündel Zettel auseinander, von denen zwei hellgrün waren, Rechtsdokumente, die besagten, dass das Haus seiner Eltern an das überlebende Familienmitglied fiele, an Chase Jennings. Der Gedanke, dass er diese Bürde immer mit sich führte, machte mich traurig.

Die nächsten Zettel, und es waren ungefähr dreißig, waren dünn und so verknickt, dass ich sie ernsthaft hätte beschädigen können, hätte ich sie zu schnell auseinandergefaltet. Mein Puls fing an zu rasen. Ich erkannte diese Papiere ... ich erkannte die Schrift.

Das waren *meine* Briefe. Die, die ich Chase geschrieben hatte, als er zur MM gekommen war. Ich öffnete ein paar davon, wohl wissend, dass ich mich beeilen musste, aber nicht imstande, der Versuchung zu widerstehen, mich ihrer Echtheit zu versichern. Ich las mein bedeutungsloses Gerede: was Beth und ich taten, wie es in der Schule lief, Gespräche, die ich mit meiner Mutter geführt hatte. Meine eigenen Worte riefen eine Flut nostalgischer Empfindungen wach. Der harte Küchentisch, der Geruch der Vanillekerzen, wenn ich noch spät in der Nacht einen Brief geschrieben hatte. Die neuerliche Sorge um seine Sicherheit. Die Sehnsucht, die ich nach ihm verspürt hatte.

Von einem Teil dieser Dinge hatte ich ihm geschrieben. Dass ich ihn vermisste. Dass ich es kaum erwarten konnte, von ihm etwas über sein neues Leben zu erfahren. Dass ich ständig an ihn denken musste. Und jeden Brief hatte ich mit »In Liebe, Ember« geschlossen, und das war die reine Wahrheit gewesen. Ich hatte Chase Jennings geliebt.

Nun dachte ich darüber nach, wie er mich ins Abseits gestellt hatte, und darüber, ob ich ihn immer noch liebte.

All diese Dinge verwirrten mich so sehr, dass es mir im Herzen wehtat. Er war unbeständig. Er regte mich auf. Er war herrisch und überbehütend und gab sich in jeder Hinsicht nebulös. Niemand machte mir mehr zu schaffen als er.

Weil mir niemand mehr bedeutete als er. Niemand außer meiner Mutter, aber die Liebe, die ich ihr gegenüber empfand, fühlte sich vollkommen anders an. Wie das Bedürfnis nach Sauerstoff und das Bedürfnis nach Wasser.

Irgendwie war ich verdrossen. Warum hatte er diese Briefe aufbewahrt? Manchmal kam es mir vor, als könnte er es in meiner Nähe kaum aushalten, und doch schleppte er Erinnerungsstücke an unsere Beziehung durch seinen Dienst und das halbe Land mit sich herum. Wie groß war der Abstand zwischen dem alten Chase, *meinem* Chase, und dem Soldaten wirklich?

Und was würde die Hoffnung, dass ich ihm doch noch etwas bedeutete, mich kosten?

Ich legte die Briefe zurück in den Roman und achtete darauf, sie genauso zurückzulassen, wie ich sie vorgefunden hatte. Als ich das tat, fiel mein Blick auf einen Textausschnitt, Zeilen eines Briefes, den der Ich-Erzähler seiner Angebeteten geschrieben hatte:

> »Doch trag ich, o Elizabeth, ein Geheimnis im Busen, und es ist von fürchterlicher Art. Sobald es Dir erst offenbar ist, wird Dich Entsetzen bis ins Mark durchschaudern, ja, Du wirst, weit entfernt davon, ob meines

> Elends verwundert sein, nur mehr darüber staunen, dass ich unerachtet meines Duldertumes noch immer am Leben bin!«

Ich schauderte unwillkürlich. Wie es aussah, war ihm meine falsche Identität nicht aus heiterem Himmel in den Sinn gekommen.

KAPITEL 11

»Warum bist du so groß?«, fragte Ronnie staunend. Er stand im Esszimmer auf einem Stuhl und versuchte, sich so groß zu machen wie Chase, was ihm aber nicht gelang.

»Weil ich so viel Gemüse esse«, log Chase, woraufhin Mary Jane ihm den hochgereckten Daumen zeigte. »Stört es Sie, wenn ich mich hier hinsetze?« Er hatte sich einen Platz an der Wand ausgesucht, von dem aus er den ganzen Raum im Auge behalten konnte.

»Nee«, sagte der Junge.

»Wo bleiben deine Manieren, Ronnie«, tadelte Mary Jane, während ich ihr beim Tischdecken half.

»Nein *danke*«, korrigierte sich Ronnie.

Sie lachte nervös. »Ich meinte, bitte setz dich. Hierher, zu deiner Mutter.« Offensichtlich war ihr daran gelegen, dass ihr Sohn – der Einzige, der sich mit dem gemeinsamen Abendessen rundum wohlzufühlen schien – zwischen Mutter und Vater saß. Womit ich zu Chase auf die für Fremde reservierte Tischseite verbannt war.

Es passte mir überhaupt nicht, dass Patrick uns nicht gleich nach Lewisburg gefahren hatte. Seine ursprüngliche Freundlichkeit war wie weggeschwemmt, und nun vermittelte er mir das deutliche Gefühl, dass er bereute, uns hereingebeten zu haben.

Wenn ich nur daran dachte, dass ich auf eben diese Art von Freundlichkeit gebaut hatte, als ich fortgelaufen war.

Wir versammelten uns um den Tisch herum, und Ronnie lieferte die langsamste Johnny-Appleseed-Interpretation ab, die ich je zu hören bekommen hatte. Die Spannung nahm derweil noch weiter zu. Schließlich aßen wir und konnten uns endlich auf etwas anderes als einander konzentrieren. Ich hatte meinen ersten Bissen Schmorbraten kaum geschluckt, als ich mir die Gabel schon wieder in den Mund schob, entschlossen, so viel zu essen, wie ich nur konnte, immerhin wussten wir nicht, wann wir wieder mit einer heißen Mahlzeit rechnen konnten.

Das Reden überließ ich größtenteils Chase: Er war der bessere Lügner. Er schmückte die Geschichte über seine Verwandten in Lewisburg weiter aus, sagte aber nie genug, um in irgendeiner Weise Misstrauen zu erwecken. Ich staunte, wie viel er zu erzählen hatte. So viel hatte er zuvor in einer ganzen Woche nicht gesprochen.

Während sich unsere Gastgeber auf Chase konzentrierten, schmuggelte ich für später ein Brötchen in meine Tasche.

Als sich das Gespräch bald darauf Ronnie widmete, zeigte sich Chases Erschöpfung schon deutlicher. Wie viel Schlaf hatte er in den letzten Tagen bekommen? Wenig in der vergangenen Nacht. In der Nacht davor waren wir unterwegs gewesen. Und davor? Wer weiß?

Und heute Nacht würde er auch nicht schlafen. Sobald wir wieder für eine Minute unter uns waren, mussten wir entscheiden, ob wir bleiben oder uns rausschleichen sollten. Beides bot keine Gelegenheit zur Entspannung.

Die Stimmung am Tisch blieb während des ganzen Abendessens angespannt. Wenn Ronnie nicht gerade irgendeine Geschichte erzählte, sprach niemand. Ich hatte von

Sekunde zu Sekunde mehr das Gefühl, in der Falle zu sitzen. Nur das mit einer Verletzung der Ausgangssperre verbundene Risiko und die für den Morgen angekündigte Fahrt nach Lewisburg hielten mich noch auf meinem Sitzplatz.

Als Reaktion auf die Anspannung schaltete Mary Jane ein Tischradio ein. Als sie das Geschirr spülte, gesellte ich mich zu ihr in die Küche. Das Knistern erinnerte mich an das MM-Radio in Chases Rucksack. Ich hoffte, ich würde Musik zu hören bekommen, aber so viel Glück hatte ich nicht.

Die Nachrichten hatten bereits begonnen. Die Reporterin, eine Frau namens Felicity Bridewell, schloss jedes Wort in einem unangenehm selbstgefälligen Ton ab. Derzeit sprach sie über die Zunahme der Kriminalität in den Roten Zonen und den FBR-Beschluss zur Verstärkung der Truppen an den Grenzen.

Mit Schaudern dachte ich an die Begegnung mit der Highway Patrol.

Die Männerstimmen im Nebenraum verstummten, und ich wusste, dass Chase ebenfalls den Nachrichten lauschte. Ich stand angespannt schweigend und mit trockenem Mund in der Küche.

»... untersuchen den Mord an einem weiteren FBR-Offizier am heutigen Tag in Virginia. Die Behörden sind zu dem Schluss gekommen, dass es sich um das zweite Opfer eines Täters handelt, der inzwischen als der Virginia-Sniper bezeichnet wird. Bisher haben sich keine Zeugen gemeldet ...«

Ein Heckenschütze, der FBR-Offiziere ermordete ... hatte das irgendetwas mit dem gestohlenen Uniformlaster aus Tennessee zu tun? Ich spürte ein sonderbares Kribbeln in der Brust. Es war ganz sicher nicht sonderlich anständig,

Gewalttaten herbeizusehnen, aber wenn die Leute sich zur Wehr setzten, und sei es mit Gewalt, gab mir das Hoffnung.

Ehe meine Mutter verhaftet worden war, hatte ich einfach hingenommen, wie tief die MM in unser aller Leben eingriff. Es gefiel mir nicht, aber schließlich war auch nicht alles schlecht, was sie taten. Das Erneuerungsgesetz hatte zur Einrichtung der Suppenküchen und zum Einfrieren der Hypothekenkredite geführt, Dinge, ohne die wir womöglich nicht überlebt hätten. Aber seit der Revision hatte sich mein Blickwinkel verändert. Nun schien es mir geradezu überdeutlich, dass all diese Programme nur dazu dienten, uns von exakt der Maschinerie abhängig zu machen, die uns unterdrückte. Die Kluft zwischen der Regierung und den Bürgern war nie größer gewesen.

Die MM hatte mir mein Leben genommen. Ich konnte nicht zurück, konnte nicht mehr zu Schule gehen, konnte nicht mehr nach Hause. Vielleicht würde ich Beth und Ryan nie wiedersehen. Zum ersten Mal seit dem Krieg überlegte ich, wie das Leben ohne die MM sein könnte. Ohne Rote Zonen und Ausgangssperren. Ohne Reformschulen und Statuten. Und mir wurde bewusst, dass ich überleben konnte, denn genau das taten Chase und ich zurzeit.

Ich schüttelte den Kopf, um wieder zu mir zu kommen. Ich war die, die die Dinge zusammenhielt, nicht die, die Ärger provozierte. Mich einer Widerstandsbewegung anzuschließen war ein verrückter Gedanke. Unverantwortlich. Und es bedeutete mir nicht einmal wirklich etwas – nicht, solange ich auf der Suche nach meiner Mutter war.

»*... Mord in Harrisonburg, Virginia, der an eine Exekution erinnert. Der Verstorbene ist ein nicht identifizierter weißer Mann Mitte vierzig.*« Pause. Papierrascheln. »*Wir erfahren gerade, dass das Federal Bureau of Reformation diesen Todesfall mit dem*

Virginia-Sniper in Verbindung bringt. Damit muss dieser Fall als der dritte in einer Serie von Morden angesehen werden, die überall im Staat Virginia begangen wurden. Wie immer werden die Bürger dringend aufgefordert, sich aus den evakuierten Gebieten fernzuhalten und die Moralstatuten zu befolgen.«

Ich krallte die Hände zusammen, um sie am Zittern zu hindern.

Die MM legte ihren eigenen Mord an einem Widerstandskämpfer dem Sniper zur Last, wer immer er auch sein mochte.

Mary Jane plapperte etwas darüber, wie gefährlich es in diesem Land geworden und wie dankbar sie für die Existenz des FBR sei. Ich wollte ihr die Wahrheit ins Gesicht schreien, wusste aber, dass ich das nicht tun konnte. Als das Radio erneut meine Aufmerksamkeit fesselte, erstarrte ich vollends.

»… dem in dieser Woche fahnenflüchtig gewordenen ehemaligen FBR-Soldaten Jennings nur mit größter Vorsicht nähern, da er bewaffnet und gefährlich sein könnte. Informationen über den Aufenthaltsort dieses Kriminellen können jederzeit der Krisenstelle gemeldet werden. Das waren die Abendnachrichten mit Felicity Bridewell.«

Den größten Teil dieses Beitrags hatte ich verpasst. Was hatten sie gesagt? Mary Jane hatte während des Berichts beinahe ununterbrochen geredet.

Ich konnte sie nicht anschauen; sie würde mir die Wahrheit am Gesicht ablesen. Und wenn wir jetzt flüchteten, würden die Loftons wissen, dass wir uns schuldig gemacht hatten. Also konzentrierte ich mich auf das Fenster und starrte die Tränenspuren an, die der Regen auf der Scheibe hinterlassen hatte. Als Chase die Hand auf mein Kreuz legte, hätte ich beinahe aufgeschrien.

»Das Essen war toll, nicht wahr, Elizabeth?«, sagte er mit einem dumpfen Lächeln. Ich wusste, es war nur Theater, dennoch empfand ich die Berührung als tröstlich. Sie half mir, meine Rolle weiterzuspielen.

»Köstlich«, bestätigte ich. Die Muskeln in meinen Beinen traten bereits in Aktion.

Die nächsten Minuten schienen wie im Tran zu vergehen. Plötzlich fand ich mich mit Chase in einem Gästezimmer wieder, das gegenüber von Ronnies Kinderzimmer lag. An der Wand hing ein Amish-Quilt; das komplizierte Muster aus farbigen Vierecken brachte mich zum Schielen.

Chase öffnete das Fenster, das jedoch vergittert war. Um Diebe fernzuhalten. Um Verbrecher festzuhalten.

Ich atmete tief durch.

»Ich glaube nicht, dass sie Bescheid wissen«, sagte ich unsicher. Chase schüttelte den Kopf. Nun, da er nicht mehr schauspielern musste, war er sehr ernst. »Vielleicht hat Patrick gar nicht gehört, wie ich draußen deinen Namen genannt habe.«

»Der war mit anderen Dingen beschäftigt.« Chase schloss vorsichtig das Fenster. Eine Falte zeigte sich zwischen seinen Brauen, und er verlagerte sein Gewicht von einem Fuß auf den anderen.

»Was machen wir jetzt?«, fragte ich. »Ich will nicht bis morgen warten.«

»Vor dem Haus steht ein Van, und dann ist da noch das Motorrad, aber wir können die Straßen während der Ausgangssperre nicht benutzen.« Sein Ton klang bedeutungsschwer. »Wir marschieren los, sobald sie schlafen.«

Während Chase sich wusch, schlich ich auf Zehenspitzen den Gang hinunter. Meine Neugier war geweckt worden, als ich Mary Jane und Ronnie nicht mehr hatte hören können. Zeit für die Gutenachtgeschichte, so nahm ich an. Das schien mir recht normal zu sein. Ebenso wie die Tatsache, dass Patrick noch im Wohnzimmer war. Er hatte die Füße hochgelegt und sich eine Brille aufgesetzt. Ich musste meine Verbitterung hinunterschlucken, weil mich der Anblick an daheim erinnerte und daran, wie meine Mutter und ich während der Ausgangssperre auf dem Sofa gesessen und gelesen hatten.

Mein Herzschlag beruhigte sich langsam wieder. Alles schien normal zu sein. Nicht, dass ich das hätte beurteilen können.

Als ich wieder ins Gästezimmer schlüpfte, fand ich Chase auf der Bettkante sitzend vor, die Ellbogen auf den Knien, die Hände vor das Gesicht geschlagen. Er saß so still da, dass ich dachte, er würde schlafen.

Einen Augenblick musterte ich ihn, unfähig, den Blick abzuwenden.

Es schien, als hätte ihn irgendetwas abgelenkt, als er sich gerade hatte umziehen wollen. Er trug immer noch Jeans und Stiefel, aber sein sauberes Hemd lag unberührt neben ihm auf dem Bett. Dank des Generators funktionierte das elektrische Licht, dennoch hatte er eine Kerze entzündet, um die Schatten zu bekämpfen, und die harten Linien an seinem Kinn und seinem Hals traten im flackernden Schein der Flamme noch stärker hervor. Aus diesem Blickwinkel fielen mir etliche erhabene Narben an seinem Rücken auf, die ich in dem Haus in der Rudy Lane gar nicht bemerkt hatte. Sie ärgerten mich, diese Narben, die sich wie Klauenhiebe diagonal über seine Haut zogen. Ich wollte wissen, wer ihm so wehgetan hatte. Ich wollte ihn beschützen. Falls das überhaupt möglich war. Irgendwie hegte ich den machtvollen Gedanken, ich könnte es vielleicht tatsächlich.

Und doch, die Narben ließen ihn in Verbindung mit der sich um seinen Arm ringelnden Wunde, die nun gut sichtbar war, da er keinen Verband über der Schulter trug, noch gefährlicher erscheinen.

Für mich war er entsetzlich schön.

All die Nerven, die in mir geknistert hatten, schienen sich zu verwandeln und sich Chase zuzuwenden. Mein ganzer Körper zitterte erwartungsvoll. Jegliche verbliebene Energie funkelte in der Luft zwischen uns wie eine elektrische Entladung.

Ich wollte zu ihm, aber meine Füße waren regelrecht am Boden festgenagelt. Ich öffnete den Mund, um etwas zu sagen, aber ich hatte keine Worte. Ich dachte an die Briefe, die er aufbewahrt hatte, daran, welche Bedeutung sie haben könnten, wenn er mich nur an sich heranließe, und war wieder verwirrt.

Die ganze Zeit regte er sich so wenig wie ich, doch dann seufzte er leise, und mein Herz krampfte sich zusammen. Irgendetwas stimmte nicht. Das war ein Schmerzenslaut gewesen, kein Ausdruck der Erschöpfung.

»Tut der Arm sehr weh?«, fragte ich. Er sprang auf. Offenbar hatte er gar nicht gemerkt, dass ich da war, und ich hatte vergessen, dass ich auf Zehenspitzen geschlichen war, um Patrick nicht zu stören.

Er zog sich das Hemd an, etwas zu hektisch, wie ich dachte. Ich schloss die Tür hinter mir.

»Es ist nur … dieser Junge. Er ist noch ein Kind, aber er hätte erschossen werden können.« In seinem Ton lag eine so tiefe Scham, sie schien ihn beinahe zu ersticken, und ich sackte mit dem Rücken an die Wand und staunte, wie sehr mich das berührte. »Ich habe gar nicht an ihn gedacht. Er ist, wie alt? Sechs? Sieben? Ich wäre beinahe einfach weggegangen und hätte ihn sterben lassen.«

Ich fühlte, wie sich meine Brauen einander annäherten. Ein Schauer rann über meinen Rücken, als ich daran dachte, wie Chase auf die Weide hinausgelaufen war.

»Aber das bist du nicht.«

»Deinetwegen.« Nun blickte er auf. Seine Augen waren tief dunkel und voller Schmerz. »Dieser Kerl hat eine Pistole auf ein Kind gerichtet, und alles, woran ich denken konnte, warst du. Dass er dich verletzen könnte. Dass ich das nicht zulassen durfte. Diese Kerle, diese *blöden* Kerle in Hagerstown. Und die Highway Patrol … ich hätte … was ist eigentlich los mit mir?«

Ich schluckte, aber es fiel mir schwer, denn meine Kehle fühlte sich an wie zugeschnürt. Chase starrte wieder seine Hände an. Im Moment sahen sie nicht aus wie die Hände eines Kämpfers, nur groß, schwielig und leer.

Wieder meldete sich der alte Schmerz in meinem Inneren. Hätte ich ihm gesagt, er solle die MM vergessen und bei mir bleiben, als sie ihn eingezogen hatten, dann wäre er nun nicht so gebrochen.

»Du passt auf andere auf, wie du es immer getan hast …«, setzte ich an, doch er schüttelte den Kopf, wollte nicht hören, wie ich versuchte, meine Bedeutung bei all dem herabzuspielen.

»Du bist das Einzige, was mich hält.«

»Tut mir leid, wenn ich dir den ganzen Spaß verderbe«, warf ich ihm aufgebracht an den Kopf.

»Spaß?«, wiederholte er kläglich. »Du denkst … Ember, du bist das einzige Stück von mir, das mir geblieben ist. Alles andere – meine Familie, mein Zuhause, meine *Seele* – es ist alles weg. Ich weiß einfach nicht mehr, wer zum Teufel ich eigentlich bin. Wenn du nicht wärst … ich weiß auch nicht.«

Seine Stimme klang belegt, und er starrte zu Boden, bestürzt und beschämt gleichermaßen. Mir stand zwar der Mund offen, doch ich wusste nicht, was ich sagen sollte. Ich wünschte, ich könnte ihm versichern, dass er immer noch Chase war, und mir auch, aber was, wenn er recht hatte?

»Komm her.« Das war meine Stimme. Meine Bitte. Aber sie überraschte uns beide.

Einige lange Sekunden geschah nichts, doch dann übernahm eine magnetische Kraft das Ruder und zog uns langsam aufeinander zu. Sein Gesicht blickte fragend, verwirrt. Ich konnte ihm ansehen, dass er nicht näher kommen wollte, dass er nicht verstand, warum er schon so nahe war.

Er riss sich von meinen Augen los, und ich war tief betroffen, als er sein Gesicht zaghaft in meinem Haar barg. Sein Atem wärmte meine Schulter. Er roch nach Holz und ein bisschen nach Seife. Mein ganzer Körper kribbelte.

Ich strich mit der Wange über seinen Hals. Seine Haut zu spüren jagte schmerzliche Wogen der Sehnsucht durch mich hindurch. Niemand ließ mich empfinden, wie Chase es tat. Er war mein Fels in der Brandung und zugleich die Brandung selbst, und so fühlte ich mich in seiner Gegenwart fast immer gleichermaßen sicher und bang. Nichts auf Erden war für mich so verwirrend und so überwältigend wie seine Nähe. Konnte er das spüren? Wusste er es?

»Ich habe die Briefe gesehen«, gestand ich. »Die, die ich dir geschrieben habe. Ich habe sie im Rucksack gesehen.«

Sein Kopf ruckte hoch, und seine Augen nagelten mich an Ort und Stelle fest. Sofort überdeckte Ärger seinen qualvollen Versuch, sich zu öffnen, und sein Blick durchbohrte mich mit einer Glut, die ich nicht nachvollziehen konnte.

Und dann erlosch sie.

»Es tut mir leid. Das hätte ich nicht tun sollen«, sagte er.

Er wich einen Schritt zurück. Dann noch einen. Schob die Hände in die Taschen und atmete so flach, als gäbe es nicht genug Luft in diesem Raum.

Es tat ihm leid, dass er mich berührt hatte. Er bedauerte es sogar. Ich kam mir so klein und unwert vor und war zugleich so wütend, dass er mich als so bedeutungslos einstufen konnte, während ich mich um ihn sorgte.

Na schön, ich war nicht unbedeutend, ich war wichtig. Vielleicht nicht für ihn, aber für jemanden war ich wichtig.

Ich wusste nicht gleich, wie ich reagieren sollte. Tränen brannten in meinen Augen, aber ich durfte sie nicht vergießen. Schließlich reckte ich stolz das Kinn vor und bemühte mich, mit ruhiger Stimme zu sprechen.

»Du solltest ein bisschen schlafen, Chase. Du siehst müde aus. Ich bleibe auf und halte Wache. Du musst dir keine Sorgen machen.«

Damit wandte ich mich ab und setzte mich, immer noch voll bekleidet, auf das Bett. Er rührte sich lange nicht. Dann, endlich, legte er sich mit dem Messer in der Hand auf den Boden. Er machte sich nicht einmal die Mühe, den Schlafsack zu öffnen.

Auf seiner Brust stemmte ich mich auf die Ellbogen und blickte auf sein Gesicht herab. Seine Finger strichen um mein Kinn und spielten mit meinem Haar.

»Du wirst mich doch nicht vergessen, oder?« Ich versuchte, ganz locker zu tun, vielleicht würde er dann nicht merken, wie sehr ich mich vor morgen fürchtete.

Kurz sah ich ein Zucken in seinen Augenwinkeln. Dann setzte er sich auf, und ich hockte auf den Knien. Seine Hände glätteten mein T-Shirt und zogen es sittsam herab.

»Nein«, sagte er. Dann verdüsterte sich seine Miene. »Ich glaube, ich kann dich gar nicht vergessen.«

Sein schwerer, langsamer Atem und sein ernster Ton holten die Realität zurück, aber ich wollte sie nicht sehen. Ich wollte nicht, dass er ging. Und wenn ich jetzt den Mund öffnen würde, dann würde ich ihn bitten zu bleiben. Ihn bitten und damit sein Leben ruinieren.

Meine Augen brannten. In meiner Kehle hatte sich ein riesiger Kloß festgesetzt. Ich wandte mich ab, hielt den Atem an und bemühte mich, das Beben meiner Schultern zu unterdrücken, aber er sah es doch, und als er meinen Arm berührte, riss ich mich los, denn das tat noch mehr weh als die Tatsache, dass er nicht wütend war, weil er gehen musste. Dass er lieb und nett war, um es mir leichter zu machen.

Ich hasste die MM. Meine Mutter hatte recht: Sie nahmen uns alles, was gut war.

Die Unsicherheit war zu groß für mich. Was, wenn ich ihn nie wiedersah? Alles schien sich meiner Kontrolle zu entziehen. Und dann kam mir die verrückte Idee, er käme vielleicht schneller heim, wenn ich diesen Abschied beschleunigte. Es wäre so schmerzhaft, als würde ich ein Pflaster grob abreißen, aber er käme wieder zurück.

»Ich will dir jetzt auf Wiedersehen sagen«, erklärte ich, und nun klang meine Stimme brüchig. »Ich habe es mir anderes überlegt. Ich will nicht bis morgen warten.« Ich konnte ihn nicht ansehen. Ja, ich war feige. Na und?

Ich spürte seine Berührung, spürte, wie er mein Haar zur Seite schob, wie seine Lippen über mein Ohr strichen.

»Ich werde dich nicht vergessen«, sagte er noch einmal leise zu mir.

Ich sackte kläglich gegen seine Brust. Er zog mich an sich. Seine Arme umfingen meinen Körper; seine Knie erhoben sich zu beiden Seiten von mir. Ich fühlte, wie er einatmete, wie er die Lippen auf meinen Nacken drückte.

»Ich verspreche, ich komme zurück, ganz egal, was passiert.« Obwohl er im Flüsterton sprach, tat er es mit großer Vehemenz. Ich glaubte ihm aufs Wort.

»Ich werde auf dich warten«, versprach ich.

Er drehte meinen Kopf und barg mein feuchtes Gesicht an seiner Schulter, und er hielt mich fest, bis ich wieder ruhig atmete. Nach einer Weile legte er sich neben mich und sagte: »Schlaf gut, Ember.« Und als ich am Morgen erwachte, war er fort.

Chase schlief, still und traumlos, während ich wach blieb und mich mit brennenden Gedanken plagte. Mein Bedürfnis, voranzukommen, war stärker denn je, und ich fing an, darüber nachzudenken, wie wahrscheinlich es war, dass wir bei Nacht von einem MM-Streifenwagen aufgegriffen würden. Vielleicht war die Gefahr gar nicht gegeben. Vielleicht konnten wir den ganzen Weg bis nach Lewisburg hinter uns bringen, den Schleuser aufsuchen und schon morgen in South Carolina sein.

Wenn ich ehrlich zu mir selbst war, musste ich zugeben, dass ich nicht nur wegen meiner Mom mit den Hufen scharrte und unbedingt weiter wollte. Was zwischen mir und Chase vorgefallen war, würde sich zweifellos zu einer Peinlichkeit für uns beide entwickeln, und mir war jeder Weg recht, um das zu vermeiden. Chase hatte offenbar immer noch vor zu verschwinden, sobald wir das sichere Haus erreicht hatten, und vielleicht war es auch besser so. Wenn ich für ihn nicht Grund genug war zu bleiben, dann wollte ich ihn auch nicht in meiner Nähe haben.

Ich nagte an meinem Daumennagel und ärgerte mich darüber, dass er mir so viel bedeutete.

Nach einer Stunde schlich ich durch den Korridor, nur um festzustellen, dass Patricks Lampe immer noch brannte. Ich hörte, wie er sich auf dem Sofa bewegte und die Seiten dieses verdammten Buchs umblätterte. Warum ging er nicht einfach zu Bett? Ich hatte das Gefühl, dass er absichtlich wach blieb, um auf sein Haus aufzupassen und dafür zu sorgen, dass wir ihn nicht bestehlen konnten.

Im Grunde konnte ich ihm das nicht vorwerfen.

Ich war auf dem Weg zurück zum Gästezimmer, als ich den Boden knarren hörte, nun aber auf der anderen Seite des Korridors. Hastig verschwand ich im Gästebad und wartete. Und dann klapperte die Kellertür.

»Ist Billings da?«, hörte ich Mary Jane flüstern. Also war sie im Keller, zusammen mit dem Jungen. Ich kam mir vor wie eine Idiotin, dass ich diese Leute für so naiv gehalten hatte; sie waren schon seit dem Abendessen dort unten. Dorthin zog sich die Familie zurück, wenn *Gefahr* drohte.

Billings? Wer war Billings? Die Antwort dämmerte mir nur langsam. Patrick hatte diesen Namen schon einmal genannt. Er war der Käufer. Die Person, die das Rind zum Schlachthof hätte bringen sollen.

»Noch nicht. Dürfte aber nicht mehr lange dauern. Schließ die Tür ab.«

»Aber du bist vorsichtig, ja?«, bat sie mit kläglicher Stimme. »Wenn er wirklich der Kerl aus dem Radio ist, dann ist er gefährlich. Ich kann nicht fassen, dass du sie hergebracht hast. In unser Haus. Und Ronnie ...«

»Erzähl du mir nichts von Ronnie«, blaffte Patrick sie an. Dann seufzte er schwer. »Schau, mir gefällt das auch nicht, aber für den letzten Soldaten haben wir tausend Dollar bekommen. Dieser bringt noch mehr. Hinter dem sind die Ordnungskräfte schon her und so. Und wer weiß, vielleicht bekommen wir sogar einen Bonus für das Mädchen. Das würde reichen, damit wir den Sommer hier draußen überstehen. Wir müssten nicht in die Stadt ziehen, wie wir es besprochen hatten.«

Mein Magen fühlte sich an, als hätte ich eine Tüte Reißzwecken verschluckt. Plötzlich war alles ganz klar.

Die Loftons hatten uns mit ihrer Gastfreundschaft eingelullt, um uns hierzubehalten. Seit dem Moment, in dem wir ihr Haus von innen gesehen hatten, ahnte ich, dass irgendetwas nicht stimmte. Ein Generator? Kinderspielzeug? Warum hatte ich nicht auf meine Intuition vertraut? Und jetzt besaßen wir nicht einmal eine Waffe.

Billings, wer immer das war, war unterwegs hierher. Die Schmerzen in meinem Körper waren vergessen. Ich musste zu Chase, und wir beide mussten von hier verschwinden. *Sofort.*

Ich lauschte nicht länger, sondern huschte leise zurück über den Gang zu unserem Zimmer und packte Chase am Fußgelenk. Zwar konnte ich ihn im Dunkeln kaum sehen, aber ich spürte, wie er sich rasch aufsetzte.

»Was ist los?«, fragte er aufgeschreckt. »Alles in Ordnung mit dir?«

»Wir müssen weg – die haben jemanden hergerufen. Der Junge und die Mutter sind im Keller, und Patrick spielt den Gefängniswärter«, erzählte ich ihm in einem einzigen, heftigen Atemzug.

Wie der Blitz war Chase auf den Beinen, steckte sich den Schlagstock in den Hosenbund und drückte mir das Messer in die Hand.

»Hier«, sagte er und drängte mir den Rucksack auf.

»Wie kommen wir hier weg?«, fragte ich. »Patrick …«

»Den überlass mir. Und jetzt, Ember, hör mir genau zu, ja? Du gehst hinten raus. Lauf zum Wald und weiter zur Straße. Ich bin direkt hinter dir.«

»Du gehst nicht mit mir?« Ich hatte es an seinem Ton erkannt. Er wollte dafür sorgen, dass ich nicht verfolgt wurde, gleich, welches Risiko er dafür auf sich nehmen musste. Mir war ein wenig schwindelig.

Seine Hände umfassten mein Gesicht, seine Daumen strichen sacht über meine Wangenknochen. Er war so nah; ich fühlte, wie die Luft in Bewegung geriet, als er sprach.

»Bleib in Deckung. Folge der Straße nach Lewisburg und such den Schleuser. Im Rucksack ist Geld, genug, um ihn zu bezahlen. Achte darauf, dass du ihm nicht zeigst, wie viel Geld du hast, ehe du in dem sicheren Haus bist.«

»Ich werde nicht …« Nun hatte ich Angst. Meine Hände bedeckten die seinen und quetschten seine Finger. Ich wollte nicht glauben, dass er das wirklich gesagt hatte. Ihn in solch einer Gefahr allein zurückzulassen, war mir unvorstellbar.

»Sei vorsichtig, wenn du mit jemandem sprichst, und halte dich bedeckt. Du weißt, was du zu tun hast. Trau niemandem.« Seine Worte fielen so hastig, dass sie beinahe ineinander übergingen.

»Aber was ist mit dir? Ich kann dich nicht hier zurücklassen.«

»Doch, das kannst du«, beharrte er. »Ember, es tut mir leid, dass ich alles so vermasselt habe. Ich wollte dir nie wehtun. Es gibt noch so viel …«

Und plötzlich lagen seine Lippen auf meinen. Warm und fordernd. Wütend und furchtsam. Angefüllt mit all den Worten, die er nicht aussprechen konnte.

Er schob mich fort, nur um mich gleich wieder an sich

zu ziehen, mich noch leidenschaftlicher zu küssen und die Hände in meinem Haar zu vergraben. Meine Fäuste krallten sich in seinem Hemd fest, hin- und hergerissen zwischen der Notwendigkeit, mich von ihm zu lösen, und dem Wunsch, bei ihm zu bleiben. In meinem Kopf drehte sich alles.

Zu früh gab er mich mit einem letzten Kuss auf die Schläfe frei, und schon öffneten wir sacht die Tür und unterdrückten das Bedürfnis, sie einfach aus den Angeln zu reißen. Ich konnte nicht fassen, dass ich drauf und dran war, ohne ihn zu gehen. Ihm blieb weder Geld noch Nahrung. Alles in mir schrie, dass das nicht richtig war.

Er kommt hinterher, sagte ich mir. Wenn er kann.

Ich schlich auf den Korridor. Chase war direkt hinter mir. Mein Weg zur Hintertür führte am Wohnzimmer vorbei. Patrick saß wahrscheinlich immer noch lesend und vermutlich bewaffnet auf der Couch und hielt Wache. Und dank des verdammten Generators funktionierte das elektrische Licht. Er würde alles sehen.

Ich passierte die Kellertür und wünschte mir plötzlich, so hart ich nur konnte dagegenzutreten. Hatte sie diesen Billings angerufen? Oder war es Patrick? Ja, wahrscheinlich war er es. Als Chase und ich uns zum Abendessen frisch gemacht hatten, hatte er die Gelegenheit dazu gehabt. Und all das, nachdem wir ihren Sohn gerettet hatten.

Chase schob sich an mir vorbei, und in der Dunkelheit strich sein Daumen noch einmal über meine Lippen. Sein Abschied, das war mir bewusst, und die Berührung ging mir durch und durch.

Er ging ins Wohnzimmer, und ich hörte, wie Patrick plötzlich hochfuhr.

»Sie müssen nicht aufstehen«, sagte Chase leise. »Ich

wollte mir nur ein Glas Wasser holen, wenn Sie nichts dagegen haben.«

»Gern. Ich helfe Ihnen«, erbot sich Patrick. Ich erhaschte noch einen knappen Blick auf Chases Kehrseite, ehe er in der Küche verschwand, und ich betete, dass ich ihn nicht zum letzten Mal gesehen hatte. Ich schlich durch die Eingangshalle und weiter in Richtung Waschküche, hielt aber inne, kaum dass mein Fuß den Linoleumboden berührt hatte.

Wenn ich die Tür öffnete, würden sie es aus der Küche hören können. Chase wusste das, und er würde nicht zulassen, dass Patrick mir folgte. Was das beinhaltete, wusste ich jedoch nicht.

Kurz lauschte ich dem Geräusch fließenden Wassers in der Spüle und der gedämpften Unterhaltung. Jeder Nerv in mir fühlte sich an, als stünde er unter Strom. Ich umfasste den Türknauf so fest, dass meine Knöchel sich weiß unter der Haut abzeichneten und der Knauf in meiner Hand erzitterte. Als ich die Stimmen das nächste Mal hörte, kamen sie aus dem Wohnzimmer.

Warum flieht er nicht?

Aber ich wusste, warum. Er wollte mir mehr Zeit verschaffen, und er hatte die Hintertür noch nicht gehört. Tonlos verwünschte ich ihn.

Ich sammelte allen Mut, den ich hatte, und rannte um die Ecke, um die Küche von der anderen Seite zu betreten. Das Licht brannte und blendete mich, aber der Raum war verlassen. Ich ging direkt zum Kühlschrank, schnappte mir sämtliche Schlüssel in der schwarzen Keramikschale, die neben ihm stand, und kehrte zur Hintertür zurück.

So leise ich konnte, öffnete ich die Tür und schoss auf tauben Beinen hinaus. Die eisige Luft schlug mir ins Gesicht und raubte mir den Atem. Ich rannte auf das einzige Ziel zu, von dem ich mir Hilfe versprach.

Der Generator. Gleich vor dem Küchenfenster. Vielleicht konnte ich, wenn ich den Strom lahmlegte, Chase eine Chance verschaffen, seinerseits zu entkommen.

Vor der surrenden Metallkiste stoppte ich und suchte in der Dunkelheit vor dem Haus verzweifelt nach dem Schalter. Ich hatte keine Zeit, die Taschenlampe hervorzukramen. Jetzt zählte jede Sekunde.

Während meiner schweigsamen Suche hörte ich ein neues Geräusch durch die Nacht brechen und erstarrte vor Schreck. Schritte. Sie waren noch weit entfernt; für einen Moment bildete ich mir sogar ein, es könnten die Kühe auf der Weide sein. Mein Rückgrat jedoch wurde starr, als ich menschliche Stimmen hörte und die Schritte näher kamen.

Patrick und Chase konnten es nicht sein; die waren immer noch im Haus, genauso wie Mary Jane und Ronnie. Es musste Billings sein.

Ich lauschte so angestrengt ich nur konnte, aber das Brummen des Generators hinderte mich daran, mehr zu hören. Definitiv näherten sich Männer dem Haus, aber wie waren sie hergekommen? Ich hatte keinen Wagen gehört.

Aber das war jetzt nicht wichtig. Chase war immer noch im Haus.

Panisch strich ich mit den Fingern über die geriffelten Metallwände der Stromquelle, verbrannte mir dabei irgendwo die Hand und musste einen Schrei unterdrücken, aber schließlich fand ich den Schalter, klappte die Schutzkappe auf und schaltete den Generator aus.

Meine Ohren klingelten in der plötzlichen Stille. Das Küchenfenster über mir wurde schwarz.

In der Dunkelheit im Haus wurde Lärm laut. Mich überwältigte die Furcht, und ich rannte blindlings davon, stolperte über Steine und erhabene Grasbüschel. Der Mond überzog die Weiden mit einem ätherischen, silbrigen Licht, und ich fühlte die stumpfen Augen der Kühe auf mir ruhen.

Ich lief nicht zum Wald, sondern zur Scheune. Ich hatte die Schlüssel. Womöglich konnte ich die Waffe holen, Chase suchen … weiter konnte ich nicht denken. Ich war gerade dabei, das riesige Holztor aufzuziehen, als ich jemanden hinter mir hörte.

Nein!

Ich wirbelte zum Haus herum, konnte in der Dunkelheit aber nichts sehen. Tief in den Schatten gekauert hielt ich den Atem an, wohl wissend, dass, wer immer mir gefolgt war, mich bei diesen Lichtverhältnissen nicht sehen konnte, solange ich mich nicht rührte, würde ich aber rennen, so könnten sie den Geräuschen folgen, die ich dabei verursachen würde.

Die Schritte hielten nicht inne, und plötzlich trat ein mächtiger Schatten vor den Mond. Dann hoben mich starke Arme vom Boden hoch und zerrten mich in die Scheune. Ich öffnete den Mund zu einem Schrei, doch sogleich legte sich eine große Hand über meine Lippen.

Chase.

Ich schluchzte vor Freude, als mir klar wurde, dass er es war. Er sagte kein Wort, setzte mich nur ab und rannte nach hinten, um den Hinterausgang zu kontrollieren. Er war verschlossen und zusätzlich mit einer Kette gesichert. Chase trat zu, und das Holz splitterte. Beim nächsten Tritt fiel die Kette zu Boden. *Viel zu viel Lärm.*

»Schlüssel!«, flüsterte ich und zeigte ihm alles, was ich mir in die Jeanstaschen gestopft hatte.

Er wühlte kurz darin. Ich glaubte, er wäre auf der Suche

nach dem Schlüssel zum Waffenschrank, aber das war ein Irrtum. Er ließ alle nicht benötigten Schlüsselringe klirrend zu Boden fallen und schleifte mich zu dem Motorrad.

Einen Augenblick später thronte ich hinter ihm. Er drehte den Schlüssel und zog mit der linken Hand die Kupplung. Das Motorrad brummte leise, aber mir war klar, dass es in Kürze lautstark grollen würde.

Dieses Mal zauderte ich nicht, wie ich es vor einem Jahr getan hatte. Ich glitt dicht an ihn heran, schob meine Knie in seine Kniekehlen und wickelte die Arme fest um seinen Körper. Derzeit konnte ich keine Verfolger hören.

»Zieh den Kopf ein«, wies er mich an. »Und halt dich fest.«

Ich nickte und drückte die Wange fest an seinen Rücken.

Wir verließen die Scheune durch die Hintertür, die sich in Richtung Wald öffnete. Chase drehte den Lenker nach rechts und bewegte das Motorrad mit den Füßen voran zur anderen Seite des dunklen Hauses. Mein Herz pochte so sehr, es war, als trommele es durch meine Brust auf Chases Rippen. Wir waren beinahe da, beinahe hatten wir die Auffahrt erreicht.

Endlich konnten wir den Kiesweg sehen, der sich in einem Bogen zur Straße zog. Zwei Wagen parkten auf der Straße, aber beide waren verlassen. Sie hatten sie dort abgestellt, um uns zu überrumpeln.

Furcht bohrte sich wie ein Dolch in meine Lunge, und ich konnte kaum mehr atmen. Das waren nicht irgendwelche Autos, es waren FBR-Streifenwagen.

Billings war Soldat. Das FBR kaufte Loftons Rinder.

Die meisten großen Nahrungsmittelbetriebe gehörten inzwischen der Regierung. Horizons hatte im Zuge des Krieges alle großen Marken aufgekauft. Natürlich verkaufte Patrick denen sein Vieh.

Chase packte meine Hand an seiner Brust und drückte sie fest. Dann rammte er den Fuß auf den Schalthebel und gab Gas. Explosives Grollen erfüllte die Luft. Dieses Geräusch war zweifellos auch im Haus zu hören.

Ich biss die Zähne zusammen und klammerte mich fest.

Ein Kiesregen stob auf, als wir zur Straße fuhren. Ich wusste nicht, ob Patrick und die Soldaten herauskamen. Ich schaute mich nicht mehr um.

Erst als wir die Straße erreicht hatten, hielten wir inne. Chase brauchte keine dreißig Sekunden, um abzuspringen und die Reifen beider Wagen zu zerstechen, und dann waren wir auch schon wieder unterwegs.

Wir fuhren in Richtung einer Stadt namens Hinton. Ich sah den Namen trübe auf einem grünen Straßenschild aus Metall aufleuchten und empfand den schmerzlichen Schlag der Niederlage, als wir an der Ausfahrt nach Lewisburg vorüberfuhren. Aber es ging nicht anders. Die Loftons hatten der MM bestimmt erzählt, dass sie uns angeboten hatten, uns dorthin zu fahren.

Wir würden den Schleuser verpassen.

Als das Adrenalin verbraucht war, fing ich an zu zittern, wusste aber nicht, ob es an der Kälte lag, die durch meine Kleider drang, oder an der Furcht.

Wir waren während der Ausgangssperre auf der Straße und konnten uns nur an dem gelegentlichen Aufblitzen fremder Scheinwerfer orientieren. Das Brüllen des Motors klang in meinen Ohren wie ein Schrei, der unsere Position jedem gegenüber hinausbrüllte, der sich irgendwo in der Umgebung aufhielt. Ich spürte, wie sehr sich Chase konzentrierte, sich bemühte, so schnell wie möglich voranzukommen, obwohl er ständig Hindernissen ausweichen musste, die immer wieder überraschend vor uns auftauchten.

Schließlich schloss ich die Augen. Die Loftons hatten uns gemeldet. Obwohl wir ihren Sohn gerettet hatten. *Trau niemandem*, hatte Chase gesagt. Wie recht er doch hatte.

Wie viel Zeit blieb uns, ehe die MM uns verfolgen würde? Bestimmt hatten sie bereits Verstärkung angefordert. Mit etwas Glück hatten wir mit dem Zerstechen der Reifen einen anständigen Vorsprung herausgearbeitet. Und wenn wir richtig viel Glück hatten, würde, wer immer ihnen zu Hilfe eilte, unsere Spur nach Lewisburg verfolgen. Ob die Hoffnung aber berechtigt war?

Die Dunkelheit verunsicherte mich. Überall vermutete ich Augen, die uns vom Straßenrand aus beobachteten, und wann immer Chase beim Anblick eines neuen Hindernisses auf der Straße zuckte, erschrak ich zutiefst.

So fuhren wir die längste halbe Stunde meines Lebens, bis wir endlich ein Schild passierten, das ankündigte, dass Hinton nur noch acht Meilen entfernt war. In einem schattigen Graben am Straßenrand half Chase mir herunter, ehe er das Motorrad geradewegs ins Gestrüpp fuhr. In aller Stille begruben wir es im Gebüsch, und unsere Spuren verbargen wir unter Kiefernnadeln. Danach verschwanden wir wieder einmal im Wald. Ich konnte mich eines Glücksgefühls nicht erwehren, weil wir immer noch am Leben waren. Andererseits würde bis zum Sonnenaufgang noch einige Zeit vergehen.

Chase hatte mir den Rucksack abgenommen und krauchte nun direkt vor mir parallel zur Straße durch das Unterholz. Die Mondsichel lieferte kaum genug Licht, uns den Weg zu weisen.

Und dann hörte ich die Sirenen.

KAPITEL 12

Meine Hand lag in der von Chase. Mal zog er mich, mal zog ich ihn, und wir rannten, zerrten einander immer weiter fort von der Straße, dorthin, wo der Wald so dicht war, dass nicht einmal mehr der Mondschein zu uns durchdringen konnte. Trockenes Laub knisterte unter unseren Stiefeln; Zweige zupften an unseren Kleidern und kratzten brennende Linien in unsere unbedeckte Haut. Ich stolperte, doch ehe ich noch Gelegenheit hatte, selbst einen Sturz abzufangen, hatte Chase mich schon wieder aufgerichtet.

Sie kamen näher.

Mein Herz donnerte, und trotz der kalten Märzluft benetzte Schweiß meinen Haaransatz. Das pulsierende Jaulen der Sirenen bohrte sich durch die Barriere aus Bäumen und Atemgeräuschen, die auf meine Trommelfelle eindroschen. Blaue Lichter malten flackernde Streifen zwischen die hohen, schwarzen Schatten.

Näher.

»Halt!« Ich zerrte Chase hinter einen gewaltigen Baumstumpf, der nach einem Bruch im Zuge eines längst vergangenen Sturms zurückgeblieben und nun von Efeu und Dornenranken überwuchert war. Er kauerte sich neben mich, still und stumm, und wurde sofort von der Dunkelheit verschlungen.

Die Fahrzeuge rasten die Straße herauf und brachten mit ihren Sirenen alle Tiere und Insekten zum Schweigen. Ich war wie versteinert, vollkommen unfähig, mich zu rühren.

Nicht anhalten, nicht anhalten, nicht anhalten!

Plärrend zogen sie vorbei. Einer. Zwei. Drei Streifenwagen. Unterwegs zum Haus der Loftons.

Und dann waren wir allein im Wald.

Chase atmete rasselnd aus, was mich daran erinnerte, dass ich das schon eine ganze Weile nicht mehr getan hatte.

Auf zitternden Beinen wanderten wir wieder los, bis wir die Stadtgrenze von Hinton erreicht hatten. Es war eine zeitaufwendige Plackerei. Keiner von uns wollte näher an die Straße heran, aber der Kurs, den wir dreißig Meter entfernt durch den Wald nahmen, lag dank der dicht stehenden Bäume in schwärzester Dunkelheit. Die Erschöpfung machte sich mehr und mehr in meinem Körper bemerkbar – eine Mischung aus Adrenalinverlust und einer schlaflosen Nacht –, aber mein Geist war so angespannt wie eine Sprungfeder.

Endlich, immer noch lange vor Anbruch der Morgendämmerung, kamen wir zu einem Parkplatz, überzogen mit dem Müll, der sich aus den überquellenden Abfalleimern ergoss. Auf der anderen Seite konnte ich vage das verputzte Gebäude eines Einkaufszentrums erkennen; die meisten Schaufensterscheiben waren mit Graffiti verschmiert worden, davon abgesehen machte die Anlage einen sicheren Eindruck. Keine FBR-Streifenwagen. Keine Gangs.

Auf dem Parkplatz standen vier Fahrzeuge. Alle wirkten verlassen.

»Kannst du eines der Autos kurzschließen?«, fragte ich sofort.

Chase schnaubte. »Wir warten, bis es heller ist. Jetzt können wir nicht losfahren, und ich möchte nicht auf freiem Gelände erwischt werden, sollte die MM auftauchen.«

Ich nickte, widerwillig, aber zustimmend. Es waren noch immer Stunden bis zum Sonnenaufgang.

Ein gutes Stück entfernt auf der linken Seite befand sich ein mächtiger, schattenhafter Koloss. Ein alter, verrosteter Sattelzugauflieger ohne Zugmaschine. Mir gefiel nicht, wie er den Blick auf den Wald dahinter versperrte. Das gab mir das Gefühl, viel zu exponiert zu sein, was mich daran erinnerte, dass wir im Grunde nicht hier draußen sein sollten. Dass wir inzwischen bei meiner Mutter sein sollten. Ich bohrte den Absatz in die Erde.

»Hey, vergiss Lewisburg«, sagte Chase, durchaus nicht unfreundlich. »Ich habe gesagt, ich bringe dich zu dem sicheren Haus, und das werde ich auch. Ich verspreche es.«

Tränen, von denen ich gar nicht gewusst hatte, dass sie sich bereits angesammelt hatten, strömten über meine Wangen. *Wie?*, wollte ich schreien. *Wie kommen wir dahin? Wie kannst du so etwas versprechen? Du kennst nicht einmal den Weg!* Aber ich wusste, er hätte keine Antworten zu bieten. Ihm diese Fragen zu stellen, würde nur dazu führen, dass wir uns beide noch schlechter fühlten. Ich griff nach dem Rucksack, tastete im Dunkeln nach dem Reißverschluss und wischte mir verstohlen die Augen trocken.

Die übrigen Klamotten, die wir in dem Sportgeschäft gestohlen hatten, lagen ganz oben. Sie waren noch feucht von dem Regen und würden bei den niedrigen Temperaturen äußerst unangenehm auf der Haut sein, aber das war nicht wichtig. Wir mussten uns umziehen. Ich reichte Chase ein frisches Flanellhemd und wünschte, wir könnten unsere Jacken wegwerfen, aber dafür war es zu kalt.

»Was ist im Haus noch passiert?«, fragte ich, nachdem ich den Kloß in meinem Hals runtergeschluckt hatte. So schnell wie möglich zog ich mich bis auf die Thermowäsche aus und ersetzte das Sweatshirt durch den pinkfarbenen Fleecepulli, den ich für meine Mutter eingesteckt hatte. In dem Moment, in dem ich den Mantel wieder übergestreift hatte, vergrub ich auch schon das Kinn im Kragen, um mich der kalten Luft zu erwehren, die mir wie mit Nadeln ins Gesicht stach.

»Patrick ist mir nachgelaufen wie ein Schoßhündchen«, antwortete Chase. »Ich habe versucht, ihn aus dem hinteren Bereich des Hauses wegzulocken, vielleicht sogar dazu zu bringen, zu seiner Frau in den Keller zu gehen, aber da haben die Kerle, die er gerufen hat, die Vordertür aufgebrochen. Billings, schätze ich, und drei andere. Ich konnte noch einen sauberen Schlag ansetzen, ehe …«

»Du hast einen Soldaten geschlagen?«, fiepste ich. Das würde schlimme Folgen haben, sollten wir geschnappt werden.

»Viele andere Möglichkeiten hatte ich nicht«, sagte er. Ich hörte, wie er sein Hemd wechselte und einen Grunzlaut von sich gab, als der Stoff über die Wunde an seinem Arm schrammte. »Einer von ihnen hat gesagt: ›Das ist er‹ und nach seiner Waffe gegriffen. Der Mistkerl und seine Frau müssen uns schon erkannt haben, ehe wir die Nachrichten gehört haben.«

Ich nickte, bis mir bewusst wurde, dass er mich nicht sehen konnte. »Sie dachten, sie könnten eine Belohnung für uns kassieren«, erklärte ich. *Für den letzten Soldaten haben wir tausend Dollar bekommen*, hatte Patrick gesagt. *Und wer weiß, vielleicht bekommen wir sogar einen Bonus für das Mädchen.* Zu wissen, dass ein Preisschild an uns klebte, eines, das reichen würde, Kost und Logis für eine ganze Familie zu sichern, drehte mir den Magen um.

Chase fluchte leise, und ich fühlte, wie sich diese Neuigkeit auf ihn auswirkte und in seine Poren drang. Als er wieder das Wort ergriff, klang seine Stimme trostlos.

»Einer von ihnen hat das Licht ausgeschaltet. Das hat aber nicht so hingehauen, wie die gehofft haben. Ich bin hinten raus, und da habe ich dann dich entdeckt.«

»Ich habe das Licht ausgeschaltet«, gestand ich.

»Du hast was?«

»Ich habe den Generator abgeschaltet.«

»Du …« Ein scheinbar endloser Herzschlag zog dahin, ehe er sich langsam näherte und die Hände auf meine Schultern legte. Die Verwirrung, die sich in seinen dunklen Augen spiegelte, machte mich nervös. Da stand er nun erneut und berührte mich, während sein Kopf mit seiner Handlungsweise im Konflikt stand.

»Du zitterst«, stellte er besorgt fest. Ich schüttelte seine Hand ab, doch da war es schon zu spät. All die Gefühle, die ich seit unserem Abschiedskuss unter Verschluss hatte halten wollen, drangen plötzlich auf mich ein. Die Sehnsucht, die Hoffnung. Die Ablehnung. Und das alles wurde noch verstärkt durch den Umstand, dass uns nun der Weg nach Lewisburg verwehrt war und damit, so fühlte es sich jedenfalls an, auch der zu meiner Mutter. Er schien zu spüren, dass etwas nicht stimmte, und er senkte den Kopf auf meine Höhe.

»Hey, bist du …?«

Ich verpasste ihm eine Ohrfeige.

Für ganze drei Sekunden herrschte fassungsloses Schweigen. Dann ergriff er wieder das Wort:

»Verflucht. Das war flink.«

»Das ist alles, was du zu sagen hast?« Ich brüllte beinahe. Meine Hand brannte gerade ausreichend, mir zu verraten, dass sie in der Kälte nicht zersprungen war.

Er schien nicht recht weiterzuwissen. »Ich … ja, schätze schon. Wofür genau war das?«

»Du weißt, wofür das war«, beschuldigte ich ihn wütend. »Wie kannst du … *das* … tun, nachdem … du weißt schon!«

»Ich weiß *nicht*«, sagte er stumpf. »Ich habe keine Ahnung, wovon du sprichst.«

»Du hast mich geküsst!«

Er stolperte einen Schritt zurück, und ich hörte die Luft zwischen seinen Zähnen entweichen.

»Das schien dir zu dem Zeitpunkt nicht so viel auszumachen.«

Ich knurrte ihn nur an, schnappte mir den Rucksack und schloss gewaltsam die Klappe. »Ich dachte, du wärst jemand anderes.« *Der frühere Chase.*

Er riss mir den Rucksack aus der Hand und warf ihn sich über den Rücken. Dann schüttelte er ihn wieder ab, als ihm einfiel, dass wir nicht weitergehen würden, und er warf ihn mit Wucht auf den Boden.

»Ich habe es dir gesagt«, gab er mit tiefer Stimme zurück. »Er ist nicht mehr da. Das ist vorbei.«

Ich kämpfte gegen die Tränen und wandte mich ab. Dass Chase selbst diese zwei Persönlichkeiten einräumte, die in ihm existierten, hätte beruhigend auf mich wirken sollen, aber ich fühlte mich nur noch schlechter. Ich konnte seine Nähe einfach nicht mehr ertragen. Die Morgendämmerung konnte gar nicht früh genug hereinbrechen.

»Ember, warte«, rief Chase, packte meinen Arm und hielt mich fest. Widerstrebend wandte ich mich um, weigerte mich aber, den Blick zu heben und ihm in die Augen zu schauen.

»Hör mal ... ich weiß, du sorgst dich seinetwegen. Aber wahrscheinlich geht es ihm gut«, sagte er frustriert.

Wahrscheinlich geht es ihm gut?

»Was ... von wem sprichst du?« Ich dachte, er hätte begriffen, dass es um Chase selbst ging, um den Chase, der mich gerngehabt hatte, und den, der mich nicht gernhatte, aber er redete von jemandem ganz anderen, und ich spürte den langsam aufsteigenden Schmerz der bevorstehenden Demütigung.

»Von dem Wachmann aus der Reformschule. Ist das nicht der, an den du gedacht hast?«

»*Sean?*«, fragte ich verdutzt. Und dann fiel es mir wieder ein. Randolph hatte in der Hütte angedeutet, ich hätte etwas mit einem Wachmann gehabt, als Chase sich nach mir erkundigt hatte, und dann, später, hatte ich diesen Trugschluss gefestigt, indem ich Chase gefragt hatte, was mit einem Soldaten passieren würde, der mit einer Bewohnerin erwischt wurde. Und nach allem, was passiert war, hatte er gerade *das* im Gedächtnis behalten?

Nur für einen Atemzug war ich verlegen, denn gleich darauf wurde mir die Kränkung schmerzhaft bewusst.

»Du denkst, ich hätte mich von dir küssen lassen, obwohl ich einen anderen liebe?«

»Eine große Auswahl hattest du ja nicht«, entgegnete er entrüstet.

»Ich bin keine Drei-Dollar-Nutte!«, platzte ich heraus. »Ich weiß ja nicht, mit wem du so deine Zeit verbracht hast, aber ...«

»Moment mal ...«

»*Du!* Du hast mich geküsst, obwohl du dachtest, ich wäre

mit einem anderen zusammen! Was sagt das wohl über dich aus, hm?«

»Moment«, wiederholte er und schnitt mir damit das Wort ab. In meinem Zorn war ich ihm unverschämt nahe gekommen, sodass uns nun nur noch Zentimeter trennten. »Erstens: Ich weiß, du bist nicht einfach; im Grunde bist du sogar der komplizierteste Mensch, der mir je begegnet ist. Zweitens: Ich habe nie behauptet, ich wäre ein guter Mensch. Und drittens: Wenn du nicht von diesem *Sean* gesprochen hast, von wem zum Teufel dann?«

»Das …«, stammelte ich. »Das geht dich nichts an«, wich ich aus.

»Wenn du an einen anderen Kerl denkst, während wir uns küssen, dann bin ich ziemlich sicher, dass mich das durchaus etwas angeht«, gab er hitzig zurück.

»Nicht mehr, nein. Außerdem, warum interessiert dich das überhaupt?«

Er richtete sich kerzengerade auf, sodass ich den Kopf in den Nacken legen musste, um ihm in die Augen zu sehen.

»Das tut es nicht.«

Er trat gegen die Erde. Sekunden vergingen. Und fühlten sich an wie Stunden.

»Du hast recht. Es ist nicht wichtig«, sagte er dann eisig.

Mein Magen sackte ein Stockwerk tiefer, aber er hatte recht. Es war besser so. Wenn wir das sichere Haus erreicht hätten, würde er mich verlassen. Ihn zu lieben würde alles nur noch schwieriger machen.

Er atmete tief durch, und wir beide fixierten den Parkplatz und traten unruhig von einem Fuß auf den anderen. Irgendwann schaltete er das Radio an, aber das gab nicht einmal ein Rauschen von sich; die Batterie war entweder im Regen nass geworden oder einfach nur leer. Hätten wir einen örtlichen Sender hereinbekommen, dann hätten wir vielleicht die Bewegungen der MM verfolgen können. Wie die Dinge aber lagen, befanden wir uns im Blindflug.

Die Sorge dämpfte meinen Ärger, und die Kälte betäubte meine Nerven. Und als ich in seine Richtung schaute, stellte ich überrascht fest, dass er mich beobachtete, obwohl ich im Mondschein nur die Umrisse seines Kopfes sehen konnte.

»Danke. Dass du mir heute Abend das Leben gerettet hast.«

Mehr sagte er nicht, und ich drang nicht weiter in ihn. Stattdessen setzte ich mich, und er folgte meinem Beispiel. Ich zog die Knie an die Brust, stülpte mir die Kapuze über den Kopf und wartete auf die Morgendämmerung.

Eine Stunde später weckte mich Chase. Er hatte uns den Schlafsack umgelegt, als ich eingeschlummert war, war aber selbst wach geblieben, um Wache zu halten. Aufgeschreckt rieb ich mir die Augen.

Zwar ging die Sonne bereits auf, doch war es immer noch dunkel. Die Grillen hatten aufgehört zu zirpen und den Weg für die zweite Schicht der Freiluftmusiker freigegeben: Ein Specht pochte munter vor sich hin, und ich hörte ein Summen von der Qualität einer Zugpfeife, das von einem mutmaßlich enormen Insekt stammen musste. Als ich etwas über meine Hand krabbeln spürte, sprang ich mit unnötig viel Tamtam auf die Beine.

Aber da kroch nichts über meine Hand. Dafür zog sich ein dünner, goldener Streifen um meinen linken Ringfinger.

»Wo hast du …«

»Sie hatten recht mit der Vermutung, wir könnten sie bestehlen«, sagte Chase mit Bezug auf die Bauernfamilie.

Ich dachte daran, wie er das Haus ausgekundschaftet

hatte, kaum dass wir eingetroffen waren, aber ich hatte absolut keine Gewissensbisse in Anbetracht dessen, was die getan hatten.

»Du hast mich geheiratet, während ich geschlafen habe?«, fragte ich staunend. Am Himmel breitete sich ein purpurner Nebel aus wie ein Bluterguss, und in dem rötlichen Licht sah ich, dass Chases Gesicht in einem etwas tieferen Kupferton erglühte.

»Du hast mich geschlagen, weil ich dich geküsst habe. Es schien der Wahrung meiner Interessen zu dienen, dich zu heiraten, während du geistig abwesend bist.«

Gelächter, nur sekundenlang, überraschte mich, und ich überlegte, wann ich Chase zum letzten Mal einen Scherz hatte machen hören. Außerdem nahm ich an, dass das bedeutete, wir hatten aufgehört zu streiten. Ich bewunderte den Ring. Die Loftons waren so begütert, wahrscheinlich würden sie gar nicht merken, dass er weg war.

»Meine Mom wird ganz schön überrascht sein.«

Sein Kopf sackte etwas tiefer.

»Das ist nur Tarnung. Nichts Ernstes«, sagte er mit einer Spur von Verärgerung. Die Zeit zum Scherzen war offenbar vorbei. Ich wollte gerade zurückkeifen, dass er nicht so grob sein solle, als er sich versteifte und auf die andere Seite des Parkplatzes zeigte.

»Schau!«

Die Dämmerung förderte bisher Ungesehenes zutage. Auf der Seite des Sattelzugaufliegers befand sich ein schief auf die Metallverkleidung genietetes Schild:

EIN HEILES LAND,
EINE HEILE FAMILIE.

»Meinst du …?«, setzte ich an, aber er wusste schon, was ich sagen wollte, ehe ich fertig war. Seine Mundwinkel hatten sich zu einem listigen Lächeln nach oben gezogen.

Der Schleuser hatte uns gesagt, wir sollten nach einem Schild suchen, und ich war überzeugt, dies war das Schild, von dem er gesprochen hatte.

Wir suchten den Parkplatz nach Anzeichen von Gefahr ab, ehe wir zu dem etwa hundert Meter entfernt stehenden Auflieger rannten. Dabei musste ich ständig an den verlassenen Parkplatz bei dem Sportgeschäft denken, und ich fühlte, wie sich meine Nackenhaare aufrichteten. Mein wachsamer Blick streifte fortwährend durch die Umgebung.

Als wir den riesigen Auflieger beinahe erreicht hatten, hörte ich ein Rascheln aus dem Inneren.

Ich presste mich gegen die Metallverkleidung und erstarrte. Obwohl ich hier Hilfe erwartete, war mein Körper inzwischen darauf trainiert zu reagieren. Im nächsten Moment war schon Chase vor mir und zog den Schlagstock aus dem Gürtel. Ich wünschte, wir hätten noch eine Schusswaffe, und ignorierte die flüchtige Erkenntnis, dass ich vor zwei Tagen noch ganz anders gedacht hatte.

Es könnte ein Tier sein. Doch dann hörten wir das eindeutige, gleichmäßige Ächzen, das nur Schritte auf Metall verursachen konnten.

Chase sah sich über die Schulter um, um sich zu vergewissern, dass ich hinter ihm blieb.

Ich kauerte mich zu Boden, um einen Blick unter dem Auflieger hindurch zu werfen, vorbei an den platten Reifen, und ich sah die Beine eines Menschen, die herabsprangen. Dann noch ein Paar und noch ein Paar. Letzteres war langsamer und wartete offenbar darauf, dass jemand ihm eine Hand reichte.

Drei Fremde. Und wir waren zu zweit. Sie mussten bei unserer Ankunft geschlafen haben. Entweder das, oder der Frachtraum hatte ihre Stimmen so sehr gedämpft, dass draußen nichts zu hören gewesen war. Dieses Mal war das Glück nicht auf unserer Seite. Wir wussten nicht, ob und wie diese Leute bewaffnet waren, und die nächsten Bäume waren fünfzig Meter entfernt. Sollten wir die Flucht ergreifen, mussten sie uns hören.

Bitte, seid auf unserer Seite.

Einen Moment später kam ein Junge in meinem Alter um die Ecke – und erstarrte.

Er trug ein altes Jackett, zerfetzt und an sämtlichen besonders strapazierten Stellen mit diversen Stoffstücken geflickt, und darunter mehrere Lagen T-Shirts. Seine Cargohose hatte er mit einer roten Schnur gebunden. Er sagte etwas, das wir nicht hören konnten, und dann kamen zwei Mädchen zum Vorschein. Eines war etwa so groß wie er und trug ein zerschlissenes Thermohemd. Das andere war kleiner, hatte eine attraktive, mokkafarbene Haut und runde Wangen, die aussahen wie Paradiesäpfel.

Sie war mindestens im sechsten Monat schwanger.

Durch meinen Blutstrom rauschte ein Argwohn, den auch diese Fremden hegen mussten. Sie wandten sich einander zu und besprachen sich leise. Chase steckte den Schlagstock zurück in den Gürtel und reckte die leeren Hände hoch, um ihnen unsere friedlichen Absichten zu signalisieren. Dann ging er einige langsame Schritte auf sie zu.

Wir waren knappe sechs Meter von ihnen entfernt, und das Trio hatte sich nicht mehr gerührt. Nun aber sah ich, wie der Junge die Jacke zurückschlug und den Blick auf einen schwarzen Montierhebel freigab, der in seinem Hosenbund steckte. Mir stockte der Atem, aber irgendwie war ich auch erleichtert. Immerhin war da keine Schusswaffe und auch kein Messer zu sehen. Noch nicht.

Chase schnaubte verächtlich.

»Halt«, rief der Junge, und wir blieben stehen.

»Wir wollen keinen Ärger«, erklärte Chase sichtlich unbeeindruckt. Das große Mädchen drehte sich zu dem Jungen um und flüsterte ihm etwas ins Ohr. Nun, da wir näher waren, erkannten wir, dass die beiden Geschwister sein mussten. Sie hatten die gleichen androgynen Gesichter, die gleichen geraden Brauen und flachen Wangenknochen, unter denen die Schatten der Mangelernährung erkennbar waren, und das gleiche dunkle Haar mit dem spitzen Haaransatz in der Mitte der Stirn.

»Wollt ihr was kaufen?«, fragte die Schwester.

»Wir suchen nur einen Schleuser«, antwortete ich.

Vor mir spannte sich Chase, und ich überlegte, ob ich zu wagemutig agiert hatte. Andererseits würden diese Leute uns nicht der MM ausliefern, zumindest nicht gleich. Aus Dingen Gewinn zu schlagen, deren Vermarktungsrecht in den Händen der MM lag, war illegal.

»Wir sind Autoverkäufer, keine Fahrer«, sagte die Schwester, woraufhin der Junge ihr den Ellbogen in den Leib rammte.

Ihr Ton behagte mir nicht. So wenig wie ihre Art, Chase anzustarren.

»Kennt ihr jetzt einen Schleuser oder nicht?«, hakte ich nach.

»Es gibt einen in Lewisburg, der nach Georgia und South …«

»Wir können nicht nach Lewisburg«, unterbrach Chase.

»Dann eben Harrisonburg, aber das ist noch weiter weg.«

»Da können wir auch nicht hin«, sagte Chase rundheraus, und meine Kiefermuskulatur spannte sich.

»Schlimmer Junge«, gackerte das Mädchen und grinste Chase neckisch an. Ich musterte sie aus schmalen Augen, und obwohl es kalt war, schob ich meinen Ärmel hoch, um den Ring an meiner linken Hand zum Vorschein zu bringen.

Das kleinere Mädchen flüsterte seinem Freund etwas zu. Als es sich umdrehte, legte es eine Hand auf den aufgetriebenen Bauch. Plötzlich taten sie mir leid. Das Mädchen war vielleicht fünfzehn oder sechzehn – zu jung, um verheiratet zu sein – und hatte offenkundig gegen die Moralstatuten verstoßen. Das war vermutlich der Grund, warum sie in dem Auflieger hausten.

»Werdet ihr von der MM verfolgt?«, fragte das Mädchen.

Weder Chase noch ich antworteten.

»Ihr müsst nach Knoxville«, fuhr es fort. »Tennessee. Wisst ihr, wo das ist?«

Mein Interesse war geweckt.

»Was ist in Knoxville?«, wollte Chase wissen.

»Ein Schleuser?«, fügte ich hinzu und atmete etwas schneller.

»Ein ganzes Untergrundsystem«, sagte die Schwester. »Haufenweise Leute sind nach Knoxville geflüchtet. Die Hälfte unserer Fahrzeuge ist auch dort. Ausverkauf.« Sie lachte.

»Knoxville«, wiederholte ich, während Chase neben mir ganz langsam ausatmete.

Wir waren wieder auf der richtigen Spur.

Der Tag war lang.

Die neuen Roten Zonen, die Städte, die wegen des Krieges evakuiert worden waren, und die Gelben Zonen, Gegenden, die vollständig von der MM mit Beschlag belegt wurde, waren auf den Straßenschildern am Highway in passenden Farben gekennzeichnet und machten in Virginia und North Tennessee so manchen Umweg nötig. Dann und wann döste ich ein wenig, ohne je richtig zu schlafen. Zugleich blieb ich ununterbrochen angespannt, mein Herz schlug die ganze Zeit etwas zu schnell, und mein Kopf war voller Sorgen.

Von Zeit zu Zeit kam mir die Schwester in den Sinn, und mir wurde bewusst, dass der Gedanke an sie mich schmerzte. Sie hatten darauf beharrt, dass wir ihnen einen Wagen abkaufen müssten, und da wir nichts besaßen, an dem sie interessiert gewesen wären, mussten wir ihn bezahlen. Eintausend Dollar. *Bar.* Für eine Handelsware, die ihnen nicht einmal gehörte. Aber da die drei auch noch sämtlichen Sprit abgezapft hatten, waren uns die Hände gebunden.

Aber ich war trotzdem froh über die Bekanntschaft.

Ein ganzes Untergrundsystem, hatte das Mädchen gesagt. Eine Widerstandsbewegung. Ich konnte mir gar nicht vorstellen, wie das wohl aussehen mochte. Waren das Leute wie wir? Flüchtige? Die Maßnahmen gegen die MM planten? Meine Phantasien schienen zu unrealistisch zu sein. Aber im Grunde kam es nur darauf an, dass uns jemand nach South Carolina brachte.

Während der Tag voranschritt, stellte sich wieder der vertraute Druck der Beklemmung in meiner Brust ein. Meine Mutter war gerade außerhalb meines Zugriffs, und inzwischen konnte ich mir, wenn ich mich angestrengt auf sie konzentrierte, nur noch Fragmente in Erinnerung rufen. Ihr kurzes, stets mit schmückendem Beiwerk verziertes Haar. Ihre mit Socken bewehrten Füße auf dem Küchenboden. Ich musste sie schnell finden, oder, so fürchtete ich, ich würde immer mehr von ihr verlieren.

Je näher wir Knoxville kamen, desto mehr nahm die Präsenz der MM auf dem Highway zu. Auch andere Fahrzeuge waren auf der Straße unterwegs, nicht viele, aber genug, dass wir nicht weiter auffielen. Doch auch das beruhigte uns wenig, solange uns regelmäßig FBR-Streifenwagen begegneten.

Dann sahen wir das Schild. GELBE ZONE. Die Westhälfte von Knoxville war erst kürzlich für Zivilisten gesperrt worden, um Platz für einen MM-Stützpunkt zu machen.

»Meinst du, die haben uns belogen?«, fragte ich Chase nervös. »Meinst du, sie haben uns hergeschickt, weil wir ihnen nicht genug Geld gegeben haben?«

»Nein«, entgegnete Chase, hörte sich aber nicht sehr überzeugt an. »Ich glaube, der sicherste Ort ist direkt im Schatten des Feindes. Hier gibt es eine Widerstandsbewegung.«

Und so gingen wir hin, um uns unter dem Bauch des Monsters zu verstecken.

Als wir die grauen Wasser des Holston River überquert hatten, nahm er eine etwas verkehrsreichere Abfahrt und parkte auf einem dunklen Parkplatz hinter einer Formation aus Sandsteingebäuden, die zum städtischen Krankenhaus gehörten. Als wir ausstiegen, umfing uns die Flut der Geräusche und Gerüche einer Stadt zur Feierabendzeit. Obwohl wir nur wenige Tage auf dem Land verbracht hatten, fühlte ich mich unter all diesen vielen Menschen eingeengt und paranoid. Mir war, als würden uns alle beobachten. Ich roch die Abwasserkanäle, den Schweiß und den Smog, der eine Dunstglocke über der Stadt bildete. Das alles half mir wenig dabei, mein Unbehagen abzulegen.

Es war kühl, aber nicht kalt. Der Himmel war schwer vor Feuchtigkeit. Regen zog auf. Chase schnappte sich den Rucksack und ging um den Wagen herum. Er musste mir nicht erst sagen, dass ich nichts vergessen sollte. Mir war klar, dass wir nicht zurückkommen würden.

Wir traten hinaus auf die Straße und waren sofort von Fußgängern umgeben. Einige Leute eilten in Arbeitskleidung durch die Straßen, was immerhin bedeutete, dass sie Arbeit *hatten*. Am Straßenrand bettelten einige Obdachlose mit ihren Pappschildern. Manche zuckten, kratzten sich oder sprachen mit ihren Halluzinationen. High oder geistesgestört. Auf der Grundlage des Erneuerungsgesetzes waren die üblichen Behandlungsprogramme eliminiert worden, um das FBR zu finanzieren.

Es gab kaum genug Platz, einen Fuß vor den anderen zu setzen. Chase rückte nahe an mich heran, und obgleich er eine finstere Miene aufgesetzt hatte, wusste ich doch, dass er sich hier deutlich wohler fühlte als ich. Nachdem Chicago ausgebombt worden war, hatte er an Orten wie diesem überlebt. In Sammelbecken für Menschen, die aus den größeren Städten vertrieben worden waren.

»Pass gut auf«, warnte er mich. »Und auf mich auch, wenn du schon dabei bist«, fügte er hinzu und zog die Riemen des Rucksacks stramm. Das Geld hatte er in die vordere Tasche gesteckt.

»Wo fangen wir an?«, erkundigte ich mich. Dies war die größte Stadt, die ich je erlebt hatte. Wie groß die Widerstandsbewegung hier auch sein mochte, wir suchten nach der Nadel im Heuhaufen.

»Wir folgen einfach Leuten in dreckigen Klamotten«, sagte er. »Die führen uns dahin, wo es Essen gibt, und wo es Essen gibt, da reden die Leute.«

Er sollte recht behalten. Wir gingen mehrere Blocks hinunter und wurden bald Teil eines gewaltigen Stroms hungriger Menschen. An jedem Telefonmasten, jedem Zaun und jeder Tür hing ein auffälliges Plakat mit den Moralstatuten. Wir überquerten Bahngleise und kamen zu einem Platz, der sich Market Square nannte, ein langer, zementierter Streifen, gesäumt von schlichten Klinkerfassaden, wo früher möglicherweise einmal Geschäfte gewesen waren. Heute standen sie leer oder dienten als Wohnheime oder Sanitätsstationen.

Auf der anderen Seite des Platzes herrschte noch mehr Gedränge. Tausende von Leuten waren hier auf der Suche nach Nahrung oder Obdach. Auch Schwestern konnte ich auf dem Platz ausmachen. Mit ihren marineblauen Röcken und den verknoteten Halstüchern huschten sie um die provisorischen Pritschen eines Rotkreuzlagers herum. Ich schluckte mühsam, als mir klar wurde, dass ich eines Tages eine von ihnen hätte sein können.

Eine Dosis Adrenalin schoss durch meine Adern, als ich aus dem Augenwinkel eine Uniform wahrnahm. Das saubere, ordentlich gebügelte Blau hob sich deutlich von dem Meer schäbiger Fetzen ab.

Soldaten.

Meine Augen verweilten bei der Uniform, und bald sah ich zwei weitere Soldaten hinter einem nicht gekennzeichneten Umzugslaster, von dem Holzkisten mit Lebensmitteln abgeladen wurden. Sie befanden sich auf der rechten Seite einer Engstelle, die zu dem offenen Platz führte, und sie gaben sich keine Mühe, ihre Waffen zu verbergen. Sie alle waren bewaffnet und bereit, auf jeden zu schießen, der vielleicht versuchen könnte, etwas zu stehlen.

Auch Chase hatte sie gesehen. Er senkte den Kopf und

bemühte sich, nicht so groß auszusehen. Ich ließ meinen Blick über die Menge schweifen. Viel zu viele Leute schlurften auf den Platz; niemand verließ ihn. Sollten wir jetzt die Flucht ergreifen, würden wir einen Aufruhr verursachen und eine Wand aus menschlichen Leibern würde uns den Weg versperren. Außerdem hatte die MM Schusswaffen. Sollte sie die Verfolgung aufnehmen wollen, würden die Leute ihr viel schneller aus dem Weg gehen als uns.

Wir mussten es zur Küche schaffen. Chase glaubte, dort könnten wir ungefährdet ein paar unauffällige Fragen zu dem Schleuser stellen, und der einzige Weg dorthin führte direkt an den Soldaten vorbei. Zwar würden wir nicht gleich festsitzen, wenn wir sie passiert hätten – von meinem Standort konnte ich noch andere Möglichkeiten sehen, den Platz zu verlassen –, aber es wäre überaus riskant. Die Soldaten wären dann gerade noch drei Meter von uns entfernt.

Ich griff nach Chases Hand und drückte sie kurz, um die Frage zu übermitteln, die ich nicht laut zu stellen wagte. Nach einem kaum merklichen Zögern erwiderte er die Geste. Wir würden es tun.

»Zieh deinen Kragen hoch«, kommandierte Chase, und ich beeilte mich, dem Folge zu leisten. Wir schlurften weiter. Leiber prallten von allen Seiten gegen uns, als wir zu der Engstelle vordrangen.

Bitte, schaut nicht in unsere Richtung. Ich konzentrierte mich mit aller Kraft auf die beiden Soldaten.

»Augen geradeaus.« Chase sprach so leise, dass nur ich ihn hören konnte. »Nicht stehen bleiben.«

Schweiß rann über mein Gesicht, ein Umstand, der so gar nicht zu der kühlen Abendluft passen wollte, die über den vollgestopften Platz fegte. Meine Schläfen fühlten sich an, als wäre mein Kopf in einen Schraubstock eingespannt worden.

Geh weiter, ermahnte ich mich in Gedanken.

Gerade drei Meter von mir entfernt sah ich die Soldaten aus dem Augenwinkel. Einer der Soldaten, an dessen Ohr ein Funkgerät klebte, drehte sich gerade weg. Als ich ihn von hinten sah, fiel mir das hellbraune Haar und die schmale Statur auf, und plötzlich kam er mir sonderbar vertraut vor.

Geh weiter.

Wir kamen an den Lebensmittelkisten vorbei. Die Soldaten bewegten sich auf den offenen Platz zu.

Ich kämpfte gegen das Bedürfnis, mich umzuschauen. Chase ging schneller und zog mich auf einem feuchten Gehweg um eine Ecke und aus dem Fußgängerstrom heraus. Hier war es nicht ganz so laut, und ich hatte das Gefühl, ich könnte zum ersten Mal seit mehreren Minuten wieder frei atmen.

»Was machen die hier?«, fragte ich. Die MM stellte zwar auch zu Hause die Lebensmittel für die Suppenküchen bereit, überließ die Auslieferung aber freiwilligen Helfern. Ich hatte immer angenommen, das läge daran, dass es unter ihrer Würde war, sich mit armen Leuten abzugeben, die festzunehmen sie keinen Grund gefunden hatten.

»Wahrscheinlich herrscht in dieser Stadt Lebensmittelknappheit.«

»Das erklärt die Waffen«, kommentierte ich trocken. Je eher wir hier wegkamen, desto besser.

Als wir unseren Weg fortsetzten, wurde mir beängstigend bewusst, wie sauber, wie *wohlgenährt* wir aussahen. Von den halb Verhungerten, die in der Nähe des Gehwegs herumlungerten, starrten uns einige so neidisch an, als wären wir irgendwelche königlichen Hoheiten. Ihrem Zustand nach nahm ich an, dass Chase mit der möglichen Nahrungsmittelknappheit richtiglag. In dieser großen Stadt gab es offensichtlich nicht genug zu essen.

Wir kamen an einem Obdachlosen vorbei, der sich an einen laut dröhnenden Generator vor einem öffentlichen Waschraum lehnte, an dem ein Schild hing mit der Aufschrift: »Jede Hilfe ist wertvoll«. Der Mann war ausgezehrt. Zerlumpte, fleckige Kleider hingen an seinem hageren Leib. Die Haut seiner Lider war dünn wie Papier, und sein Gesicht war überzogen von den olivfarbenen Flecken des Hungers.

Vor dem Mann blieb Chase stehen, und für einen Moment dachte ich, er würde ihm Geld geben. Solch eine Großzügigkeit machte mir Angst. Würde Chase seine Brieftasche zücken, so würden all diese hungrigen Menschen hinter uns her sein wie ein Rudel Wölfe.

Einen Moment später richtete Chase sich auf, griff erneut nach meiner Hand und zog mich neben sich.

»Bleib dicht bei mir«, sagte er.

Ich erschrak, als ich ein Rascheln hinter uns hörte, und drehte mich um in der Erwartung, mich verteidigen zu müssen – und dann blieb mir der Mund offen stehen. Das Wolfsrudel war tatsächlich aufgetaucht, aber die Wölfe waren nicht hinter uns her, stattdessen kreisten sie den Mann ein. Den halb verhungerten, obdachlosen Mann. Meine Beklemmungen kehrten in zehnfacher Stärke zurück, als mir klar wurde, dass sie vorhatten, ihn auszurauben. Schweiß benetzte meine Handflächen, aber Chase hielt mich eisern fest.

Ein Mann und eine Frau mit eingefallenen Wangen stahlen dem Mann seinen Becher mit Kleingeld und sein Pappschild. Ein anderer nahm seine Schuhe. Wieder ein anderer schnappte sich das schmutzige Sweatshirt. Als es ihm vom

Körper gerissen wurde, flatterten zusammengefaltete Statuten durch die Luft. Er hatte seine Kleidung mit Papier unterfüttert, um sich warm zu halten.

Die aschfahle Haut des verknautschten Opfers wurde entblößt. Seine besenstielartigen Glieder nahmen sonderbare, verzerrte Winkel ein, er aber blieb biegsam wie eine Flickenpuppe. Wahrscheinlich hatte ihn jemand bewusstlos geschlagen oder er war einfach zu schwach, sich zu wehren.

»Wir müssen ihm helfen!« Meine Stimme klang schrill vor Pein. So ein Verbrechen durften wir nicht einfach hinnehmen. Wie sollte der Mann ohne die wärmende Kleidung überleben?

»Wir können gar nichts tun. Und wenn wir hierbleiben, sind wir die Nächsten.« Er drängte mich voran.

»Chase!«, rief ich und rammte die Fersen gegen den Boden, konnte ihn aber nicht aufhalten.

»Es ist zu spät«, sagte er in einem stahlharten Ton. Auf einmal wusste ich, was er meinte. Der Mann war tot.

Wie lange hatte er dort gesessen, ohne dass jemand nach ihm gesehen hatte, ohne dass jemand wusste, wie viele Tage vergangen waren, seit er zum letzten Mal etwas gegessen hatte? War es ein Tag? Zwei? Eine *Woche*? Wie kalt und fremdartig mir diese Stadt nun erschien, eine Stadt, in der jemand unbemerkt in aller Öffentlichkeit sterben konnte.

Und wo waren die Soldaten jetzt? Wäre es nicht ihre Pflicht gewesen, dem Einhalt zu gebieten?

Die Antwort lag auf der Hand: *Nein*. Die MM würde gar nichts tun. Sie wollte, dass die Armen und vom Glück Verlassenen sich gegenseitig umbrachten. Umso weniger Arbeit blieb für sie übrig.

Ein Bild von Katelyn Meadows stieg in meinem Geist auf. Was hatten die Wachen in der Reformschule mit ihrem

Leichnam gemacht? Hatte man sie zu ihren Eltern zurückgebracht? Lebten ihre Eltern überhaupt noch? Plötzlich kam ich mir schrecklich alt vor, viel älter, als ich war.

Chase zog mich durch das Gewühl. Mir war, als würde ich treiben. Als würden meine Füße kaum mehr den Boden berühren. Ich wollte schlafen und zu Hause in meinem Zimmer aufwachen und meine Mutter nebenan singen hören. Ich wollte zu Beth rübergehen, um Hausaufgaben mit ihr zu machen und über alles und jedes und nichts Wichtiges zu reden. Ich wollte das Unmögliche.

Jemand prallte gegen uns, zweifellos, weil er von jemand anderem gestoßen worden war. Chases Hand löste sich von meiner, und ich wurde zur Seite geschleudert. Aber ich fiel nicht. Da waren viel zu viele Leute, die einen möglichen Sturz durch ihre bloße Präsenz abfingen.

Aber Chase war verschwunden. Von der Menge verschluckt.

Meine Ohren klingelten, und das Blut rauschte durch meine Adern.

»Ch… Jacob!«, schrie ich in der Hoffnung, dass er auf seinen Zweitnamen reagieren würde. Überall brüllten, schubsten, drängelten nun die Leute um mich herum. Strebten sie immer noch auf den toten Mann zu? Oder auf etwas anderes? Chase antwortete nicht.

»Jacob!« Es war, als brüllte ich unter Wasser. Niemand hörte mich. Ein heftiger Schlag auf meinen Rücken schleuderte mich vorwärts in Richtung Betonboden, aber ich prallte von einem anderen Körper ab. Jemand packte meinen Arm und kugelte ihn beinahe aus bei dem Versuch, sich festzuhalten. Ein Meer des Chaos' umfing mich, zerrte meinen Oberkörper in die eine Richtung, während meine Beine in die andere liefen, und dann war da plötzlich das widerliche, weiche Gefühl von Fleisch und Knochen unter meinen Stiefeln.

»Essen!«, hörte ich jemanden brüllen. »Hierher!«

Um die Suppenküche konnte es nicht gehen, die war auf der anderen Seite des Platzes. Und der tote Mann hatte nichts mehr, das man ihm hätte rauben können. Es konnte nur der Lastwagen gemeint sein, an dem wir vorbeigekommen waren. Ich fragte mich nur, wie sie die Barriere bewaffneter Soldaten durchbrechen wollten.

Als ich endlich wieder Tritt fassen konnte, umklammerte plötzlich eine Hand mit hartem Griff meinen Ellbogen.

»Gott sei Dank!«, rief ich und drehte mich um, um vor mir die Kehrseite eines Mannes mit sauber gestutztem braunem Haar und einem marineblauen Kragen zu sehen, und dieser Mann zerrte mich aus dem Gewühl.

Aber das war nicht Chase. Es war ein Soldat.

»Nicht! Warten Sie, bitte!«, versuchte ich mein Glück und stemmte mich gegen ihn. »Das ist ein Irrtum.«

»Bewegung, Miller«, hörte ich ihn über die Schulter rufen.

Furcht erfasste mich. Dieser Soldat kannte meinen Namen. Sie hatten mich entdeckt. Chase musste fliehen. Sollte er geschnappt werden, wäre er in größerer Gefahr als ich. Und er konnte meine Mutter immer noch erreichen.

Ich brauchte all meine Beherrschung, um nicht aus vollem Hals Chases Namen zu brüllen. Aber ich wusste, würde ich das tun und würde er mir zu Hilfe kommen, so wäre er so gut wie tot.

»Ich bin nicht … ich weiß nicht, wer Miller ist!«, sagte ich und wehrte mich nun mit beiden Händen. Niemand achtete auf mich. Da gab es viel zu viel Tumult. Zu viel Chaos.

»Hilfe!«, brüllte ich schließlich. *»Hilfe!«*

Aber selbst wenn mich jemand gehört hatte, reagierte doch niemand. Ich krallte die Finger in den Mantel des Soldaten, als dieser mich in eine dunkle Gasse zerrte. Er schüttelte mich ab. Meine Hand verhedderte sich im Haar einer Frau. Sie schlug mir gegen die Schulter, und ich löste die Finger aus ihrem Schopf, nahm dabei aber einige Strähnen mit.

Plötzlich kehrte Stille ein. Es war, als hätten wir ein unsichtbares Kraftfeld durchquert. Der Lärm der Menge auf dem Platz hielt immer noch an, aber in der Gasse herrschte vollkommene Stille, abgesehen von dem Rascheln einiger Ratten, die hastig hinter einem überquellenden Müllcontainer verschwanden. Ich sah ein oder zwei Leute, die uns nachblickten, als ich fortgeschleppt wurde, aber auch wenn sich ihre Augen kurz weiteten, wandten sie den Blick furchtsam gleich wieder ab.

Ich war allein mit dem Soldaten.

KAPITEL 13

Panik ergriff Besitz von mir.

Ich wehrte mich. Mein Haar bildete einen Vorhang, der mir die Sicht versperrte. Ich weigerte mich, auf eigenen Beinen zu stehen, und zwang so den Soldaten, mich zu tragen. Immer wieder sah ich seine Uniform aufblitzen. Die bauschige, marineblaue Hose über den schwarzen Stiefeln. Der Gürtel. Die *Waffe*. Eine goldene Namensplakette – WAGNER. Die Abenddämmerung war heraufgezogen, und hier im Schatten konnte ich sein Gesicht nicht klar erkennen.

»Stehen bleiben!«, befahl der Soldat. Ich schluckte meine Angst hinunter und schlug mit der Faust nach seinem Kopf, wohl wissend, dass mich so eine Aktion entweder ins Gefängnis oder gleich ins Grab bringen würde.

»Aufhören!«, rief er. »Sieh mich an!«

Mit Schwung rammte er meinen Körper gegen eine Hauswand. Mein Kopf krachte gegen die Mauer. Sämtliche Organe in meinem Leib erbebten, ich keuchte auf und sah nur noch Sterne.

Aber ich gab Ruhe, und da, endlich, sah ich sein Gesicht. Kraftvolle, attraktive Züge. Blaue Augen, aber nicht länger leer. Das war der Soldat, den ich bei dem Lebensmittellaster gesehen hatte. Der, bei dem ich dieses komische Gefühl bekommen hatte.

»Sean?«, rief ich bestürzt. Sean Banks. Kein Wagner. Wer war Wagner?

Mir blieb keine Zeit, ihn zu fragen, denn im nächsten Moment wurden wir zu Boden geworfen, weil ein großes Etwas von der Seite geflogen kam und geradewegs gegen Sean prallte.

Kein Etwas. Chase.

Ich beeilte mich, der Schlägerei aus dem Weg zu gehen. Etwas donnerte, dann hörte ich ein Grunzen, als jemandem gewaltsam die Luft aus der Lunge gepresst wurde. Sie kämpften nur ein paar Sekunden, dann hatte Chase Sean mit dem Gesicht nach unten auf dem Zementboden festgenagelt und hielt seine Arme hinter seinem Rücken fest. Gleich darauf entriss er ihm die Waffe und rammte sie nicht eben sanft an Seans Hinterkopf.

»Ember.« Chase war außer sich, so sehr, dass er nicht mehr daran dachte, mein Alias zu benutzen. Er wollte wissen, ob ich verletzt war, und ich wusste augenblicklich, dass meine Antwort darüber bestimmen würde, wie er meinen Angreifer bestrafen würde.

»Chase, das ist Sean! Ich kenne ihn!«, sagte ich. »Es ist in Ordnung. *Ich* bin in Ordnung.«

»Was ich gesehen habe, sah nicht aus, als wäre alles in Ordnung«, grollte er.

»Mann, lass mich los!«, erklang Seans Stimme gedämpft von dem harten Boden auf. Als Chase ihm die Schulter ausrenkte, schrie er auf. »Ich gehöre nicht zum FBR!«

»Ich weiß«, sagte Chase. »Deine Waffe gehört nicht zur Standardausrüstung.« Er drehte die Waffe in der Hand, um sie genauer in Augenschein zu nehmen. Sie war schwarz, wogegen Chases Waffe silbern gewesen war.

Mir wurde bewusst, was Chase gedacht haben musste,

als er gesehen hatte, wie ich gegen die Wand gepresst wurde. Er hatte das Gleiche befürchtet wie an dem Tag, als Rick und Stan mich aufgefordert hatten, zu ihnen in den Wagen zu steigen.

»Chase, lass ihn aufstehen.« Ich zitterte am ganzen Leib.

»Ich hatte gerade versucht, ihr klarzumachen, wer ich bin!«, verteidigte sich Sean. »Sie hätte mir beinahe den Kopf abgeschlagen.«

»So war es«, bestätigte ich hastig.

Chase sah sich zu mir um und suchte in meinen Augen nach der Wahrheit. Einen Moment später nickte er, sah aber nicht gerade glücklich aus, als er seinen Gefangenen freiließ.

»Rühr sie nicht an«, warnte er Sean. Weder flaute sein Zorn so schnell ab, noch gab er die Waffe frei. »Warum hast du diesen Tumult ausgelöst?«

Sean hatte das Chaos herbeigeführt? *Absichtlich?* Aber als ich es näher betrachtete, ergab das durchaus einen Sinn. Darum hatte die Menge ihn nicht in Stücke gerissen. Darum trug er eine gestohlene Uniform, deren Namensschild auf WAGNER lautete.

Sean erhob sich ungehalten und wischte sich das Gesicht mit dem Ärmel ab.

»Weil das die heutige Mission war. Von den Reichen stehlen, um den Armen zu geben. Und wenn dann später die echten FBR-Leute auftauchen und keine Extrarationen ausgeben, werden die Leute ausreichend wütend sein, um sie zu überwältigen.«

Sean hatte sich dem Widerstand angeschlossen. Die Gedanken überschlugen sich in meinem Kopf. Der Uniformlaster – er war hier gestohlen worden, in Tennessee. Der

Heckenschütze. Waren seine Leute auch dafür verantwortlich? Vielleicht war Sean sogar der, den wir suchten. Vielleicht kannte er zumindest den Schleuser.

Chase half mir auf, legte den Daumen an mein Kinn und drehte meinen Kopf von einer Seite zur anderen, um nachzusehen, ob ich Schaden davongetragen hatte.

Sean beobachtete uns neugierig. »Ich habe euch auf dem Platz gesehen, bin euch gefolgt und …«

»… und du hast gewartet, bis sie allein war«, knurrte Chase. Sean wich einen Schritt zurück.

»Ja«, sagte Sean. »Kannst du mir das verdenken?« Er wedelte mit den Armen vor Chase.

»Seid friedlich. Alle beide«, forderte ich.

Chase tat einen Schritt auf Sean zu, der regelrecht zurückscheute.

»Die haben mich noch in der Nacht, in der ich dir geholfen habe, entlassen«, sagte Sean hastig. »Ich bin hergekommen, um Becca zu suchen.«

»Was?« Ich wollte zu ihm gehen, aber Chase hielt mich auf. »Sie ist hier? Bei dir?«

»Sie ist drinnen. Im Stützpunkt. Da, wo sie all die Gefangenen festhalten, die auf ihren Prozess warten. Hast du das etwa nicht gewusst?«, fragte er zähneknirschend, und seine Augen blitzten mich an.

»Nein, das wusste ich nicht.« Ich schluckte heftig. Noch einmal durchlebte ich die letzten Augenblicke, in denen ich Rebecca Lansing gesehen hatte. »Sie haben sie fortgebracht. Ich wusste nicht, wohin.«

Sean musterte mich argwöhnisch. Ich wusste, er wollte mir glauben, aber er war zu sehr auf der Hut, um mir einfach zu vertrauen. Derweil überlegte ich, wie er herausgefunden hatte, dass man Becca hierhergebracht hatte. Wusste er es von den Rebellen? Hatten die Zugriff auf die Akten der MM? Wussten sie dann vielleicht auch über meine Mutter Bescheid?

»Für so etwas haben wir keine Zeit«, sagte Chase. »Das sichere Haus – das in South Carolina – wie kommen wir dahin?«

Seans Blick wanderte von Chase zu mir und weiter hinaus auf den Platz, wo die Leute immer noch randalierten.

»Nicht mehr lange bis zur Ausgangssperre.« Er verschränkte die Arme vor der Brust und schüttelte den Kopf. »Ihr begleitet mich besser. Ich kenne den Kerl, der die Tour macht. Er reist in ein paar Tagen ab. Ich bringe euch zu ihm, sobald *du* mir etwas über Becca erzählt hast.« Er schnaubte zynisch. »Du hilfst mir, und ich bringe dich raus, ganz wie in alten Zeiten, was, Miller?«

Erst wich ich Seans anklagendem Blick aus und dann dem von Chase. Nun erst wurde mir bewusst, dass Chase keine Ahnung hatte, was eigentlich los war, was ich getan hatte. Mein Magen krampfte sich vor lauter Schuldgefühlen zusammen.

»Dich würde ich lieber hierlassen, aber ich habe das Gefühl, das läuft nicht«, sagte er zu Chase.

Chase maß ihn mit einem forschenden Blick und drehte sich zu mir um. »Deine Entscheidung.«

Plötzlich wurde mir klar, dass er zum ersten Mal mir allein die Entscheidung überließ. Meine Augen wanderten zu dem Exsoldaten in der gestohlenen Uniform. Mit Sean zu gehen kam mir noch gefährlicher vor als alles andere, aber es war ein Risiko, das wir auf uns nehmen mussten, wenn wir den Schleuser finden wollten. Außerdem schuldete ich ihm die Information über Rebecca. Das war das Mindeste, was ich tun konnte, nach dem Ärger, den ich den beiden bereitet hatte.

Ich nickte widerstrebend.

Sean zog die Uniform hinter dem Müllcontainer aus. Darunter kam abgetragene Zivilkleidung zum Vorschein. Die Uniform steckte er in einen schwarzen Müllbeutel, den er sich über die Schulter warf, genau wie die anderen Herumtreiber, die ihren weltlichen Besitz auf dem Buckel herumschleppten. Schweigend folgten wir ihm die Gasse hinunter. Nach einigen Blocks und Kehrtwendungen und offensichtlichen Umwegen erreichten wir das alte Ziegelgemäuer eines Motels namens Wayland Inn.

Es war ein heruntergekommenes Gebäude, ein Ort, den ich selbst dann gemieden hätte, hätte er nicht den Eindruck erweckt, längst aufgegeben worden zu sein. Efeu überwucherte die Mauern, und jedes einzelne Fenster war zugenagelt worden, aber ich sah keine Spur von Graffiti, wie sie die anderen verlassenen Gebäude der Umgebung zierten. Dieses Haus war unbehelligt geblieben.

Das Tageslicht schwand. Dämmerschein tauchte die aufziehenden Wolken in einen Perlmuttfarbton. Stets auf der Hut vor Streifenwagen, überquerten wir hastig die Straße vor dem Motel und huschten durch eine einzelne Glastür hinein.

Weiße Wolken zerstreuten sich im Inneren, als die Nachtluft hinter uns hereinfegte. Es stank nach Nikotin, das von einer Zigarette stammte, die im Mund des orangehaarigen Mannes hinter dem Tresen hing. Zigaretten waren ein Luxus, den sich die meisten Leute nicht mehr leisten konnten. Ich überlegte, ob der Kerl auch zum Widerstand gehörte.

Wie um meine Frage zu beantworten, wühlte Sean in seiner Tasche, zog ein Päckchen Horizons-Zigaretten ohne Filter hervor und legte es auf den Tresen. Die rötlichen Brauen des Portiers ruckten aufwärts, und ein blasierter Ausdruck huschte über sein Gesicht. Er nickte kaum merklich, was wohl andeuten sollte, dass er keine Fragen stellen würde, und wir gingen ohne ein weiteres Wort über den fleckigen roten Teppich zur Treppe.

Vor der ersten Stufe lag ein Mann in zerlumpter Kleidung auf dem Boden. Lange Rastalocken hingen wie tote Schlangen über seinen Schultern. Seine Lider waren geschwollen. Als wir näher kamen, rappelte er sich auf und bedachte uns mit einem misstrauischen Blick, und ich roch den Schweiß und den Alkoholdunst, den er verströmte.

Ich ging um ihn herum zur Treppe, wo Sean auf uns wartete.

»Treffen wir den Schleuser hier?«

Sean schüttelte den Kopf.

Einen Moment später, als die Eingangstür wieder vollständig geschlossen war, folgte uns der Betrunkene aus dem Gang, nun zu voller Größe aufgerichtet. Als er auf uns zukam, erkannte ich, dass er überhaupt nicht betrunken war; seine Augen blickten viel zu klar, und seine Bewegungen waren zu sicher.

»Weiß Wallace von denen?«, fragte er Sean in barschem Ton.

»Ja, klar«, antwortete Sean. Dann maß er Chase mit einem schiefen Blick. »Er wird deine Freundin abtasten. Versuch, ihn nicht gleich zu Brei zu schlagen.«

Bei der Bezeichnung stieg mir die Hitze ins Gesicht, aber niemand, Chase eingeschlossen, schien etwas davon zu merken.

Wer immer Wallace war, er konnte gar nicht wissen, dass wir hier waren; Sean selbst war über meine Anwesenheit auf dem Platz überrascht gewesen. Es gefiel mir nicht, eine Lüge zu stützen, deren Zweck mir unbekannt war, trotzdem hielt ich den Mund.

Der Treppenwächter klopfte erst Chase und dann mich ab. Er ging schnell und effizient vor, dennoch empfand ich es als grobe Missachtung meiner Person, als seine Hände über meine Hüften und meine Beine fuhren. Als er in meine Tasche griff, um Chases Fünfzehn-Zentimeter-Taschenmesser herauszuholen, zuckte ich heftig zurück.

»Ihr bekommt es später wieder, wenn Wallace einverstanden ist«, informierte er mich. Dann durchsuchte er den Rucksack und nahm den Schlagstock und das MM-Radio an sich. »Das hier auch«, fügte er hinzu und stopfte alles in seine Taschen, ehe er wieder im Korridor verschwand, um weiter Wache zu halten.

»Wer ist Wallace?«, fragte ich, als wir die Metallstufen erklommen, die bei jedem Schritt leise klingelten.

»Er leitet die hiesige Gruppe. Und ehe du fragst: Er ist nicht der Schleuser. Der Bursche heißt Tubman, und es ist zu spät, um euch quer durch die Stadt zu seinem Checkpoint zu bringen.«

»Und was ist das hier für ein Ort?«, wollte ich ernüchtert, aber immer noch aufgebracht wissen.

Sean stieß die Tür zum Korridor im dritten Obergeschoss auf. Hier brannte kein Licht, und ich reagierte klaustrophobisch auf den düsteren Korridor. Vor einer der zerkratzten Holztüren hockten ein Mann und eine Frau in Straßenkleidung und sprangen abrupt auf, als wir in ihr Blickfeld gerieten.

»Das ist der Widerstand«, sagte Sean.

»Wer seid ihr?«, fragte der Mann und musterte uns von Kopf bis Fuß. Er war nicht viel größer als ich, aber gebaut wie ein Baumstamm. Sein Kopf hatte die Form einer Dose. Chase schien ihn zu beeindrucken, doch mich bedachte er mit einem Stirnrunzeln. Vermutlich war er der Ansicht, dass Chase für die Rebellion besser zu gebrauchen wäre – eine Annahme, die mich ärgerte.

»Ich kenne sie aus der Mädchenschule«, sagte Sean. »Das ist Miller, und er heißt ...«

»Jennings«, sagte das Mädchen, das das lange schwarze Haar zu einem Pferdeschwanz gebunden trug. Mir fiel auf, dass das nicht ihre natürliche Haarfarbe war. Ihre Brauen waren beinahe transparent, und ihre Haut war sehr hell. Ich fragte mich, woher sie das Färbemittel hatte; dergleichen war heutzutage verboten. *Anstößig*, laut der MM.

»Wir haben die Nachrichten über euch verfolgt«, erklärte sie.

Meine Augen wurden groß. Die Leute wussten allein aufgrund meines Namens, wer wir waren. Das konnte nichts Gutes bedeuten. Wenn die das wussten, dann war uns die MM immer noch auf den Fersen. Wartete darauf, dass wir es verbockten.

Der neutrale Tonfall des Mädchens machte es mir unmöglich zu sagen, ob wir willkommen waren.

»Sie haben keine Freigabe«, sagte der Mann verärgert. »Du kennst die Regeln, Banks.«

»Ich kenne auch die Ausnahmen. Miller hat Informationen.«

Für *ihn*. Informationen über Rebecca für Sean. Darüber hinaus wusste ich gar nichts. Ich konnte nur hoffen, dass Sean mir keinen Ärger eingehandelt hatte, indem er uns hergebracht hatte.

Dosenkopf fixierte mich aus schmalen Augen. »Ja, darauf wette ich.«

Chase verlagerte sein Gewicht.

»Ich übernehme die Verantwortung für sie.« Sean bedachte Chase mit einem strengen Blick, der zu besagen schien: *Sorg dafür, dass ich das nicht bereue.* Dann klopfte er zweimal an die Tür, die die beiden bewachten.

»Was hat der für ein Problem?«, fragte ich Sean leise.

»Vor ein paar Tagen ist in Harrisonburg ein Schleuser ermordet worden. Man hat Beweise gefunden, die auf eine Frau hindeuten.«

»Was für Beweise?«, hakte ich rasch nach. Chase gab sich neben mir ausgesprochen schweigsam.

»Fußabdrücke, glaube ich.«

Ich musste mich zum Weiteratmen ermahnen.

Ich war auf dem Boden ausgerutscht, als Chase mich rausgezerrt hatte. Auf etwas Feuchtem. Blut. Meine Stiefelabdrücke führten über den ganzen Boden bis zur Tür. Ich musste mich schwer beherrschen, um mir die Stiefel nicht hier und jetzt von den Füßen zu reißen.

»Schätze, Riggins hält dich für die Täterin.« Sean gab sich keine Mühe, das Gespräch geheim zu halten.

»Tja, ich war es nicht«, sagte ich entgeistert und drehte mich zu Dosenkopf um.

Riggins sah unerschrocken und keineswegs überzeugt aus.

Ich krampfte die Hände zusammen, um sie ruhig zu halten. Die Gefahr nahm ständig zu. Leute kannten unsere Namen. Mir wurde ein Mord zur Last gelegt. Und nun versteckten wir uns in einem großen Widerstandsnest. Wir würden hoffen und beten müssen, wollten wir das sichere Haus jetzt noch erreichen.

Meine Augen huschten zu Chase, der aussah wie ein angriffsbereiter Wolf. Ich konnte die Energie spüren, die von ihm ausging, und war auf alles vorbereitet.

Die Tür wurde erst nur einen Spalt und dann, als Sean von drinnen erkannt worden war, ganz geöffnet.

Wir betraten einen schmalen, muffigen Raum mit kahlen, vergilbten Wänden. Im Hintergrund stapelten sich Kisten mit Lebensmitteln und an die dreißig Kartons mit den Größenangaben M, L, XL. Uniformen. Die *verschwundenen* Uniformen.

Ein Sofa mit grauem Wollbezug, das einzig vorhandene Sitzmöbel, lehnte sich an eine der seitlichen Wände. Darüber hing ein Plan des Gebäudes. Die Ausgänge waren mit leuchtend roten Kreisen markiert worden. Ein Mann Mitte dreißig erhob sich von seinem Platz auf der Couch. Er hatte einen Schnurrbart und langes, fettiges Haar, das zu grau war für seine jugendlichen Züge.

Der Kerl an der Tür war jünger. Vierzehn oder fünfzehn vielleicht. Ein mausbrauner Mopp aus Haaren hing ihm über die hellgrünen Augen, und er hatte ein Gewehr in der Hand, dessen Mündung zu Boden zeigte, was es jedoch nicht weniger todbringend machte.

»Wer sind die?«, fragte der Mann mit dem ergrauenden Haar.

»Ein Mädchen, das ich im Dienst kennengelernt habe. Sie ist hergekommen, weil sie mich gesucht hat«, log Sean. »Die beiden brauchen Schutz.«

»Sie brauchen …«

»Ehe du platzt, Wallace, denk daran, dass ich nur hier bin, weil …«

»Du bringst die ganze Gruppe wegen eines Mädchens in Gefahr?«, explodierte er. »Das ist kein verdammtes Spiel, Banks.«

Ich war so oder so schon mit den Nerven am Ende und außerdem müde, hungrig und am Rande der Verzweiflung. In gewisser Weise war mir durchaus klar, dass sie vorsichtig sein mussten, aber ein anderer Teil von mir war einfach wütend, dass dieser Mann uns behandelte wie Kinder, die ihrem Babysitter davongelaufen waren.

»Sehen wir etwa so aus, als würden wir nur ein Spiel spielen?«, giftete ich. Sogleich spürte ich Chases Hand auf meinem Arm. Der Junge hatte immer noch seine Waffe in der Hand, und die gereizte Stimmung im Raum war spürbar.

Wallace starrte mich an.

»Es gibt hier Aufnahmeverfahren.«

Zorn blitzte in mir auf, und ich zeigte ihm, ohne nachzudenken, die farblosen Striemen auf meinen Handrücken.

»Ich weiß genug über *Aufnahmeverfahren*«, zeterte ich. »Wir können also gern auf die Initiationsriten verzichten und gleich zur Sache kommen.«

Ein zynisches Lächeln glättete Wallaces Züge, wich aber schnell einem Ausdruck des Verständnisses.

»Das sehe ich. Aber ich kann dich beruhigen, hier geht es nur um Sicherheitsvorkehrungen«, klärte er mich in ruhigerem Ton auf.

Sean räusperte sich. »Wallace will sicherstellen, dass neue Rekruten nicht verfolgt werden oder sogar selbst für das FBR arbeiten.«

»Sie wissen, wer ich bin«, hielt ich stur dagegen. »Sean kann für mich bürgen.«

»Sean ist noch nicht lange genug bei uns, um so viel Vertrauen zu verdienen«, entgegnete Wallace rundheraus.

Sean reckte das Kinn vor. »Und, was willst du tun? Mich rauswerfen?«

Wallace stöhnte. »Vielleicht lernst du was, wenn dir das ein zweites Mal passiert.«

Einige Sekunden lang starrte er Chase und mich an. Dann hatte er sich offenbar ein Urteil darüber gebildet, wie gefährlich wir sein mochten, denn er signalisierte dem Jungen an der Tür, er solle die Waffe niederlegen. Ich seufzte hörbar. Chase nicht.

»Ich entschuldige mich für den rüden Empfang, aber ich bin überzeugt, ihr versteht, warum wir hier keinen Tag der offenen Tür veranstalten können.« Er neigte den Kopf in meine Richtung. »Ich bin Wallace. Das dort drüben ist Billy. Und wer seid ihr?«

Als ich uns vorstellte, spiegelte sich die Erkenntnis in Wallaces Zügen.

»Jennings. Interessant. Ist eine Weile her, seit wir zum letzten Mal eine Berühmtheit bei uns hatten.« Sein Interesse schien jedoch schnell zu erlahmen. »Ich nehme an, Sean hat vergessen, darauf hinzuweisen, wie wichtig Diskretion für uns ist.«

»Wir werden nichts sagen«, versprach ich.

»*Er* bestimmt nicht«, gab Wallace mit Blick auf Chase zurück.

Da hatte er recht. Chase war ungewöhnlich schweigsam. Er war allgemein nicht allzu geschwätzig, aber so still war er üblicherweise nicht. Irgendetwas belastete ihn. Ich konnte es deutlich spüren.

»Ich nehme an, ihr sucht Arbeit«, sagte Wallace; ich fühlte, wie Chase sich neben mir anspannte, und fragte mich, was wohl in seinem Kopf vorging. Für ihn sollte es erstrebenswert sein, sich dem Widerstand anzuschließen. Auf diese Weise könnte er zurückschlagen und sich für alles, was ihm genommen wurde, bei der MM rächen.

Auch auf mich wirkte diese Vorstellung recht anziehend, aber ich verdrängte das Gefühl. Ich konnte mir nicht erlauben, über die Suche nach meiner Mutter hinauszudenken. Immer ein Schritt nach dem anderen.

»Wir suchen Mr Tubman«, erklärte ich, als Chase nicht antwortete. Sein Schweigen fing an, mir ernsthaft zu schaffen zu machen. Er vermittelte den Eindruck, dass der Widerstand ihn mehr reizte, als ich angenommen hatte. Wenn er sich jetzt und hier diesen Leuten anschloss, würde er mich auf meiner Reise womöglich nicht weiter begleiten. Konfrontiert mit der Erkenntnis, dass sich unsere Wege trennen würden, verlagerte ich unbehaglich mein Gewicht von einem Fuß auf den anderen.

»Ein sicheres Haus.« Wallace schnalzte mit der Zunge. »Eine Vergeudung von Talent.« Mit diesen Worten meinte er offensichtlich uns beide, nicht nur Chase. Mir war nicht klar, auf welche Talente er sich in meinem Fall beziehen mochte, doch dann ging mir auf, dass die Radioberichte mich vermutlich als ausgekochter dargestellt hatten, als ich tatsächlich war. Dass ich aus der Reformschule geflohen und der MM entkommen war. Dass wir uns der Diebe in Hagerstown erwehrt und Fahrzeuge gestohlen hatten. All das traf natürlich zu, aber in der Realität war es weit weniger beeindruckend, als es aus zweiter Hand klingen mochte.

»Keine Vergeudung«, konterte Chase nachdrücklich, und ich war wieder zuversichtlicher in Hinblick auf die Frage, ob wir die richtige Entscheidung treffen würden.

Wir wollten gerade noch etwas sagen, als es vor der Tür laut wurde und drei Männer hereinstürmten. Zwei müssen Brüder gewesen sein. Einer war Ende zwanzig, der andere älter. Sie hatten dunkles Haar und dunkle Augen, und dem

Jüngeren war offenbar kürzlich die Nase gebrochen worden, während der Ältere einen blauen Fleck unter dem rechten Auge hatte. Der Dritte war ein drahtiger Rotschopf und etwa in Chases Alter. Getrocknetes Blut klebte auf seiner Wange. Ich erkannte sie nicht, aber mir war klar, dass dies die anderen Soldaten vom Market Square sein mussten, denn wie Sean trugen sie ihre Uniformen in schwarzen Müllbeuteln bei sich.

Stimmen wurden laut, und alles war in Bewegung, als alle gleichzeitig zu reden ansetzten.

»Bring sie hier raus, Banks. Danach kommst du zurück zur Einsatzbesprechung«, befahl Wallace. »Morgen bringst du sie persönlich zu Tubman.«

Ich wäre gern geblieben, aber ich war froh, dass Wallace unserer Abreise zugestimmt hatte.

Sean führte uns hinaus in den Korridor und weiter weg von der Treppe. Hier und da steckten Leute ihre Köpfe zu Türen heraus, um zu erfahren, was auf dem Platz vorgefallen war. Einigermaßen erstaunt erkannte ich, dass anscheinend die ganze Etage voller Widerstandskämpfer war.

Das Zimmer, das wir nun betraten, war beengter als das von Wallace. Ein Sessel mit einem mottenzerfressenen Samtbezug war, eingeklemmt von einer unbezogenen Doppelbettmatratze, in eine Ecke gequetscht, und auf einem kleinen Nachttischchen standen Müslipackungen und Wasserflaschen von Horizons.

»Wohnt hier jemand?«, fragte ich und starrte sehnsüchtig die Lebensmittel an. Seit einer Pause am Vormittag im östlichen Kentucky hatte ich nichts mehr gegessen. Ich war am Verhungern.

»Früher«, entgegnete er ergrimmt, und mir wurde ganz anders, als mir aufging, dass der frühere Bewohner entweder gefangen genommen oder getötet worden war. »Rede, Miller. Schnell.«

Sofort erzählte ich ihm alles, was ich wusste, angefangen mit der Nacht, in der ich die beiden erpresst hatte, bis hin zu meiner Entführung aus der Hütte, und ich wagte nicht, Chase dabei auch nur einmal anzusehen. Nicht, dass wir nicht auch schlimme Dinge getan hätten, aber das Geheimnis über die Art und Weise, wie ich diesen Leuten geschadet hatte, schwelte seither in mir, und ich schämte mich mehr als je zuvor.

Chase streifte wie ein Raubtier im Käfig durch den Raum, während ich sprach, öffnete ein Fenster, unter dem eine eiserne Feuertreppe zum Vorschein kam. Das schien ihn zu beruhigen, aber er sagte immer noch nichts. Die Frage, was er nun von mir denken mochte, lastete schwer auf mir, aber vielleicht hatte ich es nicht anders verdient.

»War sie verletzt?« Sean wirkte, als wäre er gar nicht mehr ganz da. Gebrochen.

»Ich weiß es nicht.« Ich schloss die Augen, erinnerte mich, wie der Schlagstock krachend auf ihren zierlichen Körper niedergefahren war. Ja, sie war verletzt worden. Aber der fieberhafte Glanz in seinen Augen hielt mich davon ab, ihm die Wahrheit zu sagen. Es kam mir grausam vor, ihm davon zu erzählen, obwohl er rein gar nichts tun konnte.

»Und du hast Brock nie von mir und Becca erzählt?« Sein Ton klang immer noch ein wenig misstrauisch.

»Nein. Rebecca war …« Ich zögerte kurz. »Rebecca war meine Freundin. Vielleicht nicht gleich am Anfang. Und sie denkt vermutlich auch jetzt noch anders darüber. Aber ich werde sie nie vergessen. Ich weiß, ich kann sagen, was ich will, es wird nichts ändern, aber ich wünschte, die Dinge wären anders gelaufen.«

Für einen Moment schwieg Sean.

»Wie hast du herausgefunden, dass sie hier ist?«, fragte ihn Chase nach einer Weile, und ich überlegte, ob nur Neugier ihn veranlasst hatte, sein Schweigen zu brechen, oder ob etwas anderes dahintersteckte.

Hastig erzählte uns Sean, wie er aus dem Stützpunkt in Cincinatti rausgeworfen worden war, zu dem man ihn nach dem Vorfall in der Reformschule geschickt hatte, und wie er Billy und Riggins begegnet war, die in der Stadt nach herumirrenden Soldaten gesucht hatten, um sie für den Widerstand anzuwerben. Zu Billys besonderen Talenten gehörte das Aufbrechen von MM-Streifenwagen und das Abrufen der Gefangenenlisten über deren Scanner. So hatte Sean von Rebeccas Verlegung erfahren.

Mir kam der Scanner in den Sinn, den der Mann von der Highway Patrol benutzt hatte, als er uns angehalten hatte. Ein Minicomputer. Billy war offenbar ziemlich schlau.

Da er keine Chance hatte, in den Stützpunkt einzubrechen, ohne sich dabei umzubringen, hatte Sean beschlossen, für den Widerstand zu arbeiten, bis Billy ihm weitere Informationen über Rebecca beschaffen konnte.

Ehe Sean uns noch mehr erzählen konnte, rief ihn Wallace über den Korridor zu sich.

»Morgen bringe ich euch zu dem Schleuser«, sagte er.

»Sean, warte«, hielt ich ihn auf, als er gehen wollte. »Es … Es tut mir so leid.«

Lange starrte er mich aus müden Augen an, doch in ihnen lag kein Groll und auch kein Misstrauen mehr. Er warf mir nichts vor. Und irgendwie fühlte ich mich deswegen noch schlechter.

»Die sind schuld, Miller. Nicht wir. Dem FBR sollte es leidtun.«

Nach einer Weile ging ich zum Fenster. Die kalte Luft, die mir über das Gesicht strich, war mir ein Trost. Durch die Gitterstangen der Feuertreppe konnte ich in der Ferne Scheinwerfer über Straßenkreuzungen kriechen sehen, und eine Gänsehaut überzog meinen Körper. Die Ausgangssperre war in Kraft. Die MM war gleich da unten. In der ganzen Umgebung. Überall.

Dem FBR sollte es leidtun, hatte Sean gesagt.

Und er hatte recht. Die hatten Rebecca verschleppt. Und meine Mutter. Und Chase hatten sie beinahe gebrochen. Nun konnten wir nie wieder nach Hause zurückkehren. Wir würden für alle Zeiten untertauchen müssen.

Wie sehr ich mich bemühte, an etwas anderes zu denken, wurde ich doch ständig mit den Bildern des heutigen Tages bombardiert. Die vielen, drängelnden hungrigen Menschen. Der tote Mann an dem Generator. Sean – als ich noch nicht gewusst hatte, dass es Sean war –, der mich durch die Menge geschleift hatte. Die Einsicht, dass Chase es immer noch schaffen konnte, auch wenn ich es nicht mehr konnte.

Er war stärker als ich. Ein Kämpfer. Er konnte in dieser Welt überleben.

»Wir brauchen einen neuen Plan. Neue Regeln«, setzte ich an, um eine kraftvolle Stimme bemüht. Chase hatte auf die Geräusche im Korridor gelauscht, aber als er mich reden hörte, löste er sich von der Tür und wartete darauf, dass ich fortfuhr. Ich hoffte, er würde mir keine Schwierigkeiten machen; es war schwer genug, mich damit abzufinden, was ich nun sagen würde.

»Wenn die MM einen von uns entdeckt, muss der andere weiterziehen. Der andere muss zu dem sicheren Haus gehen, meine Mutter suchen und sich vergewissern, dass es ihr gut geht.«

Meine Worte hörten sich so hohl an. Chase erwiderte nichts.

»Du darfst nicht versuchen, mich zu befreien, wenn sie mich schnappen, verstehst du?«

Immer noch keine Antwort.

»Chase!« Ich schlug mit der Faust auf das Fensterbrett, und die Scheibe klirrte im Rahmen. »Hörst du mir zu?«

»Ja.« Er stand direkt hinter mir. Ich wirbelte zu ihm herum.

»Ja, du bist einverstanden?« Ich wusste, ich müsste erleichtert sein, aber so fühlte ich mich nicht.

»Ja, ich höre zu. Nein, ich bin nicht einverstanden.«

Die alte Furcht vereiste mir das Rückgrat, die Furcht, die ich heute schon auf dem Platz gespürt hatte. Die Furcht, meine Mutter könnte am Ende auf sich selbst gestellt sein. Die Furcht, Chase könnte geschnappt und zum Tode verurteilt werden. Nun strömten mir die Tränen über das Gesicht. Sinnlos, noch zu versuchen, sie vor ihm zu verbergen.

»Warum nicht? Wenn mir etwas passiert ...«

»Dir wird nichts passieren!« Er packte mich an den Ellbogen und zwang mich, mich auf die Zehenspitzen zu stellen. In seinen Augen loderte ein Zorn, von dem ich wusste, dass er nur aus Furcht entstanden sein konnte. Wie konnte ich das wissen, überlegte ich kurz. Wie konnte ich ihm das ansehen, wenn ich doch kaum wusste, was *ich* empfand?

»Was, wenn doch?«, gab ich zurück. »Ich könnte sterben, so wie Katelyn Meadows! Ich könnte verhungern wie der Mann auf dem Platz! Ich könnte von der MM gefangen genommen werden oder erschossen ...«

»HÖR AUF!«, brüllte er, und mir blieb der Mund offen stehen. Er atmete abgehackt, und sein Gesicht sah in der

Dunkelheit furchtbar blass aus, während er um seine Fassung rang. Mit mäßigem Erfolg.

»Ember, ich schwöre bei meinem Leben, ich werde nicht zulassen, dass so etwas passiert.«

Ich fiel ihm in die Arme und weinte nun ungehemmt, weil ich mich fürchtete. Weil ich nicht sterben wollte. Weil ich, wenn ich es doch tat, weder meiner Mutter noch Chase eine Zukunft sichern konnte. Den Menschen, die ich liebte.

So wie jetzt hatte ich noch nie in seiner Gegenwart geweint. Alles, was ich unterdrückt hatte, brach nun über mich herein. Der Verlust meiner Mutter. Die Sehnsucht nach meinen Freunden. Die Scham, weil ich Sean und Rebecca so wehgetan hatte. Die Erinnerung an den Schleuser, der um seines Sohnes willen um sein Leben gefleht hatte. Der Mann auf dem Platz. Chase barg mich an seinem Körper, schützte mich vor den Ängsten, die auf uns beide einpeitschten.

»Warum bist du mir zu Hilfe gekommen?«, schluchzte ich. »Wenn Sean ein echter Soldat gewesen wäre, hätte er dich umbringen können.«

»Das ist mir egal.«

»Mir aber nicht!«

»Ich lasse dich nicht allein.«

Ich wich zurück, aber er wollte mich nicht gehen lassen.

»Ist das nicht das, was du so oder so tun wirst? Mich alleinlassen? Sobald wir das sichere Haus erreicht haben?«

Er klappte den Mund auf. Und wieder zu.

»Ich … das wollte ich dir überlassen.«

Was sollte das bedeuten? Ich könnte ihm einfach seine eigene Sicherheit verwehren, wenn ich ihn nicht in meiner Nähe haben wollte? Als hätten wir nicht den größten Teil unseres Lebens gerade fünf Meter voneinander entfernt verbracht. Wer war ich, solch eine Entscheidung zu treffen? Aber es ging nicht um mich. Er lud mir diese Entscheidung auf, weil es für ihn einfacher wäre, sollte ich ihn fortstoßen. So käme er nicht in die Verlegenheit, meine Gefühle zu verletzen. So könnte er einfach hierher zurücklaufen und sich dem Widerstand anschließen.

»Lass mich los«, forderte ich verunsichert und versuchte, tief Luft zu holen, aber mein Hals war wie zugeschnürt. »Ich weiß, du willst dein Versprechen halten. Also gut. Beschütz mich. Aber wenn wir dort ankommen, endet deine Verpflichtung mir gegenüber. Du schuldest mir gar nichts. Du bist schon einmal gegangen, und ich habe es überlebt, Chase. Das kann ich auch wieder tun.«

Schockiert starrte er mich an. Ich konnte selbst kaum fassen, was ich da gerade gesagt hatte.

»Jetzt bin ich müde«, verkündete ich. »Hier sind mehr als genug Leute, die Wache halten können.« Ich ermahnte mich, den Kopf nicht hängen zu lassen, und öffnete die Tür. »Ich komme gut allein zurecht.«

»Ich nicht.«

Ehe ich mich zu ihm umdrehen konnte, legte er sanft eine Hand auf meine und drückte die Tür wieder zu. Plötzlich wurde mir jede seiner Bewegungen enorm bewusst. Die Anspannung der Muskeln in seinen Schultern. Sein veränderter Atemrhythmus. Jeder einzelne warme Finger auf meiner Hand. Und dann waren da auch noch die Veränderungen, die ich in mir spürte. Das Kribbeln auf der Haut. Die Zweifel, die mir schwer wie ein Stein im Magen lagen.

»Ich komme nicht gut zurecht«, sagte er. »Nicht ohne dich.«

Mein ganzer Körper fühlte sich an, als wäre ich eine

Treppe hinuntergefallen. Was er da sagte, ergab keinen Sinn, aber das Gefühl, das in seinen Worten mitschwang, rührte mich im tiefsten Inneren.

»Spiel nicht mit mir, Chase. Das ist nicht lustig.«

»Nein, das ist es nicht«, stimmte er mir voller Ernst zu, wirkte dabei aber wie zerrissen.

»Was willst du damit sagen?«

Er legte eine Hand an die Kehle, so als wollte er seine Worte zurückhalten, aber sie kamen doch raus.

»Du bist mein Zuhause. Für mich.«

Mein erster Gedanke war purer Selbstschutz. *Das nimmt er wieder zurück.* Genau wie bei den Loftons. Wie danach im Wald. Ich wollte ihm sagen, dass er aufhören soll, damit es nicht so wehtäte, wenn er sich wieder anders entschied, aber ich konnte nicht. Viel zu sehr wünschte ich mir, es wäre wahr.

Ich saß auf dem Bett.

»Ich erinnere dich an dein Zuhause«, stellte ich klar, und es war, als hätte ich die Erinnerungen an die Vergangenheit beschworen.

Er kniete vor mir. »Nein. Du bist mein Zuhause.«

Ich war zu verblüfft, um etwas zu sagen.

Dann überlegte ich, was Zuhause für mich bedeutete. Sicherheit und Liebe. Glück. Ich konnte nur raten, was es für jemanden wie Chase bedeuten mochte, jemanden, der keinen Mittelpunkt hatte, an dem er sich festhalten konnte, der keine Stabilität und keine Beständigkeit mehr gekannt hatte, seit seine Eltern gestorben waren.

Und all das, nachdem er gehört hatte, was ich Sean und Rebecca angetan hatte.

Er beobachtete mich, versuchte, meine Reaktion auf seine Worte zu ergründen. Zu gern hätte ich ihm gesagt, wie sehr sie mich berührt hatten, aber nichts konnte auch nur ansatzweise ausdrücken, was ich empfand.

Zögernd griff ich nach seiner Hand, und als er sie mir bereitwillig reichte, schmiegte ich meine Wange an seine Handfläche. Ich sah, wie er schluckte, sah seine großen, braunen Wolfsaugen dunkler werden, wie sie es immer taten, wenn er tiefe Gefühle hegte. Er rückte näher an mich heran.

»Denk an mich«, flüsterte er, und dann berührten seine Lippen die meinen.

Sein Kuss war so sanft, wie er sich in meinen Erinnerungen anfühlte, wenn ich an seine Berührung von vor einem Jahr dachte. Wenn er nur ein Geist war, der mir das Gefühl gab, dass ich allein war. Aber ich brauchte mehr. Ich brauchte ihn leibhaft hier bei mir, nicht nur ein Echo der Vergangenheit.

Ich zog ihn an mich, und er erwiderte die Einladung, indem er mich leidenschaftlicher küsste, bis sich mein ganzer Körper lebendig und wie elektrisiert anfühlte. Dann glitten seine Hände zu meinen Schultern und weiter herab über meinen Rücken und hinterließen auf ihrem Weg eine durchdringende Wärme.

»Du warst es immer«, sagte ich leise. »Du bist immer derjenige, an den ich denke.«

Sein Blick war so eindringlich, mir blieb die Luft weg.

Ich konnte ihn spüren, alles von ihm. Seine Seele war mit meiner verknüpft. Sein erhitztes Blut strömte durch meine Adern. Ich hatte geglaubt, ich wäre meiner Mutter nahe gewesen, und das war ich auch, aber nicht so. Chase und ich berührten uns kaum – unsere Hände, Lippen, Knie –, aber es gab keinen Teil von mir, der nicht auch ein Teil von ihm gewesen wäre.

Ich konnte nicht sprechen, aber hätte ich es gekonnt, so hätte ich ihm gesagt, dass ich ihn vermisst hatte. Dass ich akzeptierte, wer er heute war, ihn akzeptierte mit all seiner Schuld und all seinen Ängsten. Dass ich an seiner Seite bleiben würde, während er sich erholte.

»Danke«, flüsterte er. Konnte er meine Gedanken hören? Das kam mir gar nicht so abwegig vor. Warum auch immer er mir gedankt hatte, ich war ebenfalls dankbar.

Er hielt mich fest, und unser Herzschlag wurde langsamer, bis er in einem einzigen Puls vereint war. Und mein Geist wurde vollkommen und segensreich still.

Krach auf dem Korridor weckte mich auf. Ich wusste nicht, wie lange ich geschlafen hatte, aber inzwischen lag ich allein in dem Schlafsack.

Hatte ich nur geträumt, was passiert war? In den letzten paar Tagen hatte sich alles so surreal angefühlt; Chases Geständnis passte da hervorragend hinein. Und doch erinnerten sich meine Lippen an das Gefühl von seinen, und mein Herz schmerzte unter seiner Abwesenheit.

Ich setzte mich auf und schlüpfte in meine Stiefel. Als ich den Gang betrat, war der Lärm verklungen, aber ich hörte Geräusche aus Wallaces Zimmer, also schlich ich zu seiner Tür und hörte von drinnen eine leise Männerstimme.

»Und du bist sicher, dass du es dir nicht doch anders überlegen willst?«, fragte die Stimme.

»Ja, im Moment schon«, sagte Chase. »Irgendwann später vielleicht.«

Ich steckte den Kopf zur Tür herein. Chase lehnte zusammen mit Billy am Tresen des kleinen Küchenblocks, Wallace und Sean standen ihnen gegenüber.

Seine Augen fanden meine, und für einen Moment flackerte alles um ihn herum, und da wusste ich, dass ich das, was zwischen uns geschehen war, nicht geträumt hatte. Dass es real gewesen war und dass er es auch so empfunden hatte. Ich errötete.

Chase brach das Gespräch ab und kam zu mir. Er streckte die Hand nach mir aus, ich ergriff sie, und ich konnte das Lächeln, das bei dieser Geste in meinem Gesicht erblühte, nicht verbergen.

»Moment mal.« Wallace grinste, und ich wusste, was kommen würde, noch ehe er weitersprach. »Du wärst in unserer Familie auch willkommen, Miller.«

In diesem Moment sah ich das MM-Motto vor mir, so wie ich es auf dem Van gesehen hatte, der mir meine Mutter genommen hatte. So wie auf dem Haus in der Rudy Lane und auf dem Auflieger in Hinton. Ein Heiles Land. Eine Heile Familie. Wallace glaubte, man könne sich seine Familie aussuchen. Und wenn all die Stiefkinder dieses Landes sich zusammenschlossen, dann würde es vielleicht wirklich wieder heil werden.

Draußen donnerte es. Und dann prasselte Regen gegen die verbretterten Fenster. Sean zündete eine weitere Kerze an und stellte sie hinter uns auf den Küchentresen.

»Ich habe dir doch gesagt, das wird nichts, Wallace«, sagte Chase, und ich fühlte, wie sich die Anspannung in ihm ausbreitete.

Er hatte recht. Ich konnte mich dem Widerstand nicht anschließen. Nicht jetzt. Aber mir gefiel nicht, dass Chase für mich sprach, und meine Brauen ruckten näher zusammen.

Worüber hatten sie gesprochen? Zuvor hatte Chase kein Wort mit diesen Leuten gewechselt, aber nun trafen sie sich heimlich, während ich schlief? Meine Schultern ruckten etwas höher, und ich versuchte, seinen Blick zu erhaschen, aber er starrte nur Wallace an.

»Warum hat man dich in Gewahrsam genommen?«, fragte er mich. In seiner Stimme lag durchaus Neugier, aber ich wusste, im Grunde fragte er nur, um etwas zu verdeutlichen. Er wollte mir die Ungerechtigkeit vor Augen führen, die meine Gefangennahme darstellte, in der Hoffnung, mir so einen Grund zum Kämpfen zu liefern.

»Nicht wichtig«, kam mir Chase zuvor.

»Artikel 5«, plauderte Sean aus. »Die Hälfte der Mädchen in der Reformschule ist deswegen dort.«

»Gehen wir«, sagte Chase plötzlich. Versuchte er, mich zu beschützen? Irgendwie fühlte sich das nicht richtig an.

»Krank ist das alles. Darum bin ich ausgestiegen. Wegen so einem Mist.« Wallace kratzte sich am Arm, und ich sah das Ende eines geflochtenen, schwarzen Drahts unter seinem langen Ärmel hervorlugen.

»Sie haben die MM verlassen, weil sie Mädchen in Reformschulen schicken?«, hakte ich bedächtig nach. Das erschien mir sonderbar.

Die Atmosphäre im Raum hatte sich total verändert. Jetzt herrschte eine gespannte, schmerzliche Stimmung.

Chase zog mich Richtung Korridor.

»Warte«, sagte ich zu ihm. Der Regen fiel in Wellen.

»Er ist wegen der Exekutionen gegangen«, erklärte Billy. Ich dachte an den Schleuser in Harrisonburg. Ich wusste, wozu die MM imstande war. Mir sackte das Blut aus dem Gesicht.

»Wen haben sie exekutiert?«, wollte ich wissen.

»Halt den Mund«, herrschte Chase Billy an.

»Leute, die gegen Artikel verstoßen«, klärte mich Billy mit aufmüpfiger Miene auf.

Mir blieb das Herz stehen.

»Das reicht, Billy!«, schnauzte nun Wallace und maß Chase mit einem harten, forschenden Blick.

»Du weißt es nicht?« Seans Blick huschte ebenfalls zu Chase. »Ich dachte, du hättest es ihr erzählt.«

»Kein Wort mehr«, warnte ihn Chase. Billy reckte trotzig das Kinn vor. Sean baute sich zwischen den beiden auf.

»Nein. Redet mit mir. *Bitte*«, forderte ich sie auf.

»Komm, Ember.« Chase hielt meinen Arm mit festem Griff und zog mich weg.

»Hör auf!«, schrie ich. »Irgendjemand sagt mir jetzt, was los ist!«

Regen. In Wellen. Der auf das Motel prasselte.

»Leute, die gegen Artikel verstoßen, Soldaten, die unerlaubt abwesend sind. Diese Leute werden exekutiert, genau, wie Billy gesagt hat.« Sean sprach mit leiser Stimme. Chase wich einen Schritt zurück. »Sie hat ein Recht, es zu erfahren«, schloss Sean.

»Die wollten mich exekutieren?«, fragte ich schwach.

»Nicht dich«, sagte Billy. »Die Leute, die angeklagt werden. Leute wie deine Mom.«

KAPITEL 14

Der ganze Raum drehte sich um mich. Ich stützte mich auf den Tresen und nahm kaum wahr, dass Billy und Wallace hinausgegangen waren.

»Ember«, sagte Chase zögernd, kam aber nicht näher.

»Warum sollten die so etwas tun?«, fragte ich schwach, doch mir war bewusst, dass das nicht so abwegig war. Ich war in dem Checkpoint an der Rudy Lane gewesen, als die MM den Schleuser erwischt hatte.

»Wir passen nicht ganz so gut zum Entwurf eines neuen, *moralischen* Landes«, bemerkte Sean ergrimmt.

Ich ging zum Angriff über.

»Du hast es gewusst. In der Reformschule. Du hast es gewusst, als ich versucht habe zu fliehen, und du hast mir nichts gesagt.«

Er trat unbehaglich von einem Bein auf das andere. »Ich hatte Gerüchte gehört. Du musst das verstehen. Ich dachte, du würdest Brock von Becca und mir erzählen. Ich dachte, wenn du keinen Grund mehr zur Flucht hättest, hättest du auch keinen Grund mehr, den Mund zu halten.«

»Hau bloß ab.«

Er wich zurück.

»Ember.« Chase sprach meinen Namen so zart und vorsichtig aus, als wäre er ein verletzter Vogel.

Er hatte die ganze Zeit Bescheid gewusst. Er hatte die Wahrheit vor mir verborgen. Warum hatte er mir nichts gesagt?

»Wir müssen gehen.« Ich schob mich an ihm vorbei und rannte zu unserem Zimmer zurück. Auf dem Korridor waren Leute, die mir nachschauten, aber ich nahm sie kaum wahr. Die Furcht lastete so schwer auf mir, dass ich kaum schlucken konnte. Meine Knie fühlten sich schrecklich schwach an, aber ich wusste, ich musste stark sein. Ja, jetzt musste ich ganz besonders stark sein.

Ich warf mir den Rucksack etwas zu schwungvoll über die Schulter und musste mich an der Wand abstützen, um das Gleichgewicht zu halten.

»Verdammt, Ember. Warte.« Chase versuchte, mir den Rucksack zu entringen. Im Kerzenschein sah er ziemlich blass aus.

»Nicht. Wir gehen. Wir haben keine Zeit!«, schrie ich ihn an. »Was ist eigentlich los mit dir? Wir müssen weiter!«

»Ember, nimm den Rucksack runter.«

»Chase! Sie ist in Gefahr! Wahrscheinlich sind die gerade jetzt auf der Suche nach ihr! Wir müssen sie finden!« Heiße Tränen, angefüllt mit Verwirrung und Entsetzen, strömten aus meinen Augen. Ich war nicht wütend auf ihn. Ich war zu verängstigt, um wütend zu sein.

»Wir können nicht gehen. Nicht jetzt.«

»Sie hat Angst! Ich kenne sie. Niemand kann sich so um sie kümmern wie ich.«

Er wich zur Wand zurück. Seine Augen waren riesig, glasig und ängstlich. Für einen Moment dachte ich, er hätte endlich verstanden, aber das war ein Irrtum.

»Ember, es tut mir leid.«

»Es muss dir nicht leidtun. Lass uns einfach gehen!«

»Ember!« Er schlug sich auf das eigene Bein, so brutal, dass ich erstarrte. »Sie ist tot.«

Wie kann er so etwas Schreckliches sagen?, lautete mein erster, zusammenhängender Gedanke. Wie kann er etwas so Grausames, Hässliches sagen?

Plötzlich kam mir der Rucksack furchtbar schwer vor. Er zog mich nach hinten und glitt mit einem leisen Rums zu Boden.

»Was?« Die Stimme, die das sagte, hörte sich für mich weit entfernt an.

Er hielt sich die Hände vor den Mund, als wollte er sie mit seiner Atemluft erwärmen.

»Es tut mir leid. Sie ist nicht mehr da, Em.«

»Nenn mich nicht so«, fauchte ich. »Warum sagst du so etwas?«

»Sie ist tot.«

»Hör auf!«, kreischte ich. Die Tränen strömten mir ungehindert über das Gesicht, und ich konnte kaum atmen.

»Es tut mir leid.«

»Du irrst dich. Du *irrst* dich!«

Er schüttelte den Kopf.

»Ich war dabei.« Seine Stimme brach, und ich fühlte, wie die Wand hinter mir mein Gewicht auffing.

»Du … warst dabei? Wovon sprichst du? Wir müssen los.« Nun hatte meine Stimme jeglichen Klang verloren. Jegliche Überzeugung.

Irgendwie waren wir beide am Boden. Er packte mich, zog mich fest an sich, und ich war zu erschüttert, mich zur Wehr zu setzen.

»Ich dachte, du würdest nicht mit mir kommen, wenn ich es dir sage. Oder du würdest weglaufen. Ich weiß, das war falsch, Ember, und es tut mir leid, aber ich musste dich erst in Sicherheit bringen. Ich wollte es dir sagen, wenn wir dort sind.«

Er sprach die Wahrheit, das verriet mir sein gequälter Gesichtsausdruck.

Meine Mutter war tot.

Brüllender Schmerz machte sich an zwei Punkten in mir bemerkbar, hinter meiner Stirn und mitten im Bauch. Eisige Messer durchbohrten mich an beiden Stellen. Stachen auf mich ein, bis ich blutete. Bis mein Innerstes nach außen gekehrt war.

Ich konnte sie hören. Konnte ihre Stimme hören. *Ember.* Sie rief meinen Namen. Wie konnte sie tot sein, wenn ich sie doch so deutlich hören konnte?

»Es tut mir so leid«, wiederholte er immer wieder. »Ich wollte dich nicht verletzen. Ich wollte dich nur in Sicherheit bringen. Es tut mir so leid.«

Er war mir zu nahe. Bedrängend. Ich stieß ihn weg.

»Geh weg«, ächzte ich.

»Was soll ich tun?«, fragte er mich verzweifelt. »Ich weiß nicht, was ich tun soll.«

»Was ist mit meiner Mutter passiert?«, wollte ich wissen.

Er zögerte. Freiwillig würde er es mir nicht sagen.

»Ember, sie ist tot. Das ist alles, was du wissen musst.«

»Sei kein Feigling.«

»Okay. In Ordnung.«

Er kniete sich vor mich, die Arme um den eigenen Leib geschlungen. Seine Schultern bebten, und Schweißperlen rannen über seine Schläfen.

»Die Kämpfe haben mich nicht gebrochen, also brauchten meine Vorgesetzten etwas anderes. Tucker hat ihnen Briefe gezeigt. Briefe, die ich dir geschrieben hatte. Ich dachte, sie wären verschickt worden, aber … er hatte sie gesammelt. Sie erfuhren, wer du bist und dass ich mich nicht von dir abgewandt hatte, wie es von mir erwartet wurde. Daraufhin sagten sie mir, ich müsse mich fügen, oder … *Gott*. Oder sie würden dir wehtun. Also habe ich einen Handel geschlossen. Keine Kämpfe mehr, keine Ember mehr. Und sie wollten mich befördern, um den anderen zu zeigen, dass das System immer siegt. Ich habe getan, was immer sie verlangt haben. Ich dachte, es würde funktionieren und sie würden dich in Ruhe lassen, aber es hat nichts genützt.

Es war meine letzte Prüfung. Sie haben dich benutzt, um mich zu brechen.

Wir haben deine Mom zu einem Stützpunkt in Lewisburg gebracht, zusammen mit all den anderen Artikel-5-Fällen im Staat. Sie wurde in eine Arrestzelle gesteckt. Der Kommandant meiner Einheit, Bateman – er war sauer wegen dem, was bei dir passiert ist. Weil ich Befehle missachtet hatte und aus dem Wagen ausgestiegen war. Er hat gesagt, ich wäre aus der Reihe getanzt. Als Soldat wäre ich ein Versager. Und er hat mich dem Kommando gemeldet.«

An dieser Stelle brach er ab und beugte sich über seine Knie, als könnte er sich jeden Moment übergeben.

»Weiter«, forderte ich, obwohl ich ihn bei all dem Geschrei in meinem Hirn kaum verstehen konnte.

»Sie haben mich vor den Disziplinarausschuss gebracht. Mein kommandierender Offizier war auch da. Er hat mir gesagt, es sei Zeit, dass meine Ausbildung Wirkung zeigt, und ich könne es immer noch eines Tages bis zum Captain bringen. Er hat mir erklärt, ich könne mich *freikaufen*, wenn ich … wenn ich die Gefangenen exekutiere, angefangen mit deiner Mutter. Ich habe nein gesagt. Ich bin nur Fahrer. Ich mache Transporte. Ich habe ihm gesagt, er soll mich rausschmeißen. Mich unehrenhaft entlassen.«

Wieder schlug sich Chase auf das Bein. Ich weinte leise.

»Er hat gesagt, ich solle Befehle befolgen. Wenn ich es nicht täte, würde es eben jemand anderes tun. Und dass sie dich aus der Schule holen und das Gleiche mit dir machen würden. Ich wusste nicht, was ich tun soll. Ehe ich es mich versah, hat Tucker mich schon zur Arrestzelle begleitet, und ich hatte eine Waffe in der Hand.«

Ich wollte ihn anschreien, er solle aufhören, aber ich musste es hören. Ich musste es wissen. Ungehindert rannen die Tränen über mein Gesicht.

»Deine Mom. Gott. Sie hat geweint. Ihr Hemd war ganz nass. Sie hat mich gesehen, und sie hat gelächelt, und sie ist zu mir gelaufen, hat meine Jacke mit beiden Händen festgehalten und gesagt: ›Gott sei Dank, dass du hier bist, Chase.‹ Und dabei war ich da, um sie umzubringen.

Ich habe die Waffe hochgenommen, und sie ist zu einem Stuhl zurückgewichen, hat sich hingesetzt und mich angesehen. Nur angesehen. Für eine Sekunde dachte ich, ich würde es tun. Ich müsste. Aber es ist nichts passiert. Mein kommandierender Offizier war direkt hinter uns. Er hat gesagt, ich solle den verdammten Abzug durchziehen oder ich würde zusehen müssen, wie sie dich umbringen. Deine Mom hat gehört, was er gesagt hat. Sie hat die Waffe in meiner Hand gepackt, sich zu mir gebeugt und mir gesagt, dass ich dich suchen und mich um dich kümmern soll, wo immer du auch bist. ›Mein Baby‹ hat sie dich genannt. Sie hat mir gesagt, ich solle keine Angst haben. *Sie* hat *mir* gesagt, *ich* solle keine Angst haben.

Und dann hat er sie erschossen. Und … sie ist gestorben. Keinen halben Meter von mir entfernt. Ich weiß nicht einmal mehr, was danach passiert ist. Ich weiß nur, dass ich eine Woche in einer Zelle verbracht habe.«

Stille. Lange, erstickende Stille.

Ich fühlte, wie sich mein Hirn wand, wie es versuchte zu begreifen und zugleich die letzten dreißig Minuten einfach auszulöschen.

»Vielleicht hättest du mit dem Offizier reden können. Vielleicht hättest du ihm sagen können, dass sie das nicht verdient hat …« Meine Stimme hörte sich furchtbar kläglich an.

»Es hätte nichts geändert.«

»Das weißt du nicht! Du hast es ja nicht einmal versucht! Du hättest mit ihnen reden können, und … und … du hättest nie zurückkommen können … bei der Ausbildung hättest du nicht so … *du* … sein können! Du hättest uns sagen können, dass wir fliehen sollen!«

Ich kam mir so verrückt vor, wie ich mich anhörte.

»Ich weiß.«

Es war ein Gefühl, als krachte ein gefrorener Hammer an meinen Schädel. Ich kannte die Wahrheit, wie sehr es mir auch widerstrebte.

»Sie ist tot«, erkannte ich.

Er nickte. »Ja.«

»Du hast mich belogen. Du hast mich in dem Glauben belassen, dass sie noch lebt. Dass sie in einem sicheren Haus ist!«, schrie ich plötzlich. Jetzt war die Wut da. Heiß, grausam und giftig.

»Ich weiß.«

»Wolltest du mir je die Wahrheit sagen?«

»Das hätte ich, sobald ich dich von all dem fortgebracht hätte. Vielleicht nicht die ganze Wahrheit. Ich wollte nicht, dass du das alles erfährst. Niemand sollte das alles hören müssen.«

»Also kannst du das ertragen, aber ich kann es nicht? Sie ist *meine* Mutter, Chase!«

»Es war nicht, weil ich dachte, du würdest damit nicht zurechtkommen. Es war nur … ich weiß nicht. Ich wollte dir nicht wehtun.«

»Du hast also beschlossen, dass es besser für mich ist, an eine Lüge zu glauben, als verletzt zu werden. Wer gibt dir das Recht dazu?«

»Ich weiß nicht«, antwortete er aufrichtig. Offenbar hatte er wirklich nicht gewusst, was er tat. Seine Hände lagen offen vor ihm auf seinen Knien, als bettelte er geradezu um einen winzigen Hinweis darauf, welchen Weg er einschlagen sollte, einen Hinweis, an den er sich klammern konnte.

Ich war inzwischen in Fahrt. Wie ein Schneeball, der einen Hügel hinabrollt. Wohl wissend, dass am Ende eine Mauer wartete, an der ich zerschellen würde. An der ich in eine Million Teile zerspringen musste.

»Du hast das alles von Anfang an gewusst. Schon an dem Tag, als du mich aus der Schule geholt hast. Du hast gewusst, dass sie tot war. Du hast sie sterben gesehen. Und mir hast du es verheimlicht.«

»Ja.«

Schneller ging die Fahrt.

»Wie konntest du das tun?«

Er schüttelte den Kopf.

Etwas verdrehte sich in mir. *Nichts ist wirklich.*

»Du … du hast all diese Dinge gesagt … und … ich habe dir geglaubt.«

»Warte. Bitte. Das war die Wahrheit.« Inzwischen hörte er sich flehentlich an.

Aber ich schüttelte den Kopf. Es gab keine Wahrheit.

»Ember, ich liebe dich.«

Seine Worte schlugen Kerben neuen Schmerzes in meine Seele. Eine volle Sekunde lang starrte ich ihn nur entsetzt an, als mir bewusst wurde, dass er diese Worte noch nie zuvor ausgesprochen hatte. Und dabei dachte ich, dass womöglich das Gegenteil der Fall war. Dass Chase mich im Grunde *hasste*. Darum hatte er mich belogen. Darum tat er mir immer wieder weh. Wie konnte jemand nur so grausam sein?

Seine Augen schienen überzuquellen mit etwas, das ich früher für Aufrichtigkeit gehalten hatte.

»Ich hätte das nicht jetzt sagen sollen. Das ist zu viel. Ich bürde dir zu viel auf. Aber … Himmel. Ich meine es ernst. Ich …«

»*Nein!* Ich habe dir vertraut, und ich dachte, das wäre richtig, aber das war es nicht. Es war alles nur gelogen.« Mir wurde übel, und ich war von mir selbst angewidert. Am liebsten hätte ich meine eigene Haut abgestreift und hier in diesem schmuddeligen Zimmer mit all den hässlichen Wahrheiten zurückgelassen.

»Das stimmt so nicht. Das weißt du. *Bitte*, versteh das.«

Er streckte seine Hand nach meiner aus.

»Nein!«, heulte ich. »Rühr mich nicht an. Wage es nicht, mich anzurühren. Nie wieder.«

Ich schlug auf die Wand ein. Meine Welt brach zusammen. Alles, woran ich geglaubt hatte, lag in Scherben. War einfach nur falsch.

Ich dachte nicht nach. Ich konnte nicht. Ich schoss nur vor und schlug ihn mit aller Kraft. Dort, wo meine Hand Kontakt zu seinem Kinn bekam, verkrampfte sie sich vor Schmerz. Aber ich schlug wieder zu. Und wieder. Er versuchte nicht einmal, mich aufzuhalten. Stattdessen legte er eine Hand unter meinen Ellbogen und lieferte mir so die Kraft, noch stärker zuzuschlagen.

Als ich keine Schläge mehr hatte, faltete ich mich über

meinem Purzelbäume schlagenden Magen zusammen. Ich war nicht besser als Roy, der meine Mutter geschlagen hatte. Ich wollte meinen Kummer durch Gewalt lindern. Wollte Chase zeigen, wie falsch er sich verhalten hatte. Eine Parallele, die meine Wirklichkeit unendlich verheerender erscheinen ließ.

»Schon gut. Schlag mich. Ich verdiene es.«

Als würde das irgendetwas besser machen. Als würde das irgendetwas in Ordnung bringen.

»Nicht mehr«, stöhnte ich.

Er hob ergeben die Hände. »Ember, ich tue, was immer du willst, aber bitte, lass mich dich an einen sicheren Ort bringen. Das war das Einzige, worum es bei all dem ging. Ich wusste, wenn du erst die Wahrheit herausgefunden hättest, würdest du so weit wie möglich von mir weg wollen, aber solange du geglaubt hast, deine Mom wäre in South Carolina, würdest du mir dorthin folgen. Und ich habe dir gleich gesagt, wenn du willst, dass ich danach verschwinde, mache ich das.«

»Ich gehe nirgends mit dir hin.«

»Bitte. Lass mich dich an einen sicheren Ort bringen.«

All diese schmerzhaften Einschnitte im Inneren. All die Verluste. Meine Mutter. Chase. Beth. Rebecca. Vertrauen. Liebe. Mir war nichts geblieben als das Skelett der Unversehrtheit.

»Nein.«

»Wenn du nicht auf mich hören willst, dann tu es für sie. Lori wollte dich von all dem weghaben.«

»Nicht!«, schrie ich ihn an. Ich konnte es nicht ertragen, ihren Namen zu hören.

Er ließ den Kopf hängen. »Ich habe alles vermasselt. Von Anfang an. Ich habe dir gegenüber alles falsch gemacht. Dir und deiner Mutter gegenüber. Sie hat dich so sehr geliebt, Ember.«

»Und deinetwegen ist sie jetzt tot!«

Schlimmer, sie war auch meinetwegen tot. Hätte ich Chase nicht gesagt, dass er gehen soll, wäre er gar nicht erst zum Militär gegangen. Dann hätten sie ihn nie ins Visier genommen. Und sie hätten uns nie dazu missbraucht, ihn zu brechen. Durch eine Laune des Schicksals hatte ich meine eigene Mutter umgebracht. Ich empfand solch eine Scham, ich konnte es nicht aussprechen.

Chase wippte auf den Fersen und stand auf. Ich wusste, ich hatte ihn verletzt, und ich hatte es absichtlich getan. Weil ich ihm wehtun wollte. Weil ich wollte, dass er genauso litt wie ich. Aber wie sollte er?

»Ja«, sagte er nur. »Meinetwegen ist sie jetzt tot.«

»Geh raus. Lass mich in Ruhe.«

Minuten zogen dahin. Aber er ging. Ich hörte, wie er die Tür leise hinter sich schloss.

Stundenlang schluchzte ich fest zusammengekauert vor mich hin. Ich weinte, bis ich keine Tränen mehr hatte. Und dann weinte mein Körper ohne Tränen weiter.

Jedes Bild, das mir in den Sinn kam, peinigte mich. Jeder Gedanke führte zu dem gleichen Ergebnis.

Ich war allein. Absolut allein.

Als ich wieder zu Atem kam, zwang ich mich, aufzustehen, und stolperte zum Fenster. Ich hörte, wie Leute auf dem Korridor Chase fragten, was los war. Er antwortete nicht. Aber das war egal.

Meine Arme waren schwer. Mein Kopf fühlte sich schwer an. Aufgedunsen.

Luft. Fühlt sich gut an, dachte ich geistesabwesend.

Ich glitt über den Sims und raus auf die Feuertreppe. Ich brauchte die Kälte, um das Fieber zu stoppen. Aber der Vorsprung war zu schmal. Doch ich konnte auf die Leiter klettern. Und auf die Straße. Von hier oben sah sie aus wie ein schwarzes Loch. Vielleicht konnte ich einfach darin verschwinden.

Der Regen war besänftigend. Mir war, als wäre es eine Ewigkeit her, seit ich das letzte Mal so eine Besänftigung erfahren hatte. Er durchnässte meine Kleider, meine Haare, wusch das Salz von meinem Gesicht, drang mir über die tränenschweren Wimpern in die Augen und reinigte auch die.

Ich lief. Und lief. Unfähig, einen klaren Gedanken zu fassen. Ohne jede Erinnerung.

Die Lichter überraschten mich nicht. Selbst meine Neugier vermochten sie kaum zu erwecken. Aber bald hielt der Wagen am Bordstein neben mir. Männer stiegen aus. Sie sprachen in barschem Ton mit mir, doch ich verstand nicht. Sie packten meine Arme, zerrten mich auf die Rückbank, wo der Regen mich nicht mehr erreichte.

Scheppern an der Metalltür. Blinzelnd schlug ich die Augen auf und konnte doch nicht klar sehen. Eine Leuchtstofflampe über meinem Kopf summte und flackerte vor sich hin. Die trockene, abblätternde Farbe überzog die Decke mit Narben. Moder und Körpergerüche entströmten der Matratze, auf der ich lag. Ich hatte kein Kissen. Keine Decke.

Wo war ich? Wie lange war ich schon hier? Es war egal. Nichts war mehr von Bedeutung.

»Sie will nicht essen.« Gedämpft drang eine Stimme durch die Tür.

»Das ist mir scheißegal.« Noch eine Männerstimme.

»Mir auch«, schnaubte der Erste. »Aber sie stirbt uns noch vor dem Prozess weg, wenn sie so weitermacht.«

»Dann ist sie eben tot. Wäre nicht das erste Mal.«

Ich verschloss meine Ohren vor der gefühllosen Missachtung. Ich verschloss meinen Geist vor allen bewussten Eindrücken.

Eine Hand rüttelte an meiner Schulter. Dann zwickte jemand brutal die empfindliche Haut an der Innenseite meines Arms. Der Schmerz war stark genug, dass ich die Augen aufriss. Offenbar konnte ich doch noch etwas spüren.

»Du musst aufstehen. Steh auf!« Dieses Mal war es eine Frauenstimme, verzerrt vor Ärger. Ich stöhnte und drehte mich weg. Drückte das Gesicht an die kühle Betonwand.

»Wenn du nicht damit aufhörst, bekomme *ich* Schwierigkeiten.«

»Lassen Sie mich in Ruhe«, brachte ich mühsam hervor.

»Die hattest du schon drei Tage lang. Jetzt musst du dich in Bewegung setzen.«

Sie rüttelte erneut an meiner Schulter. Als ich mich auf den Rücken drehte, packte sie meine Arme und zog mich hoch, bis ich saß. In meinem Kopf war alles trübe und vernebelt.

»Hey.« Sie versetzte mir einen Klaps auf die Wange. »Musst du kotzen?«

»Nein«, antwortete ich kraftlos.

»Hmpf. Du hast ja auch nichts, was du ausspucken könntest.«

Sie legte mir eine Plastikschale auf den Schoß, in der etwas war, das aussah wie suppiger Haferbrei. Ich starrte sie nur verständnislos an.

»Unfassbar«, kommentierte die Frau, füllte einen Löffel mit der Masse und steckte ihn mir in den Mund.

Ich hustete und würgte. Aber die geschmacklose, lauwarme Pampe glitt über meine Kehle in meinen ausgehungerten Magen, und schon bald lief mir das Wasser im Munde zusammen, so gierte ich nach mehr.

Ich aß und schenkte der Frau zum ersten Mal echte Beachtung. Sie hatte knorrige, arthritische Hände und tiefe Falten um den Mund. In ihrem Gesicht lag ein Ausdruck der Sorge, der so aussah, als würde er niemals ganz weichen können, und ihre Augen waren von einem beinahe durchsichtigen Blau. Es hätte mich nicht gewundert, wenn sie blind gewesen wäre, aber ihre Bewegungen sagten etwas anderes.

Sie hatte welliges, graues Haar und trug einen marineblauen, gebügelten Rock und eine hochgeschlossene Bluse. Die Uniform bedeckte ihren Leib wie ein Jutesack Kartoffeln.

Hast du mal von den Heilsschwestern gehört?, hörte ich Rosa in meinem Kopf sagen. *Das ist die MM-Version der Frauenbewegung.*

Es war, als hätte ich die Reformschule nie verlassen.

Das schmale Bett in der winzigen Zelle stand an der Wand und kollidierte am Fußende beinahe mit der Metalltoilette. Es blieb kaum genug Raum, dass die Frau vor mir stehen konnte, ohne dabei meine Knie zu berühren.

»Wo bin ich?«, fragte ich sie. Meine Stimme klang brüchig. Sie war eine Weile nicht benutzt worden.

»Gefangenenlager Knoxville.«

Also hatten sie mich doch geschnappt.

Und es wird nicht mehr lange dauern, dann bringen sie dich auch um, dachte ich auf völlig unbeteiligte Art.

»Iss auf, Miller.« Sie klopfte an den Rand der Schale, und etwas von dem Inhalt kleckerte auf eines dieser Papierhemden, wie sie die Leute in Krankenhäusern trugen. Irgendwann hatte irgendwer mir meine Kleider genommen.

»Sie kennen meinen Namen.« Meine neue Frisur hatte mich am Ende doch nicht tarnen können. Tja.

Sie schnaubte nur. »Zieh das Kleid an. So kannst du nicht bleiben.«

Ohne einen Gedanken an Sittsamkeit zu vergeuden, zog ich mich aus bis auf die Unterwäsche und schlüpfte in die zu groß geratene Heilsschwestern-Uniform, der nur das Taschentuch fehlte. Optisch passte ich nun recht gut zu der Frau mit den hellen Augen.

»Und was jetzt?«, fragte ich.

»Jetzt wartest du, bis jemand kommt, um dich zu holen.« Sie klopfte zweimal an die Tür. Jemand öffnete von außen, und sie huschte hinaus.

Ich starrte die gegenüberliegende Wand an, und in meinem Kopf herrschte Leere.

Irgendwann später hörte ich Schlüssel vor der Tür klimpern, dann ein metallisches Kreischen, und das Hindernis wurde entfernt und gab den Blick frei auf einen schlanken Soldaten mit breiter Brust. Sein Gesicht war hager, er hatte stechende, grüne Augen und goldenes, glatt zur Seite frisiertes Haar. Eine große Hand hielt ein Klemmbrett und einen Stift. Der andere Arm steckte vom Ellbogen an abwärts in einem Gipsverband.

Gleich neben dem Schlagstock steckte eine Waffe in einem Halfter an seiner Hüfte. Ich überlegte, ob er wohl gekommen war, um mich zu erschießen, so wie Chases kommandierender Offizier meine Mutter erschossen hatte, und ich stellte erstaunt fest, dass es mich nicht sonderlich kümmerte. Wenigstens hätte der Albtraum dann ein Ende.

Ein bisschen fühlte es sich an, als wäre das alles nur ein Traum. Ich hatte das Gefühl, ihn irgendwoher zu kennen. Puzzlesteine glitten gemächlich an ihren Platz, eines nach dem anderen.

»Deine Hände sehen fürchterlich aus. Was hast du gemacht? Boxkämpfe?«

Ich blickte an mir herab und dachte, dass meine Hände eigentlich doch ganz gut aussahen. Die Kruste war fort und hatte schmale, weiße Narben zurückgelassen. Die meisten der dunkleren Flecke waren verblasst. Ich wackelte mit den Fingern und spürte nur einen dumpfen Schmerz.

»Du hast keine Ahnung, wer ich bin«, stellte er mit einem verstohlenen Blick zur Tür fest.

Ich sah drei blasse Linien auf seinem Hals. Kratzspuren von Fingernägeln. Meinen Fingernägeln.

»Tucker Morris.«

»Ja«, sagte er gedehnt, so als gäbe es nichts Offensichtlicheres auf Erden.

Stille.

»Willst du gar nicht wissen, warum ich hier bin?«

»Macht das noch etwas? Ich werde doch so oder so exekutiert.« Meine Stimme klang matt. Emotionslos.

»Das ist morbid.«

»Ist es denn falsch?«

Er grinste einfältig. »Wo ist er?«

»Ich weiß nicht, von wem Sie sprechen«, sagte ich und reckte das Kinn vor.

»Informationen zurückzuhalten wird deine Lage nicht verbessern.«

»Was *wird* sie denn verbessern?«, fragte ich säuerlich.

»Nett sein, vielleicht.« Eine sonderbare Beschwingtheit lag in seinem Ton, fast als würde er mit mir flirten. Ich musste ein Würgen unterdrücken.

»Ich werde nicht *nett* zu jemandem sein, der sich an der Ermordung unschuldiger Menschen beteiligt.« Die Worte brannten auf meiner Zunge, doch meinem toten Herzen konnten sie nichts anhaben.

»Also hat er es dir erzählt? Ich dachte, dazu wäre er zu feige. Genau wie bei ihr.«

Kurz blitzte Zorn in mir auf. Ich wollte ihn erneut kratzen, so wie ich es getan hatte, als er meine Mutter mitgenommen hatte. Aber das Bedürfnis schwand schnell, und alles, was blieb, war Verbitterung.

»Sie sind ein Bastard, Tucker.«

»Das könnte ich auch von dir behaupten.« Er grinste über seine eigene Schlagfertigkeit. »Aber du solltest aufpassen, was du sagst. So redet man nicht mit einem Soldaten.«

Ich schnaubte verächtlich. Was sollte er schon tun? Mich umbringen? Da musste er sich wohl hinten anstellen.

Er zögerte. »Jennings hat bereits Entführung einer Minderjährigen, Angriff mit einer tödlichen Waffe, Diebstahl von Bundeseigentum und ein Dutzend weiterer belangloser Anklagen auf die unerlaubte Abwesenheit draufgepackt. Einen wie ihn solltest du nicht beschützen wollen. Den Gefallen würde er, wie es aussieht, nicht erwidern.«

Ich hatte ihm keine Chance gelassen, mich zu beschützen – ich war verschwunden, als er vor meiner Tür gewacht hatte. Bis er erkannt hatte, dass ich fort war, hatte man mich vermutlich schon in diese Zelle verfrachtet.

Ich überlegte, was mir wohl zur Last gelegt wurde. Irgendwas im Zusammenhang mit der Flucht aus der Reformschule. Diebstahl und Angriff. Was sonst noch? Betrug wegen unserer von Regierungsseite nicht anerkannten Ehe? Aus irgendeinem Grund fand ich die Liste vage amüsant. Inzwischen war es mir sogar egal, ob sie mich als Heckenschützin brandmarkten.

»Was machen Sie überhaupt hier? Ich dachte, Sie wären in der Transporteinheit oder so was.«

»Ich wurde befördert. Bin auf der Überholspur. Wahrscheinlich werde ich bald Offizier.«

»Herzlichen Glückwunsch.« Mein Ton störte ihn überhaupt nicht.

»Dein Prozess wurde bis zum Ende der Woche verschoben.«

»Verdammt. Haben Sie es nicht mehr geschafft, mich heute noch reinzuschieben?«

»Ich habe drei zusätzliche Tage für dich rausgeschlagen, in denen du dir Gedanken über dein Schicksal machen kannst. Ich wollte sicherstellen, dass du wirklich erfährst, wie Haft aussieht. Als Gefälligkeit für unseren gemeinsamen Freund.« Seine Kiefermuskulatur arbeitete, während er sprach.

Tucker war uneingeschränkt böse. Er war noch verachtenswerter als Chase.

»Bis zu deinem Prozess teile ich dich dem Putzkommando zu.«

Er öffnete die Tür und winkte mich hinaus auf den Korridor. Meine Beine waren schwach, nachdem sie tagelang keinen Schritt getan hatten, und in meinem Kopf drehte sich ein paar Sekunden alles, während ich mich wunderte, dass Tucker mich ohne Handschellen hinausließ.

Die Frau, die mich an diesem Tag geweckt hatte, war damit beschäftigt, den Boden zu wischen. Neben ihr stand ein Kübel mit Wischwasser, und ihre Hände steckten in ellbogenlangen Handschuhen.

»Delilah, das ist Ember Miller«, sagte Tucker, als er zur Tür herauskam.

Sie blickte auf und erhob sich.

»Ja, Sir.«

»Sie wird dir bis zu ihrem Prozess helfen.«

Delilah nickte unterwürfig. Tucker zog mich zur Seite, ehe er fortging.

»Ich bin in dem Büro weiter unten an diesem Korridor. Komm zu mir, wenn sie mit dir fertig ist.«

»Ich kann es kaum erwarten.«

Glucksend ging er davon.

»Nimm dir eine Bürste. Wir müssen die Böden schrubben. Und dann erwartet uns noch eine andere Putzerei.« Allzu gesprächig war Delilah nicht.

Wir gingen von Raum zu Raum, säuberten die Böden, machten die Betten, putzten die Toiletten. Nur zwei Räume waren belegt, aber die betraten wir nicht gleich.

Während ich arbeitete, schlurfte ein Mann mit Handschellen, blasser Haut und einem Bluterguss auf einer Wange den Korridor hinunter, begleitet von vier Wachmännern, von denen einer eine silberfarbene Aktentasche trug. Grob stießen sie ihn in einen leeren Raum, und ein paar Minuten später verschwanden die vier Soldaten in der Richtung, aus der sie gekommen waren.

»Hat gerade seinen Prozess gehabt«, kommentierte Delilah, und ich fragte mich, wie wohl das Urteil gelautet hatte.

Als wir fertig waren, folgte ich Delilah die Treppe hinunter zu einer Cafeteria, in der wir zwei Tabletts mit grauer Pampe von einem Soldaten mit einem Haarnetz entgegennahmen. Ich sah zu, wie mehrere Soldaten am Haupteingang von einem Wachmann hinter einer dicken Glasscheibe ein- und ausgelassen wurden. Jedes Mal, wenn die Tür geöffnet wurde, stach mir ein markerschütternder Summton in die Trommelfelle.

Wieder oben angelangt öffnete Delilah die Tür mit einem Schlüssel, der an einer zierlichen Metallkette an ihrem Hals baumelte.

Der Mann in der Zelle hatte sich ganz hinten auf seinem Bett zu einem Ball zusammengerollt. Er trug einen kanariengelben Overall, wiegte sich mitleiderregend und murmelte irgendetwas vor sich hin.

»Essen«, sagte Delilah und stellte das Tablett auf der anderen Seite des Betts ab.

Dann schloss sie die Tür und hakte das Kontrollkästchen neben dem Wort MAHLZEIT auf dem Klemmbrett ab, das am Knauf hing.

Im nächsten Raum lehnte sich ein Mann mit olivfarbener Haut an die Wand und nagte an seinen Fingernägeln.

»Haben Sie eine Decke oder so was?«, fragte er hastig. »Oh. Hallo«, fügte er hinzu, als er mich sah. Ich starrte ihn neugierig an.

»Essen«, sagte Delilah nur wieder und legte das Tablett auf das Bett.

Ein Wachmann ging vorbei und die Treppe hinunter.

»Wo geht er hin?«, fragte ich Delilah.

»Macht seine Runde. Sie kontrollieren die Gänge alle dreißig Minuten.«

»Müsste es in einem Gefängnis nicht mehr Sicherheitsmaßnahmen geben?«

Sie schüttelte den Kopf. »Das ist nur eine kleine Haftanstalt. Nur ein paar Hafträume mit temporärer Belegung.

Geringe Sicherheitsstufe. Das richtige Gefängnis ist in Charlotte.«

Delilah hatte eine überaus nüchterne Art an sich.

»Du hast hoffentlich einen starken Magen«, sagte sie.

»Warum?«

»Weil es jetzt Zeit für die echte Putzarbeit ist.«

Ich folgte ihr zu einem Lagerraum mit allerlei Vorräten. Bleichmittel. Handschuhe. Gefangenenuniformen. Handtücher. Ich dachte, sie wollte eine Decke für den Mann in der Zelle holen, aber das tat sie nicht. Stattdessen zog sie einen tiefen Wäschewagen mit einer Metallabdeckung hervor, und dann gingen wir zu der dritten belegten Zelle, der, in der der Soldat saß, der gerade seinen Prozess hinter sich hatte.

Ich warf einen Blick auf das Klemmbrett. Dort stand in großen Lettern nur ein Wort: ABSCHLIESSEN.

Für einen flüchtigen Moment dachte ich zurück an ein Gespräch, das ich mit Rebecca in der Reformschule geführt hatte. Sean hatte ihr erzählt, er hätte gehört, sie würden den Begriff *abschließen* bei Artikelverstößen nutzen. Zu der Zeit war ich noch naiv genug gewesen zu glauben, man hätte meine Mutter zur Resozialisierung geschickt.

Kaum dass die Tür aufschwang, wusste ich, warum Delilah mich nach meinem Magen gefragt hatte.

Der Mann lag verdreht vor uns auf dem schmalen Bett. Seine Knie waren der Matratze zugewandt, während die Schultern zur Decke zeigten. Das braune Haar war immer noch wirr, und ein schwarz verfärbter Bluterguss zierte immer noch seine teigige Wange.

Aber jetzt war er tot.

Mein Gehirn beschwor ein Bild von dem Mann herauf, der auf dem Platz verhungert war. Davon, wie dürr und zerbrechlich sein Körper ausgesehen hatte. Davon, dass ich gedacht hatte, er würde schlafen, obwohl er in Wirklichkeit längst tot gewesen war.

Das hier war anders. Dieser Mann sah tot aus. Nicht friedlich. Nicht schlafend. Sondern aschfahl und kalt und gequält, so als wäre sein Geist getötet worden, ehe sein Körper dazu bereit war. Und jetzt begriff ich auch, warum die Leute Verstorbenen die Augen schlossen. Diese leblosen Kugeln folgten mir wie die Augen der *Mona Lisa*.

Ich wich einen Schritt zurück und spürte ein Pochen in den Knien. Binnen Sekunden zitterte ich am ganzen Körper. Dabei konnte ich nicht aufhören, den Toten anzustarren. Mein Gehirn verwandelte sein Gesicht in das von Chase. Die dunklen, forschenden Augen erloschen. Sollte er geschnappt werden, war dies das Schicksal, das ihn erwartete.

Auch jetzt wollte ich nicht, dass Chase sterben musste. Ich hoffte, er war weit weg. Hoffte, dass er geflohen war, nachdem er mein Verschwinden bemerkt hatte.

Delilah stemmte den Leichnam in eine sitzende Position hoch, während ich die Galle aufsteigen spürte. Entschlossen schluckte ich die Übelkeit hinunter, während sie den Toten seitwärts in den Wäschewagen rollte. Mit dumpfem Schlag kam er auf dem Metallboden auf.

Mir war schlecht. Ich zwang mich, mich zu konzentrieren. Wenigstens einen Anschein von Stärke aufzubauen.

»Hältst du dich noch aufrecht?«, fragte Delilah, als sie den Wagen den Korridor hinunter in Richtung der Treppe schob.

Obwohl sie mich nicht anschaute, nickte ich und hinkte ein wenig hinterher. Ich achtete auf meine Füße, darauf, immer einen vor den anderen zu setzen. Das war das Einzige, worauf ich mich konzentrieren konnte, ohne mich zu erbrechen.

»Es hilft, wenn man sie nicht als Menschen sieht.«

Ja. Ich konnte mir vorstellen, dass das half.

Am Ende des Gangs gab es einen Lastenaufzug. Er war schwarz und speckig und schlecht beleuchtet. Sie schob den Wäschewagen hinein, und ich versuchte mir einzureden, dass in dem Ding keine Leiche lag.

Im Erdgeschoss stiegen wir aus und verließen das Gebäude durch eine unbewachte Tür, die Delilah mit demselben Schlüssel an ihrem Hals öffnete. Sie schob den Wagen eine dunkle Gasse hinunter, bis wir an einen hohen Zaun kamen, der mit gerolltem Stacheldraht gesichert war. In dem Zaun gab es ein Tor und eine von zwei Soldaten bemannte Wachstube. Als sie den Wagen sahen, ließen sie uns passieren, ohne uns eines weiteren Blickes zu würdigen.

»Ich nehme an, die wissen, was wir hier tun«, stellte ich fest.

»Hilfst du mir?«, fragte Delilah, als ihr der Wagen zu schwer wurde. Ich atmete tief ein, trat neben sie und ergriff eine Seite des glatten Metallgriffs. Gemeinsam schoben wir den Wagen einen steilen, asphaltierten Weg hinauf, der von gerade geschnittenen Hecken gesäumt wurde, die sich bis zur Rückseite der Einrichtung zogen. Bis wir den Hang hinter uns hatten, schwitzte ich.

Oben angekommen sah ich ein Betongebäude vor mir, flach und viereckig, umgeben von wunderschönen Trauerweiden, die einen krassen Kontrast zu der schwarzen Rauchfahne bildeten, die aus dem Kamin quoll. Die Luft stank nach Schwefel. Die Auffahrt mündete vor dem Eingang in einem tränenförmigen Vorplatz.

»Da rüber.« Delilah deutete zu einer Tür. Ich half ihr, den schweren Wagen zu einem Nebeneingang mit einem Sonnendach aus Segeltuch zu schieben. Sie drückte auf die Klingel. Und dann ging sie ohne Vorwarnung davon.

»Wir lassen ihn ... das ... einfach hier?«, fragte ich.

Sie nickte. »Krematorium.«

Mir drehte sich der Magen um.

An so einen Ort hatten sie auch meine Mutter gebracht. Ich empfand ein so gewaltiges Entsetzen, ich war kaum noch imstande, ihr hinterherzustolpern.

Die Übelkeit erdrückte alle anderen Gefühle, und so gelang es mir schließlich doch mit einiger Mühe, Delilah hinauf zur höchsten Stelle des Hügels zu folgen. Dort angekommen hielt sie inne. Ich folgte ihrem Blick und spürte, wie meine Füße zum ersten Mal, seit wir diesen dritten Raum betreten hatten, wieder sicher Tritt fassten.

Vor uns dehnte sich der FBR-Stützpunkt aus. Alle Gebäude waren in einem gleichförmigen, düsteren Grau gehalten. Einige hatten gedrungene Anbauten, andere waren schmal, alles Variationen des gleichen tödlichen Themas. Kleine, manikürte Rasenflächen grünten zwischen den Gebäuden, und weiße Gehwege führten von einem Eingang zum anderen. Das Gelände zog sich, eingerahmt von eben dem hohen Stahlzaun, den wir unten passiert hatten, meilenweit dahin. In der Ferne konnte ich den Fluss und das Krankenhaus sehen, bei dem wir den Wagen zurückgelassen hatten. Der Platz musste ganz in der Nähe sein, ebenso wie das Wayward Inn, wo sich die Widerstandskämpfer verschworen.

Oh, das ist eine Information, die ich Wallace anbieten könnte. Ein Lageplan des Gefangenenlagers. Wie viele Wachen durch die Gänge streiften. Ein Grundriss des ganzen Stützpunkts. Bisher hatte ich daran gezweifelt, dass ich dem Widerstand von Nutzen sein könnte. Das tat ich nun nicht mehr.

Eine kleine Flamme flackerte in meinem Inneren auf, ein Gefühl, beinahe nicht wiederzuerkennen.

Hoffnung.

Was, wenn ich tatsächlich eine Möglichkeit fände, Wallace das alles zu erzählen? Selbst wenn ich todgeweiht war, könnten diese Informationen andere retten. Unschuldige Menschen wie meine Mutter. Es bereitete mir physischen Schmerz, mir vorzustellen, dass die Informationen, die ich nun hatte, vielleicht dazu beitragen konnten, jemanden wie sie zu retten.

Ich drehte mich um und sah die Überreste einer verlassenen Stadt. Vermutlich ein etwas abgelegener Vorort von Knoxville. Asphaltstraßen schlängelten sich zwischen Doppelhäusern und Apartmenthäusern hindurch. Aus der Ferne sahen die kleinen Gärten nicht nach Wildwuchs oder wucherndem Unkraut aus, und die beschmierten Wände und geborstenen Fenster waren zu weit weg, um sie klar zu erkennen.

Ein altes Schild mit Treibstoffpreisen hoch oben am Horizont weckte meine Aufmerksamkeit. Eine Hauptstraße verlief über die linke Seite meines Blickfelds, führte in gerader Linie fort von mir.

»Gehört das auch noch zum Stützpunkt?«, fragte ich.

»Nein. Der Stützpunkt liegt vollständig auf dieser Seite. Der Teil der Stadt wurde evakuiert. Eine Rote Zone.«

Ich fühlte, wie sich meine Brauen einander näherten.

»Soll das heißen, wir sind im Moment gar nicht auf dem Stützpunkt?«

»Bist ein schlaues Mädchen«, spottete sie.

Aufregung ergriff Besitz von mir.

»Kommen Sie oft hierher?«

»Immer, wenn ich Müll abzuliefern habe.«

Ich verzog das Gesicht angesichts dieses Vergleichs. »Und Sie sind nie auf die Idee gekommen, einfach weiterzugehen?«

»Daran denke ich ständig.«

»Und warum tun Sie es nicht?«

Sie schaute mich aus müden Augen an.

»Würde dort draußen irgendetwas auf mich warten, dann wäre ich längst fort.«

Forschend sah sie mich an, schätzte ab, was ich im Sinn haben mochte. Wie es schien, waren meine Gedanken so durchsichtig wie ihre Augen.

Beth war immer noch da draußen. Rebecca war in Gefahr. Wallace und der Widerstand konnten meine Hilfe brauchen, und wie könnte ich sie ihnen nach dem Mord an meiner Mutter verweigern? Es gab viel zu viele Leute wie mich, die keine Ahnung hatten, wie gefährlich die MM war, wie todbringend. Zu viele Menschen, die gestorben waren, während ihre Angehörigen immer noch hofften, eines Tages wieder mit ihnen vereint zu sein.

Ich musste etwas tun, ganz gleich, wie gering es auch war. Irgendetwas. Für meine Mutter.

Würde ich jetzt wegrennen, müsste Delilah keine zehn Schritte tun, um die Soldaten in der Wachstube herbeizuwinken. Aber Tucker hatte gesagt, ich hätte noch drei Tage bis zu meinem Prozess. Sollte es mir gelingen, mir genug Vertrauen zu verdienen, dass man mich allein hinausgehen ließe, dann konnte ich vielleicht fliehen.

»Du willst nicht mit einer Kugel im Rücken enden, oder?« Eine Antwort erwartete sie gar nicht.

Sie trottete den Hügel hinab. Und ich folgte ihr und legte mir einen Plan zurecht.

KAPITEL 15

Den Rest des Nachmittags unterhielt sich Delilah nicht mehr mit mir. Als die Tagesschicht zu Ende ging, forderte sie mich auf, die Handtücher im Lagerraum zusammenzufalten, wobei sie sich gar keine Mühe gab, ihren Ärger darüber zu verbergen, dass man mich nicht wieder in eine Zelle verfrachtet hatte.

Zu Beginn der Ausgangssperre ertönte ein Summton, und die Stromversorgung wurde auf einen Generator umgeschaltet. Es gab nicht viele, die das hören konnten; von der Treppenhauswache abgesehen war der Korridor inzwischen leer.

Tucker beendete gerade irgendeine Schreibarbeit, als ich mich endlich in sein Büro schleppte. »Was wollen Sie?«, fragte ich.

Er zog die Waffe aus dem Halfter, und ich dachte, das war's. Jetzt bringt er mich um. Also bereitete ich mich innerlich auf den Schmerz vor, der mich erwartete. Aber stattdessen verstaute er die Waffe in einem Tresor in der hinteren Ecke, schloss ihn ab und legte den Schlüssel in seine Schreibtischschublade. Zischend drang wieder Luft in meine Lunge. Tucker hielt einen Herzschlag lang inne und musterte mich mit einem sonderbaren Gesichtsausdruck.

»Du bist nicht *verheiratet*, oder?« Er hörte sich an wie ein Zehnjähriger, der über Brokkoli redete.

Mir stieg die Röte ins Gesicht, eine subtile Erinnerung daran, dass ich immer noch ein lebendiger, atmender Mensch war.

»Nein.«

»Und was ist mit diesem Ring?«

Beinahe war ich überrascht, ihn immer noch am Finger zu haben.

»Nichts. Den habe ich gefunden.«

Es war der Ring, den Chase den Loftons gestohlen hatte. Als wir vorgegeben hatten, wir wären verheiratet. Eine Täuschung wie so vieles, wenn es um ihn ging.

Da Tucker mich beobachtete, nahm ich den Ring nicht ab, obwohl er sich plötzlich viel zu eng anfühlte. Seine Miene wechselte wieder zu dem gewohnten, arroganten Gesichtsausdruck.

»Ich habe mit meinem kommandierenden Offizier gesprochen. Bis zu deinem Prozess verbringst du die Nächte unter meiner Obhut.«

So etwas hatte ich mir schon gedacht, trotzdem schauderte ich und überlegte, wer von uns wohl bessere Chancen hatte, auch am Morgen noch am Leben zu sein.

»Ich habe heute gesehen, was bei euren Prozessen herauskommt«, erklärte ich anklagend.

Ich erinnerte mich daran, wie sich das Gesicht des toten Soldaten vor meinen Augen in das von Chase verwandelt hatte. Für einen Moment fragte ich mich, ob Chase das gleiche Entsetzen durchlitten hatte, wann immer ich meine Mutter erwähnt hatte. Ob die Furcht mit jeder Erinnerung wieder auflebte. Aber schon war das Gefühl wieder fort, vernebelt von dem vagen Eindruck, verraten worden zu sein.

»Und?«, fragte Tucker, als wäre so eine Exekution nicht der Rede wert. »Die beste Methode, um Insubordination zu unterbinden, ist, schnell und entschlossen zurückzuschlagen.«

Die Worte hatte ihm zweifellos irgendein Offizier eingetrichtert, doch die Andeutung von Stolz in seiner Stimme widerte mich derartig an, dass ich beinahe hinausgestürzt wäre. Stattdessen dachte ich an Wallace und den Widerstand. An Rebecca, die vielleicht immer noch hier war, in diesem Gebäude, und ich wusste, ich musste bleiben.

»Gebt ihr denen eine Tablette oder so was?«

»Eine Spritze. Strychnin. Sie können nicht mehr atmen. Ihre Muskeln verkrampfen sich, und sie bekommen Zuckungen. Und dann sterben sie. Das geht schnell.« Es war beinahe, als hätte er mir mit seinen letzten Worten Trost zusprechen wollen, aber sein Tonfall änderte sich nicht.

»Macht ihr das auch mit Mädchen? Strychnin?« Ich bemühte mich um eine furchtsame Miene, obwohl ich keine Furcht verspürte. Sterben schreckte mich nicht mehr so wie früher, und Tucker Morris ängstigte mich nicht. Er war schwach. Er brauchte die MM. Er brauchte etwas, woran er glauben konnte, denn er selbst hatte nicht genug zu bieten, um an sich zu glauben.

»Manchmal«, antwortete er, und ich wusste, er dachte an meine Mutter, und ich hasste ihn dafür. Es stand ihm nicht zu, an sie zu denken, ganz egal, worum es ging.

»Wissen Sie, ob hier ein Mädchen namens Rebecca Lansing exekutiert wurde? Sie ist aus der Besserungsanstalt in West Virginia hergebracht worden. Blond, süß ...«

»Klasse Vorbau.«

»Schätze schon.« Ich schöpfte Hoffnung.

»Nein.«

»Sie haben doch gerade gesagt ...«

»Solche Informationen kann ich dir nicht geben.« Das

Machtgefühl brachte seine Augen zum Schimmern. »Es sei denn …«

»Es sei denn was?«

»Wir könnten einen Handel schließen.«

»Was müsste ich tun?«, fragte ich misstrauisch. Plötzlich wurde mir allzu deutlich bewusst, wie klein das Büro war.

»Wie wäre es mit einem Kuss? Dann sehen wir, wohin uns das führt.« Er lehnte sich an die Wand und reckte das Becken vor. Sein gesunder Arm hing lässig an seiner Seite, und sein Gesicht glühte vor Überheblichkeit. Ich konnte derweil nicht fassen, dass er ein Mädchen küssen wollte, von dem er wusste, dass es in weniger als einer Woche tot sein würde.

»Lassen Sie die Albernheiten.«

Er lachte. »Ich wette, das hat ihm gefallen. Du zierst dich.«

Mein Gesicht fühlte sich brennend heiß an. Das war mir zu nah. Zu persönlich.

Als ich mich abwandte und gehen wollte, packte er mit der gesunden Hand meine beiden Handgelenke und zerrte sie so ruckartig über meinen Kopf, dass mir ein stechender Schmerz durch die Arme schoss. Er war schnell, genau wie ich es von der Revision in Erinnerung hatte. Nun drängte er mich an einen Schrank und presste sich mit dem ganzen Körper an mich. Er trug seine Übermacht wie ein kostspieliges Parfüm.

Zorn erfüllte mich. Niemand rührte mich ohne meine Einwilligung an. Nicht mehr.

Ich wollte ihm die Stirn bieten.

Sicher, er war größer und stärker als ich. Vermutlich würde er am Ende gewinnen. Aber ich konnte ihm wenigstens ein paar ordentliche Hiebe verpassen. Besonders wenn ich mir gestattete, richtig wütend zu werden.

Nicht zu fassen, dass ich so denken konnte. Wie Chase. Ich verlor offensichtlich den Verstand.

Sein Gesicht war nahe an meinem. So nahe, dass ich seinen Atem auf den Lippen spüren konnte. Seine grünen Augen strahlten vor Verlangen, doch es sah ganz anders aus als alles, was ich kannte. Chase hatte mich studiert, hatte versucht, meine Gefühle zu ergründen. Tucker wollte nur sein eigenes Spiegelbild sehen.

Das war in vielfacher Hinsicht ziemlich beunruhigend.

»Zurück oder ich schreie.«

Ich wusste ohne jeden Zweifel, dass Tucker sich nicht leisten konnte, mit einer Insassin erwischt zu werden, einer, die Reformschulmüll war, noch dazu. Und ich hatte nicht vor, noch einen Schritt weiterzugehen, solange ich nicht sicher war, dass er seinen Teil des Handels erfüllen würde.

»Och«, seufzte er leise. »Hätte nicht gedacht, dass du so unanständig bist.«

»Sir?« Delilah steckte den Kopf zur Tür herein. »Oh!« Sie lief rot an und senkte hastig den Blick. Ruckartig ließ Tucker meine Arme los.

»Was willst du?«, knurrte er.

»Es tut mir leid, Sir. Ich wollte nur nach Hause gehen und war nicht sicher, ob ich morgen wieder mit Ms Miller arbeiten soll.« Das alles sprudelte in einem einzigen Atemzug aus ihr hervor, so unverkennbar aufgewühlt war sie, und ich selbst konnte mich einer gewissen Verlegenheit auch nicht erwehren. Ganz bestimmt wollte ich nicht, dass irgendjemand auf den Gedanken kam, ich hätte ihn zu diesem Vorstoß ermutigt.

»Ja, morgen läuft es genauso wie heute«, sagte Tucker, ehe sich seine Lippen langsam zu einem Lächeln verzogen.

»Und, Delilah? Etwas Diskretion bitte. Du hast so hart gearbeitet, ich würde dich wirklich ungern verlieren.«

Delilah sah aus, als wollte sie im Boden versinken. Wir wussten beide, dass Tucker *feuern* meinte, wenn er *verlieren* sagte.

Ich hatte keine Zeit mehr zu verlieren. Beinahe hätte ich Delilah umgestoßen, als der diensthabende Soldat auf seiner Runde vorbeikam und ich zur Tür stürzte. Der Mann nickte Tucker kurz zu. Tucker erwiderte die Geste, folgte mir auf den Flur und schloss die Bürotür hinter sich.

Ohne ein weiteres Wort sperrte er mich in meine Zelle ein.

In dieser Nacht konnte ich nicht schlafen. Schaudernd starrte ich in die Finsternis. Tucker hatte mir in all seiner unendlichen Güte ein schäbiges altes Handtuch und eine Decke gegeben, ein Machtspiel, mit dem er mir zeigen wollte, dass er mir sogar in dieser Todesfalle ein wenig Komfort ermöglichen konnte. Was für ein wohltätiger Kerkermeister.

Ich riss das dünne Handtuch in Fetzen und rührte die Decke nicht an.

Auf dem Bett stehend konnte ich durch das hohe, vergitterte Fenster auf den Stützpunkt hinausschauen. Draußen herrschte absolute Stille. Nur vereinzelte Wachmänner zogen ihre Bahnen über die betonierten Wege. Ich nahm an, dass es außer Delilah noch andere Zivilisten gab, die auf dem Stützpunkt arbeiteten, aber sie mussten sich offensichtlich trotzdem an die Ausgangssperre halten. Selbst wenn ich jetzt hinaus könnte, käme ein Fluchtversuch bei Nacht einem Selbstmord gleich.

Ich glitt an der Wand herab, zog die Knie an die Brust und pustete auf meine Handgelenke, an denen immer noch rote Flecken von Tuckers hartem Griff zu sehen waren.

Ohne Vorwarnung traten mir die Tränen in die Augen.

»Nein«, sagte ich laut. Würde ich auch nur eine Träne vergießen, würde sich gleich die nächste anschließen. Und noch eine und noch eine. Schwäche konnte ich mir nicht erlauben. Ich musste den Widerstand unterstützen. Außerdem würde ich meiner Mutter keine Ehre erweisen, wenn ich mich exakt dem gleichen Schicksal ergäbe.

Also verweilte ich auf Messers Schneide, balancierte zwischen Draufgängertum und Verzweiflung.

Ich wollte die Bilderflut aufhalten, aber sie drang weiter auf mich ein. Die Dunkelheit bildete den Rahmen, in dem sich Chases Erinnerungen wie ein Film vor mir abspulten.

Meine Mutter in ihrer Zelle, allein, so wie ich jetzt, aber voller Angst. Chase kam herein, begleitet von Tucker Morris und anderen Soldaten. Chase hob die Waffe. Hatte sie sich zur Wehr gesetzt? Darauf wettete ich. Dann Furcht, gefolgt von Mitgefühl und dem geflüsterten Flehen, mich zu beschützen. Die verdrehte Erkenntnis, dass er eben das zu tun versuchte, indem er sie tötete. Aber er konnte sie nicht töten. Das tat sein gesichtsloser kommandierender Offizier. Und er war gezwungen, dabei zuzusehen.

Ich hatte Chase ihren Tod vorgeworfen. Für mich hatten die Fakten ein klares Bild ergeben. Aber als ich nun die Szenerie im Geiste durchspielte, veränderte sie sich und war plötzlich gar nicht mehr so klar. Er war zum Prügelknaben der MM geworden, weil er einfach er selbst gewesen war. Ihm Vorwürfe zu machen ergab keinen Sinn mehr.

Jetzt konnte ich die Tränen nicht mehr zurückhalten. Sie strömten durch mich hindurch, ebenso wie meine Trauer, mein Kummer, mein Hass. Meine Selbstverachtung war so viel umfassender als das, was ich in Chases Augen erkannt hatte. Und so viel gerechtfertigter.

Ich hatte einen entsetzlichen Fehler begangen.

Chase war nach dem Krieg zurückgekommen, um mich zu suchen. Er war der Einberufung gefolgt, weil ich es ihm gesagt hatte. Er hatte *immer* versucht, mich zu beschützen, sogar wenn das hieß, dass er in Gefahr geriet, selbst zu sterben oder einen anderen Menschen töten zu müssen. Seine Lügen waren als Schutzschild für mich gedacht. Das war ein Fehler, aber ich konnte ihm nicht mehr so uneingeschränkt vorwerfen, dass er die Wahrheit vor mir zurückgehalten hatte, nun, da ich darüber nachgedacht hatte, was er hatte durchmachen müssen.

Die ganze Zeit war es ihm nur um meine Sicherheit gegangen, und ich hatte ihn zurückgewiesen. Ich hatte versucht, ihn noch tiefer zu verletzen, als er bereits verletzt war. Und zwar mit Erfolg.

Doch es waren Seans Worte, die sich durch meine Selbstquälerei bohrten.

Die sind schuld, Miller. Nicht wir. Dem FBR sollte es leidtun.

Nun begriff ich es mehr als je zuvor. Was passiert war, war nicht Chases Schuld. Und nicht meine. Eigentlich war es nicht einmal Tuckers Schuld. Es war die Schuld des FBR. Des Präsidenten. Die ließen alle anderen leiden, und diejenigen, die den Schmerz nicht spürten, hatten eine Gehirnwäsche verpasst bekommen.

Energisch drehte ich an dem kleinen goldenen Ring an meinem Finger.

Bis zum Morgen hatte ich einen Plan.

Ich würde diesen Stützpunkt verlassen. Ich würde zum Widerstand zurückgehen und Chase finden, wo immer er auch war. Ich musste wenigstens versuchen, alles wieder in

Ordnung zu bringen. Für ihn. Für meine Mutter. Für Rebecca.

Und wenn ich das nicht konnte, dann wollte ich bei dem Versuch sterben.

Zu meinem Entsetzen wurde am Morgen ein weiterer Soldat »abgeschlossen«. Ein Mann, dem ich keinen Tag vorher noch sein Essen gebracht hatte, lag ausgestreckt auf dem Boden, halb unter dem Bett versteckt. Seine Lippen waren weiß, das Gesicht grau, die Augen geöffnet und leblos.

Mir wurde genauso übel wie am Vortag, und ich fragte mich, ob ich das hätte verhindern können. Ob ich diesen Mann hätte retten können. Ich würde mich nie an all das gewöhnen, wie es Delilah offenbar getan hatte.

Wir befolgten das gleiche Protokoll wie am Vortag, nur dass ich die Galle, die mir die Kehle emporstieg, dieses Mal sofort schluckte und mich auf die Feinheiten der Aufgabe konzentrierte. Darauf, in welche Richtung Delilah den Fahrstuhl verließ. Auf den dunklen Korridor dort unten, in dem sich niemand aufzuhalten schien. Auf die einzelnen Gelegenheiten, zu denen sie ihren Schlüssel brauchte. Und schließlich auf den exakten Ort, an dem sie den Wagen vor dem Krematorium abstellte.

Das alles musste ich mir genau merken, denn wenn ich diesen Ausflug das nächste Mal unternahm, würde ich allein unterwegs sein.

Zum Mittagessen gab es wieder die Pampe aus der Cafeteria, was wenig dazu beitrug, meinen Magen zu beruhigen, aber ich brauchte die Energie für das, was vor mir lag.

Als der Tag zu Ende ging, folgte ich Delilah in den Lagerraum und trug dabei die Decke über der Schulter, obwohl es in der Einrichtung bei Tag recht warm war, aber ich wollte, dass Tucker glaubte, ich wäre ihm dankbar für sein Mitgefühl, und das tat er auch. Als ich ihn früher an diesem Tag gesehen hatte, war er der einzige Soldat, der bei meinem Anblick nicht misstrauisch reagiert hatte.

Dass ich sein Geschenk angenommen hatte, vermittelte ihm das Gefühl, er hätte mich unter Kontrolle. Ich wäre keine Gefahr. Folglich war er in meiner Gegenwart weniger auf der Hut, und das war exakt das, was ich brauchte.

Wie schon den ganzen Tag beobachtete ich Delilah auch jetzt ganz genau. Ich brauchte den Universalschlüssel, der an ihrem Hals baumelte, aber den würde sie mir nicht freiwillig überlassen; dafür war sie viel zu institutionalisiert. Also würde ich ihn stehlen müssen. Und um sicherzustellen, dass sie meinen Plan nicht sabotieren konnte, musste ich eine Möglichkeit finden, sie in Schach zu halten.

An diesem Punkt kam Tucker ins Spiel.

Delilah entleerte gerade einen Eimer mit Bleichmittel am Spülbecken, als ich meinen Vorstoß machte.

»Ich muss mit Morris reden«, sagte ich zu ihr.

Sie wedelte nur, ohne aufzublicken, mit der Hand, während sich ihre Hängewangen sichtlich röteten. Wir erinnerten uns beide an die Szene, in die sie am vergangenen Abend gestolpert war.

»Ich hole dich morgen früh ab«, sagte sie.

Ich nickte.

Ich zwang mich, gelassenen Schrittes über den Korridor zu Tuckers Büro zu schlendern. Adrenalin flutete meinen Körper, während ich noch einmal durchging, was ich zu tun hatte. Mühsam wehrte ich das Bedürfnis ab, die Tür nervös anzustarren, und zog mir die Decke fester um die Schultern.

Wie gestern war er auch jetzt damit beschäftigt, einige

Schreibarbeiten zu Ende zu bringen. Als er mich sah, verlor er kein Wort, sondern zog nur eine Braue hoch.

»Ich will wissen, was mit Rebecca Lansing ist.«

»Du kennst den Preis.«

»Ja.«

Mit einem selbstgerechten Lächeln überließ er seine Papiere sich selbst und kam um den Schreibtisch herum.

»Dann bezahl ihn.«

»Moment. Ich … ich habe Angst, dass die Wache vorbeikommen könnte«, sagte ich, um einen nervösen Tonfall bemüht, weil ich annahm, dass Tucker Gefallen daran finden würde. Um die Wirkung noch etwas zu verstärken, spielte ich mit meinen Haarspitzen.

»Der hat seine Runde vor fünf Minuten gemacht.«

»Sehen Sie doch einfach noch mal nach«, sagte ich. »Ich will nicht, dass wir gestört werden, so wie gestern Abend.«

Leichte Röte breitete sich über sein Gesicht aus. »Also gut. Bleib hier.«

Jämmerlich.

Er blieb nur ein paar Minuten fort. Lange genug, dass ich tun konnte, was zu tun war. Dass ich die Rädchen für meine morgige Flucht in Bewegung setzen konnte.

Als er zurückkam, saß ich auf dem hüfthohen Schränkchen über dem Tresor. Die abgelegte Decke wölbte sich neben mir. Ungeduldig klopfte ich mit den Fersen an das Holz und dachte stur an meine Freiheit, um mich für das zu wappnen, was nun vor mir lag.

»Alles klar«, sagte er zu mir und schlenderte herbei.

Ich zögerte nicht, sondern schob mich zwischen seine Knie und rutschte mit den Hüften an den vorderen Rand. Und dann sank sein Gesicht zu meinem herab.

Er roch falsch. Schmeckte falsch. Sein Mund war zu hart.

Seine Hände zu selbstsüchtig. Ich wollte zurückweichen, aber er hatte den unnachgiebigen Gipsarm hinter meinen Hals gelegt. Die andere Hand strich über meinen Bauch, glitt immer höher, bis sie den kratzigen Stoff über meinen Rippen erreicht hatte. Noch höher zu streifen würde ich diesen Fingern nicht gestatten.

»Das reicht.« Jeder Nerv in meinem Leib zeigte eine Nulllinie an. Von mir selbst angewidert stieß ich ihn weg.

»Noch nicht.« Tucker beugte sich wieder zu mir herab, aber ich drückte mit aller Kraft seine Schultern zurück und hob mein Knie zwischen uns. Als er das nächste Mal auf mich zukam, lag mein Fuß an seinem Unterleib. Bereit, zuzutreten.

»Versuch es nur«, forderte ich ihn heraus.

Er gluckste und hob ergeben die Hände.

»Gott, ich wünschte, Jennings hätte das sehen können. Dann müssten wir ihn nicht mehr umbringen. Das würde er schon ganz allein machen.«

Mein Temperament ging mit mir durch. »Sie reden jedenfalls ziemlich viel über ihn. Wenn ich es nicht besser wüsste, Tucker, dann müsste ich annehmen, er hätte Ihnen das Herz gebrochen.«

Ich hatte zu viel gesagt.

Sein Grinsen erlosch. Dann kehrte es wieder, begleitet von einem rachsüchtigen Funkeln in den grünen Augen. Seine Finger glitten über meine Kehle, betasteten meine Halsader. Seine Berührung war allzu sacht, und ich konnte das Pulsieren der Energie darunter spüren. Unsicher atmete ich aus, die Hände zu Fäusten geballt. Tucker war neidisch auf Chase, auf all die Aufmerksamkeit, die er erhalten hatte. Womöglich würde er mich verletzen, nur um sich an seinem ehemaligen Partner zu rächen.

»Hast du Angst?«, flüsterte er. »Weißt du, was ich dir antun kann?«

»Rebecca Lansing«, sagte ich nur und schluckte mühsam.

Zu meiner Erleichterung ließ er meine Kehle los.

»Resozialisierungszentrum in Chicago.«

Mein Magen sackte etwas tiefer. Chicago. Die Stadt, in der Chase mit seinem Onkel gewohnt hatte. In der er eingezogen worden war. Es dürfte nicht leicht werden, sie in einer kriegszerstörten Stadt zu finden, in der sich einer der größten Stützpunkte des ganzen Landes befand.

»Sie haben sie nicht umgebracht?«

»Sie hatte Glück. Wer weiß, vielleicht hast du das ja auch.«

Zeit zu gehen. Ich stieß mich von dem Schrank ab.

»Warte, warte, warte.« Er verstellte mir den Weg. »Wir haben doch gerade erst angefangen. Einen Mann kannst du nicht einfach so abschalten.«

Ich unterdrückte einen Würgreiz. Und dann spitzte ich die Ohren. »Der Wachmann kommt gerade. Wollen Sie immer noch rummachen? Vielleicht will er ja zuschauen.«

Tucker lauschte und verzog das Gesicht, als er die Schritte wahrnahm. Während er abgelenkt war, schnappte ich mir meine Decke und schlüpfte hinaus auf den Korridor. Hatte der Wachmann mich erst gesehen, konnte Tucker nicht mehr verheimlichen, dass ich bei ihm gewesen war.

»Guter Zug«, sagte er und klatschte leise in die Hände. »Du bist ein echter Plagegeist.«

Mein Gesicht glühte, und meine Zähne mahlten, aber ich zwang mich, gelassen den Korridor hinunterzuschlendern, wohl wissend, dass er jeden meiner Schritte beobachtete. Vor meiner Zelle wartete ich darauf, dass er mir die

Tür öffnete und mich hineinließ. Wenige Augenblicke später unterhielt er sich gedämpft mit dem Wachmann, und ich hörte sie den ganzen Weg bis zur Treppe hinuntergehen.

Und dann wickelte ich die zerdrückte Decke aus, um die Waffe herauszuholen – die, die ich Tucker gestohlen hatte, als er kontrolliert hatte, ob jemand auf dem Gang war –, und ein Lächeln trat auf meine Lippen.

Hellwach arbeitete ich einen Plan aus. Schritt für Schritt.

Delilah würde mich kurz nach Aufhebung der Ausgangssperre abholen. Wir würden ins Lager gehen, und dort würde ich sie zwingen, mir den Schlüssel zu geben. Hoffentlich machte sie keinen Aufstand, wenn ich sie dort einsperrte. Anschließend würde ich einen Wäschewagen am Büro vorbei zu dem Lastenfahrstuhl schieben und ins Erdgeschoss hinunterfahren. Die Wachen am hinteren Tor würden mich nicht aufhalten; die würden annehmen, dass ich unterwegs zum Krematorium wäre, und damit hätten sie sogar recht, denn dort wollte ich den Wagen an der Nebentür unter dem Vordach abstellen und Fersengeld geben.

Ich gestattete mir nicht, irgendwelche Abweichungen von diesem Plan auch nur in Erwägung zu ziehen, zumal ich bereits wusste, was ich tun würde, sollte irgendetwas schiefgehen.

Die Pistole lag in meiner Hand, und ich drehte sie hin und her und erwärmte den Griff in meiner Handfläche, prägte mir das Gefühl für ihr Vorhandensein ein. Es war die Art Waffe, die auch Chase erhalten hatte: glatte Oberfläche, silbern, dicker Lauf. Immer wieder sicherte und entsicherte ich die Waffe, um mich an Geräusch und Gefühl zu gewöhnen.

Kurz überlegte ich, was Beth und Ryan wohl denken

würden, könnten sie mich jetzt sehen. Nun war ich nicht mehr das verängstigte kleine Mädchen, das zur Resozialisierung geschleift worden war. Etwas in mir hatte sich verändert, etwas hatte sich abgenutzt und mich härter gemacht. Ich bezweifelte sogar, dass ich noch so aussah wie früher.

Seine Familie zu verlieren … da bekommt man ein ganz anderes Verhältnis zu solchen Gefühlen wie Angst, hatte Chase einmal zu mir gesagt. Ja, das konnte ich nun verstehen. Die Furcht verschwand zwar nicht, wurde aber fassbarer wie eine scharfe Klinge, die man bei sich tragen musste.

Gedämpfte Stimmen auf dem Korridor erregten meine Aufmerksamkeit. Für einen Gefangenentransport war es zu spät; es musste kurz vor Mitternacht sein. Neugierig stopfte ich die Waffe unter die Matratze und presste das Ohr an die Tür.

»Ein mieser Scheißkerl ist er, so viel steht fest. Die beiden, die Wache hatten, werden eine ganze Woche im Lazarett bleiben müssen.«

»Hat dich eiskalt erwischt, der Bursche, was?«

»Halt's Maul, Garrison. Du musst gerade reden. Immerhin habe ich mich nicht in der nächsten Ecke eingepisst.«

Leises Lachen. Dann ein Ächzen. Stoff, der über Linoleum rutschte. Schlüsselgeklimper. Eine Tür, die leise quietschend geöffnet wurde.

Nun waren sie schlechter zu hören. Wahrscheinlich befanden sie sich in einer Zelle. Dann hörte ich einen Rums an der Wand über meinem Bett. Die ließen ihr Opfer gleich nebenan. Eine Woge des Mitgefühls spülte über mich hinweg, und mein Herz schlug quälend für meinen neuen Nachbarn. Wenn er Soldaten angegriffen hatte, waren seine Aussichten gar nicht gut.

»Sein Kontrollblatt ist fertig.« Eine dritte Stimme, vermutlich der Wachmann, der seine Runde drehte. »Hält einer von euch Wache?«

»Sieh dir den doch an, Mann. Der atmet kaum noch. Wie kommst du darauf, dass der überwacht werden muss?«

»Will nur wissen, was ansteht, das ist alles.«

»Die Anweisung lautet, ihn hier bis morgen abzulegen. Morgen soll er dann als Erstes dem Gremium vorgeführt werden. Ich bin sicher, die haben sich was Nettes für ihn ausgedacht.«

Gelächter. Das Geräusch der schließenden Tür. Und allmählich verhallende Schritte.

Bis zum Morgen war danach nichts mehr zu hören, und ich fragte mich, ob mein Nachbar womöglich schon tot war. Sogar als das Licht summend aufflammte und das Ende der Ausgangssperre verkündete, ertappte ich mich noch dabei, wie meine Gedanken zu ihm abschweiften. Ich war stolz auf ihn, weil er gegen die Soldaten gekämpft hatte, und ich musste genauso tapfer sein, wenn ich diesen Tag überleben wollte.

Als ich hörte, wie der Schlüssel in meinem Schloss gedreht wurde, sprang ich auf. Die Pistole steckte sicher in meinem Büstenhalter, die dadurch entstandene Beule verbarg ich unter der Decke. Ehe ich ruhig genug war, mich der Tür zuzuwenden, musste ich mehrmals tief durchatmen, um mich zu sammeln. Und trotzdem hätte ich in dem Moment, in dem ich Delilah sah, beinahe die Waffe gezogen und auf sie gezielt.

Sie musterte mich neugierig vom Scheitel bis zur Sohle. Was gestern Abend ihrer Meinung nach zwischen Tucker und mir vorgefallen war, konnte ich jedoch nur raten.

»Morgen.« Ich bemühte mich um einen Ton, der andeutete, dass mir vor dem Tag grauste, was in gewisser Weise durchaus der Fall war.

»Komm und beeil dich«, blaffte sie und machte sich auf in Richtung Lagerraum. Ein Wachmann huschte vorüber, und ich bekam eine Gänsehaut. Mir war, als würde er mich beobachten. Als wüsste er, was ich vorhatte.

Ich musste mich beruhigen.

Kaum im Lager, fing Delilah an, Handtücher von der Wand zu zerren. Mir reichte sie einen Eimer, den ich mit Wasser füllen sollte. Ich atmete tief durch und stellte ihn auf den Boden.

Jetzt oder nie.

Ich kehrte ihr den Rücken zu und griff überaus langsam nach der Waffe.

»Delilah, ich muss ...«

»Delilah! Hatte ich dir nicht gesagt, du sollst dich beeilen?«, brüllte ein Wachmann auf der anderen Seite des Korridors.

Nein! Jemand hatte ihr bereits Anweisungen erteilt, was bedeutete, dass man nach ihr sehen würde, sollte sie nicht auftauchen.

»Beeilen, beeilen, beeilen«, murrte sie mit angespannter Stimme. »Habe ich dir nicht gesagt, du sollst den Eimer füllen?«

»J-ja«, stammelte ich und tat wie mir geheißen. Mein Plan würde warten müssen, bis diese Soldaten Delilah nicht länger benötigten.

»In einer Stunde kommt ein Offizier, der mit dem Insassen von Zelle vier reden will«, erzählte sie. »Den haben sie letzte Nacht hergebracht. Sieht ziemlich schlimm aus. Immer noch bewusstlos. Weck ihn auf, damit man ihn befragen kann.«

Wozu?, dachte ich und erinnerte mich, wie Delilah mich geweckt hatte, ehe Tucker zu mir gekommen war.

»Was machen Sie?«, fragte ich. Bisher hatte man mich nicht allein arbeiten lassen.

»Zelle zwei hat sich letzte Nacht die Pulsadern aufgeschnitten. Jemand muss da aufwischen und die Leiche ins Krematorium bringen.«

Unfähig, das Gesicht des Soldaten aus meinem Bewusstsein fernzuhalten, schauderte ich. Dichte Brauen, sommersprossige Wangen. Erst gestern Abend hatte ich ihm Essen gebracht.

»Das kann ich machen«, sagte ich. »Ich bringe die Leiche weg. Dann können Sie sich um Zelle vier kümmern.«

Sie schnaubte. Der Soldat auf dem Korridor hatte schon wieder nach ihr gerufen.

»Die wollen, dass das schnell erledigt wird«, erklärte sie nachdrücklich, ganz so, als wäre ich dieser Aufgabe nicht gewachsen. Ich unterdrückte meinen Widerwillen. Delilah hörte sich an, als würde sie es genießen, gebraucht zu werden. Und dann tat sie mir nur noch leid; von ihrer Seele war ihr nicht viel geblieben.

»Ich schaffe das. Ich weiß doch, dass Ihr Rücken wehtut«, versuchte ich es noch einmal. Gestern hatte ich gesehen, wie sie sich gestreckt hatte, und ich hoffte, dieser Schuss ins Blaue würde sich als Treffer erweisen.

»Du tätest gut daran, die Anweisungen zu befolgen«, sagte sie nur.

Auf dem Weg hinaus auf den Korridor verdaute ich die Niederlage und sagte mir, es würde sich gewiss eine weitere Gelegenheit ergeben, meinen Plan noch heute in die Tat umzusetzen. Es musste eine geben, denn morgen sollte mir der Prozess gemacht werden.

Als Delilah die Tür zu Zelle vier öffnete, dem Raum gleich neben meinem, bereitete ich mich innerlich darauf vor, den Soldaten so schnell wie möglich aufzuwecken. Wenn er wach genug war, dass der Offizier mit ihm sprechen konnte, bevor Delilah mit dem Putzen fertig war, dann konnte ich ihr immer noch helfen, die Leiche zum Krematorium zu bringen.

Sie hastete den Gang hinunter zu Zelle zwei, wo sich inzwischen drei Soldaten versammelt hatten, um sich die Schau anzusehen. Am liebsten hätte ich sie angeschrien, sie sollten den armen Kerl in Ruhe lassen. Zu meiner Überraschung war Tucker nicht dabei, aber es war auch noch früh am Tag.

In Zelle vier lag eine gekrümmte Gestalt mit dem Gesicht nach unten vor mir auf dem Boden. Der Kopf war nur dreißig Zentimeter von der Metalltoilette am hinteren Ende des Raums entfernt. Die langen Beine reckten sich der Tür entgegen. Er trug Jeans. Genau wie der ermordete Schleuser in dem Checkpoint an der Rudy Lane.

Ich bückte mich vorsichtig, zu sehr auf der Hut, um näher heranzugehen. Die flackernde Deckenbeleuchtung riss die in Socken steckenden Füße aus der Düsternis. Auf dem zerfetzten T-Shirt glänzten frische Blutstropfen. Ich beugte mich mit schwer pochendem Herzen tiefer herab.

Breite Schultern. Schwarzes, wirres Haar.

»O Gott!«, schrie ich und ließ Eimer und Handtücher kurzerhand auf den Linoleumboden fallen. Vage nahm ich wahr, dass die Tür hinter mir ins Schloss fiel und ich eingesperrt war.

Und dann war ich auf den Knien, und meine Hände tasteten sich an seinen Waden entlang und weiter hinauf bis zur Hüfte. All die unterdrückten Gefühle in meinem

Inneren explodierten in einem Reigen blendend heller Farben.

Als ich endlich wieder sprechen konnte, klang meine Stimme hoch und zittrig.

»Chase?«

KAPITEL 16

Stille.

Ich versuchte, seinen Puls zu kontrollieren, wusste aber gar nicht so recht, was ich da eigentlich tat.

In der beengten Zelle gab es wenig Bewegungsspielraum. Vorsichtig drehte ich Chase auf den Rücken. Er war so leblos wie eine Stoffpuppe. Wie der Mann auf dem Platz. Verzweifelt stemmte ich mich gegen die Wand und zog seinen schweren Arm über meine Schultern.

»Komm schon, Chase«, versuchte ich angstvoll, ihn zu wecken.

Mit all meiner Kraft zerrte ich ihn auf die Matratze. Oberkörper und Hüften erreichten das Ziel, aber die Beine hingen immer noch herab. So sanft ich konnte, legte ich ihn ab und zog seine Knie hoch.

Er stöhnte.

»Chase«, sagte ich voller Sorge. Seine Augen waren geschlossen.

Nachdem ich ihn die ganze Zeit so prüfend betrachtet hatte, konnte ich kaum mehr klar sehen, und mein Atem kratzte in meiner Kehle.

Sein Gesicht und sein Hals waren mit dunklem Blut überzogen, die Vorderseite seines Hemds darin getränkt. Meine zitternde Hand näherte sich seiner Wange, streichelte sie sanft. Die Hitze, die von den Schwellungen herrührte, mischte sich mit dem kühlen Gefühl der klebrigen Rückstände auf seiner Haut.

»Chase, wach auf. Bitte.«

Panik zerrte an meinen Nerven, und ich dachte an die kleine, silberne Aktentasche. An den Wäschewagen. An die Exekution, die in Kürze auf dem Programm stehen musste.

Alles war nur zusammengekommen, um wieder auseinanderzufallen. Solange Chase in diesem Zustand war, konnte ich nicht mit ihm zusammen fliehen, und ich würde ihn bestimmt nicht so hier zurücklassen.

»Warum haben sie dich nur erwischt?« Nicht, dass ich eine Antwort erwartet hätte.

Ich zog sein Hemd hoch. Mehrere stiefelgroße blaue Flecken zeichneten sich auf seinen Rippen ab.

»Schon gut. Es ist alles gut. Wir müssen dich nur sauber machen, das ist alles.« Es hörte sich an, als spräche ich mit der Stimme einer ganz anderen Person. Einer ruhigen, rationalen Person. Ganz und gar nicht wie ich.

Aber diese Stimme hatte recht. Ich brauchte eine Aufgabe. Ich musste mich auf irgendetwas konzentrieren.

Ich tränkte ein Tuch mit Wasser und tupfte sacht sein Gesicht ab, wischte ihm das Blut von den Wangen. Als das Tuch schmutzig war, stopfte ich es unter die Matratze und griff nach einem anderen. Seine aufgesprungenen Lippen, seine Ohren, sein Hals. Und die ganze Zeit redete ich flüsternd mit ihm. Vornehmlich Unsinn.

Ich hörte, wie ein Wagen den Flur hinuntergerollt wurde. Delilah brachte den Soldaten zum Krematorium. Meine letzte Chance, die Freiheit zurückzuerlangen, verließ gerade das Gebäude, doch ich konnte nicht einmal Bedauern empfinden. Dafür hatte ich neben der Sorge um Chase keinen Platz übrig.

Er rührte sich nicht, bis ich zu seiner Stirn kam, auf der mehrere Schnittwunden prangten. Als ich an eine besonders hässliche Wunde gelangte, riss er die Augen auf. Seine Regenbogenhäute sackten herab in einem Meer von Weiß. Er blinzelte verwirrt und biss krampfhaft die Zähne zusammen.

»Chase?«

Ich wich etwas zurück und ließ ihm Gelegenheit, sich an meiner Stimme zu orientieren. Inzwischen wusste ich, dass jede Berührung zu viel war, wenn er gerade aus einem Albtraum erwachte.

Er musste schlucken, ehe er imstande war zu sprechen. Sein Körper erbebte, als würde er frieren.

»Em?«

»Ja«, rief ich und ließ meine Tränen auf sein Gesicht regnen. Eine Flutwelle der Erleichterung stürzte über mich herein.

»Ich habe dich gefunden.« Obwohl er nur krächzen konnte, hörte er sich zufrieden an.

Eine Erinnerung an eine längst vergangene Zeit erhob sich in meinem Bewusstsein. *Ich verspreche, ich komme zurück, ganz egal, was geschieht.* Das waren seine Worte gewesen, kurz bevor er eingezogen worden war. Ja, er war zurückgekommen. Trotz des Preises, den er hatte bezahlen müssen.

»Es tut mir leid. Ich hätte dir von Anfang an die Wahrheit sagen sollen«, sagte er.

Ich beruhigte ihn. »Nicht wichtig.«

»Doch.« Er hustete, und als er das tat, verkrampfte sich sein ganzer Körper, sodass er sich fest zusammenkrümmen musste.

»Atme. Alles in Ordnung«, versuchte ich, ihn zu besänftigen, während ich seinen Rücken streichelte, doch zu wissen, dass er Schmerzen litt, riss mir beinahe das Herz entzwei.

Er brauchte eine volle Minute, bis sich seine Atmung beruhigt hatte, und als er sich schließlich wieder auf den Rücken legte, waren seine Augen umwölkt vor Schmerz.

»Ich bringe das wieder in Ordnung. Ich werde dich hier rausholen.«

Ich erstarrte mit der Hand an seiner Wange.

»Du ... du hast dich absichtlich hier reingebracht?« Meine Stimme überschlug sich beinahe. »Warum hast du das getan?«

»Ich habe dir versprochen, ich würde nicht zulassen, dass dir etwas zustößt«, entgegnete er.

Mir war klar, was ihm dieses Versprechen bedeutete. Er zerfleischte sich innerlich, weil er meine Mutter und mich im Stich gelassen hatte.

»Sean wartet an einer Tankstelle in der Roten Zone hinter dem Stützpunkt auf dich. Er wird dir helfen.«

Die Tankstelle war mir bekannt. Als ich Delilah das erste Mal geholfen hatte, eine Leiche zum Krematorium zu bringen, hatte ich ihr altersschwaches Schild gesehen.

»Sean ...« Fragend sah ich ihn an. Sean und Chase waren nicht unbedingt die besten Freunde gewesen, als ich die beiden zum letzten Mal zusammen gesehen hatte.

»Du musst auf die Westseite. Dort gibt es einen Ausgang. Ich mache dir am Tor den Weg frei, und ...«

»Nein.« Mir war klar, was er sich vorgestellt hatte: Er wollte einfach jeden niederkämpfen, der mir den Weg hinaus verstellen könnte. Ich konnte kaum atmen. Er war hergekommen, um mich zu retten, wohl wissend, dass er dabei sterben würde.

Meine Hände fuhren zu meinem Mund, und ich fiel neben dem Bett auf die Knie. In mir prallten so viele Gefühle aufeinander. Wenn ich es jetzt nicht sagte, würde ich nie dazu imstande sein. Meine Kehle fühlte sich bereits an, als wollte sie zuschwellen.

»Was passiert ist … es war nicht deine Schuld«, versicherte ich ihm am ganzen Leibe zitternd.

Ich wollte ihm sagen, dass es mir leidtat. Dass ich ihm vergab. Wusste, dass er mich liebte und dass ich ihn auch liebte. Aber ich konnte nicht. Ich brach beinahe zusammen und schluchzte in meinen Ärmel. Chases Hände glitten über meinen Leib und zogen mich an seinen zerschlagenen Körper.

»Du hast mir eine Heidenangst eingejagt. Ich dachte …« Er seufzte. »Egal. Du lebst.«

Ein Geräusch auf dem Korridor brachte meine Tränen zum Versiegen.

Kla-klick, kla-klick. Kla-klick, kla-klick.

Der Soldat auf seinem Rundgang. Oder Delilah, die von ihrem grausigen Ausflug zurückkam.

Wir erstarrten und lauschten den Schritten. Sie wurden lauter und hielten gleich vor Chases Zelle inne. Den Blick unverwandt auf die Tür gerichtet, hielt ich die Luft an.

Klappern an der Außenwand. Sein Klemmbrett mit dem Kontrollbogen. Jemand wollte hereinkommen.

Nein!

Chase schob mich zur Seite, stemmte sich mühsam hoch und stützte sich an die Wand. Hinter ihm sprang auch ich auf und schlang die Arme um seine Brust, halb überzeugt, dass er umkippen würde, halb darauf vorbereitet, die Wachen zu zwingen, uns gewaltsam zu trennen.

»Leg dich hin!«, flüsterte ich.

Er hörte nicht. In diesem Moment war es hilfreich, dass er verwundet war, denn in seinem derzeitigen Zustand war er schwächer als ich. Ich stieß ihn zurück auf das Bett und drückte seinen Kopf auf die Matratze. Er sah aus, als könnte er sich jeden Moment übergeben, und irgendwo in meinem Unterbewusstsein verbuchte ich das Erbrechen als Symptom einer Gehirnerschütterung.

Ein Schlüssel glitt in das Schloss. Drehte sich.

»Schließ die Augen!«, sagte ich leise.

Chase gehorchte, hatte aber die Hände zu Fäusten geballt.

Delilah betrat die Zelle.

»Ist er noch nicht wach?« Auf ihrer Bluse konnte ich winzige rote Punkte sehen. Ihr Kragen war feucht vom Schweiß. Ich gab mir alle Mühe, mir nicht vorzustellen, was sie in Zelle zwei vorgefunden hatte.

»Vor einer Sekunde war er es«, sagte ich und fühlte die harten Umrisse der Waffe auf meiner Haut. »Kommen Sie, sehen Sie sich sein Gesicht an«, fügte ich hinzu und fuhr sacht mit dem Finger über eine Wunde an seiner Nasenwurzel.

Chase regte sich kaum merklich. In Gedanken herrschte ich ihn an, er solle still sein.

Sie tat einen weiteren Schritt voran, eine Hand immer noch an der Tür.

»Was ist damit?«

»Er wurde ziemlich übel geschlagen.«

»Offensichtlich«, schnaubte sie und tat den nächsten Schritt.

Ich sprang auf, warf die Decke ab und schubste sie weg von der Tür. Eine Sekunde später hatte ich die Waffe unter meinen Klamotten hervorgezogen und zielte auf sie, während ich die Tür bis auf einen Spalt zudrückte und sorgsam darauf achtete, dass sie nicht ins Schloss fiel.

»Was zum Teufel machst du da?«, schrie sie.

»Maul halten«, befahl ich und betete, dass uns niemand gehört hatte. Chase saß nun wieder und blinzelte hektisch. Er sah immer noch krank aus – und noch schockierter als Delilah.

»Hier.« Ich drückte ihm die Waffe in die Hand. Er richtete sie auf Delilah, die ihn mit gebleckten Zähnen anstarrte. Seine Hand zitterte ein wenig, aber mir war klar, dass das keine Folge physischer Pein war. Die letzte Frau, die er mit einer Pistole bedroht hatte, war meine Mutter gewesen.

»Tut mir leid, Delilah«, sagte ich zu ihr, als ich ihr einen sauberen Lappen in den Mund stopfte. »Aber auf *mich* wartet da draußen noch etwas.«

So schnell ich konnte riss ich die übrigen, ausgefransten Lappen in Streifen und fesselte ihre Hände an den Metallbettrahmen. Sie wehrte sich nicht, und der Blick aus ihren klaren Augen klebte förmlich an Chase. Ich zog ihr die Kette mit dem Schlüssel über den Kopf und umfasste ihn fest mit der Faust. Mein Herz fühlte sich an, als wollte es mir in der Brust explodieren. Sollte es das tun, so hoffte ich, es würde mich umbringen, ehe die MM das übernehmen konnte.

Nun half ich Chase fort vom Bett und von Delilah und verstaute die Waffe wieder in ihrem Versteck unter meiner Kleidung.

»Mich muss es schlimmer erwischt haben, als ich dachte«, verkündete Chase so verwirrt wie jemand, der gerade aus dem Koma erwacht war. »Wie bist du hier reingekommen? Wer ist sie? Und woher hast du diese Waffe?« Er presste die Handballen an seine Schläfen.

»Das erkläre ich dir später. Jetzt musst du erst mal hierbleiben.«

»Ich gehe mit dir«, entgegnete er.

Ich schüttelte den Kopf, und sofort fingen seine Kiefermuskeln zu arbeiten an.

Kämpf nicht gegen mich, Chase.

Mir war klar, dass er sich in diesem Moment fühlte wie ich so oft während unserer Reise. Vollkommen ausgeliefert. Vollkommen abhängig. Und vielleicht erkannte er dabei auch, wie es mir jetzt erging, denn er erhob keinen Widerspruch. Setzte sich nicht zur Wehr. Er blickte mich nur an und flüsterte: »Bitte, sei vorsichtig.«

Einen Moment später fiel die Tür hinter mir ins Schloss.

Auf dem Gang war es unheimlich still. Nicht einmal das Schlurfen eines Wachmanns am anderen Ende nahe der Treppe war zu hören. Aber er war da, das wusste ich, er war nur enorm leise. Und der Soldat, der Wachdienst hatte, musste auf seiner Runde jede Sekunde hier vorbeikommen.

Meine Nerven fraßen mich innerlich auf und brachten meine Haut zum Kribbeln. Bei jedem Schritt hatte ich das Gefühl, über ein Nagelbett zu gehen. Wahrscheinlich verlor ich einfach den Verstand. Das war die einzig sinnvolle Erklärung für meine Handlungen.

Ehe ich irgendetwas anderes tat, ergriff ich das Klemmbrett, das vor Chases Zelle hing. Ich zerrte den Stift von dem Band, an dem er hing, und kritzelte in großen Lettern, was auf den Kontrollbögen der anderen Soldaten gestanden hatte.

ABSCHLIESSEN.

Ein Atemzug, um wieder zur Ruhe zu kommen, um zurück zu der emotionslosen Gelassenheit zu finden, die ich vor Chases Auftauchen erlebt hatte, und dann widmete ich mich wieder der vor mir liegenden Aufgabe.

Mit Delilahs Schlüssel öffnete ich die Tür zum Lagerraum und rollte einen Wäschewagen auf den Gang. Eines der Räder klapperte und wackelte unstet, und ich starrte das kaputte Ding wütend an, als könnte ich es so zum Schweigen bringen.

Gerade als ich Chases Zelle erreicht hatte, hörte ich erneut das leise Klicken von Schritten.

Eine Lähmung befiel meinen Körper.

Ein Wachmann mit dunkler Haut und dauerhaft finsterem Blick kam um die Ecke.

»Guten Morgen«, sagte ich etwas zu fröhlich.

»Was hast du hier draußen zu suchen?« Er starrte den leeren Gang hinunter.

»Delilah … sie ist früher gekommen«, stammelte ich.

»Wo ist sie?«

»Putzt immer noch bei dem Selbstmord in Zelle zwei. Sie hat gesagt, ich soll hier auf sie warten.«

»Warum hier?«

Diverse Kraftausdrücke huschten durch mein Gehirn.

»Weil wir den Müll wegbringen müssen«, entgegnete ich und zitierte dabei Delilah.

Der Soldat warf einen Blick auf Chases Kontrollbogen, und seine zusammengezogenen Brauen entspannten sich wieder.

»Schätze, der Prozess wurde abgeblasen. Passt. Er hat keinen verdient?«

»So?« *Bitte, hau ab!*

»Nein. Es gibt böse Menschen auf der Welt. Er ist einer von ihnen«, sagte er wie ein Vater, der seine Tochter über die Gefahr aufklärte, die von Fremden ausging. Derweil überlegte ich, wohin ich schießen würde, sollte ich die Waffe auf ihn richten müssen.

»Tja«, sagte ich, um eine angstvolle Miene bemüht. »Ich mache mich besser an die Arbeit.«

Ohne ein weiteres Wort machte er auf dem Absatz kehrt und blickte nicht einmal zurück.

Nur dreißig Minuten bis zum nächsten Turnus.

Meine Hände zitterten so sehr, ich bekam den Schlüssel kaum ins Schloss. Außerdem plagten mich Zweifel, doch ich schob sie beiseite, denn ich würde Chase nicht im Stich lassen.

Ich schloss die Tür auf. Chase stand in der Zelle, und die Anspannung war trotz seines angeschwollenen Gesichts immer noch erkennbar. Ich achtete sorgfältig darauf, dass die Tür nicht ins Schloss fiel. Delilahs Wangen waren rot vor Wut.

»Wer war das?«, flüsterte Chase.

»Nur ein Wachmann.« Ich schob den Wagen an eine Wand. »Kletter da rein.«

Während ich ihm den Plan erklärte, wurde seine Miene immer grimmiger.

»Und wenn du erwischt wirst? Damit könnte ich nicht leben.«

»Das müsstest du auch nicht lange«, konterte ich mürrisch und musterte dabei die gefesselte und geknebelte Delilah. Mein schlechtes Gewissen schlug mir auf den Magen. »Beide oder keiner.«

Er kratzte sich am Kopf.

»Begreifst du nicht?«, drang ich in ihn. »Wir müssen etwas tun! Damit so etwas anderen nicht mehr passieren kann!« Was *so etwas* war, wusste er. Es war das, was meiner Mutter zugestoßen war. Was uns zustoßen sollte.

Er schluckte, und dann nickte er ausgesprochen zögerlich.

Lange dachte ich nicht darüber nach. Hätte ich das getan, hätte mich das Gefühl überwältigt, dass wir schlicht keine Chance hatten.

Ich musste Chase in den Wagen helfen. Das Bücken fiel ihm schwer, und ich nahm an, dass er ein paar gebrochene Rippen davongetragen hatte. Endlich hockte er auf dem Boden des Wagens, die Knie an die Brust gezogen, den Kopf gesenkt.

»Wenn ich höre, dass es Schwierigkeiten gibt, werde ich nicht in Deckung bleiben.«

Ich sagte nichts dazu und schloss den Deckel über seinem Kopf. Nun blieb mir gerade noch genug Zeit, Delilah noch einmal zuzunicken, ehe ich mich mit der Schulter gegen den Wagen stemmte und ihn so lange hin- und herwiegte, bis er hinaus auf den leeren Korridor rollte.

Mit gespannten Sinnen machte ich mich auf den Weg zum Fahrstuhl. Derweil konnte ich das schrille Klappern dieses blöden Rads hören und dann, als ich mit zitterndem Finger auf den Knopf drückte, auch meinen eigenen Herzschlag gleich an meinen Trommelfellen. Die Türen des Lastenfahrstuhls öffneten sich mit einem lauten Scheppern. *War das immer so?* Ich schaute mich auf dem Gang um. Immer noch nichts.

Mit dem ganzen Körper an den Wagen gelehnt, schob ich Chase in die Kabine.

Das Aufzugsgetriebe knarrte und brachte uns Zentimeter um Zentimeter dem Erdgeschoss näher. Ich nutzte die Zeit für mehrere beherrschte Atemzüge, die ich dringend brauchte, um mich wieder zu sammeln.

Die Tür glitt auf und gab den Blick auf den dunklen Korridor im Erdgeschoss frei, wo ich Delilah ursprünglich hatte zurücklassen wollen. Da dieser Teil des Gebäudes nur wenig genutzt wurde, wurde die Beleuchtung hier nicht automatisch über die Standardenergieversorgung eingeschaltet, und ich schaltete sie auch nicht ein. In der Dunkelheit hielt ich die Luft an, ignorierte die beängstigenden Geräusche und Gestalten, die ich selbst im Geiste schuf, und bog scharf rechts ab. Mit meinem Schlüssel konnte ich die Nebentür problemlos öffnen, und als mir der erste Hauch frischer Luft begegnete, fühlte ich mich beinahe wie neu geboren.

Ja, ich konnte all das tun. Ich *tat* es bereits.

Ich musste die Fersen gegen den Asphalt stemmen, um den Wagen die schmale Gasse hinabzuschieben. Noch zwanzig Meter bis zur Wachstube. Fünfzehn. Zehn.

Der Wachmann am Tor steckte den Kopf zur Tür heraus.

Nicht! Ignorier mich einfach! Das hast du gestern auch getan!

»Wo ist die alte Dame?«, fragte er. Er hatte Pausbacken und ein Grübchen in der Mitte des Kinns.

»Krank, glaube ich«, antwortete ich und betete, dass sie noch nicht gefunden worden war.

»Die alte Fledermaus war noch nie krank.«

Ich zuckte mit den Schultern.

»Noch ziemlich früh am Morgen für so was, nicht wahr?«

»Das stammt noch von letzter Nacht.« Bitte, lass mich durch. Bitte, lass mich durch.

Er drückte auf den Knopf, ein Summton erklang und das Tor öffnete sich.

Wir passierten es. Mein Herz raste, als ich um die Ecke bog und anfing, den Wagen hangaufwärts zu stemmen. Dabei musste ich unentwegt die Arme durchstrecken, um nicht nach hinten überzukippen.

»Wir haben es geschafft«, flüsterte ich wie benommen

zwischen zwei mühseligen Atemzügen. Mir war klar, dass Chase mich nicht hören konnte, aber das war in Ordnung. Er würde es schon früh genug erfahren.

Schritt um Schritt schob ich ihn den Hügel hinauf. Endlich erreichten wir das Krematorium. Ich zog den Wagen in die verborgene Ecke neben dem Vordach und schaute rasch nach, ob sich auf der Auffahrt und dem Gipfel des Hügels etwas rührte. Wir waren allein.

Scheppernd fiel der Metalldeckel herab, und Chase hob den Kopf.

»Wir haben es geschafft!« Dieses Mal musste ich einen Aufschrei unterdrücken.

Er verzog keine Miene, bis er sich vergewissert hatte, dass die Zufahrt verlassen war. Als er herausgeklettert war, schoben wir den Wagen zu der Abladestelle am Krematorium. Hinter dem Gebäude war ein bewaldeter Hang, der hinab zu der Trabantenstadt und der Tankstelle führte. Auf diesem Weg würden wir verschwinden.

»Komm.« Chase ergriff meine Hand.

Doch da raste mir eine Gänsehaut über den Nacken. Stiefel klapperten über das Pflaster.

Ich wirbelte herum, und mein Herz sprang mir beinahe in die Kehle.

Tucker Morris joggte den Hügel hinauf. Allein. Zum Davonlaufen war es zu spät, er hatte uns bereits gesehen. Drei Meter von uns entfernt blieb er stehen, die Hände auf den Gürtel gelegt. Sein Blick ging an mir vorbei und konzentrierte sich ganz auf Chase, der hinter mir stand.

»Also ist es wahr.« Seine Stimme klang so beklommen wie angewidert. »Ein Soldat im Lazarett hat mir erzählt, du hättest dich gestern Abend gestellt. Davon musste ich mich mit eigenen Augen überzeugen.« Er lachte ironisch. »Auf dem Kontrollblatt an der Tür stand eindeutig ›Jennings‹, aber sie sah gar nicht aus wie du.«

Delilah. »Hat noch jemand sie gesehen?«, fragte ich und unterdrückte ein furchtsames Flattern in meiner Stimme.

»Noch nicht«, entgegnete er drohend.

Es kam mir sonderbar vor, dass Tucker nicht bereits den ganzen Stützpunkt wegen unserer Flucht alarmiert hatte, aber dann wurde mir klar, dass er selbst deswegen vermutlich Ärger bekommen würde. Er versuchte, einen Fehler auszubügeln, ehe seine Vorgesetzten erfahren konnten, was passiert war.

Chase schwieg immer noch, hatte es aber irgendwie geschafft, sich zwischen Tucker und mir aufzubauen.

»Du siehst so überrascht aus«, sagte Tucker zu ihm. »Hast du ihm nicht erzählt, dass ich hier bin, Ember?« Er benutzte meinen Vornamen nur, um Chase zu reizen. Bis dahin hatte er ihn noch nie ausgesprochen.

»Sprich nicht mit ihr«, grollte Chase. »Sieh sie gar nicht erst an.«

»Oder was?«

»Oder ich bringe zu Ende, was ich angefangen habe, und breche dir auch den anderen Arm.«

Mein Puls schlug etwas schneller.

»Du kannst dich kaum auf den Beinen halten«, höhnte Tucker, aber ich erkannte einen vage verunsicherten Schimmer in seinen Augen.

»Dann wird es ja ein ausgeglichener Kampf.«

»Wir gehen«, erklärte ich Tucker rundheraus.

»Den Teufel werdet ihr tun.«

Mein Blick schoss zur Seite. Chase tat einen Schritt voran in der Absicht, seinen Worten Taten folgen zu lassen. Ich ergriff seinen Arm.

Tuckers Tonfall wechselte von Vehemenz zu Arroganz. »Hast du es ihm schon erzählt? Wie willig du gestern Abend in meinem Büro warst?« Zielstrebig kam er auf uns zu.

»Da ist nichts passiert.«

Er grinste. »Hätte ich gewusst, dass du so wild bist, dann hätte ich dich auch aus der Reformschule rausgeholt.«

»Hau ab«, forderte Chase mich kaum hörbar auf.

»Keine Chance«, entgegnete ich ergrimmt.

Tucker kam immer noch näher, und ich wusste, sobald wir ihm den Rücken zuwandten, würde er zu dem Funkgerät an seinem Gürtel greifen und Unterstützung herbeirufen. Das durfte ich nicht zulassen.

Chase beugte sich angriffsbereit vor. Ehe ich noch einen Schritt tun konnte, riss Tucker den Schlagstock von der Hüfte und stürzte sich auf uns. Chase wollte ihn aufhalten, aber dazu bestand keine Notwendigkeit: Tuckers Vorstoß war schon wieder beendet. Der Schlagstock hing über seiner Schulter, während er wie erstarrt an Ort und Stelle verharrte. Von dem Geschehen überrascht, sah sich Chase zu mir um, und seine Augen weiteten sich minimal, als er die Waffe in meiner Hand erkannte.

»*Du* hast meine Waffe geklaut?« Für einen kurzen Moment schien Tucker ernsthaft verwundert zu sein – aber dann kehrte das Maulheldentum zurück. »Jetzt habt ihr euch richtig in die Scheiße geritten.«

Die Waffe lag leicht wie eine Feder in meiner Hand. Plötzlich fühlte ich mich wie im Rausch. Ich hatte die Waffe auch auf Delilah gerichtet, aber nie in Betracht gezogen, tatsächlich auf sie zu schießen, doch nun dachte ich, wenn Tucker auch nur einen weiteren Schritt täte, würde ich abdrücken.

»Tucker, bitte, lassen Sie uns gehen.« Mein Ton war eisig.

»Du bettelst?« Er spuckte aus. »Du hörst dich an wie deine Mutter. Kurz bevor ich sie erschossen habe.«

Meine Welt blieb stehen.

Tuckers Worte schnitten sich in mein Hirn. Immer wieder und wieder.

Kurz bevor ich sie erschossen habe.

»Sie waren das?«, fragte ich mit schwacher Stimme. Ich hatte angenommen, es wäre der kommandierende Offizier gewesen, aber da hatte ich mich wohl geirrt. Es war Tucker. Darum hatte Chase ihm den Arm gebrochen. Darum war Tucker befördert worden. Ich fühlte mich regelrecht krank.

Das Blut wollte mir in den Adern gefrieren. Der Mörder meiner Mutter war nicht länger gesichtslos. Ich konnte ihn sehen, wie er gleich hinter Chase die Waffe hob. Konnte sehen, wie er sie erschoss.

»Ich dachte, das hättest du ihr erzählt«, sagte Tucker zu Chase. Chase schwieg.

»Sie haben sie umgebracht«, sagte ich leise. Meine Hände zitterten.

»Ember.« Ich nahm kaum wahr, wie Chase meinen Namen sprach.

»Wie konnten Sie das tun?« Tucker war ein unvorstellbares Monstrum.

»Ich bin ein verdammt guter Soldat, und ich habe getan, was getan werden musste.«

Seine Worte überrollten mich wie ein Güterzug.

»Was getan werden musste?«, wiederholte ich. Jetzt war der Mord an einer unschuldigen Frau schon eine Notwendigkeit?

Ich konzentrierte mich auf die Waffe. Dem würde ich zeigen, was wirklich getan werden musste.

»Als hättest du eine Ahnung, was du damit anfangen sollst«, höhnte Tucker.

Nach einem kurzen Blick legte ich den Sicherungshebel um.

»Das ist eine Neun-Millimeter, nicht wahr? Ich ziehe einfach den Schlitten zurück, ziele und feuere.«

Mir ruhiger Hand beförderte ich die erste Patrone in die Kammer. *Klick.*

Tucker wurde unsicher. Scharlachrote Flecken zierten sein Gesicht, und sein Mund sah verkniffen aus. Immer noch stürmten die Bilder auf mich ein. Tucker, wie er die Waffe hob. Das Geräusch, das sie gemacht haben musste, als er gefeuert hatte. Die Furcht in ihren Augen. Der *Tod* in ihren Augen.

»Em«, flüsterte Chase. Ich hörte ihn kaum.

Sie aber sah ich. Sie und ihr schelmisches Lächeln. Die Klammern in ihren Haaren. Sie sang Lieder aus der Zeit vor dem Krieg, und wir tanzten im Wohnzimmer. Sie kochte mir heiße Schokolade. Sie gab ihren Platz in der Reihe der Wartenden in der Suppenküche ab.

Sie hatte Chase die Revision vergeben. *Gott sei Dank, dass du hier bist*, hatte sie in der Zelle zu ihm gesagt. Sie hatte Roy vergeben, dass er ihr wehgetan hatte. Mir, dass ich ihn vertrieben hatte. Und Tuckers Verderbtheit würde sie ganz einfach der MM anlasten.

Und sie würde sich für mich schämen, sollte ich ihn töten. Allein aus diesem Grund konnte ich ihm nicht das Leben nehmen.

Aber ich hätte es gern getan.

Chase musterte mich immer noch aufmerksam, und in seinen Augen spiegelte sich Verständnis. Ich wusste, er würde mich unterstützen, ganz gleich, wie ich mich entschied.

»Nimm ihr die Waffe ab, Mann«, fuhr Tucker Chase an. Er versuchte, die alte Freundschaft wiederzubeleben. Seine Worte rissen mich zurück in die Wirklichkeit.

»Wenn ich das tue, erschieße ich dich persönlich«, entgegnete Chase finster, und ich wusste, würde ich ihn darum bitten, Chase würde Tucker umbringen. Ein Teil von mir wollte, dass er es tat, ein Teil von mir *brauchte* es. Doch ich konzentrierte mich auf das Gesicht meiner Mutter. Sie hatte auch Chase geliebt, und sie hätte nicht gewollt, dass seine Seele noch schlimmer beschädigt wurde, als sie es bereits war.

Tucker trat von einem Fuß auf den anderen. »Denk mal darüber nach, was das für dich bedeutet. Du wirst immer auf der Flucht sein.« Furcht schlug sich auf seine Stimme nieder.

»Ich habe darüber nachgedacht.« Letzte Chance, erinnerte ich mich, aber ich hatte bereits einen Entschluss gefasst. »Wir gehen, Tucker. Hauen Sie ab. Oder ich *werde* Sie erschießen.«

Ich ignorierte den hämmernden Puls in meiner Schläfe. In mir war keine Furcht mehr, kein Zorn. Selbst die Trauer war nun fort. Mein ganzer Körper war nur auf diese eine Aufgabe fixiert: für unsere Sicherheit zu sorgen.

Wie sehr ich Chase doch ähnlich geworden war.

»Und was soll ich meinen Vorgesetzten erzählen?«, fragte Tucker mit brechender Stimme.

»Sie werden ihnen sagen, Chase wäre tot. Er ist schon vor dem Prozess gestorben. Sein Fall ist ›abgeschlossen‹. Sie werden ihnen sagen, er wäre zum Krematorium gebracht worden. Und Sie werden ihnen erzählen, dass ich Delilah den Schlüssel mit Gewalt abgenommen habe, und als sie Ihnen das gestanden hat, haben Sie meinen Fall auch ›abgeschlossen‹.«

Gestern hatte Delilah mir noch leidgetan, weil Tucker

sie durch Drohungen zum Schweigen genötigt hatte. Heute baute ich genau darauf. Und ich hoffte, das würde dieser traurigen alten Frau das Schicksal ersparen, das meine Mutter ereilt hatte.

»Und wenn ich Nein sage?«

»Sie können Ihnen natürlich auch erzählen, dass zwei Kriminelle während Ihres Diensts geflohen sind, direkt vor Ihrer Nase. Allerdings bezweifle ich, dass das sehr vorteilhaft für Ihre weitere Karriere wäre.«

Einige Herzschläge herrschte Schweigen.

Schließlich fluchte Tucker.

»Also gut. *In Ordnung.*«

Etwas barst in meinem Inneren, und ich wusste, dass ich kurz davor stand, zusammenzubrechen.

Reiß dich zusammen!

»Gib mir meine Waffe zurück, sonst bekomme ich Ärger.« Tucker streckte die Hand aus.

»So dämlich bin ich nicht. Sie gehen runter zur Wachstube. Sobald ich Sie dort sehe, werde ich sie den Hügel runter in das Gebüsch dort werfen. Ich hoffe, Sie finden sie wieder.«

»Und was sollte mich davon abhalten, auf euch zu schießen, wenn ich sie gefunden habe?«

»Sie wird nicht geladen sein. Sie können natürlich die Wachen um Munition bitten, aber dann müssen Sie eine ziemlich wüste Erklärung abliefern. Ich empfehle Ihnen, sie erst später zu holen.«

Er trat auf den Boden ein und nickte schließlich. »Verschwindet.«

Ich holte tief Luft.

»Und schießt mir nicht in den Rücken«, fügte er voller Widerwillen hinzu.

»Ich kann nichts versprechen.«

Tucker machte kehrt und stolzierte den Hügel hinunter.

Die Waffe in meiner Hand wurde plötzlich schwerer, so als hielte ich einen Eimer, der allmählich mit Wasser gefüllt wurde. Als Tucker hinter einer Biegung verschwunden war, konnte ich kaum noch den Arm heben.

Chase legte mir sanft eine Hand auf die Schulter und fuhr über meinen Bizeps herab zum Handgelenk. Schließlich entrang er mir die Waffe. Meine Ohren klingelten.

Ich sah zu, wie er das Magazin herausnahm und in die Tasche steckte. Dann warf er die Waffe in eine sauber gestutzte Hecke, nah genug, dass Tucker den Hügel wieder würde heraufklettern müssen, um sie zu finden. Falls er sie überhaupt je fand.

»Wir müssen los«, sagte Chase.

Ich führte ihn zurück hinter das Krematorium, dorthin, wo die Asphaltfläche am Waldrand endete. Hier gab es dichtes Gestrüpp, das an dem Stoff meines Rocks zerrte und kleine Löcher hineinriss. Einige der Äste verhakten sich auch an meinen Beinen, aber ich bemerkte das nur auf eine ganz sachliche Art, so als wäre ich eine Unbeteiligte und würde meinen Körper von oben beobachten.

Mein Gehirn rotierte immer noch unter dem Eindruck der Ereignisse der letzten fünf Minuten, und ich konnte an nichts anderes denken als an den Mörder meiner Mutter.

Hätte ich Tucker töten sollen? Hätte Chase ihn töten sollen? Nun konnte Tucker noch so vielen anderen wehtun. Aber auf diese Fragen gab es keine einfache Antwort.

Der Pfad führte hangabwärts zu dem Vorort. Hatten wir die Häuser erst erreicht, mussten wir vorsichtig sein. Es war von größter Wichtigkeit, dass wir von dem Hügel hinter dem Stützpunkt aus nicht gesehen werden konnten.

In einer engen Gasse machten wir eine Pause. Chase rang um Atem und presste die Handballen an den Kopf. Ich wünschte, ich hätte ihm den Schmerz nehmen können.

Ich hielt Ausschau nach Soldaten, entdeckte aber keine Anzeichen dafür, dass wir verfolgt wurden.

»Wir müssen in Bewegung bleiben.« Ich schob meinen Arm unter seinen, um ihn zu stützen. Er wehrte sich nicht, was mich erschreckte. Die Gehirnerschütterung schien ziemlich schlimm zu sein. Wir mussten einen Arzt auftreiben.

Es war mitten am Vormittag, als wir unser Ziel erreichten. Der Parkplatz sah verlassen aus, abgesehen von einem hageren ehemaligen Reformschul-Wachmann, der sich in der Nähe des Müllcontainers herumtrieb.

Sean starrte uns mit offen stehendem Mund entgegen.

»Ihr habt es wirklich geschafft«, sagte er voller Ehrfurcht.

Chase drückte meine Hand. »Sie hat das geschafft. Ich habe nichts getan …«

»… abgesehen davon, dass du dich kräftig hast in den Arsch treten lassen«, griff Sean den Faden auf.

Zu meiner Verwunderung grinste Chase.

Wie es schien, waren die beiden inzwischen Freunde geworden. Vielleicht konnten Sean und ich auch eines Tages Freunde sein. Ich nahm ihm nicht übel, dass er mir nichts über meine Mutter erzählt hatte; die Menschen taten so gut wie alles, um die zu schützen, die sie liebten. Wenn es jemanden gab, der das wissen musste, dann waren das wir.

Ich ging geradewegs auf Sean zu und nahm ihn in die Arme.

»Danke, dass du gewartet hast«, sagte ich.

»Ich muss dir sagen, Miller, ich habe nicht erwartet, dich

noch einmal wiederzusehen.« Die Fassungslosigkeit in seinen Zügen wich einem Ausdruck von Besorgnis.

»Sie haben Rebecca verlegt«, informierte ich ihn, noch ehe er fragen konnte.

Seine Augen wurden größer. »Wohin?«

»Ein Resozialisierungszentrum in Chicago.«

»Ein … was? Woher weißt du …?«

»Nicht wichtig. Dort ist sie jedenfalls«, sagte ich. Chase musterte mich, stellte aber keine Fragen.

Später, wenn wir in Sicherheit wären, würde ich ihm erzählen, was in Tuckers Büro vorgefallen war und dass mir meine eigene Handlungsweise, nun, da ich wusste, was Tucker getan hatte, noch mehr zu schaffen machte. Irgendwann würden wir Zeit haben, darüber zu sprechen, wie ich unsere Flucht eingefädelt hatte und was ich auf dem MM-Stützpunkt gesehen hatte. Aber jetzt mussten wir uns erst einmal verstecken.

»Gib Bescheid«, sagte Chase zu Sean. Ich starrte ihn nur verwirrt an.

Sean trat einen Schritt zurück. Einen Moment später schüttelte er den Kopf, konzentrierte sich wieder auf das Hier und Jetzt und zog ein Funkgerät aus dem Gürtel. Es sah beinahe genauso aus wie das, was Chase von der MM bekommen hatte, nur kleiner, und es klickte hektisch, als er es einschaltete.

»Paket ist abholbereit«, sagte Sean und musste sich räuspern. Eine ganze Reihe verschiedener Gefühle schlug sich auf seinem Gesicht nieder.

Beinahe eine Minute verging ohne eine Antwort.

Während wir warteten, ertappte ich Chase dabei, wie er mich beobachtete. In seinem Blick lauerten keine Geheimnisse mehr. Stattdessen war er klar und aufrichtig und so tief wie ein Bergsee. Ich wanderte mit den Fingerspitzen über seine hohen Wangenknochen und sah zu, wie die Falten zwischen seinen Brauen schwächer wurden, als sich das Pochen in seinem Kopf legte und er endlich Frieden fand und die Augen schloss.

»Eine Stunde«, ertönte die Antwort so überraschend, dass ich zusammenzuckte. Ich kannte die Stimme. Sie gehörte einem drahtigen Mann mit fettigem, grau meliertem Haar und einem Schnurrbart.

Chase nickte zustimmend. Er hatte Wallace gebeten, uns zu helfen. Nun würden wir ins Wayland Inn zurückkehren.

Wir würden zum Widerstand zurückkehren.

KAPITEL 17

Bis ich mit Wallace fertig war, graute beinahe der Morgen. Tiefe Erschöpfung ergriff Besitz von mir, eine von der Sorte, die tief in meine Knochen sickerte, bis sie sich weich und nachgiebig anfühlten, kaum mehr imstande, mein Gewicht zu tragen. In diesem Zustand schleppte ich mich die Treppen des Wayland Inn hinauf zu der Tür zum Dach und hinaus in die kühle, dunkle Nacht.

Wallace persönlich hatte sich bei unserer Rückkehr um Chases Verletzungen gekümmert. Der Anführer des Widerstands, einst Sanitäter des FBR, erklärte mir, dass ich auf eine mögliche Pupillenerweiterung achten und wie ich mit anderen Symptomen einer Gehirnerschütterung umgehen sollte. Schließlich hatte ich Chase in ein leeres Zimmer gebracht und in ein Bett mit einer mottenzerfressenen Daunendecke gesteckt. Ich hatte nur zehn Minuten warten müssen, bis er eingeschlafen war. Sean erzählte mir später, dass Chase da zum ersten Mal, seit ich verschwunden war, zur Ruhe gekommen war.

Danach hatten Wallace und ich uns unterhalten. Ich hatte ihm alles erzählt, was ich von dem Stützpunkt in Erinnerung behalten hatte: Aufbau, Personal und all die Schrecken, die dort lauerten. Das alles erneut zu durchleben war schrecklich, aber zugleich reinigend. Nach einer stundenlangen, mitfühlenden, aber hartnäckigen Befragung kam ich mir leer vor.

Später wollten wir Strategien besprechen. Uns stand ein Kampf bevor, aber bis dahin war uns noch ein Moment des Friedens vergönnt; ein tiefer Atemzug vor dem Kopfsprung ins kalte Wasser.

Da gab es noch etwas, das ich tun musste, ehe ich schlafen konnte. Ich musste den Himmel sehen.

Ich ging zu einer alten Holzbank, die von der Ausgangstür aus gleich um die Ecke stand. Mein Körper sackte auf die verwitterten Bretter und bejubelte die Freiheit, die sich über meine Glieder senkte. Ich legte den Kopf in den Nacken, schloss die Augen und fühlte, wie sich auch der letzte Rest der Klaustrophobie aus der Gefangenschaft verflüchtigte.

Meine Mutter war fort, und mit ihr war das Kind gegangen, das ich einmal gewesen war. Sie war ein Opfer der Gewalt geworden, so wie meine Jugend, und an beider Platz war ein neues Ich erwacht, ein Mädchen, das ich bisher nicht gekannt hatte und das mir noch schmerzlich fremd war.

Der Himmel hatte sich bereits pfirsichgelb und himbeerrot verfärbt, als die Tür zum Dach mit solcher Wucht aufgestoßen wurde, dass mir das Herz geradewegs in die Luftröhre schoss. Im Nu war ich auf den Beinen.

Chases Haar war wirr, die Augen geweitet, wild und angefüllt mit Schmerz. Mein Herz pochte vor Liebe und Furcht, wie es die ganze Zeit für ihn geschlagen hatte. Erst als das erste Sonnenlicht auf die blauen Flecken an seinem Kinn fiel, dachte ich wieder daran zu atmen.

»Ist alles in Ordnung?«, fragte ich ihn.

Vorsichtig tat er einen Schritt voran. Mehrere Herzschläge

lang geschah nichts. Nur sein Blick glitt auf sanfte, vertraute Art über mein Gesicht, und für einen Moment vergaß ich, dass ich mich so leer und verloren fühlte. Für ihn war ich dasselbe Mädchen, das ich immer gewesen war. Das Mädchen, das er liebte.

»Alles bestens. Sorry«, entschuldigte er sich. »Ich konnte dich nur nicht finden, und …« Er zuckte energisch mit den Schultern und sah dabei doch unerträglich verletzbar aus für so einen großen Menschen.

Er hatte befürchtet, ich wäre erneut weggelaufen. Ich ließ mir das Haar ins Gesicht fallen, in der Hoffnung, dass es das schlechte Gewissen überdeckte, das erkennbar meine Wangen erhitzte.

Ich nahm wieder Platz, und er setzte sich zu mir. Wir berührten uns nicht, und der Abstand zwischen uns war mir allzu bewusst, als er sich abwandte, um zuzusehen, wie die Sonne am Horizont aufstieg.

Weißt du, was mir im Gedächtnis geblieben ist, nachdem die Polizei da war?, fragte er in meinem Kopf. *Du, wie du mit mir auf dem Sofa gesessen hast. Du hast nichts gesagt. Du hast nur bei mir gesessen.* Sein Ton damals war weicher gewesen, nicht so gesetzt wie heute. Mir wurde bewusst, wie sehr die Jahre uns verändert hatten, und doch waren wir hier, saßen schweigend beisammen und sahen uns den gleichen Sonnenaufgang an.

Lange Zeit blieben wir sehr still sitzen, bis mir Chases Hand auffiel, die ausgestreckt auf seiner Hüfte ruhte.

Ich fragte mich, wie lange er dort schon so gesessen hatte. Unaufdringlich und bescheiden. Vermutlich sogar gänzlich absichtslos. Ich atmete einmal tief durch, fühlte, wie die Nerven an meinem Rückgrat kribbelten, und legte meine Hand auf seine. Als unsere Handgelenke übereinanderlagen, reichten meine Fingerspitzen gerade bis zu seinen ersten Fingergelenken.

Ich musterte die groben, erhabenen Narben, die allzu viele Kämpfe auf seinen Handrücken hinterlassen hatten. Seine Finger folgten dem weißen Gittermuster, das die Gerte auf meine Hand gezeichnet hatte. Weiche Haut strich über schwielige Abschnitte und das kühle Metall eines gestohlenen goldenen Rings. Sein Daumen glitt an meinem Zeigefinger herab. Wärme kroch prickelnd über meinen ganzen Arm. Und dann schlangen sich unsere Finger ineinander. Er drückte meine Hand, und ich drückte seine.

Ich legte den Kopf an seine Schulter, und plötzlich überkam mich eine Woge der Erschöpfung. All die Furcht und der Zorn durften nun vor sich hin köcheln bis zu einem anderen Zeitpunkt, zu dem ich sie wirklich brauchen konnte, und obwohl ich wusste, dass dieser Zustand vorübergehen musste, war ich erleichtert. Wir waren in Sicherheit, und wir waren zusammen, und das war alles, was jetzt zählte.

DANKSAGUNG

Ein Buch bringt man nicht allein zustande. Das ist ein Prozess, an dem viele beteiligt sind, und ich werde nie imstande sein, wirklich deutlich zu machen, wie dankbar ich den folgenden Leuten dafür bin, dass sie mir geholfen haben, meinem Leben eine neue Richtung zu geben.

Da ist zunächst meine Agentin, Joanna MacKenzie, die ein großes Risiko auf sich genommen hat, ohne es mich je spüren zu lassen, die nicht nur dem Manuskript, sondern auch meiner Therapie viele Stunden gewidmet hat und die sowohl als Champion als auch als Cheerleaderin die Beste auf der ganzen Welt ist. Ohne Joanna gäbe es kein *Artikel 5*. Aber auch ohne Danielle Egan-Millers und Lauren Olsons wohlüberlegte Kommentare, ihre Hilfe und ihren Rat an allen Fronten wäre ich verloren gewesen.

Abklatschen möchte ich Melissa Frain, meine fabelhafte Lektorin. Ich hoffe, jeder bekommt einmal die Gelegenheit, jemanden wie Mel kennenzulernen – sie ist lustig und nett, und ihre positive Einstellung ist ansteckend. Bei ihr klingen sogar Äußerungen wie »diese fünfzig Seiten müssen wir weglassen« gar nicht so erschreckend. Großer Dank gebührt auch Kathleen Doherty von Tor Teen; meiner Presseagentin Alexis Saarela und Seth Lerner, Artdirector bei *Artikel 5*. Ich bin ihnen allen so dankbar für die harte Arbeit.

Ohne meine Familie wäre das alles jedoch nicht möglich gewesen. Mein Mann Jason, der mein bester Freund ist, seit eine glückliche Sitzordnung uns im Biologieunterricht zusammengeführt hatte, als ich vierzehn war. Meine Mom, die mir die Freuden des Lesens nahegebracht hat, und mein Dad, der nicht nur gesagt hat, ich könne alles sein, was ich will, sondern auch daran geglaubt hat. Tiefsten Dank verdient die ganze Familie Simmons, die mich ohne nachzudenken zu einer der ihren gemacht hat. Dee, Craig und den Jungs danke ich für die Grillabende, die Handwerksarbeit und die Antworten auf lächerliche Fragen zu allem Möglichen, von Motorrädern bis hin zu (schluck) Feuerwaffen – ja, es gibt gute Gründe, die Familie zu achten. Und Rudy, meinen geschätzter Windhund, der mir eine große Inspiration war, ohne darauf zu bestehen, als Coautor genannt zu werden.

Ich genieße das Privileg, einige Freunde zu haben, wie es auf der Welt keine besseren gibt. Vielen Dank den Mädchen daheim, den Freunden, die mich beim Jazzercise durchgerüttelt haben, und den Therapeuten, die aus mir eine bessere Therapeutin und einen besseren Menschen gemacht haben.

Und schließlich gilt mein Dank all den Menschen, die im Angesicht der Not kämpfen. Die aus bloßem Überleben neues Gedeihen schaffen. Dank euch bin ich heute stärker und klüger und habe erkannt, dass Hoffnung in uns allen lebt, sogar in unseren schwärzesten Augenblicken.